枕草子

清少納言 著

周作人 譯

隨意記錄自然想到的感興，清少納言隨筆集

U0068345

不言說，但相思

世上什麼是有常呢？
昨日的深淵，今日成為淺灘

每一事物皆有情感，清少納言描繪最細微處
從類聚到感慨，一窺平安時代最精緻的心思

聯袂盛讚

胡適 白話文學之父
魯迅 新文化運動領袖
金庸 武俠小說泰斗

目錄

打動過平安時代
才媛雅士的《枕草子》

卷一

目 錄

目錄

目 錄

卷十二

目錄

編後記

打動過平安時代才媛雅士的《枕草子》

一、四時的情趣

1. 春天是破曉的時候最好。漸漸發白的山頂，有點亮了起來，紫色的雲彩微細的橫在那裡，這是很有意思的。

2. 夏天是夜裡最好。有月亮的時候，這是不必說了，就是暗夜，有螢火到處飛著，也是很有趣味的。那時候，連下雨也有意思。

3. 秋天是傍晚最好。夕陽很輝煌的照著，到了很接近山邊的時候，烏鴉都要歸巢去了，便三隻一起，四隻或兩隻一起的飛著，這也是很有意思的。

4. 冬天的早晨最好。

二、草之事

1. 草是菖蒲，菰蒲，葵，是很有趣味的。

2. 酢漿草，當作綾織品的花樣，也比別的東西更是有意思。

3. 無事草，這是希望沒有什麼憂慮所以起這名字的吧？想來很有意思。又或者是願意惡事都消滅呢？無論怎樣都是有意思的。

4. 艾也是有趣，茅草花也有趣，至於莎草的葉更有趣味。此外圓的小菅，浮萍，淺茅，青鞭草都有意思。

5. 荷葉長得很可愛的樣子，靜靜的浮在清澈的水面，有大的，也有小的，展開浮動著，很是有趣。把那葉子取了起來，印在什麼上面，實在是非常覺得有意思。

三、花之事

1. 龍膽花的枝葉雖然長得有點亂雜，但是在別的花多已經霜枯了的時候，獨自開著很是豔麗的花朵，這是很有意思的。

2. 壺菫與菫花，似乎是同樣的東西，到了花老了凋謝的時候，就是一樣了。還有繡球菊，也有意思。

3. 夕顏與朝顏相似，兩者往往接連的說，花開也很有趣味，可是那果實的可憎模樣，這是很可惜的事情。

4. 向日葵雖然是不見得有什麼好處，但是隨了太陽的移動而傾側，似乎不是尋常的草木的心所能有，因此覺得是很有意思。花色雖不很濃，但並不劣於開花的棣棠。

四、樹之事

1. 樹木是楓，五葉松，柳，桔。

2. 檀樹，這是可以做弓的材料，現在更不必多說了。

3. 樟樹的多枝，比喻人的多有懷戀。

4. 「明天是檜」樹，此樹中國名「羅漢松」，日本名意云「明日成檜」。

5. 柏木，這個樹裡，因為有「守葉的樹神」住著，所以也是可以敬畏。

6. 棕櫚樹，雖然樹木缺乏風情，但是有唐土的趣味。

7. 樹木的花是梅花，不論是濃的淡的，紅梅最好。櫻花是花瓣大，葉色濃，樹枝細，開著花很有意思。藤花是花房長垂，顏色美麗的開著為佳。

五、鳥之事，蟲之事

1. 鳥裡邊的鸚鵡，雖然是外國的東西，可是很有情味的。

2. 水鳥中鴛鴦是很有情趣的。大雁的叫聲遠遠的聽著，很可感動的。

3. 野鴨也正如歌裡所說的，拍著翅膀，把上面的霜掃除了似的，很有意思。

4. 鶯是在詩歌中有很好的作品留下來，講牠的叫聲，以及姿態，都是美麗上品的。

5. 子規的叫聲，更是說不出的好了。在五月梅雨的短夜裡，忽然的醒了，心想怎麼的要比人家早一點聽見子規的初次啼聲，那樣的等待著。在深夜叫了起來，很是巧妙，並且嫵媚，聽著時更是精神恍惚，不曉得怎麼樣好。

6. 凡物夜啼，都絕佳妙，唯獨小兒夜啼，卻是不佳。

7. 夏蟲很是好玩，也很可愛。在燈火近旁，看著故事書的時候，在書本上往來跳躍，覺得很有意思。

六、詩歌之事

1. 聽說你是聽子規啼聲去了，我雖是不能同行，請你把我的心帶了去吧。

2. 山裡積著雪，路也沒有，今天來訪的人煞是風流呵。

3. 人家都忙著，說花呀蝶呀的時節，只有你是我知心的人。

4. 風吹白雲，在峰頭分別了，是絕無情分的你的心嗎？

5. 昨天才插了秧，不知什麼時候稻葉飄飄的秋風吹起來了。

6. 看那櫻花溼露的容貌，想起哭了離別的人來，覺得很可戀慕呵。

7. 自作聰明的楊柳展開了眉毛，使得春光失了顏色。

8. 過去的日子是怎麼過了的，難以排遣的昨日與今日呵。

9. 春天的無聊賴，在雲上尚且不好過，何況我在這地方的呢。

10. 有如刈取蒲草的沼澤裡，雨落下來，水也增漲了的我的戀情呵。

11. 戀慕的心情雖不是一樣，今夜裡的月亮，君豈不見嗎？

七、女人之事

1. 從她的父親所得的教訓是,第一要習字,其次要學七弦琴,注意要比別人彈的更好,隨後還有《古今集》的歌二十卷,都要能闇誦,這樣的去做學問。

2. 前途沒有什麼希望,只是老老實實的守候僅少的幸福,這樣的女人是我所看不起的。有些身分相應的人,還應當到宮廷裡出仕,與同僚交往,並且學習觀看世間的樣子。

八、優雅有致之事

1. 優美的事是,瘦長的瀟灑的貴公子穿著直衣的身段。

2. 年輕美貌的女人,將夏天的帷帳的下端搭在帳竿上,穿著白綾單衣,外罩二藍的薄羅衣,在那裡習字。

3. 將非常長的菖蒲,卷在書信裡的人們,是很優雅的。

4. 潔白清楚的檀紙上,用很細的筆致,幾乎是細得不能再細了,寫著些詩詞。

5. 漂亮的事是,唐錦,佩刀,木刻的佛像的木紋。顏色很好,花房很長,開著的藤花掛在松樹上頭。

九、不可言詮之事

1. 世上什麼是有常呢?飛鳥川的昨日的深淵,今日成為淺灘。

2. 祈禱修法是,誦讀佛眼真言,很是優美,也很可尊貴。

3. 天寒下著雪,錯當作花看了。

4. 無論什麼,凡是細小的都可愛。

5. 一直過去的東西是,使帆的船。一個人的年歲。春,夏,秋,冬。

6. 年歲過去,身體雖然衰老,但看著花開,便沒有什麼憂思了。

7. 無論男女，均不可不保有他的品格。

8. 其實年輕的人對於世上萬事，都不免動心吧。

9. 不言說，但相思。

十、清涼之事

1. 陀羅尼經，宜於黎明。讀經，宜於傍晚。

2. 遠而近的東西是，極樂淨土，船的路程，男女之間。

3. 祈禱修法是，誦讀佛眼真言，很是優美，也很可尊貴。

4. 容易求得的蓮華的露，放下了不想去沾益，卻要回到濁世裡去嗎？

5. 前途遼遠的事是，千日精進起頭的第一天。

6. 生下來的孩子，長成為大人的期間，《大般若經》獨自讀起來。

打動過平安時代才媛雅士的《枕草子》

卷一

第一段　四時的情趣

　　春天是破曉的時候〔最好〕。漸漸發白的山頂，有點亮了起來，紫色的雲彩微細的橫在那裡〔這是很有意思的〕。

　　夏天是夜裡〔最好〕。有月亮的時候，這是不必說了，就是暗夜，有螢火到處飛著〔也是很有趣味的〕。那時候，連下雨也有意思。

　　秋天是傍晚〔最好〕。夕陽很輝煌的照著，到了很接近了山邊的時候，烏鴉都要歸巢去了，便三隻一起，四隻或兩隻一起的飛著，這也是很有意思的。而且更有大雁排成行列的飛去，隨後變得看去很小了，也是有趣。到了日沒以後，風的聲響以及蟲類的鳴聲，也都是有意思的。

　　冬天是早晨〔最好〕。在下了雪的時候可以不必說了，有時只是雪白的下了霜，或者就是沒有霜雪也覺得很冷的天氣，趕快的生起火來，拿了炭到處分送，很有點冬天的模樣。但是到了中午暖了起來，寒氣減退了，所有地爐以及火盆裡的火，〔都因為沒有人管了〕以至容易變了白色的灰，這是不大對的。

第二段　時節

　　時節是正月，三月，四五月，七月，八九月，十一月，十二月，總之各自應時應節，一年中都有意思。

第三段　正月元旦

正月元旦特別是天氣晴朗，而且很少有的現出霞彩，世間所有的人都整飭衣裳容貌，特別用心，對於主上和自身致祝賀之意 [001]，是特有意思的事情。

正月七日，去摘了在雪下青青初長的嫩菜 [002]，這些都是在宮裡不常見的東西，拿了傳觀，很是熱鬧，是極有意思的事情。這一天又是參觀「白馬」[003] 的儀式，在私邸的官員家屬都把車子收拾整齊，前去觀看。在車子拉進了待賢門的門檻的時候，車中人的頭常一起碰撞，前頭所插的梳子也掉了，若不小心也有折斷了的，大家鬨笑，也是很好玩的。〔到了建春門裡〕在左衛門的衛所那邊，有許多殿上人站著，借了舍人們的弓 [004]，嚇唬那些馬以為玩笑，才從門外張望進去，只見有屏風立著，主殿司 [005] 和女官們走來走去，很有意思。這是多麼幸福的人，在九重禁地得以這樣熟悉的來去呢？想起來是很可羨慕的。現在所看到的，其實在大內中是極狹小的一部分，所以近看那舍人們的臉，也露出本色，白粉沒有搽到的地方，覺得有如院子裡的黑土上，雪是斑剝的融化了的樣子，很是難看。而且因為馬的奔跳騷擾，有點覺得可怕，便自然躲進車裡面去，便什麼都看不到了。

正月八日〔是女官敘位和女王給祿的日子，凡是與選〕的人都去謝

[001]　對主上致祝賀之意即指朝拜，對自己的祝賀則指新年的有些儀式，如新正三日例有「固齒」之習慣。牙齒的意思通於「年齡」，所以有祈禱延齡之意。古時吃鹿肉或野豬肉，其後佛教興盛，戒食獸肉，改食鹽魚及年糕，此風至今猶存。

[002]　原文「若菜」，指春天的七草，即是薺菜，繁蔞，芹，蕪菁，蘿蔔，鼠麴草，雞腸草。七種之中有些是菜，有的只是可吃的野草，正月七日採取其葉食作羹吃，云可除百病，闢邪氣。

[003]　中國舊說，馬為陽獸，青為陽春之色，故正月七日看青馬，可以禳除一年中的災害。日本遂有天皇於是日看馬的儀式，自十世紀初改用白馬，故文字上亦改寫「白馬節會」，唯仍舊時讀法曰青馬。

[004]　殿上人指公卿中許可升殿者，其品級須在五位以上。舍人係禁中侍衛，由有爵位者的子弟中選拔，任左右近衛府舍人各三百人，各帶弓箭兵仗，司警衛之役。

[005]　主殿司為後宮十二司之一，專司宮中薪炭燈油的事，皆由女官任之。

恩，奔走歡喜，車子的聲響也特別熱鬧，覺得很有意思。

正月十五日有「望日粥」[006] 的節供〔進獻於天皇〕。在那一天裡，各家的老婦和宮裡的女官都拿粥棒[007] 隱藏著，等著機會，別的婦女們也用心提防著後面，不要著打，這種神氣看來很有意思。雖是如此，不知怎的仍舊打著了，很是高興，大家都笑了，覺得甚是熱鬧。被打的人卻很是遺憾，那原是難怪的。

有的從去年新來的贅婿[008]，一同到大內來朝賀，女官等著他們的到來，自負在那些家裡出得風頭，在那內院徘徊伺著機會，前面的人看出她的用意，嘻嘻的笑了，便用手勢阻止她說：「禁聲禁聲。」可是那新娘若無其事的樣子，大大方方的走了來。這邊藉口說：「且把這裡的東西取來吧。」走近前去，打了一下，隨即逃走，在那裡的人都笑了起來。新郎也並不顯出生氣的模樣，只是好意的微笑，〔新娘〕也不吃驚，不過臉色微微的發紅了，這是很有意思的事情。又或是女官們互相打，有時連男人也打了。〔原來只是遊戲〕不知是什麼意思，被打的人哭了發怒，咒罵打她的人，〔有時候〕也覺得是很好玩。宮中本來是應當不能放肆的地方，在今天都不講這些了，什麼謹慎一點都沒有了。

◆ 其二　除目 [009] 的時候

有除目式的時候，宮中很有意思。雪正下著，也正是冰凍的時候，四位五位的人拿著申文[010]，年紀很輕，精神也很好，似乎前途很有希

---

[006]　正月望日也是節日，煮粥加小豆，稱「望日粥」，此種風俗至今也還留存。

[007]　煮粥用過的木材，稱為粥棒，或曰粥杖，用以打女人的背後，云可宜男。

[008]　日本古時結婚，皆由男子往女家去，稱為「往來」，寫作「通」字。在《源氏物語》及中國唐代傳說中，多說及此事，與平常的入贅情形有別。

[009]　原文「除目」係用中國古語，「除」謂除舊官，後轉稱拜官曰除，除書曰除目，猶後世所謂推升朝報。唐人詩云：「一日看除目，三年損道心」，日本古時除官，有內外之分，正月九日至十一日，為地方官任免日期，文中即指此事。國司例用五位以下的官，但亦兼用四五位的。

[010]　申文係本人自敘履歷願望，遇官職有闕，申請補用，亦有請文章博士代撰者，《枕草子》第一七三段列舉「文」之美者，於《白氏文集》及《文選》之外，有「博士的申文」，即指此，例用漢文，參照唐時公文程式而成。

望。有的老人，頭髮白了的人，夤緣要津有所請求，或進到女官的司房，陳說自身的長處，任意喋喋的講，給年輕的女官們所見笑，〔偷偷的〕學他的樣子，他自己還全不知道。對她們說：「請給好言一聲，奏知天皇，請給啟上中宮吧！」這樣託付了，幸而得到官倒也罷了，結果什麼也得不到，那就很是可憐了。

◆ 其三　三月三日

三月三日，這一天最好是天色晴朗，又很覺得長閒。桃花這時初開，還有楊柳，都很有意思，自不待言說。又柳芽初生，像是作繭似的，很有趣味。但是後來葉長大了，就覺得討厭。〔不單是柳葉〕凡是花在散了之後，也都是不好看的。把開得很好的櫻花，很長的折下一枝來，插在大的花瓶裡，那是很有意思的。穿了櫻花季節的直衣和出袿的人 [011]，或是來客，或是中宮的弟兄們，坐在花瓶的近旁，說著話，實在是有興趣的事。在那周圍，有什麼小鳥和蝴蝶之類，樣子很好看的，在那裡飛翔，也很覺得有意思。

◆ 其四　賀茂祭的時候

賀茂祭的時候很有意思。其時樹木的葉子還不十分繁茂，只是嫩葉青蔥，沒有煙霞遮斷澄澈的天空，已經覺得有意思，到了少為陰沉的薄暮的時候，或是夜裡，聽那子規那希微的鳴聲，遠遠的聽著有時似乎聽錯似的，幾乎像沒有，這時候覺得怎樣的有意思呢？到得祭日逼近了，〔做節日衣服用的〕青朽葉色和二藍的布匹成卷 [012]，放在木箱的蓋裡，上面包著一些紙只是裝個樣子，拿著來往的〔送禮〕，也是很有意思的。

---

[011]　這裡是指袿衣，三月裡穿的。直衣是指貴人的常服，與禮服相對。「直」猶言平常，但非許可升殿的人不能著用。「袿」意云裡衣，謂穿在直衣底下的衣服，常時衣裾納入裳內，其露出在裳外者稱為出袿。

[012]　青朽葉係賀茂祭時所穿的服色，乃是經線用青，緯線用黃所織成的絲織物，袿衣的裡子係用青色。二藍為藍與紅花所染成的間色，即今的淡紫色，若織物則經線為紅，緯線為藍。

末濃，村濃以及卷染等種種染色[013]，在這時候比平常也更有興趣。〔在祭禮行列中的〕女童在平日打扮，洗了頭髮加以整理，衣服多是穿舊了的，也有綻了線，都已破舊了的，還有屐子和鞋也壞了，說：「替屐子穿上盤扣吧！」、「替鞋子釘上一層底吧！」拿著奔走吵鬧，希望早日祭禮到來，看來也是有意思。這樣亂蹦亂跳的頑童，穿上盛裝，卻忽然變得像定者[014]一樣的法師，慢慢的排著行走，覺得是很好玩的。又應了身分，有女童的母親，或是叔母阿姊，在旁邊走著照料，也是有意思的事情。

第四段　言語不同 [015]

言語不同者，為法師的言語，男人的與女人的言語，又身分卑賤的人的言語，一定多廢話的。

第五段　愛子出家

使可愛的兒子去做法師，實在是很可憐的。這雖然很是勝業，但世人卻把出家的看作木塊一樣的東西，這是很不對的事情。吃的是粗惡的素食，睡眠也是如此，其實年輕的人對於世上萬事，都不免動心吧，女人什麼所在的地方，有什麼嫌忌似的不讓窺見，若是做了便要了不得的加以責備。至於修驗者[016]的方面，那更是辛苦了。御嶽和熊野以及其他[017]，沒有足跡不到的地方，要遇到種種可怕的災難，〔及至難行苦行

---

[013]　末濃謂染色上淡下濃，多係紫或紺色。村濃用一種染色，處處濃淡不一樣，村或作斑，二字讀音相同。卷染為絞染之一種，用絹線隨處結縛，及染後則縛處色白，中國古稱絞纈。

[014]　定者即香童，大法會在行道的時候，由沙彌執香爐前導，祭禮中以女童充任。

[015]　此節謂言語內容雖同而格調各別，貧賤的人因文化缺少，故言詞拖delay。

[016]　修驗道係日本佛教真言宗（密宗）的一支，專修祈禱符咒，跋涉山谷，為種種難行苦行，以求得法力，修驗者稱為「山伏」，在中古時代甚有勢力。

[017]　御嶽即大和之金峰山，熊野在紀伊，其山皆甚險峻，為修驗道之靈地。

的結果〕漸漸聞名，說有靈驗了，便這裡那裡的被叫了去，很是時行，愈是沒有安定的生活。遇有重病的人，去給降伏所憑的妖鬼，也很吃力，到得倦極了瞌睡的時候，旁人就批評說：「怎麼老是睡覺。」也是苛刻，在他本人不知道怎樣〔但是也覺得是可憐的〕。不過這已經是從前的事情了，現在〔法師的規矩也廢弛了，所以〕已是很舒適的了。

第六段　大進生昌[018]的家

當中宮臨幸大進生昌的家的時候，將東方的門改造成四足之門[019]，就從這裡可以讓乘輿進去。女官們的車子，從北邊的門進去，那裡衛所裡是誰也不在，以為可以就那麼進到裡面去了，所以頭髮平常散亂的人，也並不注意修飾，估量車子一定可以靠近中門下車，卻不料坐的檳榔毛車[020]因為門太小了，夾住了不能進去，只好照例鋪了筵道[021]下去，這是很可憤恨的，可是沒有法子。而且有許多的殿上人和地下人[022]等，站在衛所前面看著，這也是很討厭的事。

後來走到中宮的面前，把以上的情形說了，中宮笑說道：「就是這裡難道就沒有人看見嗎？怎麼就會得這樣的疏忽的呢？」

「可是誰都看慣了我們的這一副狀態的人，所以如果特別打扮了，反會著目叫人驚異的。但是這麼樣的人家，怎麼會得有車子都進不去的門

[018]　大進是官職的名稱，這是中宮附屬的官，品級不過從六位，但是屬於親近的侍從。生昌為平珍材的兒子，由文章生任為中宮大進，後仕至郡守，兄平唯仲任中納言，執行太政官的職務。中宮為藤原定子，係關白（古代官名，輔佐天皇，位在太政大臣之上）藤原道隆的女兒，正曆元年（西元九九〇年）為一條天皇的中宮，著者即在她的近旁，任職女官。

[019]　四足門即謂有四隻腳的門，實際上於門枋之外，左右各添兩柱，故實有六足，日本舊時唯高貴人家始得有此，蓋以備停車之用。

[020]　檳榔毛車文字雖說是檳榔，其實卻是用蒲葵葉蓋頂的車子，蒲葵乃炎熱地方的植物，似棕櫚而大。檳榔毛車是四位以上的官吏所坐的車，女官們亦得乘用。

[021]　筵道猶言席道，係在院外或室內鋪席作道路，席邊用絹作緣，或於其上加鋪毯子網緞。

[022]　地下人與殿上人相對，指五六位以下的人，於例不許升殿。

的呢？見到了〔主角〕，回頭且譏笑他看。」

　　說著的時候，生昌來了，說道：「請把這個送上去吧。」將文房四寶從御簾底下送了進來。便對他說道：「呀，你可是不行哪！為什麼你的住宅，把門做的那麼的小呢？」

　　生昌笑著說道：「什麼，這也只是適應了一家和一身的程度而構造的罷了。」

　　又問道：「但是，也聽說有人單把門造的很高的哩。」

　　生昌出驚道：「啊呀，可怕呀！那是於定國[023]的故事吧。要不是老進士[024]的話，恐怕就不會懂得這個意思。因為偶然於此道稍有涉獵，所以還能約略懂得呢。」

　　我便說道：「可是你這個道[025]可就不很高明了。鋪著筵道，〔底下的泥濘看不出來〕大家都陷下去了，鬧得一團糟呢。」

　　生昌答說：「天下雨了，所以是那樣的吧。呀，好吧，若在這裡，又有什麼難題說出來也不可知。我就此告辭了吧。」就退出去了。

　　之後中宮說道：「怎麼樣了？生昌似乎很是惶恐的樣子？」我回答說：「沒有什麼。不過說那車子不能進來的事情罷了。」說完了便即退了下來。

　　那天夜裡，與年輕的女官們睡了，因為很是渴睡，所以什麼事也不知道的睡覺了。這屋乃是東偏殿的一間，西邊隔著廂房，北面的紙障[026]

---

[023]　此指前漢於定國的父親於公的故事。據《蒙求》說，于公為縣之獄吏，決獄平允。其閭門壞，父老方共治之。于公謂曰：「少高大閭門，令容駟馬高車。我治獄多陰德，未嘗有所冤，子孫必有興者。」至定國為丞相，封西平侯，孫永為御史大夫，封侯世襲。

[024]　日本古時，仿中國唐代制度，以文章取士，先由各地方的國學，選拔學生，進於大學，再經考試，及第者稱「擬文章生」，隨後更經宣旨，由式部大輔即文部大臣考過，成為正式的「文章生」，亦稱進士。

[025]　生昌說「於此道稍有涉獵」，是指學問之道，現在便借用了，來說「道路」，所以說這不很高明。

[026]　用木作格子，上糊薄紙，今譯為「紙門」，其用厚紙者今譯為「紙障」，原來同樣的稱為「障子」。

裡沒有鬥，可是〔因為太是渴睡了〕也沒有查問。但是生昌是這裡的主人，所以很知道這裡的情形，就把這門開啟了，用了怪氣的有點沙啞的聲音說道：「這裡面進去可以嗎？」這樣的聲音說了好幾遍，驚醒來看時，放在几帳[027]後面的燈臺的光照著，看得很清楚。只見紙障開啟了約有五寸光景，生昌在那裡說話。這是十分可笑的事。〔像這樣鑽到女人住屋來似的〕好色的事情是絕不會做的人，大概因為中宮到家裡來了，便有點得意忘形，想來覺得很是有趣。

我把睡在旁邊的女官叫醒了，說道：「請看那個吧。有那樣的沒有看慣的人在那裡呢！」女官舉起頭來看了，笑說道：「那是誰呀，那麼全身顯現的？」生昌說道：「不是別人，乃是本家的主人，來跟本房主人非商談不可的事情，所以來的。」我就說道：「我剛才是說門的事嘛，並沒有叫你開啟這裡的紙障的呀。」生昌答說：「不，也就是說關於那門的事。我進來成嗎，成嗎？」還是說個不了，女官說道：「噯，好不難看！無論怎麼總非進來不可嗎？」笑了起來。生昌〔這才明白〕說道：「原來這裡還有年輕的人們在呢。」說著，關了紙障後，大家都笑了。〔凡是男子將女人的房門〕開了之後，便進去好了，若是打了招呼，有誰說「你進來好吧」的呢？想起來實在好笑得很。

次日早晨走到中宮面前，把這事告訴了，中宮說道：「生昌平日並沒有聽說這種的事，那是因為昨夜關於門的這番話感服了，所以進來的吧，那麼的給他一個下不去，也實在可憐的。」說著就笑了。

在公主[028]身邊供奉的女童，要給她們做衣服的時候，中宮命令下去，生昌問道：「那女童袙衣的罩衫[029]是用什麼顏色好呢？」這又被女官們所笑，〔因為那不是有汗衫的正當的名稱嗎？〕

---

[027] 几帳為屏風之屬，設木架，上掛帷帳凡四五幅，高五尺餘，冬夏用材料不同。
[028] 公主指一條天皇第一皇女修子內親王，其時年方四歲。
[029] 「袙衣」本係中國古字，訓作「裡衣」，罩在袙衣外面的衣服，日本卻稱為「汗衫」，生昌不用這正式名稱，卻說是「袙衣的罩衫」，所以為女官們所笑了。

又說道：「公主的食案[030]，如用普通的東西，便太大了，怕不合適，用小形食盤和小形食器好吧。」我們就說道：「有這樣的奇怪的食器，配著穿袒衣的罩衫的童女，出現在公主前面，這才正好哩。」

中宮聽了說道：「你們別把他當作平常的人看待，這樣的加以嘲笑。他倒是非常老實的人哩。這麼笑他實在太可憐了。」把我們的嘲笑制止了，很是有意思的事。

正在中宮面前有事的時候，女官傳達說：「大進有話要跟你說呢。」

中宮聽見了，說道：「又要說出什麼話來，給大家笑話吧。」說得很有意思。接著又說道：「你就去聽聽看吧。」我便出來到簾子旁邊，生昌對我說道：「前夜關於門的那番話，我與家兄中納言說了，他非常的佩服，說怎麼樣找到適當的機會，想見面一次，領教一切。」就是這個，此外別無事情。

我心想把生昌在夜裡偷偷進來的事，拿來戲弄他一番，心裡正躊躇著，他卻說道：「一會兒在女官房裡會見，慢慢的談吧。」就辭去了。

我回來的時候，中宮問道：「那麼，有什麼事呢？」我便把生昌的話，一五一十的照說了，且笑說道：「本來沒有值得特別通報，來叫了出去說的什麼事情，那樣子只要等候在女官房裡的時候，慢慢的來談，豈不就好了嗎！」

中宮聽了卻說道：「生昌的心裡覺得，非常了不得的哥哥稱讚了你，你也一定很高興吧，所以特別叫你出去，通知你一聲的吧。」這樣的說了，也是很有意思的事情。

---

[030]　日本食案即中國古代所謂「案」，其大小高低皆有一定的尺度，今如改作小形的，便顯得奇怪。

第七段　御貓與翁丸

　　清涼殿裡飼養的御貓，敘爵五位，稱為命婦[031]，非常可愛，很為主上所寵愛。有一天，貓出來廊下蹲著，專管的乳母馬命婦[032]看見，就叫牠道：「那是不行的，請進來吧！」但是貓並不聽她的話，還是在有太陽晒著的地方睡覺。為的要嚇唬牠，便說道：「翁丸在哪裡呢？來咬命婦吧！」那狗聽了以為是真叫牠咬，這傻東西跑了過去，貓嚇到，逃進簾子裡去了。正是早餐的時候，主上在那裡，看了這情形，非常的吃驚。他把那貓抱在懷中，一面召集殿上的男人們，等藏人[033]忠隆來了，天皇說道：「把那翁丸痛打一頓，流放到犬島去，立刻就辦！」大家聚集了，喧嚷著捕那條狗。對於馬命婦也給予處罰，說道：「乳母也調換吧，那是很不能放心的。」因此馬命婦便表示惶恐，不再敢到御前出仕。那狗被捕了，由侍衛們流放去了。

　　女官們卻對於那狗很覺得憐惜，說道：「可憐啊，不久以前還是很有威勢的搖擺走著的哩！這個三月三日的節日，頭弁[034]把牠頭上戴上柳圈，簪著桃花，腰間又插了櫻花，在院子裡叫走著，現在遇著這樣的事，又哪裡想得到呢？」又說道：「平常中宮吃飯的時候，總在近地相對等著，現在卻覺得怪寂寞的。」這樣說了，過了三四天的一個中午，忽然有狗大聲嚎叫。這是什麼狗呢，那麼長時間的叫著？

　　正聽著的時候，別的那些狗也都亂跑，彷彿有什麼事的叫了起來。管廁所的女人走來說道：「呀，不得了。兩個藏人打一隻狗，恐怕就要打

---

[031]　日本古時女官的名稱，官位在四五位以上，中國舊時用於官吏之妻，日本襲用之，至近時才廢止。這裡係用以稱呼御貓，《花柳餘情》引《小石記》云：「長保元年（西元九九九年）九月十九日，大內御貓生子，皇太后及左右大臣有隔日賜宴等事，又任命貓乳母馬命婦，時人笑之，真怪事也。」

[032]　貓的乳母係看管貓的人。馬命婦為乳母的名字，通例大率以其父兄或丈夫的官職連帶為名，這裡稱馬命婦，大概因她有直系親屬在馬寮（御馬監）任職的緣故吧。

[033]　藏人為藏人所的官員，專司宮中雜役事務。忠隆即源忠隆，長保二年任藏人之職。

[034]　太政官的弁官，兼任藏人頭之職者，其時的頭弁為藤原行成。

死了吧！說是給流放了，卻又跑了回來，所以給牠處罰呢！」啊，可憐的，這一定是翁丸了。據她說是忠隆和實房這兩個人正打那狗，叫人去阻止，這才叫聲止住了。去勸阻的人回來說道：「因為已經死了，所以拋棄在宮門外面了。」大家覺得這是很可憐的，那天晚上，只見有遍身都腫了，非常難看的一隻狗，抖著身子在院子裡走著。

女官們看見了說道：「啊呀，這可不是翁丸嗎？這樣的狗近時是沒有看見嘛。」便叫牠道：「翁丸！」卻似乎沒有反應。有人說是翁丸，有人說不是，各人意見不一，乃對中宮說了。中宮道：「右近 [035] 應該知道，叫右近來吧。」右近這時退下在私室裡，說是有急事見召，所以來了。

中宮說道：「這是翁丸嗎？」把狗給她看了，右近說道：「像是有點相像，可是這模樣又是多麼難看呀。而且平常叫牠翁丸，就高興的跑了來，這回叫了卻並不走近前來。這好像是別的狗吧。人家說翁丸已經打死，拋棄掉了，那麼樣的兩個壯漢所打的嘛，怎麼還能活著呢？」中宮聽了，顯得憐惜的樣子。

天色暗了下來，給牠東西吃也不吃，因此決定這不是翁丸，就擱下了。到了第二天早晨，中宮梳頭，漱口，我在旁邊侍候，拿了鏡子給看，那個狗在柱子底下趴著，我就說道：「啊，是昨天翁丸給痛打的吧。說是死了，真是可悲呵！這回要變成什麼東西，轉生了來呢？想那〔被打殺的〕時候，是多麼難過呵！」說著這話的時候，那裡睡著的狗顫抖著身子，眼淚滾滾的落了下來，很吃驚。

那麼，這原來是翁丸。昨夜〔因為畏罪的關係〕一時隱忍了不露出來，牠的用心更是可憐，也覺得很有意思。我把拿著的鏡子放下，說道：「那麼，你是翁丸嗎？」狗伏在地面上，大聲的叫了。中宮看著也笑了起來。女官們多數聚集來了，並且召了右近內侍來，中宮說了這事

---

[035]　即下文的右近內侍，內侍為女官名稱，右近為右近衛府的略稱，蓋因其家族有任近衛府官員的緣故。

情，大家都高興的笑了。主上也聽到了這事，來到中宮那裡，笑說道：「真好奇怪，狗也有這樣的〔惶恐畏罪的〕心呢。」天皇身邊的女官們也聽說跑來，聚集了叫牠的名字。似乎這才安心了樣子，立起身來，頭臉什麼卻還是很腫的。

我說道：「做點什麼食物給牠吧。」中宮笑著說道：「那麼終於顯露了說了出來了。」

忠隆聽說，從檯盤所[036]裡出來，說道：「真的是翁丸回來了嗎？讓我來調查一下吧！」我答道：「啊，不行呵，這裡沒有這樣的東西。」忠隆卻說道：「你雖是這麼說，可是總有一朝要發見的吧，不是這樣隱瞞得了的。」但是這以後，公然得到赦免，仍舊照以前的那樣生活著。但是在那時候，得到人家的憐惜，顫抖著叫了起來，那時的事情很有意思，不易忘記。人被人家憐惜，哭了的事原是有的〔但是狗會流淚，那是想不到的〕。

第八段　五節日

正月元日，三月三日，都是天色非常晴朗的好。五月五日整天的陰晦。七月七日天陰，到了傍晚在晴空上，月色皎然，牽牛織女的星也可以看見。九月九日從破曉少為下點雨，菊花上的露水也很溼的，蓋著的絲棉[037]也都溼透了，染著菊花的香氣特別的令人愛賞。早上的雨雖然停住了，可是也總是陰沉，看去似乎動不動就要落下來的樣子，是很有意思的。

---

[036]　在清涼殿內，早餐間的南面，凡三間，係安放食器的地方。

[037]　俗信菊花能延年，故於重陽前夜，用絲棉蓋在菊花上面，次晨收取朝露，以拭身體，謂能卻老。

第九段　敘官的拜賀

〔敘位任官之後的〕拜賀的禮儀，看去很好玩的。衣裳後面的衣裾拖在地上，執著朝笏，在御前直立著的樣子，隨後是拜了舞踏那種動作呵 [038]！

第一〇段　定澄僧都

〔舊大內被燒了之後〕在現今一條院的東邊，平常稱作北陣的，在那裡有一棵楢樹，很高的立著，就是遠方也看得見，平常人總問道：「這樹有幾仞 [039] 的高呵？」權中將成信曾說道：「把這從根邊砍了，拿來給定澄僧都當枝扇 [040] 用倒好。」

過了幾時這定澄被派為山階寺別當 [041]，要入內謝恩，權中將是近衛府官員也出場了，〔定澄個子很高〕又著了那高屐子，更顯非常的高大。在儀式完了退出之後，我對權中將說道：「你為什麼不把那枝扇給他拿著的呢？」權中將笑著答說：「你倒是沒有忘記。」

第一一段　山 [042]

山是小倉山，三笠山，葉暗山，不忘山，入立山，鹿背山，比波山。方去山 [043]，彷彿是說對誰謙讓，避在一邊的樣子，很有意思。五

---

[038]　古時謝恩例用拜舞，蓋是手舞足蹈的拜，以表示喜悅之意。

[039]　六尺為一仞。

[040]　枝扇係一種扇子，以木有三叉者作之，以一叉作柄，兩叉糊紙，因定澄身材甚高，故有此戲言。

[041]　僧都為僧官名稱，在僧正之次，與四位的殿上人相準。別當亦官名，寺的別當即一寺最高官長。

[042]　書中凡類聚名物事項的各段，據說是受《義山雜纂》的影響，如此處各節都是說有意思的山川，有些皆不可考，今為免避煩瑣起見，不加註釋。

[043]　「方去」是古語，意謂避路。

幡山，後瀨山，笠取山，比良山，鳥籠山，「不要告訴我的名字」，古代
天皇曾經歌詠，很有意思。伊吹山，朝倉山，從前見過的人呵，現在隔
著山漠不相關了，有這樣的歌，也是很有意思的。巖田山，大比禮山也
有意思，這令人聯想起石清水的臨時祭禮，奉大比禮樂，派遣敕使的事
情。手向山，三輪山，很有意思。音羽山，待兼山，玉坂山，耳無山，
末松山，葛城山，美濃御山，柞山，位山，吉備中山，嵐山，更級山，
姨舍山，小鹽山，淺間山，片敷山，鹿蒜山，妹背山〔也都是有意思
的〕。

第一二段　峰

　　峰是讓葉峰，阿彌陀峰，彌高峰。

第一三段　原

　　原是竹原，甕原，朝原，園原，萩原，粟津原，梨原，稚子原，安
倍原，篠原。

第一四段　市

　　市是辰市，椿市是在大和的許多市集中間，凡到長谷寺禮拜的人，
必在那裡停留，所以似乎與觀音有緣，有一種特別的感覺。小房市，飾
磨市，飛鳥市。

第一五段　淵

淵是賢淵，這是有多麼深的本性，給人家看見了，所以起了這個名字，想起來很有意思；勿入淵，是什麼人教誰不要這樣的呢？青色的淵又最有意思，藏人們服裝的染料似乎是從這裡出來的樣子。稻淵，隱淵，窺淵，玉淵。

第一六段　海

海是近江的水海，與謝海，河口海，伊勢海。

第一七段　渡

渡是志賀須香渡，水橋渡，古利須磨渡。

第一八段　陵

陵是鶯陵，柏原陵，天陵。

第一九段　家

家是近衛御門，二條院，一條院也很好。染殿之宮，清和院，營原院，冷泉院，朱雀院，洞院，小野宮，紅梅殿，縣之井戶，東三條院，小六條院，小一條院。

第二〇段　清涼殿的春天

在清涼殿的東北角，立在北方的障子上，畫著荒海的模樣，並有樣子很可怕的生物，什麼長臂國和長腳國的人。弘徽殿的房間的門一開，便看見這個，女官們常是且憎且笑。在那欄干旁邊，擺著一個極大的青瓷花瓶，上面插著許多非常開得好的櫻花，有五尺多長，花朵一直開到欄干外面來。在中午時候，大納言[044]穿了有點柔軟的櫻的直衣，下面是濃紫的縛腳褲，白的下著，上面是濃紅綾織的，很是華美的出袿，到來了。天皇適值在那房間裡，大納言便在門前的狹長的鋪著板的地方坐下來說話。

御簾的裡面，女官們穿著櫻的唐衣，寬舒的向後面披著，露出藤花色或是棣棠色的上衣，各種可喜的顏色，許多人在半窗上的御簾下邊，擁擠出去。其時在御座前面，藏人們搬運御膳的腳步聲，以及「噓，噓」的警蹕的聲音，可以聽得見。這樣的可以想見春日優閒的樣子，很有意思。過了一會兒，最後搬運檯盤的藏人出來，報告御膳已經預備，主上於是從中門走進御座坐下了。大納言一同進去，隨後又回到原來櫻花的那地方坐了。中宮將前面的几帳推開，出來坐在殿柱旁邊，〔與大納言對面〕這樣子十分優美，在近侍的人覺得別無理由的非常可以喜慶。這時大納言緩緩的念出一首古歌來：

日月雖有變遷，
三室山的離宮，
卻是永遠不變。

這事很有意思。的確與歌的意思一樣，希望這情形能夠保持一千年呀！

御膳完了，侍奉的人叫藏人們來撤膳，不久主上就又來到這邊了。中宮說道：「磨起墨來吧。」我因為一心看著天皇，所以幾乎把墨從墨挾

---

[044]　大納言即謂藤原伊周，是關白道隆的兒子，中宮定子的兄長。

子[045]裡滑脫了。

隨後中宮再拿出白色的鬥方來疊起來道：「在這上面，把現在記得的古歌，各寫出一首來吧。」這樣的對女官們說了，我便對大納言說道：「怎麼辦好呢？」大納言道：「快點寫吧。〔這是對你們說的〕男子來參加意見是不相宜的吧。」便把硯臺推還了，又催促道：「快點快點！不要老是想了，難波津也好，什麼也好，只要臨時記起來的寫了就好。」我不知道自己為什麼會這樣的畏縮，簡直連臉也紅了，頭裡凌亂不堪。

這時高位的女官寫了二三首春天的歌和詠花的歌，說道：「在這裡寫下去吧。」我就把〔藤原良房的《古今集》裡的〕一首古歌寫了，歌云：

年歲過去，身體雖然衰老，

但看著花開，

便沒有什麼憂思了。

只將「看著花開」一句，變換作「看著主君」，寫了送上去，中宮看了很是喜歡，說道：「就是想看這種機智嘛〔所以試試看的〕。」這樣說了，順便就給這個故事：「在從前圓融天皇的時候，有一天對殿上人說道：『在這本冊子上寫一首歌吧。』有人說不善寫字，竭力辭退，天皇說道：『字的巧拙，歌的與目前情形適合與否，都不成問題。』大家很是為難，但都寫了。其中只有現今的關白[046]，那時還是三位中將，卻寫了一首戀歌：

潮滿的經常時海灣，

我是經常的，經常的

深深的懷念著吾君[047]。

---

[045] 古人磨墨用墨挾子，因為墨短了不好磨，故以夾子挾之，便於把握。
[046] 關白即謂藤原道隆。這典故出在中國，《漢書·霍光傳》云：「諸事皆先關白光，然後奏御天子。」日本制度，由大臣任關白，輔佐天皇，凡事率先關白，然後奏聞。
[047] 原歌裡的「吾君」，君字係指戀歌的對方，有時可指女性。

只將末句改寫為『信賴著』，這樣便大被稱讚。」這麼說了，我恐惶得幾乎流下冷汗來了。〔像我那首歌，因為自己年紀老大了，所以想到來寫了〕若是年輕的人，這未必能夠寫也未可知吧。有些平時很能寫字的人，這一天因為過於拘謹了，所以有寫壞了的。

◆ 其二　宣耀殿的女御

　　中宮拿出《古今集》來放在前面，開啟來唸一首歌的上句，問道：「這歌的下句是什麼呢？」這些都是晝夜總擱在心頭，記住了的東西，卻不能立刻覺得，說了出來，這是怎麼的呢？宰相君[048]算是能答出十首來，但是那個樣子，能夠算是記得了嗎？至於記得五六首的，那還不如說一首也不記得更好了。但是女官們說：「假如一口說不記得，那麼辜負中宮所說的意思嗎？」這件事也很有意思的。

　　等得中宮把沒有人知道的歌，讀出下半首來，大家便說：「啊，原來這都是知道的。為什麼記性這樣的笨呢！」便覺得很悔恨。其中也有些人，屢次抄寫過《古今集》，本來就應當記得了。

　　〔中宮隨後給我們講這故事：〕「從前在村上天皇的時代，有一位叫宣耀殿女御的，是小一條的左大臣[049]的女兒，這是沒有不知道的吧。在她還是做閨女的時候，從她的父親所得到的教訓是，第一要習字，其次要學七弦琴，注意要比別人彈的更好，隨後還有《古今集》的歌二十卷，都要能闇誦，這樣的去做學問。天皇平常就聽見過這樣的話。有一天是宮中照例有所避忌[050]的日子，天皇隱藏了一本《古今集》，走到女御的房子裡去，又特別用几帳隔了起來，女御覺得很是奇怪，天皇翻開書本，問道：『某年，某月，什麼時候，什麼人所作的歌是怎麼說呢？』

---

[048]　宰相君乃藤原重輔的女兒，為中宮的上級女官。

[049]　左大臣乃藤原師尹，小一條係所住的地方。

[050]　中古陰陽家的一種迷信，凡鬼星遊行的方面，犯之者有災禍。每遇是日照例不外出，不見客，亦不接受書簡，宮廷中一律停止政務，亦不召見臣工。

女御心裡想道，是了，這是《古今集》的考試了，覺得也很有意思，但是一面也恐怕有什麼記錯，或是忘記的地方，那也不是好玩的，覺得有點憂慮。天皇在女官裡面找了兩三個對於和歌很有了解的人，用了棋子來記女御記錯的分數，要求女御的答案。這是非常有趣的場面，其時在御前侍候的人都深感覺到欣羨的。天皇種種的追問，女御雖然並不怎麼敏捷的立即回答全句，但總之一點都沒有什麼錯誤。天皇原來想要找到一點錯處，就停止考驗了的，現在〔卻找不到〕不免有點懊惱了。

《古今集》終於翻到第十卷了，天皇說道：『這試驗是不必要了。』於是將書籤夾在書裡，退回到寢殿去了。這事情是非常有意思的。過了好久醒過來時，想道：『這事情就此中止，不大很好吧。下面的十卷，到了明天或者再參考別本。』說道：『且在今夜把這完畢了吧。』便叫把燈臺移近了，讀到夜裡深更，可是女御也終於沒有輸了。

在天皇走到女御屋裡去以後，人家給她父親左大臣送信，左大臣一時很為憂慮狼狽，到各寺院裡唸經祈禱，〔保佑女御不要失敗〕自己也對著女御的方向，一夜祈念著，這種熱心，實在是可佩服。」

這樣的說了，天皇也聽了覺得感心，說道：「村上天皇怎麼會這樣的讀得多呀！我是連三四卷也讀不了。」大家就說道：「從前就是身分不高的人，也都是懂得風流的。在這個時候，很不容易聽到那樣的故事了。」其時侍候中宮的女官們和天皇方面的女官許可到這裡來的，都這樣的說，其時的情形真是無憂無慮的 [051]。

◆ 其三　女人的前途

前途沒有什麼希望，只是老老實實的守候僅少的幸福，這樣的女人是我所看不起的。有些身分相應的人，還應當到宮廷裡出仕，與同僚交

---

[051]　別本第二十段裡此處為止，下節別為一段，即第二一段，此本係從《春曙抄》十二卷本，故今亦不分段。

往，並且學習觀看世間的樣子，我想至少或暫任內侍的職務。

有些男人說，出仕宮廷的女人是輕薄不行的，那樣的人最是可厭。但是，想起來這話也不是沒有道理。到宮廷出仕，天皇皇后不提也罷，此外公卿，殿上人，四位，五位，六位，還有同僚的女官們更不必說，要見面的人著實不少。此外女官們的從者，又從私宅來訪問的人，侍女長，典廁，石頭瓦塊等人，又怎能都躲避不見呢？倒是男子或者可以和這等卑賤的人不相見，但是既然出仕，這也大概是一樣的吧。

〔宮廷裡出仕過的女人〕娶作夫人，〔因為認得的人太多〕覺得不夠高雅，這雖然似乎有理，但若是這是典侍，時時進宮裡去，或者在賀茂祭的時候充當皇后的使者前去，豈不也是名譽嗎？而且此後就此躲在家裡，做著主婦，也是很好的。地方官的國司在一年五節的時候，將女兒來當舞姬，如果其妻有過出仕宮廷的經驗，那就不會像鄉下佬的樣子，把有些不懂的事情去問別人的必要了。這也就是很是高雅的事情了。

卷二

第二一段　掃興的事

掃興的事是白天裡叫的狗，春天的魚箔[052]，三四月時候的紅梅的衣服[053]，嬰兒已經死去的產室[054]，不生火的火爐和火盆，虐待牛的[055]飼牛人，博士家接連的生下女子來[056]，為避忌方角而去的人家，不肯作東道，特別是在立春的前日[057]，尤其是掃興。

從地方寄來的信裡，一點都沒有附寄的東西[058]，本來從京城裡去的信，也是一樣，但是裡面有地方的人想要聽的事情寫在裡頭，或是世間的什麼新聞，所以倒是還好。特別寫的很好的書信，寄給人家，想早點看到回信，現在就要來了吧，焦急的等著，可是送信的人拿著原信，不論是結封，或是立封[059]，弄得亂七八糟很是齷齪的，連封口地方的墨痕也都磨滅了，說是「受信人不在家」，或是「因是適值避忌，所以不收」，拿了回來，這是最為不愉快，也是掃興的事。

---

[052] 自十月至十二月，以竹箔截流為魚梁，以捕冰魚，在宇治川中最為有名，至春天則已過時。

[053] 紅梅的衣服於十一二月中著用，表面用紅，裡面用紫色的袷衣。

[054] 產室本意是生產的房子，但古時習俗，常另有裝置，不以尋常住屋充用。

[055] 「虐待牛的」，意思不甚可解，別本作「車牛死亡了」，蓋古代用牛駕車，沒有牛則車便無甚用處了。

[056] 博士係學者的稱號，古時大學寮中設有明經、明法、文章諸種博士，任教官之職，照例唯有男子得繼承家學，若女子便不得做博士了。

[057] 古時陰陽家有「避忌方角」之說，如需出門往東而方向不利，則改道往南先至一人家，住宿一夜，次日前去便無妨礙，其家應加以款待。立春的前夜今稱為「節分」，原意則是節候之所由分，即是由立春以至立冬的前一日皆是，如逢此時沒有宴饗，自然更是覺得寂寞了。

[058] 舊時交通不便，如有問訊須由人專送，因此亦遂多附送禮物。

[059] 結封係古時一種封信法，將信箋疊成細長條，作成兩結，於結處墨塗作記，立封則上下端各一扭折，不似如今的封緘。

又一定會得來的人，用車子去迎接，卻自等著的時候，聽見車子進門了，心想必是來了，大家走出去看，只見車子進了屋，車轅砰的放了下來，問使者說怎麼樣呢，答道：「今天不在家，所以不能來了。」說著只牽了牛走了[060]。

又家中因為有女婿來了，大為驚喜，後來卻不見來了[061]，很是掃興的事。這大概是給在什麼人身邊出仕的女人所截走了吧，到什麼時候還會來吧，這樣的等候著，煞是無聊。幼兒的乳母說要暫時告假出外，小兒急著找人，一時哄過去了，便差人去叫，說「早點回來吧」，帶來的回信卻說「今晚不能回來」，這不但是掃興，簡直還是可恨了。〔乳母尚且如此〕況且去迎接〔所愛的女〕人前來的男子，將更是怎麼樣呢？男人等待著，到得夜深的時候，聽見輕輕敲門的聲音，少為覺得心亂，叫用人出去問了，卻是別的毫不相干的人，報告姓名進來了，這是掃興之中最為掃興的事了。

修驗者[062]說要降伏精怪，很是得意的樣子，拿出金剛杵和念珠來，叫那神所憑依的童子[063]拿著，用了絞出來的苦惱似的聲音，誦讀著經咒，可是無論怎麼祈禱，妖精沒有退去的模樣，護法也一點都不顯神通。聚集攏來一起祈念著的病家的男女，看著都很覺得奇怪，過了一忽兒唸經唸得睏倦了，對那童子說道：「神一直不憑附，到那邊去吧。」取還了所拿的數珠，自己說道：「沒有靈驗呀！」從前額往上掠著頭髮，打了一個呵欠，好像被什麼妖精附著似的，自己先睡著了。

在除目時得不著官的人家〔是很掃興的〕。聽說今年必定可以任官了，以前在這家裡做事的人們，以及散出在別處的，還有住在偏僻鄉下

---

[060]　古代除帝王乘輦外，餘人並用牛車，這裡是說將拉車的牛牽走了。

[061]　古時結婚習慣，率由男子往女家就婚，晚去早歸，亦有中途乖異，遂爾絕跡。中國唐時似亦有此俗，見於傳奇小說中，如〈霍小玉傳〉。

[062]　修驗者係佛教真言密宗的一派，專修練法術，為人治病驅妖，在古時甚見信用，一般有病的人大概多請其治療。

[063]　修驗者行施法術，需用一個童子做神所憑依的東西，將妖精移在他身上，從他的口裡，聽取病情。

的人們，都聚集到那舊主人的家裡來，出入的車輾一點沒有間隙的排列著，〔為主人祈禱得官〕陪著到寺院裡去的人，大家爭先欲去，預先祝賀，飲酒吃食非常熱鬧，可是到了儀式終了三日的早晨，一直沒有通知任官的人的敲門的聲音。這是奇怪了，立起耳朵來聽，只聽見前驅警蹕的聲音，列席的公卿都已退出了。出去打聽消息的人，從傍晚直到天亮，因寒冷而顫抖著的下男，很吃力似的走了回來。當場的人看了這情形，連情形怎樣也不再問了。可是從外面聚集攏來的家人還是問道：「本家老爺任了哪一國的國司了？」下男的答詞是：「什麼國的前司。」[064]

　　誠心信賴這主人而來的人，知道了這事就非常的失望。到了第二天早晨，本來擠得動也不能動的人，就一個兩個的減少，走了回去了。本來在那裡執役的人，自然不能那麼的離去，只好等待來年，屈指計算哪一國的國司要交代，在那裡走來走去的，那實在是很可憐，也是很掃興的事。

　　自己以為做得還好的一首歌，寄到人家那裡，不給什麼回信〔覺得是掃興的事〕。若是情書，〔並不要立即答覆〕這也是沒有法子，但是假如應了時節歌詠景物的歌，若是不給回信，這是很討厭的。在很得時的人那裡，出入的人很多的時候，有時勢落後的老年人，因為沒有事做寫了舊式的，別無可取的歌送去〔也是掃興的事〕。又有祭禮或是什麼儀式當時要用的檜扇[065]，很是重要，知道某人於此頗有心得，託付他畫一畫，到了日子，畫得了卻是意外的沒有意思。

　　生產的慶祝，以及餞別的贈送，對於送禮的使者不給報酬〔這是很掃興的〕。就是送一點什麼香球或是卯槌來的人[066]，也必定須給與報

---

[064]　國司即是郡守，所謂「前司」，意思即是說「前任的郡守」，表示並沒有新的任命，所以仍舊稱前次的官銜。

[065]　檜扇是儀式上所用的扇子，乃是用檜或杉樹的薄片所做，共三十九枚，用各種顏色的絹絲結合，上糊薄紙，加以繪畫。

[066]　香球係用麝香、沉香等入錦袋中，與艾和菖蒲相結合，下垂五色絲縷有八尺至一丈，以避邪穢，於端午節用以贈送。卯槌則於正月初次的卯日用之，亦有闢邪去惡的效用，係用桃木所做，凡長三寸，廣一寸，用五色絲穿掛，長及五尺。

酬。預想不到的收到這種禮物，非常有意思的事。這樣就當然可以得到好些報酬，送禮的人正興頭很好的走來，卻是得不到什麼，那真是掃興的。

招了女婿，已經過了四五年，還不曾聽說有出產〔這是掃興的事〕。有些有許多孩子，已經成為大人，或者說不定有孫子都會爬了，做父母的卻一同的睡著午覺。旁邊看著的別人不必說，就是兒子也是覺得非常掃興的。午睡起來之後，再去洗澡，這不但是掃興，簡直有點可氣了。

十二月三十日從早晨下起的長雨。這可以說：「只有一天的精進的懈怠〔百日千日的精進也歸於無效〕。」[067] 八月裡還穿著白的衣服 [068]。不出奶的乳母〔都是掃興的〕。

第二二段　容易寬懈的事

容易寬懈的是精進日的修行，離開現在日子甚遠的準備，長久住在寺院裡的祈禱 [069]。

第二三段　人家看不起的事

人家看不起的事，是家的北面 [070]，平常被人家稱為太老實的人，年老的老翁，又輕浮的女人，土牆的缺處。

---

[067]　為什麼午睡起來洗浴是那麼不好，其意義不能明瞭。又十二月晦日的長雨，為什麼是「精進的懈怠」，也是不明白，別本就沒有這一句。「精進」本佛教用語，謂修道精進，後來則專指吃食，即吃菜忌葷腥。

[068]　白衣服係夏季的服裝，至八月就不應再著用了。

[069]　當時為得避忌或祈願，俗人常有在寺院住著數十日之久的。

[070]　人家正門大率南向，所以像個樣子，北向則是後門了。

第二四段　可憎的事

可憎的事是，有要緊事情的時候，老是講話不完的客人。假如這是可以隨便一點的人，那麼說「隨後再談吧」，那麼就這樣謝絕了，但偏是不得不客氣些的人，〔不好這樣的說〕所以很是覺得可憎。

硯臺裡有頭髮糾纏了磨著。又墨裡面混雜著砂石，磨著軋軋的響。

忽然有人生了病，去迎接修驗者來祈禱，可是平常在的地方卻找不到，到外面去了，叫人四面尋找，焦急的等待了好久，總算後來等著了，很高興的請他唸咒治療，可是在這時候大概在別處降伏妖怪，已是精疲力盡了的緣故吧，坐下了唸經，就是渴睡的聲音了，這是很可憎的。

沒有什麼地方可取的人，獨自得意的儘自饒舌的談話。在火盆圍爐的火上，盡把自己的兩手烤著手背，並且伸長著皺紋烘火的人。什麼時候有年輕的人，做出這種舉動的呢？只有年老的才有這種事情，連腳都擱到火爐邊上，一面說著話，兩腳揉搓著。舉動這樣沒規矩的人，到了人家去，大抵在自己所坐的地方，先把扇子扇一下塵土，也不好好的坐下，就那麼草草的，將狩衣的前裾都塞在兩膝底下去。像這樣沒規矩的事的人，以為是多是不足道的卑賤的人吧；卻不道是少為有點身分的，例如式部大夫或是駿河前司，也有這樣做的。

又，喝了酒要噪鬧，擦嘴弄舌，有鬍鬚的用手摸著鬍鬚，一面敬人家的酒，這個樣子看了真覺得討厭。意思是說：「再喝一杯吧」，顫抖著身子，搖晃著頭，口角往下面掛著，像是小孩子剛要唱「到了國府殿」[071]的時候的樣子。這〔在下賤的人那也罷了〕在平常很有身分的人這樣的做了，真覺得看了不順眼。

羨慕別人的幸福，嗟嘆自身的不遇，喜歡講人家的事，對於一點事情喜歡打聽，不告訴他便生怨謗，又聽到了一丁點兒，便覺得是自己所

---

[071]　「到了國府殿」是當時童謠的一句，今無可考。國府殿疑即國守。

熟知的樣子，很有條理的說與他人去聽，這都是很可憎的。

正想要聽什麼話的時候，忽而啼哭起來的嬰兒。又有烏鴉許多聚集在一起，往來亂飛亂叫〔都是可憎的〕。

偷偷的走到自己這裡來的男子，給狗所發見了叫了起來，那狗〔真是可恨〕想打殺了也罷。又本是男子所不應當來的，給隱藏在很是勉強的一個地方的人，卻睡著了發出鼾聲來。本來祕密出入的地方戴著長的烏帽子 [072]，容易給人看見，便加意留心，卻不防因為張皇了，撞在什麼東西上面，噗咮的一聲響，這是很可憎的。

在掛著伊豫地方的粗竹簾的地方，揭起簾子來鑽過去，發出沙沙的聲音，也是可憎的。有帛緣的簾子因為下邊有板，進出的時候聲響也就愈大。可是這如是輕輕的拉了起來，則出入時也就不會響了。又如拉門什麼用力的開閉，也很是可恨。這只要少為抬起來的去開，哪裡會響呢？若是開的不好，障子等便要歪曲了，發生嘎嘎的聲音。

渴睡了想要睡覺，蚊子發出細細的聲音，好像是報名似的，在臉邊飛舞。身子雖然是小，兩翅膀的風卻也相當大的哩，這也是很可憎的。

坐了軋軋有聲的車子走路的人，我想他是沒有耳朵的嗎？覺得很是可憎。我如是坐了借來的車子，軋軋的響的話，我便覺得那車子的主人也是可憎了。

在談話中間，插嘴說話，獨自逞能的饒舌，這是很可憎的。無論大人或是小孩，凡是插嘴來說，都是可恨。在講古代的故事什麼，將自己所知道的事，忽然從旁邊打斷，把故事弄糟了，實在是可憎的事。

老鼠到處亂跑，甚是可恨。有些偶然來的子女，或者童稚 [073]，覺得可愛，給點什麼好玩的東西。給他弄的熟了，後來時常進來，把器具什物都散亂了，這是可憎的。

---

[072] 烏帽子本是禮冠下的一種頭巾，用黑絹縫作袋狀，罩於髮髻的上面，但後來以紗或絹做成，上塗漆，便很有點堅硬了。

[073] 此處語意似重複，但原本卻有分別，蓋前者係對父母而言，後者則泛一般。

　　在家裡或是在公家服務的地方，遇見不想會面的人來訪，便假裝著睡覺，可是自己這邊的使用人卻走來叫醒，滿臉渴睡相，被叫了起來，很是可憎。後來新到的人，越過了先輩，做出知道的模樣來指導，或是多事照管，非常可憎。自己所認識的男子，對於從前有過關係的女人加以稱讚，這雖然過去很久了的事情，也煞是可憎。況且，若是現在還有關係，那麼這可憎更是不難想像了。可是這也要看情形來說，有時候也有並不是那麼樣的。

　　打了噴嚏，自己咒誦的人〔也是可憎的〕[074]。本來在一家裡除了男主人以外，凡是高聲打噴嚏的人，都很是可憎。跳蚤也很可憎，在衣裳底下跳走，彷彿是把牠掀舉起來的樣子。又狗成群的叫，聲音拉的很長，這是不吉之兆，而且可憎。

　　乳母的男人實在是很可憎的。若是那所養的小孩是女的，他不會得近前來，那還沒有什麼。假如這是男孩的話，那就好像是他自己的東西，走上前去，拿來照管，有一點事不如少爺的意的，便去向主人對這人進讒，把別人不當人看，很是不成事體，但是因為沒有人勇於舉發他，所以更是擺出了不得的架子，來指揮一切了。

第二五段　小一條院

　　小一條院就是現在的大內。主上所住的殿是清涼殿，中宮則住在北邊的殿裡。東西都有廂房，主上時常到北殿去，中宮也是常到清涼殿裡來。殿的前面有個院子，種著各樣的花木，結著籬笆，很有風趣。二月二十日[075]太陽光很是燦爛而悠閒的照著，在西廂房的廊下，主上吹奏著笛子。

[074]　古時多有忌諱，打噴嚏的時候在旁的人每為咒誦，以避免災禍，今俗信猶尚存留此習。唯自己咒誦，則為可憎的舉動。

[075]　據說這是長保二年的事情，即是公曆的一千年。

太宰大式高遠是笛子的師範，來御前侍候，〔主上自己的笛子和高遠所吹的〕別的笛子反覆吹奏催馬樂裡的〈高砂〉，說吹得非常的出色，也就是世上平常的說法〔說不盡它的好處〕。高遠陳說笛子的心得的事，很可佩服，中宮的女官們也都聚集在御簾前面，看著這種情形，那時自己覺得心裡絲毫沒有〔不如意事〕有如俗語所說的「採芹菜」[076] 的事了。

輔尹這人任木工允的職務，是藏人之一[077]，因為舉動粗魯，殿上人和女官們給他起諢名曰「荒鱷」，且作歌云：

粗豪無雙的先生，

〔那也是難怪的呵〕

因為是尾張的鄉下人的種子。

這是因輔尹乃是尾張的兼時的女兒所生的緣故。

主上將這首歌用笛子吹奏，高遠在旁助吹，且說道：「更高聲的吹吧，輔尹不會知道是什麼事的。」主上答說道：「這怎麼行呢，雖說他不懂，輔尹也會聽見的。」仍舊很是低聲的吹著，隨後到得中宮的那裡，說道：「這裡那人不在了，可以高聲的吹了吧。」便那樣的吹奏了。這是很有意思的事。

第二六段　可憎的事續 [078]

信札措辭不客氣的人，更是可憎。像是看不起世間似的，隨意亂寫一起那種文字，實在可憎得沒法比喻。可是對於沒有什麼重要的人，過

---

[076]　當時通行的一句俗語，謂心裡有不如意的事叫「採芹菜」，其出處雖有種種說法，但皆不可靠。一說是出於野人獻芹的故事。

[077]　輔尹為尾張守藤原興方之子，木工允是木工寮的三等官，兼任六位的藏人。

[078]　此一節原是第二四段的續文，皆說可憎的事物者，別本多與前文併合，聯為一段，此係依《枕草子春曙抄》本，故仍分列。

於恭敬的寫了去，也是不對的事情。那種不客氣的信札，自己收到不必說了，就是在別人那裡收到，也極是可憎的。

其實〔這不但是信札〕對談的時候也是一樣，聽著那無禮的言詞，心想這是怎麼說出來的，實在覺得心裡不痛快。況且更是關於高貴的人說這樣無禮的話，尤其荒唐，很可憎惡。說男主人的壞話，也是很壞的事情。自己對於所使用的人，說「在」以及「說話」都用敬語，也是可憎的，這樣辦還不如自己說是「在下」[079] 的好吧。即使沒有客氣，使用文雅的言辭，對話的人和旁邊聽著的人，也都高興的笑了。但是覺得是這樣，〔便亂用文雅的言語〕使人家說是這是出於嘲弄的，那也是不好的。

殿上人以及宰相[080] 等人，對於他們毫不客氣的直呼其名，甚為不敬，可是並不這麼說，卻是反對的對於在女官房做事的人，也稱作什麼「君」，〔她們因為向來沒有聽見過這麼稱呼〕聽了便覺得高興難得，對著稱呼的人非常的稱讚了。稱呼殿上人和公卿，除了在主上御前，都稱他們的官職名。在御前說話，即使互相談說，而主上可以聽見的時候，〔不說名字〕自稱「本人」[081]，這也是很可憎的。這時候不說「本人」這句話，有什麼不方便呢？[082]

沒有什麼特別可取的男子，用了假裝的聲音，做出怪樣子來。滑不受墨的硯臺。女官們的好奇，什麼事情都想知道。本來就不討人喜歡的人，做出討厭的事情，這都是很可憎的。

一個人坐在車上，觀看祭禮什麼景物的男子，這是什麼樣子的人呀！〔同伴的人即使〕不是貴人也罷，少年的男子好奇喜歡觀看的也有，何不帶著他乘車一起的看呢？從車簾裡望過去，只有一個人的影子獨自擺著架子，一心的看著的那副樣子〔真是可憎呵〕！

---

[079]　原本係漢文的「侍」字，乃動詞的謙詞，用於代名的第一位，今改譯作代名詞。
[080]　宰相係參議官的名稱，定員八人，以四位以上的公卿充任。
[081]　原文「麻呂」，古代無論男女自稱的名詞。
[082]　即是可以不自稱「本人」，不過用了反語罷了。

天剛破曉，〔從女人那邊〕回去的男子，將昨夜裡所放著的扇子，懷中紙片，摸索尋找，因為天暗便到處摸索，用手按摸，口中說是「怪事」，及至摸到了之後，悉索悉索的放在懷裡，又開啟扇來，啪啦啪啦的扇，便告假出去，這卻是可憎，還是尋常的批評，簡直可以說是一點沒有禮貌了。

與上面所說的事情一樣，在深夜裡〔從女人那裡〕出去的人，烏帽子的帶子繫得很堅固的〔是很可討厭的事〕。這沒有那麼繫得緊固的必要吧，只須寬寬的戴在頭上，也未必會有人責備。非常的懶散，毫不整齊的，穿著直衣和狩衣，也都歪斜著，不見得有人看了會得譏笑的。

凡是破曉時候臨別的情形，人們覺得最有情趣。大抵是男的總是遲遲的不願意起來，這時女的勉強催促，說：「天已經大亮了，給人看見了怪不好看的。」男的卻是嘆口氣，覺得很是不滿足的樣子，似乎起來回去也是很勉強的樣子。老是坐著連下裳也並不穿，還是靠著女人的方面，將終夜講了沒有說完的話，在女人的耳邊低聲細說，這樣的沒有特別的事情，〔其時衣裳都已穿好〕便繫上了帶子。以後將和合窗開啟，又開了房門，二人一同出去，說盡閒等著一定是很不好過吧，這樣說著話便輕輕的走去了，一面送著回去的後姿，這種惜別是很有情趣的。

但是惜別也要看男子的行動而定。若是趕快就起來，匆匆忙忙的，將下裳的腰間帶子緊緊的結了，直衣和外袍以及狩衣都捲著袖子，把自己的東西一切都塞在懷裡，再把上邊帶子切實的繫上，那就是很可憎的了。又凡走出去，不把門關上的人，也很可憎。

第二七段　使人驚喜的事

使人驚喜的事是，小雀兒從小的時候養熟了的，嬰兒在玩耍著的時候走過那前面去，燒了好的氣味的薰香[083]，一個人獨自睡著，在中國來

---

[083]　舊時用各種香料薰衣，將衣被搭在薰籠上，猶現今的用香水。

的銅鏡上面,看見有些陰暗了[084],身分很是上等的男子,在門前停住了車子,叫人前來問訊。洗了頭髮妝束起來,穿了薰香的衣服的時候,這時雖然並沒有人看著,自己的心裡也自覺得愉快。等著人來的晚上,聽見雨腳以及風聲,〔便都以為那人來了〕都是吃一驚的。

第二八段　懷戀過去的事

懷戀過去的事是,枯了的葵葉[085]。雛祭的器具[086]。在書本中見到夾著的,二藍以及葡萄色的剪下的綢絹碎片。在很有意思的季節寄來的人的信札,下雨覺著無聊的時候,找出了來看。去年用過的蝙蝠扇[087]。月光明亮的晚上。這都是使人記起過去來,很可懷戀的事。

第二九段　愉快的事

看了覺得愉快的事是,畫得很好的仕女繪上面,有些說明的話,很多而且很有意思的寫著。看祭禮的歸途,見有車子上擠著許多男子,熟練的趕牛的人駕著車快走。潔白清楚的檀紙上,用很細的筆致,幾乎是細得不能再細了,寫著些詩詞。

河裡的下水船的模樣。牙齒上的黑漿[088]很好的染上了。雙陸擲異同

---

[084] 日本銅鏡最初係由中國輸入,認為是上等精品,甚見珍重,故以發現上面有陰影為憂慮。這一段原是說心裡感覺怦怦的驚動,並不一定是驚喜,如這一則即是一例。

[085] 四月中京都例有賀茂祭,很是熱鬧,從上賀茂的神山採來葵葉,作種種的裝飾,或掛在柱簾上,直等到它凋落為止。

[086] 用紙布木頭泥土,作為男女人形,稱為「雛」,本係人的替身,為修禊時祓除之用,後來轉變為女兒的玩物,每年三月中陳列起來,有各種器具什物,是為雛祭。

[087] 係是摺扇,但只是一面用紙糊著,狀如蝙蝠的翅膀,故有是名。

[088] 舊時婦人多將牙齒染黑,用五倍子粉及鐵漿做成,名為「齒黑」,此風一直維持下來,至明治維新時始見廢止。

的時候，多擲得同花 [089]。絹的精選的絲線，兩股都打得很緊。請很能說話的陰陽師，到河邊上，被除咒詛 [090]。

夜裡睡起所喝的涼水。在閒著無聊的時候，得有雖然不很親密，卻也不大疏遠的客人，來講些閒話，凡是近來事情的有意思的，可討厭的，豈有此理的，這樣那樣，不問公私什麼，都很清楚的說明白了，聽了很是愉快的事。走到寺院去，請求祈願，在寺裡是法師，在社裡是神官 [091]，在預料以上的滔滔的給陳述出願心來〔這是很愉快的事〕。

第三〇段　檳榔毛車 [092]

檳榔毛車以緩緩的行走為宜，走的太急了，看起來有點輕浮了。網代車 [093] 則宜於急走，走過人家的門口，連看的時間都沒有就走過去了，只見隨從的人跑著走，心想這車裡的主人是誰呢？也是很有意思的。若是慢慢的，很費時光的走著，那就很是不好。牛要額角小，那裡的毛是白的，又牠的腹下，腳尖，尾巴梢頭也都是白的。馬是栗色有斑紋的，又蘆花毛的也是好的。此外是純黑的，在四腳那裡以及肩頭都是白色的馬。淡紅色的身子，馬鬣和尾巴全是白的，這真是所謂木棉鬣 [094] 的吧。

趕牛的人要個子大，頭髮帶紅色，臉也是紅的，而且樣子很是能幹似的。雜色人和隨身則是瘦小一點的好 [095]。就是身分好的男子，在年輕

---

[089]　雙陸係古代遊戲，從中國輸入。用骰子兩顆，凡擲得同花者為勝，異花為負。

[090]　陰陽師屬於陰陽寮的官員，專司卜筮及被除等事，凡人慮有人咒詛，率請其解除，則所有罪穢悉隨水流去，以至冥土。

[091]　神官為神社裡的職官，司祈禱的事，此係神道教的事情，與陰陽道從朝鮮中國傳過去，出於道教者不同。

[092]　這一節別本認為亦是說「愉快的事」，所以與上文合併為一段。

[093]　網代車為古時官吏常用的車，以檜皮編作箔為車身，上加漆繪，亦有用竹編的，因竹箔名為「網代」，意云代網以捕魚，故名。

[094]　楮樹皮經過處理，唯存纖維甚細，色白，故稱木棉，謂馬鬣的形狀相似。

[095]　雜色人係指無官位的人，因其袍色無規定，著雜色的服裝，在牛車左右的一種侍從。隨身則

的時候也是瘦的好，很是肥大的人看去像是想要睡覺似的人。小舍人 [096] 要個子小，頭髮豐滿，披在後頭，聲音很可愛的，規規矩矩的說話，很是伶俐的樣子。貓要背上全是黑的，此外則都是白色。

第三一段　說經師 [097]

說經師須是容貌端麗的才好。人家自然注視他的臉，用心的聽，經文的可貴也就記得了。若是看著別處，則所聽的事也會忽而忘記，所以容貌醜陋的僧人，覺得使聽眾得到不虔誠聽經的罪。但這話且不說也罷。若是再年輕一點，便會寫出那樣要得罪的話來吧，但是現在〔年紀大了〕褻瀆佛法的罪很是可怕呀。

又聽說那個法師可尊敬，道心很深，便到那說經的地方，儘先的走去聽，由我這樣有罪業的人說來，似乎不必那樣子做也行吧。有些從藏人退官的人，以前是全然隱退，也不參與前驅，也更不到宮禁裡來露面，現在似乎不是這樣了。所謂藏人的五位 [098] 雖退了職，還在禁中急忙奔走，〔但是比起在職繁忙的情形來〕便覺得閒著沒有事做了，心裡感覺著有了閒暇，於是便到這種說經場，來聽過一兩回的說經，就想時常來聽了。

在夏天盛暑的時候，穿著顏色鮮明的單衣，穿了二藍或是青灰色褲子，在那裡踱著。在烏帽子上面插著「避忌」的牌子，今日雖然是忌日，但是出來赴功德的盛會，所以這樣辦顯得是沒有問題的吧。這樣的趕忙來了，和說經的上人說話，後到的女車在院子裡排列 [099]，也注意的看，

是貴人身邊的護衛，以近衛府的低階職員充任。

[096]　小舍人係官廳所使用的童兒，或可譯作「小廝」，但意思稍有不同，故仍用原名。

[097]　這一段別本亦認為是說「愉快的事」的，與上文合併為一段。

[098]　六位的藏人於退職時例進一級，故成為五位，舊例五位以上的官員得升殿，稱為殿上人，唯藏人的五位因已退職，故不在此例。

[099]　女人聽說法得不下車，於院子裡坐在車中坐聽，但觀下文似亦有不乘車而步行者，作者頗提出非難。

總之凡事都很留心。

有好久不見的人到來與會，覺得很是珍重，走近前去，說話點頭，講什麼好笑的事，開啟扇子，掩著口笑了，玩弄裝飾的數珠，當作玩物來戲耍，這邊那邊的四顧，批評排在院子裡的車子好壞，又說什麼地方，有某人舉辦的法華八講[100]，或者寫經供養，比較批評，這時說經已經開始，就一點都沒有聽進去了。大概是因為平常聽得多了，耳朵已經聽慣了，所以並不覺得怎麼新鮮了吧。

有些人卻不是這樣做，在講師已登高座過了一會兒之後，喝道數聲，隨即停車下來，都穿著比蟬翼還輕的直衣，褲子，生絹的單衣，也有穿著狩衣裝束的，年紀很輕，身材瀟灑的三四個人，此外侍從的人有同樣的人數，著了相當的服裝，一同走了進來。以前在那裡聽著的人便少為移動一下，讓出坐位來，在高座近旁柱子旁邊，給他們坐了下來，到底是很講規矩的貴人，便將數珠揉搓了，對於本尊俯伏禮拜，這在講師大概是很有光榮的吧。

想怎樣傳說出去，在世間有很好的聲響，就努力很好的講說起來，但是聽的方面卻沒有大的影響，或者歸依頂禮，等到差不多的時候，就都站起來走了，一面望著多數的女車，自己講著話，—— 這自己所講是什麼事呢？不免令人猜想。那些認得的人，覺得這樣子是很有意思，那不知道的人也猜想說這是誰呀，這個那個的來想，也是有意思的事吧。

「什麼地方有說經了，這裡是法華八講。」有人講起這種事情來時，人家問道：「某人在那裡嗎？」這邊答說：「他哪裡會得不在呢？」好像是一定在那裡似的，這未免太過了。這並不是說，說經場裡連張望一下也是不行，聽說有很卑賤的女人，還熱心去聽哩。但是當初去聽的女人，沒有那麼徒步走去的。就是偶爾有徒步的，也都是穿那所謂「壺裝

---

[100] 「法華八講」為講《法華經》的法會。《法華經》凡八卷，由八人分講，一日中早晚各講一卷，四日講畢，但每卷也不是逐句講說，只是擇要講解問答而已。八卷之外，又加起結各一講，計共費五日，第三日講第五卷時為中日，更舉行特別的儀式。

束」[101]，一身裝飾得很優雅的。那也是往寺院神社去禮拜罷了，說經的事也不大聽見說起。在那時節曾經去過的人，假如現在還長命活著，看見近時說經的情狀，那不知道要怎樣的誹謗了吧。

第三二段　菩提寺

在菩提寺裡，有結緣的法華八講[102]，我也參加了。人家帶信來說：「早點回家裡來吧，非常的覺得寂寞。」我就在蓮花瓣[103]上寫了一首歌回答道：

> 容易求得的蓮華的露[104]，
> 放下了不想去沾益，
> 卻要回到濁世裡去嗎？

真是覺得經文十分可尊，心想就是這樣長留在寺裡也罷。至於家裡的人像等湘中老人[105]一樣，等著我不回去，覺得焦急，就完全忘記了。

第三三段　小白河的八講

小白河殿是小一條的大將[106]的邸宅。公卿們在那裡舉行結緣的法華八講，很是盛大的法會，世間的人都聚集了前去聽講，說道：「去得晚

---

[101]　壺裝束為中古時婦女外出時的服裝，係以練衣被頭上，頭戴斗笠。「壺」字取義不詳，有諸種說法皆不可靠。

[102]　佛法很看重因緣，舉行法事，與會者即與佛法有緣，法華八講亦是其一。

[103]　蓮花瓣係紙做的，法會中有散華，乃以紙片作成蓮花瓣，於行道時四面撒放。

[104]　「蓮華的露」指佛法，切合《妙法蓮華經》，又菩提寺的名稱也有關係，謂好容易來到菩提勝地，所以不想回到濁世去了。

[105]　據《列仙傳》裡說，老人好黃老之書，在山中耽讀，值湘水漲，君山成為湖中一島，亦並不知道，忘記了回巴陵去了。

[106]　小一條大將為藤原濟時，乃當時權大納言右近衛大將，乃左大臣師尹的次子。

了，恐怕連車子也沒處放。」於是便與朝露下來的時候前去，果然已是滿
了，沒有空處了。在車轅上邊，又駕上車子去，到了第三排還約略聽得
說經的聲音。

是六月十幾的天氣，酷熱為以前所不曾有過，這時只有望著池中的
荷花，才覺得有點涼意。除了左右大臣之外，幾乎所有的公卿們都聚集
在那裡了。多穿著二藍的直衣和褲子，淺藍的裡衣從下面映透出來。少
為年老一點的人穿青灰色的褲子，白的裡褲，更顯得涼快的樣子。佐理
宰相[107]等人也更顯得年輕了，也都到來，這不但是見得法會的尊嚴，也
實在是很有意思的景象。

廂間的簾子高高的捲上，在橫柱的上面的地方，公卿們從內至外很
長的排坐著，在那橫柱以下是那些殿上人和年輕的公卿們，都是狩衣直
衣裝束，很是瀟灑的，也不定坐，這邊那邊的走著，也是很有意思的。
實方兵衛佐與長明侍從都是小一條邸的家人[108]，所以比起別人來，出入
更是自在。此外，還在童年的公卿，很是可愛。

太陽少為上來的時候，三位中將 —— 就是說現在的關白道隆公，穿
了香染[109]紗羅的裡衣，二藍的直衣和濃蘇枋色的褲子，裡面是筆挺的白
色的單衫，顏色鮮明的穿著走了進來，比起別人都是輕涼的服裝來，似
乎覺得非常的熱，卻顯得更是尊貴的樣子。扇骨是漆塗的，與眾人的雖
有不同，用全紅的扇面卻和人家一樣，由他拿著的模樣卻像是石竹花滿
開了，非常的美麗。

其時講師還沒有升座，看端出食案來，在吃什麼東西。義懷[110]中納

---

[107]　藤原佐理其時任參議，號稱宰相，以書法有名。

[108]　藤原實方為大將濟時的兒子，其時任兵衛府的佐官。長明未詳，或云即是長命君，見於《榮華物語》。

[109]　香染係一種染色，亦稱丁子染，乃用丁香煎汁染成，淡紅而帶黃色。

[110]　藤原義懷為藤原伊尹的第五個兒子，其時任權大納言。其妹懷子是花山天皇的生母，為當時外戚的最有權勢者。寬和二年（西元九八六年）六月二十三日花山天皇因弘徽殿女御的死，不勝哀悼，於夜間潛出至花山元慶寺出家，至第二日義懷得知了這個消息，也相從落髮做了和尚了。

言的風采，似乎比平日更是佳勝，非常的清高。本來公卿們的名字在這種隨筆裡不應當來說，但是過了些時日，人家便要忘記了，這到底是誰呢，所以寫上了。此外各人的服裝顏色光彩都很華麗的當中，只有他裡面穿著裡衣，外面披了直衣，這樣子，似乎很是特別。他一面看著女車的方面，一面說著什麼話，看了這情形，不覺得很有意思的人，恐怕不會有吧。

後來到達的車子，〔在高座近旁已經沒有餘地〕只能在池邊停了下來。中納言看見了，對實方君說道：「有誰能夠傳達消息的，叫一個人來吧。」這樣說了，不知道是什麼人，選出一個人來。叫他去傳達什麼話好呢？便和在近旁的人商議，叫去說的內容這邊沒有聽見。那使者很擺著架子，走近女車邊去，大家都一齊大聲的笑了。

使者走到車子後面，似乎在傳話的光景，但好久立著不動，大家都笑說：「這是在作和歌吧。兵衛佐，準備好作返歌 [111] 吧。」連上了年紀的公卿們也想早點聽到回信，都向著那邊看，其他露立的聽眾也都一樣的望著，覺得很有意思。其時大概是已得了回信了吧，使者向這邊走了幾步，只見車裡面用了扇子招他回去，這是和歌中的文字有的是用錯了，所以叫了回去。但是以前等了不少工夫，大概不會得有錯吧，就說是有了錯，我想也是不應該更正的。

大家等使者走近前來，都來不及的問詢道：「怎麼啦？怎麼啦？」使者也不答話，走到中納言那裡，擺了架子說話。三位中將從旁邊說道：「快點說吧，太用心過了，便反要說錯了。」使者說道：「這正是一樣的事〔反正都是掃興的是了〕。」

藤大納言 [112] 特別比別人儘先的問道：「那是怎麼說的？」三位中將答道：「這好像是將筆直的樹木，故意的拗彎了的樣子。」藤大納言聽說便

---

[111]　作和歌贈人，須得唱和，稱為「返歌」，不然便要受人恥笑，說前世乃是不會叫的蟲鳥。

[112]　藤原為光，其時任大納言，八講的這年七月進為右大臣。

笑了起來，大家也一齊笑了，笑聲恐怕連女車裡也聽到了吧。

中納言問道：「在叫你回去之前，是怎麼說的呢？還是這是第二回改正了的話呢？」使者道：「我站了很久，並沒有什麼回信，隨後我說那麼回去吧，剛要走來，就被叫轉去了。」中納言問道：「這是誰的車呢？你有點知道嗎？」正說這話的時候，講師升了高座了，大家靜坐下來，都望著高座的這一刻工夫，那女車就忽然消滅似的不見了。車子的下簾很新，似乎是今天剛用的樣子，衣服是濃紫的單襲[113]，二藍的綾的單衣，蘇枋色的羅的上衣，車後面露出染花模樣的下裳，攤開了掛著，這是什麼人呢？的確是，與其拙笨的做什麼歌，倒不如女車似的不答，為比較的好得多哩。

朝座講經的講師清範在高座上似乎發出光輝，講的很好。但是因為今天的酷熱，家裡也有事情，非得今天裡做了不可，原是打算略為聽講便即回去，卻進在幾重車子的裡面，沒有出去的法子。朝座的講經既了，便想設法出去，和在前面的車子商量，大概是喜歡因此得以接近高座一點的緣故吧，趕快的將車拉開，讓出路來，讓我的車子能夠出去。大家看著都喧嚷著說閒話，連年紀稍大的公卿也一起在嘲笑，我並不理會，也不回答他們的話，只是在狹路中竭力的擠了出來。只聽得中納言笑著說道：「唉，退出也是好的。」覺得他說的很妙，但也不理會，只是在盛暑中退了出來，隨後差人去對他說道：「你自己恐怕也是在五千人的裡面吧。」[114] 這樣我就回了來了。

自從八講的第一天起，直到完了為止，有停著聽講一輛女車，沒有看見一個人走近前去過，只是在那裡待著，好像是畫中的車的樣子，覺

---

[113] 兩件單衣疊著，在邊沿綴作一起，女官們的服裝，自五月五日起著用。

[114] 《妙法蓮華經·方便品》中，釋迦如來將為說「開三顯一」的佛法時，有五千比丘起「增上慢」，以未得為已得，未證為已證，遂爾退出。釋迦並不加以制止，但對弟子舍利弗說道：「如是增上慢人，退亦佳矣。」中納言引了經中典故；對於作者的退出，巧妙的加以嘲笑。回答的話亦用同一典故，謂天氣這樣的熱，恐怕你也將退出，即是在增上慢的比丘五千人裡面。

得很是難得，也實在優勝。人都問道[115]：「這是什麼人呢？怎麼樣想要知道。」藤大納言說道：「這有怎樣難得呢！真好討厭，這不是很不近人情嗎？」說的也很有意思。

但是到了二十幾日，中納言卻去做了和尚了，想起來真是不勝感慨。櫻花的凋謝，還只是世俗常用的譬喻罷了。古人說「迨白露之未晞」[116]，嘆息朝顏花的榮華不長，若和他相比，更覺得惋惜無可譬喻了。

第三四段　七月的早晨

七月的時候，天氣非常的熱，各處都開啟了，終夜也都開著。有月亮的時候睡醒了，眺望外面，很有意思。就是暗夜，也覺得有意思，下弦的在早晨看見的月光，更是不必說了。很有光澤的板廊的邊沿近旁，鋪著很新的一張蓆子，三尺的几帳站在裡面，這是很不合理的。本來這是應當立在外面的，如今立在裡面，大概是很關懷這裡面的一方面吧。

男人[117]似乎已經出去了。女的穿著淡紫色衣，裡面是濃紫的，表面卻是有點褪了色，不然便是濃紫色綾織的很有光澤的，還沒有那麼變得鬆軟的衣服，連頭都滿蓋了的睡著。穿了香染的單衣，濃紅生絹的褲腰帶很長的，在蓋著的衣服底下拖著，大概還是以前解開的吧。旁邊還有頭髮重疊散著，看那蜿蜒的樣子，想見也是很長吧。

這又不知道是從哪裡來的，在早晨霧氣很重的當中，穿著二藍的褲子，若有若無的顏色的香染的狩衣，白的生絹的單衣，紅色非常鮮豔的外衣，很為霧氣所溼潤了，不整齊的穿著，兩鬢也稍微蓬鬆，押在烏帽子底下，也顯得有點凌亂。在朝顏花上的露水還未零落之先，回到家

---

[115]　《春曙抄》以為係作者問話，藤大納言答說，似在讚許中途的退出，亦是一種說法。

[116]　舊本作「迨老年猶未到來」，以為未詳所出，後人考訂認為係《新敕撰集》中源宗於的歌，是詠朝顏花的，其中訛字亦遂加以訂正了。

[117]　這一節是想像的描寫一種場面，可以想見當時戀愛的情形。

裡，趕緊給寫後朝惜別[118]的信吧，歸去的路上心裡很著急，嘴裡念著
「麻地裡的野草」，直往家裡走去，看見這裡的窗子已經打起，再揭起簾
子來看，〔卻見女人那麼樣的睡著〕想見已有作別歸去的男子，也是很有
意思的事。〔這男子匆匆的歸去〕大約也覺得朝顏花上的露水有情吧。暫
時看著，見枕邊有一把樸樹的骨，用紫色的紙貼著的扇子，展開著在那
裡。還有陸奧國紙裁成狹長的紙條，不知道是茜草還是紅花染的，已經
有點變了色，散亂在几帳旁邊。

　　似乎有人來了的樣子，女人從蓋著的衣服裡看出來，男的已經笑嘻
嘻的坐在橫柱底下，雖然是用不著避忌的人，但也不是很親密的關係，
心想給他看了自己的睡相[119]去了，覺得懊恨。男人說道：「這很像是不勝
留戀的一場早覺呀！」玩笑著說，把身子一半進到簾子裡面來。女人答
說：「便是覺得比露水還早就出去了的人，有點兒可恨呵！」這本來並不
是很有意思，特別值得記錄的事情，但是這樣的互相酬答，也是不壞。

　　男人用了自己拿著的扇，彎了腰去搆那在女人枕邊的扇子，女人的方
面怕他會不會再走近來，心裡覺得怦怦的跳，便趕緊將身子縮到蓋著的衣
服裡去。男人拿了扇子看了，說道：「怎麼這樣的冷淡呀。」彷彿諷刺似
的說著怨語，這時候天已經大亮了，漸有人的聲音，太陽也將出來了吧。
心想趁了朝霧沒有散的時候，趕快的給寫那惜別的信，現在這樣的就要遲
延了，旁人不免代為著急。從女人這邊出去的那人，不知在什麼時候所
寫，卻已經寄信來了，信外附著帶露的胡枝子，〔可是使者因為見有客人
在這裡〕不曾送了上來。信上面薰著很濃厚的香，這是很有意思的。天亮
了，人家看見了也不好意思，那男人就離開了這裡走了，心裡想自己剛才
出來的女人那裡，或者也是這樣的情形吧，想起來也是很有趣的。

---

[118]　古時男女婚姻皆男就女家寄宿，至次晨歸去，即寫信給女人惜別，稱為「後朝」，原語為「衣
　　　　衣」，謂男女各自著衣回去，「後朝」則是漢語的譯意。
[119]　舊時習慣，婦女的睡相不能讓別的男人看見，除了自己的丈夫。

卷三

第三五段　樹木的花

　　樹木的花是梅花，不論是濃的淡的，紅梅最好。櫻花是花瓣大，葉色濃，樹枝細，開著花〔很有意思〕。藤花是花房長垂，顏色美麗的開著為佳。水晶花的品格比較低，沒有什麼可取，但開的時節很是好玩，而且聽說有子規躲在樹蔭裡，所以很有意思。在賀茂祭的歸途，紫野附近一帶的民家，雜木茂生的牆邊，看見有一片雪白的開著，很是有趣。好像是青色裡衣的上面，穿著白的單襲的樣子，正像青朽葉[120]的衣裳，非常的有意思。從四月末到五月初旬的時節，桔樹的葉子濃青，花色純白的開著，早晨剛下著雨，這個景緻真是世間再也沒有了。從花裡面，果實像黃金的球似的顯露出來，這樣子並不下於為朝露所溼的櫻花。而且桔花又說是與子規有關，這更不必更加稱讚了。

　　梨花是很掃興的東西，近在眼前，平常也沒有添在信外寄去的，所以人家看見有些沒有一點嫵媚的顏面，便拿這花相比，的確是從花的顏色來說，是沒有趣味的。但是在唐土卻將它當作了不得的好，做了好些詩文講它的，那麼這也必有道理吧。勉強的來注意看去，在那花瓣的尖端，有一點好玩的顏色，若有若無的存在。他們將楊貴妃對著玄宗皇帝的使者說她哭過的臉龐是「梨花一枝春帶雨」[121]，似乎不是隨便說的。那麼這也是很好的花，是別的花木所不能比擬的吧。

---

[120]　青朽葉是一種織物的顏色，見卷一注[12]，這裡乃是用作譬喻，便是說在青的籬笆上，蓋上一層嫩黃的葉子。

[121]　白居易的〈長恨歌〉中說楊貴妃見到使者：「玉容寂寞淚闌干，梨花一枝春帶雨。」

梧桐的花開著紫色的花，也是很有意思的，但是那葉子很大而寬，樣子不很好看，但是這與其他別的樹木是不能並論的。在唐土說是有特別有名的鳥，要來停在這樹上面[122]，所以這也是與眾不同。況且又可以做琴，彈出各種的聲音來，這只是像世間那樣說有意思，實在是不夠，還應該說是極好的。

樹木的樣子雖然是難看，棟樹的花卻是很有意思的，像是枯槁了的花似的，開著很別緻的花，而且一定開在端午節的前後[123]，這也是很有意思的事。

第三六段　池

池是勝間田的池，磐餘的池，贄野的池，在我以前到初瀨去朝拜的時候，見那池裡滿是水鳥，在那裡吵鬧著，是很有意思的事。

無水的池，這很是奇怪，便問道：「為什麼給取那樣的名字的呢？」人們回答說道：「在五六月裡，下著大雨的年頭，這池裡的水是沒有的。但在很是旱乾的時候，到了春初，卻有很多的水。」我就想這樣回答道：「要是完全沒有水，是乾的話，那麼就這樣給取名字吧。現在是也有出水的時候，卻是一概的叫它作無水了嗎？」

猿澤的池，采女在那裡投了池，天皇聽說了，曾到過那裡[124]，這是很了不得的事。人麻呂作歌說：「將猿澤的池裡的玉藻，當作我的妹子的睡亂的頭髮，真是可悲呀。」再加稱讚，這也是多餘的事了。

---

[122]　古時中國傳說，世有聖人，鳳凰乃出現，並且必定停在梧桐樹上面。

[123]　中國舊時有「二十四番花信風」之說，棟花風為其中之一。據《荊楚歲時記》云：「蛟龍畏棟，故端午以棟葉包粽，投江中祭屈原。」棟與端午的關係，其傳說亦當起源於中國。

[124]　猿澤的池在奈良的興福寺裡。古時傳說在建都奈良的時代，有一個宮裡的采女，為天皇所寵幸，後來不再見召，乃怨望投池而死。天皇得知之後，特臨幸此地，令人作歌哀悼她。相傳人麻呂的歌即是其一。但據後人說，柿本人麻呂為西元七世紀時的歌人，上面所說的歌還遠在以後的時代所作。

御前的池，這是什麼意思取這樣的名字的呢？想起來很是有趣。鏡的池〔也有意思〕。狹山的池，這覺得有意思，或者是因為聯想起「三稜草」的歌[125]的緣故吧，戀沼的池。還有原之池，這是風俗歌裡說的「別刈玉藻吧」[126]，因此覺得有意思的吧。益母的池，〔也是有意思的〕。

第三七段　節日

節日是沒有能夠及五月節的了。這一天裡，菖蒲和艾的香氣，和在一塊兒，是很有意思的。上自宮禁裡面，下至微末不足道的民家，都是競爭著把自己的地方插得最多，便到處葺著，真是很少有的，在別的節日裡所沒有的。

這天的天氣總是陰暗著，在中宮的殿裡，從縫殿寮[127]進上用種種顏色的絲線編成的所謂香球，在正屋裡御帳所在的左右柱子上懸掛著。去年九月九日重陽節日的菊花，用了粗糙的生絹裹了進上的，也掛在同一的柱子上，過了幾個月，到現在乃由香球替代了，拿去棄捨掉。這香球掛在那裡，當然到重陽的菊花的節日吧。但是香球也漸漸的，絲線被抽去，縛了什麼東西了，不是原來的樣子了。

節日的供膳進上之後，年輕的女官們都插了菖蒲的梳子，豎著「避忌」[128]的牌子，種種的裝飾，穿了唐衣和罩衣，將菖蒲的很長的根，和好玩的別的花枝，用濃色的絲線編成的辮束在一起[129]，雖然並不怎麼新

---

[125]　《古今六帖》中有歌云：「武藏的狹山的池裡的三稜草，拉它起來就斷了，我就是根將斷了呀。」

[126]　風俗歌云：「鴛鴦呀，野鴨都來聚集的原的池裡，別刈玉藻吧，讓它繼續生長吧。」「玉藻」係是藻的美稱，不是一種藻。

[127]　縫殿寮是職司裁縫御衣的地方，故端午節的香球等物，由其承辦進呈。

[128]　五月五日中國古時稱為「惡日」，日本受中國的影響，故亦在避忌之列。

[129]　這裡說是將香球和花果的枝，也有用絹製造花的，用紫色的絲辮束在一起，掛在袖上作為裝飾。

奇，值得特別提出來說，卻也總是很有意思的。就說是櫻花每年到春天
總是開花，但因此覺得櫻花也就是平凡的人，也未必會有吧。

在街上走著的女孩子們，也都隨了她們的身分裝飾著，自己感覺得
意，常常看著自己的袖子，並且和別人的相比，說不出的覺得愉快，這
時卻遇見頑皮的小廝們，把那所掛的東西搶走了，便哭了起來，這也是
很好玩的。

用紫色紙包了楝花，青色紙包了菖蒲的葉子，捲得很細的捆了，再用
白紙當作菖蒲的白根似的，一同捆好了，是很有意思的。將非常長的菖蒲
根，卷在書信裡的人們，是很優雅的。為的要寫回信，時常商量談天的親
近的人，將回信互相傳觀，也是很有意思。給人家的閨女，或是貴人要通
訊的人，在這一日裡似乎特別愉快，這是優雅而且有趣的。到了傍晚，子
規又自己報名 [130] 似的叫了起來，這一切都是很有興味的事情。

第三八段　樹木

樹木是楓 [131]，五葉松，柳，桔。

扇骨木雖似乎沒有什麼品格，但在開花的那些樹木都已凋謝的時
候，一面變成純是綠色了，它也不管季節，卻有濃紅的葉子，想不到的
在青葉之中，長了出來，也是少有的。

檀樹，〔這是可以做弓的材料〕現在更不必多說了。這雖然並不限定
說某一種樹，但是寄生木的這名字，卻是很有風情。榮木 [132]，這是在賀

---

[130]　日本叫子規為 hototogisu，說牠自呼其名；又因啼聲近似 hokekio，說牠能誦《法華經》，日本
　　　語音讀相近。

[131]　原文作「桂」，類似白楊，兩兩相對。《史記》注云：「楓為樹，厚葉弱莖，大風則鳴，故曰橲
　　　橲。」與下文之楓樹有別。

[132]　日本用自造的漢字，作木旁神字，係一種山茶科的常綠喬木。古來以其枝葉供神，故字從神
　　　木，榮木的名字則是從常綠的意思出來的。

茂的臨時祭禮，舉行御神樂[133]的時候，〔舞人拿著這樹枝而舞〕很是有意思。世上有各種的樹木，只有這樹被說是「神的御前的東西」，這是特別有意義。

樟樹在樹木叢生的地方，也總不混在別的樹木裡生長著。因為枝葉太是繁茂，覺得有點可厭的樣子，但是分作「千枝」，常引例作為戀人[134]來說，可是有誰知道了枝的數目，卻這樣的說起來的了，想來是很有趣味的。

檜樹，這也是生長在人跡罕到的地方的東西，「催馬樂」的歌裡有「三葉四葉的殿造好了」[135]的話，也覺得有意思。而且五月裡，〔露水下來〕它會學作雨聲[136]，這也是很好玩的。

楓樹，雖然是樹很小，可是長出來的芽帶著紅色，都向著同一方面伸張開的葉子，花並不像花的樣子，卻好像什麼蟲的乾枯了似的，覺得很有意思。

「明天是檜」樹[137]，這在世上近地看不到，也不曾聽說哪裡還有。但是，到御嶽去朝拜回來的人，有拿了來的。枝葉很是粗糙，似乎不好用手去碰它；但是這憑了什麼，卻給它取「明天是檜」的名字的呢？實在靠不住的預言呀。這預言是憑了誰呢？倒很想知道，想來很有意思。

鼠糵樹，雖然不是特別值得說的樹木，它的葉子很是細而且小，也是很有趣的。楝樹，山梨樹〔也是很有意思〕。椎木，在常綠的樹中間雖然都是這樣，但是椎木卻是特別提出來，當作樹葉不落的例子，也是有意思的事。

---

[133]　臨時的賀茂祭在十一月下旬，禁中內侍所有御神樂，於其時獻技，舞人手執榮木樹枝。

[134]　原歌見《古今六帖》，將樟樹的多枝，比喻人的多有懷戀。原本「千枝」只是說樹枝眾多，現在卻作實數說，戲言有誰曾經數過。

[135]　催馬樂本係民謠之一種，至平安時期乃列入雅樂中了。原歌意云，有如山百合的草莖分作三端四端，造成三棟四棟的殿，蓋是頌祝營造的歌。

[136]　據唐朝方干的詩云：「長潭五月含冰氣，孤檜中宵學雨聲。」

[137]　此樹中國名「羅漢松」，日本名意云「明日成檜了」，故戲言這是誰所給的不很可靠的預言。

　　白橿的樹，在深山樹木之中更是離得人遠了，大約只是染三位或是二位的衣袍的時節，人們才看到它的葉子吧[138]。雖然並不是引起什麼了不起或是好玩的事情來說，它的模樣像是一面落著雪似的，容易叫人看錯，想起素盞鳴尊降到出雲國的故事，看著人麻呂所作的歌[139]，非常的覺得可以感動。凡是人的講話，或是四季的時節裡，有什麼有情味的，和有意思的事，聽了記住在心裡，無論是草木蟲鳥，也覺得一點都不能看輕的。

　　交讓木[140]的葉子叢生著，很有光澤的，非常青得好看，卻想不到的，葉柄長的鮮紅，很是庸俗，似乎不大相稱，便覺得品格低了，但是也有意思。在平常的日月裡，全看不見這東西，到了十二月晦日卻行了時，給亡故的人們當盛載食物的器具，很引起人的哀感，但是在新年為的是延齡的關係，固齒的食物也用這作為器具[141]，這是為什麼緣由呢？古歌裡說：「交讓木變成了紅葉的時光，才會忘記了你。」〔將綠葉不會變紅，比喻戀愛的不變〕這是很有道理的。

　　柏木[142]，很有意思。這個樹裡，因為有「守葉的樹神」住著，所以也是可以敬畏。兵衛府的佐和尉[143]，也因此叫做「柏木」，這也是有意思的事。

　　棕櫚樹，雖然樹木缺乏風情，但是有唐土的趣味，不像是卑賤的家裡所有的東西。

---

[138]　這時候的服色，似四位以上皆是黑袍，染色例用皂鬥，但其時用白橿的葉子代替。

[139]　白橿的樹葉裡面是白色，遠遠看去白色一片，幾乎要看錯是下雪，人麻呂有一首歌說及這事。但與素盞鳴尊（《古事記》中有須佐男命，讀法相同，只是所用漢字不一樣罷了）在出雲國的事別無關係，或疑素盞鳴尊一句係屬衍文。

[140]　交讓木為大戟科的常綠小喬木，其葉經冬不凋，至新葉發生，乃始落下，故有是名。日本新年取葉為裝飾品，此種風俗至今猶存。

[141]　日本迎接祖先的精靈，今但在舊曆中元，但古時亦於除夕設祭，據《報恩經》云：「十二月晦日午時來，正月一日卯時歸。」元旦祝賀延齡，進固齒的食物，亦用交讓木的葉子為墊，今唯用為裝飾罷了。

[142]　此並非中國的柏樹，乃是槲樹。因下文有「柏木」的成語，故此處未加改正。

[143]　因為槲樹的葉不即落下，留在樹上直到春天，所以相信有守葉的樹神住在裡面。因為近衛府的官員是職司守衛的，後來便叫他為「柏木」。兵衛府的佐是次官，尉則是三等官。

第三九段　鳥

　　鳥裡面的鸚鵡，雖然是外國的東西，可是很有情味的。〔雖是鳥類〕卻會學話人間的語言。還有子規，秧雞，田鷸，畫眉鳥，金翅雀，以及鵲類〔也很有意思〕。

　　山雞因懷戀同伴而叫了，所以看鏡，〔見了自己的影子，以為是同伴了〕用以自慰，實在很是有情的。至於〔雌雄〕隔著一個山谷，乃是很可憐了的。

　　鶴雖是個子很大，可是牠的鳴聲，說是可以到達天上，很是大方。頭是紅色的雀類，斑鳩的雄鳥，巧婦鳥〔也都有意思〕。

　　鷺鷥的樣子很不好看，眼神也是討厭的，總之是不得人的好感，但是詩人說的在「萬木的樹林裡不慣獨宿」，所以在那裡爭奪配偶，想起來也是很有趣的。箱鳥[144]。

　　水鳥中鴛鴦是很有情趣的。據說雌雄互相交替著，掃除羽毛上的霜，這是很有意思的事情。都鳥[145]。古歌裡說，河上的千鳥和同伴分散了，所以叫著〔覺得是可憐〕。大雁的叫聲遠遠的聽著，很可感動的。野鴨也正如歌裡所說的，拍著翅膀，把上面的霜掃除了似的，很有意思。

　　鶯是在詩歌中有很好的作品留下來，講牠的叫聲，以及姿態，都是美麗上品的，但是有一層，牠不來禁中啼叫，實在是不對的。人們雖說「確是這樣的」，但是我想這未必如此吧，十年來在禁中伺候，卻真的一點聲音都不曾聽見。在那殿旁本來有竹，也有紅梅，這都是鶯所喜歡來的地方呀[146]。到得後來退了出來，在微末的民家毫無足觀的梅花樹上，卻聽見牠熱鬧的叫著哩。

---

[144]　箱鳥，一說是翡翠，一說是雉雞，究竟不知道是什麼。

[145]　都鳥，即是海鷗，因中國說鷗鳥便聯想起海來，而都鳥卻是在內河，特別是江戶的隅田川。千鳥乃日本的一種候鳥，故有同伴失散之說，形似田鷸，喜在河海邊居住。

[146]　民間俗說，鶯喜在梅花上定住，故詩畫上二者每相連在一起。

夜裡不叫，似乎牠很是晚起，〔但這是牠的生性如此〕也沒有什麼辦法。到了夏秋的末尾，用了老蒼的聲音叫著，被那些卑賤的人改換名字叫做「吃蟲的」了，實在非常覺得惋惜而且掃興。假如這是常在近旁的鳥，像麻雀什麼，也就並不覺得什麼了。歌人說的「從過了年的明日起頭」，在詩歌裡那麼歌詠著，也就為的是在春天才叫的緣故吧。

所以如只在春天叫著，那就多麼有意思呵。人也是如此，如果人家不大把他當人，世間漸漸沒有聲望，也還有誰來注意，加以誹謗的呢？像鷂鷹烏鴉那樣平凡的鳥類，世上更沒有仔細打聽牠們的人了。因為〔鶯和牠們不是一樣〕原是很好的東西，所以稍有缺點，便覺得不滿意了。

去看賀茂祭回來的行列，把車子停在雲林院或是知足院前面的時候，子規在這時節似乎〔因了節日的愉快的氣氛所鼓動〕忍不住叫了起來，這時鶯也從很高的樹木中，發出和這聲音學得很相像的叫聲[147]，合唱了起來。這是說來很有趣味的事情。

子規的叫聲，更是說不出的好了。當初〔還是很艱澀的〕，可是不知在什麼時候，得意似的歌唱起來了[148]。歌裡說是宿在水晶花裡，或是桔樹花裡，把身子隱藏了，實在是覺得有點可恨的也很有意思的事。在五月梅雨的短夜裡，忽然的醒了，心想怎麼的要比人家早一點聽見子規的初次啼聲，那樣的等待著。在深夜叫了起來，很是巧妙，並且嫵媚，聽著的時更是精神恍惚，不曉得怎麼樣好。但是一到六月，就一聲不響了。在這種種方面，無論從哪一點來說它好，總都是多餘的了。

凡是夜裡叫的東西，無論什麼都是好的[149]。只有嬰兒或者不在其內。

---

[147]　上文說鶯啼只宜在春天，入夏便不佳，所謂已是「老聲」。但這裡說賀茂祭乃是四月中旬的事，鶯學子規的叫，卻也是很有意思的，即對於前說多少的加以改訂了。鶯學子規固然不壞，但子規的鳴聲自當更佳，所以下節接下去，是那麼的說。

[148]　子規初啼的時候，聲音還是艱澀，但到了五月，彷彿是自己的時候到了，便流暢起來了。

[149]　夜裡叫的不但是子規，這裡包括水雞，鹿，及秋蟲等。

第四○段　高雅的東西

高雅的東西是，淡紫色的袙衣，外面著了白襲的汗衫的人[150]。小鴨子[151]。刨冰放進甘葛，盛在新的金梡裡[152]。水晶的數珠。藤花。梅花上落雪積滿了。非常美麗的小兒在吃著覆盆子〔這些都是高雅的〕。

第四一段　蟲

蟲是，鈴蟲，松蟲[153]，絡緯，蟋蟀，蝴蝶，裂殼蟲[154]，蜉蝣，螢蟲〔都是有意思的〕。

蓑衣蟲[155]是很可憐的。因為是鬼所生的[156]，怕他和父親相像，也會有著可怕的想頭，所以母親便給他穿上粗惡的衣服，說道：「現今秋風吹起來的時候，就回來的，你且等著吧。」說了就逃走了去了。兒子也不知道，等到八月裡，聽到秋風的聲音，這才無依無靠的哭了起來：「給奶吃吧，給奶吃吧！」[157]實在是很可憐的。

茅蜩〔也是很好玩的〕。叩頭蟲也是可憐的東西，這樣蟲的心裡，也會得發起道心，到處叩頭行走著[158]。又在意想不到的，暗的地方，聽見牠走著咯吱咯吱叩頭的聲音，也是很有意思的事情。

---

[150]　這裡所指當然是說女童。
[151]　為什麼這裡說「小鴨子」是高雅的，殊不可解。或謂當解為「鴨蛋」，亦同樣費解。
[152]　甘葛即甘葛煎，古時未有蔗糖，故取甘葛煮汁，以助甜味。金梡者金屬的碗。
[153]　日本古代用鈴蟲松蟲的名稱，與後世正相反，因為這裡所謂鈴蟲，現在稱為松蟲，中國名「金琵琶」，松蟲則現名鈴蟲，即是中國的金鈴子。
[154]　裂殼蟲係直譯原義，乃是小蝦似的一種動物，附著在海草上面，謂乾則殼裂，古歌用以比喻海女因戀愛煩悶，至將身體為之破滅。
[155]　蓑衣蟲係蓑蛾的幼蟲，集合枯枝落葉及雜物為囊自裹，正如人的披蓑衣，故有是名。
[156]　日本古時大概有這種民間傳說。其所謂「鬼」蓋係鬼怪，與中國的鬼不同，這裡女人則係人類，故棄置鬼子而逃走。
[157]　「給奶吃吧」原本作 qiqiyo，係形容蟲的叫聲，qiqi 的意義即是「乳」，蓋指嬰兒索乳時的啼聲。
[158]　「道心」即求道的心，謂叩頭蟲歸依佛法，故到處禮拜。

蒼蠅那可以算是可憎的東西了。那樣沒有一點可愛，極是可憎的東西，似乎不值得與別的一樣來記載牠，尤其是在什麼東西上面都去爬，並且又用了溼的腳，到人的臉上爬著〔那更是可惡了〕。有人拿牠取名字的[159]，很是討厭。

夏蟲[160]很是好玩，也很可愛。在燈火近旁，看著故事書的時候，在書本上往來跳躍，覺得很有意思。

螞蟻的樣子看了有點可憎，但是身體非常的輕，在水上面能夠行走，也是好玩的事。

第四二段　七月的時節

在七月裡的時節，颳著很大的風，又是很吵鬧的下著大雨的一日裡，因為天氣大抵是很涼了，連用扇也就忘記了，這時候蓋著多少含著汗香的薄的衣服，睡著午覺，也實在覺得是有趣的事[161]。

第四三段　不相配的東西

不相配的東西是：頭髮不好的人穿著白綾的衣服，捲縮著的頭髮上戴著葵葉[162]。很拙的字寫在紅紙上面。

卑賤的人家下了雪，又遇著月光照進裡面去，是不相配，很可惋惜的。月亮很是明亮的晚上，遇著沒有蓋頂的大車，而這車又是用了黃牛[163]

---

[159]　日本古人中常見的有「蟲麻呂」及「蟬丸」等人名，故亦可有人取名「蠅麻呂」者，但此純是假設，實際上似並沒有。

[160]　夏蟲，為燈蛾的別名，但這裡所寫的似不是那種大的撲燈蛾子，卻是指細小的青蟲，其飛走甚為敏捷。

[161]　一說，這當是下文第一六五段的一節，因為那是說「風」的，也說的有道理，但作為獨立的一段，卻亦別有風趣。

[162]　賀茂祭的時候，用葵葉作種種裝飾，見卷二注[34]。捲縮的頭髮，一本作「白頭髮」。

[163]　黃牛在古代算是高貴的東西，稱為飴色的牛。

牽著的。年老的女人，肚子很高的，喘息著走路。又這樣的女人有那年輕的丈夫，也是很難看的，況且對於他到別的女人那裡去，還要感到妒忌。

年老的男人昏昏貪睡的模樣，又那麼樣的滿面鬍鬚的人，抓了椎樹的子盡吃[164]。牙齒也沒有的老太婆，吃著梅子，裝出很酸的樣子〔都是不相配的〕。

身分很低的女人，穿著鮮紅的褲子[165]。但是在近時，這樣的卻是非常的多。

衛門府的佐官的夜行[166]，〔穿了那麼樣的裝束，所以是不相配，但是〕狩衣裝束那也是顯得沒有品格。又穿了人家看了害怕的赤袍，大模大樣的〔在女官住房的左近〕徘徊，給人家看見了，便覺得很可輕蔑。而且〔因為職掌的關係〕就是偶然開點玩笑，也總是審問的那樣，問道：「沒有形跡可疑的嗎？」六位的藏人，〔兼任著「檢非違使」的尉官的〕稱為殿上的判官，有舉世無比的權勢，平民以及卑賤的人幾乎認作別世界的人，不敢正眼相看的那麼害怕著的人，卻混在禁中的後殿一帶的女官房間裡，在那裡睡著，這是很不相配的。

掛在薰香的几帳的布褲[167]，一定是很沉重而且庸俗，雖然是〔燈光照著〕是雪白的，推想起來〔決是不相配〕。袍子是〔武官照例的〕闕掖[168]的，像老鼠尾巴似的彎曲的掛著，這真是不相配的夜行人的姿態呵。在這職務的期間，還是謹慎一點子，不要〔去找女人〕才好吧。五位的藏人[169]也是一樣的。

---

[164]　椎木的實可食，但大抵皆小兒輩喜食，若鬚眉如戟的漢子貪吃此等東西，實可謂不相配。

[165]　女官例著緋褲，這裡作者蓋深有慨於當時的風氣的頹廢。

[166]　衛門府的佐官職司守衛宮禁，故夜間巡行是其本職，但這裡是並指夜遊，謂其藉此潛入女人的家裡住宿。

[167]　衛門府的佐官的褲子係用白色的粗布所製，所以說是沉重，而因為是白色，故鮮明易見。

[168]　武官例著「闕掖」的袍，這和文官所穿的「縫掖」相對，蓋謂腋下不縫，但如何掛了起來會像老鼠尾巴似的，則因衣製不很明瞭，所以也就不能了然了。

[169]　此指不兼職兵衛府的藏人。

第四四段　在後殿

在後殿一帶女官房裡，女官許多人聚集在一起，將過往的人叫住了，隨便談話的時候，見有乾乾淨淨的男用人和小廝，搬運著漂亮的包裹或是袋子走過，裡面包著衣服，露出褲子的腰帶等，那是很有意思的。袋子裝著弓箭，盾牌，槍和大刀，問道：「這是什麼人的東西呢？」答道：「是某某爺的。」說著過去了，這是很好的。有些要裝出架子，或是似乎怕羞的樣子，說道：「不知道。」或簡直是聽不見似的，走了過去，那很是可憎了。

在月夜裡，空車[170]兀自走著。美麗的男子有著很是難看的妻子。鬍鬚墨黑，樣子很討厭的年老的男人，在哄著剛會談話的嬰兒〔那都是不相配的事情〕。

第四五段　主殿司的女官

主殿司的女官，也還是很有意思的一種職位。在身分不高的女人中間，這是最可羨慕的了。其實，就是身分好的人，也還是想讓她去做的。年輕的時候，姿容端麗，假如服裝平時也能穿的很漂亮，那便更好了。到了年紀老了，知道禁中的許多先例，不至於臨事張皇，那是很像個樣子的。心想有這麼樣的一個女兒，在主殿司裡做事，容貌很是可愛，衣服也應了時節給做了，穿著現今時式的唐衣，那麼的走著。

男人則做隨身[171]也是很好的。有很年輕的美麗的公卿們，沒有隨身跟著，實在是很寒傖的。弁官本來也是很像樣的好官職，但是穿的衣服的下裾很短[172]，又是沒有隨身，那是不大好的。

---

[170]　「空車」有兩種意思，一是空著沒有人坐的車子，二是沒有車蓋的貨車，這裡蓋是第一義。此一節蓋是「錯簡」，係屬於第四三段者，此說亦頗有理。

[171]　隨身見卷二注[44]。

[172]　弁官猶後世的次官，專司事務奔走，為辦事便利起見，衣裾特別的短。

第四六段　睡起的臉

在中宮職[173]機關所在西邊的屏風外面，頭弁[174]在那裡立著，和什麼人很長的說著話，我便從旁問道：「那是和誰說話呀？」頭弁答說：「是弁內侍。」我說道：「那是什麼話，講的那麼久呵？恐怕一會兒大弁[175]來了，內侍就立刻棄捨了你去了吧。」頭弁大笑道：「這是誰呀，把這樣的事都對你說了。我現在是就在說，即使大弁來了，也不要把我捨棄了吧。」

頭弁這人，平常也不過意標榜，裝作漂亮的樣子，或是有趣的風流行為，只是老老實實的，顯得很平凡似的，一般人都是這樣看法，但是我知道他的深心遠慮的，我曾經對中宮說道：「這不是尋常一樣的人。」中宮也以為是這樣的。

頭弁時常說道：「古書裡說得好，女為悅己者容，士為知己者死。」[176]又說我們的交誼，是「遠江的河邊的柳樹」[177]似的，〔無論何種妨害，都不會斷絕的〕但是年輕的女官們卻很是說他壞話，而且一點都不隱藏的，說難聽的話誹謗他道：「那個人真是討厭，看也不要看。他和別人不一樣的，也不讀經，也不唱曲，真是沒有趣味。」

可是頭弁卻對於這些女官講也沒有開口說話過，他曾這樣的說道：「凡是女人，無論眼睛是直生的，眉毛蓋在額角上，或是鼻子是橫生的，只要是口角有點愛嬌，頤下和脖頸的一線長得美好，聲音也不討人厭，那就有點好感。可是雖然這樣說，有些容貌太可憎的，那就討厭了。」他

[173]　中宮職是專門管理中宮事務的機關，設在禁中。這一段是追記長德四年（西元九九八年）三月裡的事情。

[174]　頭弁即藤原行成，其時為權左中弁，兼藏人頭。見卷一注[34]。

[175]　大弁共有二人，其時左大弁是源扶義，右大弁是藤原忠輔，此處不知係指何人。

[176]　這兩句話出《史記‧刺客列傳》，是豫讓所說的話。

[177]　古歌裡說，遠江的河邊的柳樹，雖是砍伐了也隨即生長，比喻二人的交情不會受外界的障害。

是這樣的說了，現今更不必說是那些頤下尖細，毫沒有什麼愛嬌的人，胡亂的把他當作敵人，在中宮面前說些壞話的人了。

頭弁有什麼事要對中宮說的時候，一定最先是找我傳達，若是退出在女官房裡，便叫到殿裡來說，或者自己到女官房裡來，又如在家裡時，便寫信或是親自走來，說道：「倘若一時不到宮裡去，請派人去說，這是行成這麼來請傳達的。」那時我就推辭說：「這些事情，另外自有適當的人吧。」但是這麼說了，並不就此罷休了。

我有時忠告他道：「古人萬事隨所有的使用，並不一定拘泥，還是這樣的好吧。」頭弁答說：「這是我的本性如此呵。」又說明道：「本性是不容易改的。」我就說道：「那麼過則不憚改，是說的是什麼呢？」追問下去，頭弁訕訕的笑說道：「你我是有交誼的，所以人家都這麼的說。既然這樣親密的交際，還用得著什麼客氣呢？所以且讓我來拜見尊容[178]吧。」我回答道：「我是很醜陋的，你以前說過，那就不會得看了中意，所以不敢給你看見。」頭弁說道：「實在要看得不中意也說不定，那麼還是不看吧。」這樣說了，以後偶然看到的時候，也用手遮著臉，真是不曾看見，可見是真心說的，不是什麼假話了。

三月的下旬，冬天的直衣已經穿不住了，殿上宿直的人多已改穿罩袍罷了。一天的早晨，太陽方才出來，我與式部女官睡在西廂房裡，忽然裡方的門拉開了，主上和中宮二人走了進來，趕快的起來，弄得非常張皇，很是可笑。

我們披上唐衣，頭髮也來不及整理出來，那麼被蓋在裡面了[179]，鋪蓋的東西還是亂堆著，那兩位卻進來了，來看侍衛們出入的人。殿上人卻絲毫不知道，都來到廂房邊裡說些什麼。主上說道：「不要讓他們

---

[178] 古時女人的臉不輕易給男人看見，如相對說話的時候，也大抵用檜扇遮著臉，或者隔著簾子和几帳。

[179] 日本舊時女人禮服是散著頭髮，披在禮服上面的，今因匆忙，所以將禮服披在頭髮的上面了。

知道我在這裡。」說著就笑了，隨後即回到裡面去，又說道：「你們兩人都來吧。」答道：「等洗好了臉就去。」沒有立刻上去。那兩位進裡面去之後，樣子還是那麼的漂亮，正在與式部閒話著的時候，看見南邊拉門的旁邊，在几帳的兩端突出的地方，簾子有些掀開，有什麼黑的東西在那裡，心想是藏人說孝[180]坐著吧，也不怎麼介意，仍舊說著話。忽然有笑嘻嘻的一個面孔伸了進來，這哪裡是說孝，仔細看時，卻完全是別個人。大吃一驚，笑著鬧著，趕緊把几帳的簾幕整理好，躲了起來，〔卻已經來不及〕因為那是頭弁本人呀。

　　本來不想讓他看了臉去的，實在是有點悔恨。跟我在一起的式部女官，因為朝著這方面，所以看不見她的臉。頭弁這時出來說道：「這一回很明白的看見了。」我說道：「以為是說孝，所以不曾防備著。以前說是不看，為什麼這樣仔細的端詳的呢？」頭弁回答說：「人家說，女人睡起的臉相是很好看的，因此曾往女官的屋子裡去窺探過，又想或者這裡也可以看到，因此來了。還是從主上來到這裡的時候就來了的，一點都沒有知道吧。」自此以後，他就時常到女官房裡，揭開簾子就走進來了。

第四七段　殿上的點名

　　殿上的點名是很有意思的事情。在主上的御前，侍臣們伺候著的時候，就那麼的問姓名，是很好玩的。聽見雜沓的腳步聲，侍臣都出來的時候，在官房的東面提起耳朵來聽著，聽到認識的人報告，不知不覺的心裡會得震動一下。又有些人在那裡，卻不大聽見說起，這時聽到了，又覺得是怎麼樣呢。報名的好與不好，或是難聽，女官們一一加以批評，也是有意思的。

---

[180]　說孝姓藤原氏，其時任藏人。

點名似乎已經完了吧，正說著的時候，衛士們鳴弦[181]作聲，聽見鞋子聲響，全出去了。隨後是藏人的很響的鞋聲，走到殿的東北角的欄干旁邊，向著御前長跪[182]了，背對著衛士們，問道：「某人到了嗎？」這樣子很有意思。隨後各自用了高低不一的聲音，一一報名，有的人或者不到，由衛士首領說明不曾參加點名。藏人又問道：「這是什麼事由呢？」等說明了事故理由，方才回去〔這是慣例如此〕。可是藏人方弘[183]沒有問明不到的理由，公卿們加以注意，卻大生其氣，呵叱衛士的怠慢，要治他的罪。〔不但是殿上人〕連衛士們也很笑他。

御廚房裡的擱御膳食的架子上，〔這個方弘〕放上了鞋子，大家都在嚷說，〔要找鞋子的主人〕被除汙穢，主殿司和別的人們替他過意不去，說道：「這是誰的鞋子呢？我們不知道。」方弘卻自己承認道：「呀，這是方弘的齷齪的東西。」自己來取了去。這就引起了一場的騷動。

第四八段　使用人的叫法

年紀很輕，很有身分的男子，對身分很低的女人的名字，很是說慣了似的叫著，甚是可憎。雖然是知道，卻是怎麼樣的，似乎只記得一半的樣子，那麼叫著，覺得有意思。走到宮禁裡女官住所，或是夜裡，這樣的不確實的叫名字雖是不對，但禁中有主殿司，在別處也有武士或藏人駐在所，帶了那裡的人同去，叫他去叫就好了。自己叫的時候，聲音立即被人家知道了。雖然不大好，但是叫下級的使女或是女童，卻是不妨事的。

---

[181] 禁中衛士持弓作欲射狀，弦鳴有聲，稱為「鳴弦」，云可闢除鬼怪，至今日本宮中猶有鳴弦的儀式，但由文官代辦，不復用守衛的兵士。
[182] 原文云「高跪」，謂以膝著地，上半身直立，即中國古時的長跪。
[183] 方弘即源方弘，由文章生出身，於長德二年正月補授藏人。

第四九段　年輕人與嬰兒

年輕人與嬰兒是要肥胖的好。國守什麼在高位的人，個子胖大的很好，太是乾瘦了，想必是很要著急的性子吧。

一切使用人裡面，飼牛小廝[184]的服裝很壞，那是頂不行的事情。別的使用人即使服裝不好，跟在車子後面〔還不大礙事〕。但是，在先頭走著，人家所最先注目的人，卻穿著的不乾淨，實在是很不適當的。在車子後面，跟著那些並沒有什麼特殊的僕從，很是難看。本來也有那身材靈巧的僕人或是隨身的那裡，卻是穿了墨黑的褲子，而且衣裾也都烏黑，狩衣什麼的都穿的皺著了，在跑著的車子旁邊，從容的走著，看去不像是自己使用的僕役。

總之如使用僕役，給他們穿得很壞，那是不對的。但是假如穿破了的，那便穿著很伏貼，還顯不出大毛病來，可以無妨。在有些使用人的資格人家，叫小廝們穿了不乾淨的服裝，實在是不合適的。凡在人家服役的人，作為那家裡的一個人，或是差遣到別人家去，或是有客人來的時候，也是有很漂亮的小廝許多人用著，是很有意思的。

第五〇段　在人家門前

在一戶人家的門前走過，看見有侍從模樣的人，在地面上鋪著草蓆，與十歲左右的男兒一起，頭髮很好看，有的梳著髮，有的披散著，還有五六歲的小孩，頭髮披到衣領邊，兩頰鮮紅，鼓得飽飽的，都拿著玩具的小弓和馬鞭似的東西，在那裡玩耍著，非常的可愛。我真想停住了車子，把他抱進車裡面來呢。

又往前走過去，〔在一家的門口〕聞見有薰香的氣味很是濃厚，實

---

[184]　飼牛小廝不論年齡老幼，都用這個名稱。

在很有意思。又像樣的人家，中門開啟了，看見有檳榔毛車的新而且美好的，掛著蘇枋帶黃櫨色的美麗的大簾，架在榻上[185]放著，這是很好看的。侍從的五位六位的官員，將下裳的後裾摺疊，塞在角帶底下，新的手板插在肩頭[186]，往來奔走，又有正裝的揹著箭袋的隨身，走進走出的，這樣子很是相配。廚房裡的使女穿得乾乾淨淨的，走出來問道：「什麼人家的家人來了嗎？」這樣的說，也是很有意思的。

第五一段　瀑布

瀑布是無聲的瀑布〔名字很有意思〕。布留的瀑布，據說法皇[187]曾經御覽，所以是了不得的。那智的瀑布，那是〔在觀音靈場的〕熊野，令人深深感動。轟鳴的瀑布[188]，那是多麼吵鬧的，可怕的瀑布呀！

第五二段　河川

河川是飛鳥川，淵與瀨沒有一定[189]，變動不常，很可感動。大堰川，水無瀨川〔也都有意思〕。耳敏川[190]，又是為了什麼，那麼敏捷的聽到的呢？音無川，〔說川流沒有聲音〕這又是意外的名字，覺得很好玩的。細谷川，玉星川，貫川，澤田川，這令人想起催馬樂來[191]。不告川

---

[185] 牛車不曾架著牛，卻將轅放在一個架子上，這就叫做「榻」。
[186] 下裳的衣裾很長，行動很不方便，有事的時候，便塞在帶子裡，手板即是朝笏，插在肩頭，便空出右手來了。
[187] 古代日本天皇多有讓位出家者，上尊號曰法皇。這裡所說，不知是指哪一個，五十九代的宇多法皇，或是六十五代的花山法皇。
[188] 此蓋專從瀑布的名字說話，如「無聲的瀑布」說有意思，亦是如此。
[189] 在《古今和歌集》裡有歌云：「世上什麼是有常呢，飛鳥川的昨日的深淵，今日成為淺灘。」
[190] 耳敏意云聽覺靈敏，是一條小河，在京都中間流過。
[191] 貫川與澤田川，均見於催馬樂歌詞中，所以聯想了起來。

〔也有意思〕。名取山，這也取得了什麼名聲，心想問了來看。吉野川。天川[192]，原來在天底下也有著哪。這裡是「織女所宿的地方吧」，在原業平[193]歌詠過的，更是有趣味的事情了。

第五三段　橋

橋是淺水橋，長柄橋，天彥橋[194]，濱名橋，獨木橋，佐野的船橋，歌結橋，轟鳴橋，小川橋，棧橋，勢多橋，木曾路橋，堀虹橋，鵲橋[195]，相逢橋，小野的浮橋。山菅橋，聽了名字覺得很有意思的，還有假寐橋。

第五四段　裡

裡是逢坂裡，眺望裡，寢覺裡，人妻裡，信賴裡，朝風裡，夕日裡，十市裡，伏見裡，長居裡。妻取裡，這是自己的妻給人家所奪取了呢，還是自己強取了人家的妻子呢？無論是哪一種，都是很有意思的。

第五五段　草

草是菖蒲，菰蒲，葵，是很有趣味的。賀茂祭的時節，這是從神代以來，就拿葵葉插在頭上的吧，實在是很有意思的。它的樣子，也是很

---

[192]　天川即是天河，照道理說來應該是在天上，現在有天川這地方，那正在天底下也是有的。織女與牽牛二星，隔著銀河相對，本是中國傳說，日本沿襲用之。

[193]　在原業平為日本九世紀時有名的歌人，有《伊勢物語》一卷，相傳即是講他的戀愛故事之作。

[194]　「天彥」亦作「山彥」，即是山谷間的人語的回聲。

[195]　中國傳說，七夕烏鵲填橋，使織女牽牛得以會見，未必是實有這橋。下文相逢橋，亦疑係原來是烏鵲往來，相逢成橋，今誤分為二，但或者係單獨指二星相逢，亦未可知。

有趣味。澤瀉也連名字都好玩，大概是〔頭舉得很高〕像是很傲慢的樣子吧 [196]。三稜草，蛇床子，苔，羊齒，雪地中間露出的青草。酢漿草，當作綾織品的花樣，也比別的東西更是有意思。

危草 [197]，這草生在崖壁的突出的地方，的確是不大靠得住，很是可以同情。常春藤 [198] 因為生的地方，顯得很是不安，也很可憐。這比那崖壁，又更容易要倒壞。但是若在真正的石灰牆上，那又很難生長，也覺得不好。無事草 [199]，這是希望沒有什麼憂慮所以起這名字的吧？想來很有意思。又或者是願意惡事都消滅呢？無論怎樣都是有意思的。

忍草 [200]，這是很有風趣的。在人家的簷端，或是什麼突生的地方，擁擠的生長著的模樣，實在很有意思。艾也是有趣，茅草花也有趣，至於莎草的葉更有趣味。此外圓的小菅，浮萍，淺茅，青鞭草〔都有意思〕。木賊這種草，被風吹著所發生的聲音，是怎麼的吧，想像了看，也覺得好玩的。薺菜，平芝 [201]，也是很有意思的。

荷葉長得很可愛的樣子，靜靜的浮在清澈的水面，有大的，也有小的，展開浮動著，很是有趣。把那葉子取了起來，印在什麼上面，實在是非常覺得有意思。八重葎 [202]，山菅，山藍，石松，文殊蘭，葦。葛葉被風吹的翻了過來，露出裡面雪白的，也有意思。

---

[196] 「澤瀉」日本原名可寫作「面高」，謂高舉其首，即傲慢的意思，故如此說。
[197] 不知是何種植物，因生長於危險的地方，故名。
[198] 常春藤俗名爬山虎，生在牆壁間隙中，與危草情形相似，因連類說及。
[199] 無事草是什麼未詳，但其名字似在慶祝或頌禱平安的意思。
[200] 忍草，原意如此，殆謂其能耐乾旱，人取其根盤作圓圈，為簷下裝飾，時沃以水則能出枝葉，繁綠可觀。中國稱海州骨碎補，只用作藥品。
[201] 「平芝」係直譯原義，「芝」日本訓作「草皮」，平芝殆言草皮一片。
[202] 八重葎者叢生的葎草，字書載葎似葛有刺，又據《本草》云：「葎草莖有細刺，善勒人膚，故名勒草，訛為葎草。」今俗呼拉拉藤，豬不能吃，故又名豬殃殃。

第五六段　歌集

歌集是《古萬葉集》[203]，《古今集》，《後撰集》。

第五七段　歌題 [204]

歌題是，京都，葛，三稜草，駒，霰，小竹，壺菫 [205]，背陰的地方，菰蒲，淺灘船 [206]，鴛鴦，淺茅，草皮 [207]，青鞭草，梨，棗，朝顏花 [208]。

第五八段　草花

草花是，瞿麥，中國的石竹更不必說了，就是日本的瞿麥，也是很好的。女郎花 [209]，桔梗，菊花會得處處變色的。菅茅 [210]。

龍膽花的枝葉雖然長得有點亂雜，但是在別的花多已經霜枯了的時候，獨自開著很是豔麗的花朵，這是很有意思的。雖然不值得特別提出

---

[203]　《萬葉集》為日本最古的和歌總集，凡二十卷，成於西元七世紀中，編集人不詳，後世考據多說是大伴家持所編，在作者當時因別有《新撰萬葉》及《續萬葉集》等名稱，故稱為《古萬葉集》以示區別。《古今和歌集》亦二十卷，延喜五年（西元九〇五年）奉敕所撰，係最早的敕選歌集，《後撰和歌集》則天曆五年（西元九五一年）告成，亦敕選凡二十卷。

[204]　「歌題」原意是和歌的題目，但是詠和歌為什麼以這些題目為限，似乎是個疑問。《春曙抄》疑為這不是平常的歌詠，或是一種特別體裁，如所謂「隱題」之類，古時有詠「物名」這一種，即是將物名詠入歌中，當作別的意義用，雖未必的確，也是一種解釋。

[205]　壺菫為菫花的一種，其葉圓而小，似乎瓶的樣子，故名。

[206]　底平而緣深的小船，利於行駛在淺灘的地方。

[207]　此處原文曰「芝」，普通訓作「草皮」，但亦可訓作「柴木」。

[208]　日本古時，桔梗，木槿及牽牛花，皆訓作「朝顏」，但這裡似專指木槿。《詩經》云：「顏如舜華。」也是以木槿形容貌美，但並不含有朝開暮落的意思。

[209]　女郎花，舊時傳說有女子因恨男人的無情，投水而死，其衣朽腐，化為此花，因名為女兒花，中國則名為敗醬。

[210]　原文為「刈萱」，係茅之一種，葉可以蓋屋，根用作刷帚，以洗什物。

來，加以稱道，鐮柄花[211]卻也是可愛的。但是那名字說是鐮柄，也有點討厭，漢文寫作「雁來紅」〔卻是很好的字面〕。巖菲[212]的花，色雖沒有那樣的濃，與藤花很是相像，春秋都開著花，也是很有意思的。

壺菫與菫花，似乎是同樣的東西，到了花老了凋謝的時候，就是一樣了。還有繡球菊〔也有意思〕。夕顏[213]與朝顏相似，兩者往往接連的說，花開也很有趣味，可是那果實的可憎模樣，這是很可惜的事情。怎麼會得長的那麼大的呢？至少長得與酸漿一樣的大小，那就好了。可是那夕顏的名字，卻總是很有趣的。

葦花雖是全然沒有什麼可看的地方，但是古時有人稱它作幣束，所以也很有意思，不是尋常的東西。葦芽生長出來的時候，與尾花[214]不相上下，〔但是到了秋天一長了穗子，就大不相同了〕在水邊上想必很是有趣吧。

人家說，在「草花」[215]裡面，沒有把尾花放進去，很是可怪。〔的確是的〕在秋天的原野上看去，最有意思的要算是尾花了吧。穗子頂尖染著濃的蘇枋色，為朝霧所濡溼而隨風飄著，這樣有趣味的事物，哪裡還有呢？但是到了秋天的末尾，這就全沒有什麼可看了。種種顏色亂開著的花，都已凋謝之後，到了冬季，尾花的頭已變成雪白了，蓬蓬的散亂著，也並不覺得，獨自搖擺著，像是追懷著昔日盛時的樣子，彷彿和人間很是相像，想起有些人來，正可比喻，覺得這更是特別的可憐了。

胡枝子[216]的花色很濃，樹枝很柔軟的開著花，為朝露所溼，搖搖擺

---

[211]　鐮柄花，今稱「葉雞頭」，即中國的雁來紅。因鐮柄的文字不雅觀，故本文如是說。

[212]　岩菲即剪春羅，雖然花開並不像藤花，或係別的花，待考。

[213]　「夕顏」是與「朝顏」相對立的名稱，乃是匏子的花。因為它開在傍晚，在蒼茫暮色之中，顯出白色的花朵，可以與早上開的朝顏相比。但本文中說它結實太大，那麼所說的是瓢了，日本少瓠而多瓢，取其實刨皮為長條，晒乾為饌，稱曰「乾瓢」。

[214]　尾花也是蘆花的一種，謂其形似馬尾，與狗尾草別是一物。

[215]　即是說在本章「草花」裡，如不說及尾花，未免覺得可怪。

[216]　胡枝子原文作「萩」，但中國訓萩為蕭，蓋是蒿類，並非一物。《救荒本草》有胡枝子，葉似苜蓿而長，花有紫白二色，可以相當。萩字蓋是日本所自造，從草從秋，謂是秋天開花，有

擺的向著四邊伸張，又向著地面爬著，那是很好玩的。尤其是取出雄鹿來，叫牠和這花特別有關係[217]，也是很有意思的。

向日葵雖然是不見得有什麼好處，但是隨了太陽的移動而傾側，似乎不是尋常的草木的心所能有，因此覺得是很有意思。花色雖不很濃，但並不劣於開花的棣棠。岩躑躅[218]也沒有什麼特點，可是歌裡說是「折了來看」，也確是有意思的。薔薇花若是走近看時，枝條〔上有刺〕是有點討厭，可是花很有趣。在雨剛才晴了的水邊，或是帶皮的木材所造的階段邊，映著夕陽亂開著的情形，那是很有趣味的。

第五九段　擔心的事

擔心的事是，母親遇著她出家的兒子上山修行十二年[219]。暗夜裡，走到不知道的地方去，說是「太明亮了，反不大好」。燈火也不點，大家卻都整齊的坐在那裡[220]。新來的用人，什麼性情也不知道，拿著重要的物件，差遣到別人家去，回來卻是很晚了。還不會說話的吃奶的嬰兒，反拗著身子，也不讓人抱，只是哭著。暗黑的地方，吃覆盆子[221]。沒有一個相識的人，一起在看熱鬧[222]。

如山茶花日本名為椿花，從木從春會意，非是形聲字也。

[217]　日本古歌中說及鹿者，必連帶的說胡枝子，其用意不詳，但其由來已久。

[218]　岩躑躅即躑躅花，亦稱杜鵑花，因其在山岩間故加岩字，中國俗稱「映山紅」，亦是此意。

[219]　「山」指京都的比睿山。出家的人上山修行，凡歷十二年，不能下山，山上又歷代相傳是「女人禁制」的，法師的父親可以入山相訪，若是母親便不可能了。

[220]　這所說的是怎麼一回事情，殊未能明瞭。

[221]　這句的含意，據《春曙抄》本說云，在暗中未能看見覆盆子的美麗的顏色。但後世一般的解釋，則多解為恐有蟲也看不見。

[222]　《春曙抄》本解釋為如在樂人及行列之中，發見有相識的人則更有意思，唯似少為迂遠，改為與不相識的人共觀，比較合適。

第六〇段　無可比喻的事

無可比喻的事是，夏天和冬天，夜間和白晝，雨天和晴天，年輕人和老年人，人的喜笑和生氣，愛和憎，藍和黃檗[223]，雨和霧。同是一個人，沒有了感情，便簡直覺得像別個人的樣子。

常綠樹多的地方，烏鴉在那裡棲宿，到了夜裡，有的睡相很壞，就跌了下來，從這樹飛到那樹，用了睡迷胡的聲音叫喊起來，這與白天裡所看見的那種討厭樣子全不相同，覺得很是好笑的。

第六一段　祕密去訪問

祕密去訪問〔情人〕的時候，夏天是特別有情趣。非常短的夜間，真是一下子天就亮了，連一睡也沒有睡。無論什麼地方，都從白天裡開放著的，〔就是睡著〕也很風涼的看得見四面。也還是話說不了，彼此互相回答著，這時候在坐著的前面，聽見有烏鴉高聲叫著飛了過去，覺得自己是明白的給看了去了，很是有意思。

在冬天很冷的夜裡，與情人很深的埋在被窩裡，臥著聽撞鐘聲，彷彿是在什麼東西的響著似的，覺得很有趣。雞聲叫了起來，也是起初是把嘴藏在羽毛中間那麼啼的，所以聲音悶著，像是很深遠的樣子，到了第二次三次，便似乎近起來了，這也是很有意思的。

第六二段　從人

當作情人來訪問的，那不必說了。有些是尋常交際走來談天的，又

---

[223]　舊時染色皆取諸植物，藍是一種蓼科，黃檗則是喬木，樹葉如漆樹，夏日開小花，煮其樹皮以染黃色。

或者並沒有這種關係，只是偶然來訪的人，看見簾內有許多女官，正說著話，便走進裡面來，一時並沒有回去的模樣，同來的從者和小廝等得著急，說斧頭的柄都要爛了[224]吧，拉長了聲音打呵欠，心裡獨自說道：「真是受不了。這所謂煩惱苦惱[225]的就是。已經是半夜了吧！」這是很討厭的。但是說這樣無聊的話的人，原來也不足怪，就是坐在那裡的客人，雖然平常見聞當他是個高雅的人，這時候覺得這種印象也完全消失了。

　　又或者沒有這樣的表現出來，不曾說話，只是「唉唉」高聲的嘆聲，這令人想起「地下流水」[226]的歌詞，覺得是很可笑的。又或者在屏風和竹籬外面，聽見從者們說道：「快要下雨了吧。」這也實在是可憎的。身分很好的人和公卿家的從人，雖然沒有這個樣子的，但在平常人的從者裡面就多是如此了。在許多使用人中間，主人應當選擇心地好的，帶到外面來走才好。

---

[224]　這是說中國的「王質爛柯」的故事，王質入山採樵，看見仙人下棋，才下完一局，回過頭來看自己的斧頭柄已經腐爛，因為已經經過了百年了。
[225]　「煩惱苦惱」係是佛經成語，當時蓋很是流行，成為慣用語之一了。
[226]　古歌有云：「心是地下流水，在那裡翻騰，雖不說出，卻比說話更強。」

卷四

第六三段　稀有的事

　　稀有的事是，為丈人所稱讚的女婿[227]，又為婆母所憐愛的媳婦。很能拔得毛髮的銀的鑷子[228]，不說主人壞話的使用人。真是沒有一點的性癖和缺點，容貌性情也都勝常，在世間交際毫看不出一樣毛病來的人，與同一地方做事的人共事，很是謹慎，客氣的相處，這樣小心用意的人，平常不曾看見過，畢竟是這種人很難得的緣故吧。

　　抄寫物語[229]，歌集的時候，不要讓書本上沾著墨。在很好的草子上，無論怎麼小心的寫著，總是弄得很髒的。

　　無論男人和女人，或是法師〔師徒的關係〕，就是交契很深的，互相交際著，也絕難得圓滿到了末了的。〔很正直的〕容易使喚的使用人。將煉好的絹送給人去捶打[230]，到了搗好送來，叫人看了說道：啊，這真做得出色。〔這樣的事是平常不大會有的。〕

---

[227]　日本古時結婚，婚而不娶，由男子就婚女家，夜入朝出，有如贅婿，故多與丈人接觸，致生不滿。

[228]　鑷子用銀製，用備裝飾而不切實用，不及鐵製的堅固，善能拔毛髮。

[229]　物語即故事，但在日本古典文學中，著名的物語很多，如《源氏物語》，彷彿自成一類，故今沿用其名不加改譯。

[230]　古時用灰汁練絹，煮去漿糊，再用槌擊，使有光澤，即中國所謂「搗練」也。洗衣用槌擊，後世尚有此風，舊詩中說「砧聲」，即是此種風俗的遺留。

第六四段　後殿女官房

禁中的女官房，在後殿一帶的最是有意思。將上半的掛窗釣上了，風就盡量的吹進來，夏天很是涼快。冬天雪和霰子，隨著風一同的落下，也是很好玩的。房間很是狹窄，女童們走上來很不合適[231]，放在屏風後面，隱藏起來，便不像在別的女官房裡一樣，不會大聲的笑，就很好了。白天什麼固然不能疏忽，要時刻留意，到了夜裡更是如此，不好鬆懈，所以這是很有意思的。

〔在前面走過去的殿上人的〕鞋子的聲音，整夜的聽見，忽然的站住了，用了一個手指頭敲門，心想這是那個人哪，也覺得有意思。敲門敲了許多時候，這邊不發什麼聲音，那男的一定會想這是睡覺了吧，裡邊的人心裡覺得不滿，便故意動一動身子，或使衣服摩擦作響，〔使他聽見〕知道那麼還沒睡哩。〔男人在外面〕使用著扇子，這樣子也可以聽到。冬天在火盆裡微微的動那火筷子的聲音，雖然是輕輕的，外面聽見了，更是敲門敲得響了，而且還出聲叫門，這時候就靜靜的溜到門邊去，問他是什麼事情。

有時候大家吟詩，或是作歌，此刻即使不來敲門，這邊就先把門開了，有許多人站集在一處，有的是平常想他不會到這裡來的人。〔因為來的太多〕沒有法子進屋子裡去，便都站著直到天明，這也是很有意思的。簾子是很青的也很漂亮，底下立著几帳的帷幕顏色又都鮮明，在那下面露出女官們的衣裳的下裾，多少的重疊著。貴公子們穿著直衣，在腰間總是開了線的，六位的藏人則穿著青色的袍子，在門的前面似乎很懂得規矩似的，並不靠著門，只是在庭前的牆壁前面，將背脊靠著，兩袖拉攏了，很規矩的立著，也是很有趣的。

---

[231]　這裡文意不很明瞭，所說女童不知何指，據《春曙抄》說是女官家裡親戚的兒童，到宮禁中來玩，所以用屏風隱藏起來，但仍有不盡明白的地方。

又穿著顏色很濃的縛腳褲，直衣也很鮮明的，披了出袿，現出種種色彩的下裳的貴人，把簾子從外面擠開了，上半身似乎是鑽到裡面去，這個情形從外面看去，是很有意思的。這人在那裡把很華麗的硯臺拉到近旁去，寫起信來，或者借了鏡子，在整理自己的鬢髮，也都是有意思的事。

因為有三尺的几帳立在裡面，有帛緣的簾子底下僅留有少許的空隙，所以在外面立著的人和裡面坐著的女人說著話的時候，兩邊的臉正當著這個空隙，這是很有意思的。若是個子很高的，或是很矮的人，那就怎樣呢〔恐怕未必能恰好吧〕。也只有世間一般高低的人，才能夠那樣吧。

◆ 其二　臨時祭的試樂 [232]

賀茂的臨時祭的舞樂試習，是很有趣味的。主殿寮的官員高舉著很長的火把，把頭縮在衣領裡走著，火把的尖頭幾乎碰著什麼東西了，這時奏起很好聽的音樂，吹著笛子，在後殿走過去，覺得特別的有意思。貴公子們穿著禮服正裝，站下來說話，同來的隨身們低聲的又是很短的喝道，〔彷彿真是了人事似的〕替他的主人作前驅，這聲音與管弦的聲相雜，聽去與平常不同的很是好玩。

乃至夜深了，索性等到天亮，看樂人們的歸來，聽見貴公子們的歌聲道：「荒田裡生長的富草的花呀！」[233] 覺得這回比以前的更有意思，可是這是怎樣的老實的人呢？有的急忙的一直退出去，大家都笑著，〔有一個女官〕說道：「且等一會兒吧，為什麼這樣天還沒有亮，就去的呢？」大概是有點不舒服吧，恐怕有人要追來，會得被捉住了的樣子，幾乎要跌倒了，那樣張皇著，急忙的退出去了。

---

[232]　祭日前三十天，派定祭使及舞人，練習歌舞，及兩天前更在清涼殿的東邊舉行試樂。

[233]　風俗歌云：「荒田裡生長的富草的花呀！親手摘了帶來宮中。」所謂「富草的花」即指稻花。

第六五段　左衛門的衛所

　　這是中宮暫住在職院[234]官署時候的事情，在那院子裡樹木古老鬱蒼，房屋很高，離人家很遠，但是不知怎的覺得很有意思。中央的屋說是有鬼，便拿來隔絕了，在南邊廂房裡，設立几帳，作為御座，又在外面的廂房裡住著女官們侍候著。

　　凡是從近衛御門進到，直到左衛門的衛所[235]的公卿們的呵殿的聲音，平常總是很長，但在殿上人〔在宮禁內〕則呵殿聲很短，所以女官們分別出那是大前驅，或是小前驅來，紛紛的加以議論。因為回數聽得多了，從這個聲音大抵能夠推測出來，說「這是誰，那是誰」了。或者有人說「這不對」，那就差遣人去看來，猜得對的於是非常的得意，說：「你瞧，這可不是嗎！」這是很有意思的。

　　一天正值下弦，〔後半夜月色微明〕院子裡罩滿了霧氣，女官們出來閒走，中宮知道了也就起來了。在御前值班的女官們都來到院子裡，在月下嬉遊著，不覺天漸漸的亮了。我說道：「我們到左衛門衛所去看吧。」大家都說我也去，我也去，追趕著一同前去。

　　這時候，聽見有許多殿上人吟詩的聲音，說「什麼的一聲秋」[236]，似乎往職院來的光景，便都逃了進去，或者和殿上人說話。殿上人中間有的說道：「你們是看月嗎？」便著實佩服，作起歌來。這個樣子，無論白天夜裡，殿上人來往沒有斷絕的時候。就是公卿們在上朝退朝的時節，如不是特別有緊急事情要辦，也總是到職院的官署來走一圈的。

---

[234]　職院即中宮職，見卷三注[54]。中宮定子因其弟兄得罪，退居小二條宮，長德三年（西元九九七年）六月移居禁中職院，本節所記係是年七月下旬的事實的記錄。

[235]　近衛御門即陽明門，左衛門的衛所即指建春門的門衛所在地。

[236]　《和漢朗詠集》載源英明的〈夏日閒避暑〉句云：「池冷水無三伏夏，松高風有一聲秋。」這裡表示沒有聽得明白，故混稱什麼的。

第六六段　無聊的事

無聊的事是，好容易決定了到宮裡出仕的人，懶於做事，覺得事情很麻煩。給人家也說什麼話，自己也有不合適的事，平常總是說著：「怎麼樣，還是退下去了吧。」及至出去了，和家裡雙親〔意見不合〕又生怨恨，說不如還是進去吧。

養子的臉長得很討厭的。〔雙親自身〕也不滿意的男子，勉強招了來做女婿，結果不很如意，再來發牢騷的人。〔這些都是很無聊的事。〕

第六七段　可惜的事

可惜的事是替人代作的和歌很得到稱讚。但這還算是好的。到遠方去旅行的人，輾轉的尋求關係，想得到介紹信，便即對於相識的人隨隨便便的寫了一封信，交他送去，結果是收信的人說那信缺少敬意，連回信也不肯給，那樣就什麼都沒有用了。

第六八段　快心的事

快心的事是，獻卯杖 [237] 時的祝詞，神樂的舞人長，池裡的荷葉遇著驟雨，御靈會裡的馬長 [238]，祭禮裡拿著旗幟的人。

---

[237] 正月裡第一個卯日所作的杖，長五尺三寸，稱為卯杖，云可闢邪，是日由諸衛府獻上，例有祝詞。亦稱作卯槌，見卷二注 [15]。

[238] 六月十四日京都東山的牛頭天王的御靈祭，有走馬及舞樂，馬長是騎在行列的馬上的人，由小舍人童充任。

第六九段　優待的事 [239]

優待的事是，傀儡戲的管事人，除目 [240] 時候得到第一等地方的人。

第七〇段　琵琶聲停

御佛名會的第二天早晨，主上命令將繪有「地獄變」的屏風拿來，給中宮觀看 [241]。這繪畫畫得十分可厭。雖然中宮說道：「你看這個吧。」我卻是答道：「我絕不想看這個。」因為嫌惡那畫，便躲到中宮女官們的房子裡睡了。

這時雨下得很大，主上覺得無聊，便召那殿上人到弘徽殿的上房來，奏管弦的音樂作遊戲。清方少納言的琵琶，很是美妙。濟政的彈箏，行成吹笛，經房少將吹笙 [242]，實在很有意思的演奏了一遍。

在琵琶剛才彈完的時候，大納言 [243] 忽然高吟一句道：「琵琶聲停欲語遲。」〔覺得很好玩〕連隱藏了睡著的我也起來了，說道：「慢佛法的罪雖然很是可怕 [244]，但是聽見了巧妙的話，也就再也忍不住了。」大家也都笑了。大納言的聲音並不怎麼特別美妙，只是應了時地做得很適應罷了。

---

[239]　這項題目似由筆誤而來，上文說拿著旗幟的人，其中「拿著」的字脫漏，別作一行，可解為「優待」的意思，其實這兩條仍是屬於「快心的事」項下的。

[240]　除目見卷一注 [9]。這裡是指地方官的任免，第一等即所謂「大國」，此外並分有上中下三等。

[241]　御佛名會是在當時盛行的諸會之一，每年十二月十九日至二十一日，凡舉行三天，將仁壽殿的觀音遷於清涼殿，唱三世佛名，懺悔六根的罪障。圖繪地獄裡的情形，名為地獄變，亦稱地獄變相。此段所記係正歷五年（西元九九四年）十二月的事情。

[242]　清方少納言係源清方，濟政係源濟政，時為權中納言，行成見卷一注 [34]，經房係源經房。

[243]　大納言即指中宮的兄長，見卷一注 [44]。所吟的詩句係根據白居易的〈琵琶行〉中「琵琶聲停欲語遲」而加以改造的。

[244]　著者說自己不願意看「地獄變」與佛法有關的畫，而關心世俗的事情，所以應該受慢佛的罪責。

第七一段　草庵

頭中將[245]聽了什麼人的中傷的虛言，對於我很說壞話，說道：「為什麼把那樣子的人，當作普通人一般的看待的呢？」就是在殿上，也很說我的不好，我聽了雖然覺得有點羞恥，但是說道：「假如這是真的，那也沒法，〔但若是謠言的話〕將來自然就會明白的。」所以笑著不以為意。但是頭中將呢，他就是走過黑門[246]的時候，聽見我的聲音，立即用袖子蒙了臉，一眼也不曾看，表示非常憎惡，我也是一句話都不辯解，也不看他就走了過去。

二月的下旬時候，下著大雨，正是非常寂寞的時節，遇著禁中有所避忌，大家聚在一處談話[247]，告訴我說：「頭中將和你有了意見，到底也感覺寂寞，說要怎麼樣給通個信呢。」我說道：「哪裡會有這樣的事呢？」

第二天整天的在自己的屋子裡面，到了夜間才到了宮中，中宮卻已經進了寢殿去了。〔值夜班的女官們〕在隔壁的房間裡把燈火移到近旁來，都聚集在一處，做那「右文接續」[248]的遊戲。看見我來了，雖然都說道：「啊呀，好高興呀！快來這裡吧。」但是〔中宮已經睡了〕覺得很是掃興，心想為什麼進宮裡來的呢？便走到火盆旁邊，又在這裡聚集了些人，說著閒話。

這時忽然有人像煞有介事的大聲說道：「什麼的某人[249]到來了。〔請通知清少納言吧。〕」我說道：「這可奇了。〔我剛才進來〕在什麼時候又

---

[245]　頭中將指藤原齊信，其時任藏人頭兼近衛中將，官至二位大納言，才學優長，與藤原行成等共稱一條朝的四納言。這一段蓋追記長德元年（西元九九五年）二月的事情。

[246]　黑門在清涼殿北廊西側，那裡便稱為黑門的房間。

[247]　避忌見卷一注[50]。其時天皇如有什麼避忌，侍臣們相率一同躲避，聚集殿中，停止一切政務。

[248]　「右文接續」原云「扁續」，乃是一種文字的遊戲。利用漢字的結構，取一字右邊的部分，加上種種偏旁去，如不成字的罰。又或就詩文集中取一字，把偏旁隱藏了，叫人猜測，這裡所說或者是第一種。

[249]　這裡是使者自己報名，本來應當自說名字，現在不過從省略了。

會有事情了呢？」叫去問了來，原來到來的乃是一個主殿司的官人[250]。說道：「不單是傳言，是有話要直接說的。」於是我就走出去問，他說道：「這是頭中將給你的信。請快點給回信吧。」我心想頭中將很覺得討厭我，這是怎樣的信呢？並沒有非趕緊看不可的理由，便說道：「現在你且回去吧，等會兒再給回信就是了。」我把信放在懷裡，就進來了。隨後仍舊和別人說閒話，主殿司的官人立即回來了，說道：「說是〔如果沒有回信〕便將原信退回去吧。請快點給回信吧。」

這也奇了，又不是《伊勢物語》，是什麼假信呢[251]？開啟來看時，青色的薄信紙[252]上，很漂亮的寫著。內容也很是平常東西，並不怎樣叫人激動，只見寫著道：「蘭省花時錦帳下。」隨後又道：「下句怎樣怎樣呢？」那麼，怎樣辦才好呢？假如中宮沒有睡，可以請她看一下。現在，如果裝出知道下句是什麼的樣子，用很拙的漢字寫了送去，也是很難看的。一邊也沒有思索的工夫，只是催促著回信，沒有法子便在原信的後面，用火爐裡的燒了的炭，寫道：「草庵訪問有誰人？」[253]就給了送信的人，此外也並沒有什麼回信。

這天一同的睡了，到第二天早上，我就很早回到自己的房裡，聽見源少將[254]的聲音誇張的叫喊道：「草庵在家嗎，草庵在家嗎？」我答道：「哪裡來的這樣孤寂的人呢？你如果訪問玉臺[255]，那麼就答應了吧。」他〔聽見回答的聲音〕就說道：「啊呀，真高興呀。下來在女官房裡了嗎？

---

[250] 主殿司在宮禁中的都是女官，這裡乃是說的司裡的男性官員。

[251] 《伊勢物語》本是日本古典作品之一，這裡借用了，利用這個書名，謂伊勢人喜作不合條理的事，故「伊勢物語」者猶言「假冒」（日語「假冒」音與「伊勢」相近）物語，故其中會得有假信出現。

[252] 上等信紙名為「鳥之子」，謂其色淡黃有如雞子，細緻而薄，這裡乃是指淡青色的。

[253] 白居易〈廬山草堂雨夜獨宿寄友〉詩云：「蘭省花時錦帳下，廬山雨夜草庵中。」意言友人們奉職尚書省，在百花競放的時候，侍錦帳之下，一方面自己則在廬山草庵中，獨聽夜雨。信中引用前句，用禪宗問答的形式，問下句怎樣，清少納言卻不用原語，只就「草庵」二字的意思作半首和歌相答，意云自己現在為頭中將所憎惡，有誰更來訪問我於草庵中呢？

[254] 源少將即源經房，時為左近衛府少將，參考上文注 [16]。

[255] 這裡「玉臺」蓋與「草庵」相對，猶言玉樓，華貴的住所，與寒傖的草庵相反。

我還道是在上頭，想要到那裡去找呢。」

於是他就告訴我昨夜的事情：「昨夜頭中將在宿直所裡，和平常略為懂得事情的人，六位以上的官員聚在一起，談論人家種種的事情，從過去說到現在，末了頭中將說道：『自從和清少納言全然絕交以後，覺得也總不能老是這樣下去。或者那邊屈伏了我就等著她來說話，可是一點都不在意，還是滿不在乎似的，這實在是有點令人生氣。所以今夜要試一試，無論是好是壞，總要決定一下，得個解決。』

於是大家商量了寫了一封信，〔叫人送了去〕但是主殿司回來說：『她現在不立刻就看，卻走進去了。』乃又叫他回去，大家囑咐他說：『只要捉住她的袖子，不管什麼，務必要討了回信回來，假如沒有的話，便把原信拿了回來！』在那麼大雨中間差遣他出去，卻是很快的就走回來了。說道：『就是這個。』拿出來的就是原來的信。那麼是退了回來吧，開啟來看時，頭中將啊的叫了一聲。大家都說道：『怪了，是怎麼回事？』走近了來看這信，頭中將說道：『了不得的壞東西[256]！所以那不是可以這樣拋廢掉的。』

大家看了這信，都吵鬧起來：『給接上上句[257]去吧。源少將請你接好不好？』一直思索到夜深，終於沒有弄好，隨即停止了。這件事情，總非宣傳世間不可。大家就那麼決定了。」

就是這樣的聽去也覺得是可笑的誇說，末了還說道：「你的名字，因為這個緣故，就叫做草庵了。」說了，便急忙的走了。我說道：「這樣的很壞的名字[258]，傳到後世去，那才真是糟心呢。」

這時候修理次官則光[259]來了，說道：「有大喜事該當道賀，以為你

[256]　這是佩服極了的讚語，原文意云賊子，《春曙抄》引禪語中的「老賊」作比，說甚妥當。

[257]　清少納言的原語係七字音兩句，正是和歌的後半，上面如再續成七五七三句十七音，便是一整首和歌了。

[258]　很壞的名字即是「草庵」的別號，因其太是寒乞相，並無一毫華貴的氣象。

[259]　修理職專管宮禁內一切修理營造的事，首長稱大夫，次長原稱日亮，義云助理。則光姓橘，原是武人，初與清少納言結婚，因性情不合而離婚，但以後約為義兄妹，下文自稱老兄即是為此。

在宮裡，所以剛才是從上面出來的。」我答說道：「什麼事呀？不曾聽說京官有什麼除目，那麼你任了什麼官呢？」[260] 則光說道：「不是呀，這實在的大喜事乃是昨夜的事，為的想早點告訴你，老是著急，直等到天亮。比這更給我面子的事，真是再也沒有了。」把那件事情從頭的講起，和源中將說的一樣。

隨後又說道：「頭中將說，看那回信的情形，我就可以把清少納言這人完全忘卻了[261]，所以〔第一回送信的人〕空手回來，倒是覺得很好的。〔到第二回〕拿了回信來時，心想這是怎樣呢？不免有點著急，假如真是弄得不好，連這老兄的面子上也不大好吧。可是結果乃是大大的成功，大家都佩服讚嘆，對我說道：『老兄，你請聽吧。』我內心覺得非常高興，但是卻說道：『這些風雅方面的事情，我是沒有什麼關係的。』大家就說：『這並不叫你批評或是鑑賞，只是要你去給宣傳，說給人們去聽罷了。』這是關於老兄的才能信用，〔雖似乎猜想得不高〕有點兒覺得殘念，但是大家來試接上句，也說：『這沒有好的說法，或者另外做一首返歌[262]吧。』種種商量了來看，與其說了無聊的話給人見笑反而不好，一直鬧到半夜裡。這豈不是對於我本身和對於你都是非常可喜的事嗎？比起京官除目得到什麼差使，那並算不得什麼事了。」

我當初以為那只是頭中將一個人的意思，卻不知道大家商議了〔要試我〕，不免懷恨，現在聽了這話，這才詳細知道，覺得心裡實在激動。這個兄妹的稱呼，連上頭都也知道，平常殿上不稱則光的官銜，都叫他作「兄臺」。

說著話的時候，傳下話來道：「趕緊上去吧。」乃是中宮見召，隨即上去，也是講的這一件事情。中宮說道：「主上剛才來到這裡，講起這

---

[260]　則光泛言賀喜，這裡故意的開玩笑，說近日有何敘任，不知道得了什麼官職。
[261]　意思就是說看那回信如何，即可決定蔑視她，完全不算她在女官們之內。
[262]　在一首歌的後面，和作一首送去，謂之返歌。

事，說殿上人都將這句子寫在扇上拿走了。」這是誰呢，那麼樣的宣傳？真覺得有點出於意外。自此以後，頭中將也不再用袖子蒙著臉，把那脾氣也完全改好了。

第七二段　二月的梅壺

　　第二年的二月二十五日，中宮遷移到職院去了，我沒有同去，仍舊留在原來的梅壺[263]，到了第二天，頭中將有信來說道：「我在昨天晚上，到鞍馬寺來參拜，今夜預備回去，但是因為京都的『方角』不利，改道往別的地方去。從那裡回來，預計不到天明便可以到家。有必須與你一談的事情，務請等著，希望別讓很久的敲你的門。」

　　信裡雖是這樣的說，但是御匣殿[264]的方面差人來說道：「為什麼一個人留在女官房裡呢？到這裡來睡吧。」因此就應召到御匣殿那裡去了。在那裡睡得很好，及至醒了來到自己的屋裡的時候，看房子的使女說道：「昨天晚上，有人來敲門很久，好容易起來看時，客人說，你對上頭去說，只說這樣這樣好了，但是我說道，就是這樣報告了，也未必起來，因此隨又睡下了。」

　　聽了也總覺得這事很是掛念，主殿司的人來了，傳話道：「這是頭中將傳達的話，剛才從上頭追了下來，有事情要與你說呢。」我便說道：「有些事情須得要辦，就往上面的屋子裡去，請在那裡相見吧。」若是在下面，怕要〔不客氣的〕掀開簾子進來，也是麻煩，所以在梅壺的東面將屏風開啟了，說道：「請到這裡來吧。」頭中將走近來，樣子很是漂亮。

　　櫻的直衣很華麗的，裡面的顏色光澤，說不出的好看，葡萄色的縛

---

[263]　梅壺是禁中的一處地方，猶中國的說梅花院。一說這本是「闈」字，因為寫作「壺」，故與「壺」字混用，則是求之過深了。

[264]　御匣殿在貞觀殿內，專司裁製御服的地方，當時在那裡主其事者為中宮的妹子，官稱為御匣殿別當。

腳褲，織出藤花折枝的模樣，疏疏朗朗的散著，下裳的紅色和砧打的痕跡[265]，都明瞭的看得出來，下面是漸漸的白色和淡紫色的衣服，許多層重疊著。因為板緣太狹，半身坐在那裡，上半身少為靠著簾子坐著，這樣子就完全像是畫裡畫著，或者是故事裡寫著，那麼樣的漂亮。

院子裡的梅花，西邊是白色的，東邊乃是紅梅，雖然已經快要凋謝了，也還是很有意思的，加上太陽光很是明亮優閒，真是想給人看哩。若是簾子邊裡有年輕的女官們，頭髮整齊，很長的披在背後，坐在那裡，那就更有可以看得的地方，也更有風情。

可是現在卻過了盛年，已經是古舊的人們，頭髮似乎不是自己的東西的緣故吧，所以處處捲縮了散亂著，而且因為還穿著灰色喪服[266]，顏色的有無也看不出，重疊著的地方[267]也沒有區分，毫不見有什麼好看，特別因為中宮不在場，大家也不著裳，只是上面披著一件小袿，這就把當時的情景毀壞了，實在很是可惜的事情。

頭中將首先說道：「我就將上職院裡去，有什麼要我傳言的事情嗎？你什麼時候上去呢？」隨後說道：「昨天晚上〔在避忌方角的人家〕天還沒有亮就出來了，因為以前那麼說了，以為無論什麼總會等著，在月光很是明亮的路上，從京西方面趕了來。豈知敲那女官房的門，那使女好容易才從睡夢裡起來，而且回答的話又是那麼拙笨。」說著笑了，又說道：「實在是倒了楣了。為什麼用那樣的使女的呢？」想起來這話倒是不錯的，覺得很有點對不起，也很有點好笑。

過了一會兒，頭中將出去了。從外面看見這情形的人，一定很感覺興趣，以為簾子裡面一定有怎麼樣的美人在那裡吧。若是有人從裡面看見我的後影的，便不會想像在簾子外面，有那樣的美男子哩！

---

[265] 衣服經過砧打，有一種特別的色澤，這就是所謂砧的痕跡。

[266] 這裡所記係長德二年（西元九九六年）二月中的事情，關白藤原道隆即是中宮的父親，於前一年四月中去世，故與有關係的人都在服喪，用淡墨色的衣服。

[267] 因為裡外幾重衣服都是一樣的濃灰色，所以顯不出原來的層次來。

　　那天到了傍晚了，就上去到了職院。在中宮的面前有女官們許多聚集，在評論古代故事的巧拙，什麼地方不好，種種爭論，並且舉出〔《宇津保物語》裡的〕源涼和仲忠的事來[268]，中宮也來評定他們的優劣。有一個女官說道：「先來把這一點評定了吧。仲忠的幼小時候的出身卑微，中宮也正是說著呢。」

　　我說道：「〔源涼〕怎麼及得他呢？說是彈琴，連天人都聽得迷了，所以降了下來，可那是沒用的人呀。源涼得著了天皇的女兒了嗎？」這時有偏袒仲忠的女官覺得我也是仲忠的一派，便說道：「你們請聽吧。」中宮說道：「比這更有意思的事，是午前齊信進宮裡來了，若是叫你看見了，要怎樣的佩服，要不知道怎樣說好了。」大家也都道：「真是的，要比平常真要漂亮得多了。」我就說道：「我也為了這件事想要來說的，可是為小說裡的事一混，就過去了。」

　　於是就把今天早上的事說了，人家笑說道：「這是誰也都看見的，但是卻沒有人，像你那樣的連衣縫針腳都看清楚了的。」又說道：「頭中將說京的西邊荒涼得很呢。若是有人同去看來，那就更有意思呢。牆壁都已倒塌，長了青苔，宰相君[269]就問道：『那裡有瓦松嗎？』[270]大為稱讚，便吟詠著『西去都門幾多地』的詩句。」大家擾嚷的都說著話，講這故事給我聽，想起來實在是很有興趣的事。

---

[268]　《宇津保物語》二十卷，不知何人所作，大約成於西元十世紀中，尚在《源氏物語》之前。書中敘述清原俊蔭遣使中國，漂至波斯，遇天人以琴相授，歸國後有一女，十五歲時遇太政大臣之子藤原兼正，生一子，後遂相失。及俊蔭死，母子無所歸，居北山老樹洞窟中，（書名宇津保即是謂空洞），鳥獸感其孝，悉來相助，後子長成，歸其父家，名為仲忠，多才藝，尤善彈琴，後在朱雀帝的神泉苑奏技，多有神異，朱雀帝乃以帝女降嫁。源涼為嵯峨帝的皇子，亦善彈琴，彈時天人下降，帝任為侍從。小說故事甚為幼稚，但在當時頗為人所欣賞，這一節裡所敘述可以為證。

[269]　宰相君係女官之一人，見卷一注 [48]，係女官中有才學的人。

[270]　白居易〈驪山高〉詩有「牆有衣兮瓦有松」之句，因上文說牆有青苔，故引此句問之，下文又有「西去都門幾多地」之句，所以頭中將連帶引用。

第七三段　昆布

　　我有一個時候，退出宮禁，住在自己家裡，那時殿上人來訪問，似乎人家也有種種的風說。但是我自己覺得心裡沒有什麼隱藏的事情，所以即使有說這種話的人，也不覺得怎麼可憎。而且白天夜裡，來訪問的人，怎好對他們假說不在家，叫紅著臉歸去呢？可是此外本來素不親近的人，來找事件來的也並不是沒有。那就實在麻煩，所以這回退出之後的住處，一般都不給人家知道，只有經房和濟政諸位，知道這事罷了。

　　有一天，左衛門府尉[271]則光來了，講著閒話的中間，說道：「昨天宰相中將[272]說，你妹子的住所，不會不知道的。仔細的詢問，說全不知道，還是執拗的無禮追問。」這樣說了，隨後又道：「把真事隱藏過了，強要爭執，這實在是很難的事情。差一點就要笑了出來，可是那位左中將[273]卻是坦然的，裝出全不知情的模樣，假如他對了我使一個眼神，那我就一定要笑起來了。

　　為躲避這個困難的處境，在食案上有樣子並不漂亮的昆布在那裡，我就拿了這東西，亂七八糟的吃，藉此麻糊過去，在不上不下的時候，吃這不三不四的食物，人家看了一定要這樣的想吧。可是這卻弄得很好，就不說什麼的過去了。若是笑了出來，這就要不行了吧。宰相中將以為我是真不知道吧，實在這是可笑的事。」我就對他說道：「無論如何，絕不可給他知道呵。」這樣說了，經過了許多日子。

　　一天的夜裡，已經夜很深了，忽然有人用力的敲門，心想這是誰呢，把離住房不遠的門要敲的那麼響，便差去問的時候，乃是衛門府的武士，是送信來的，原來是則光的書信。家裡的人都已睡了，拿燈來看

---

[271]　左衛門府的大尉係從六位的官，則光原任修理次官，今蓋是升任新職。

[272]　宰相中將即上文所說的頭中將，蓋新任宰相，即新任太政官參議，猶中國古時的同平章政事，故稱作宰相。

[273]　左中將即源經房，新任左近衛府中將，略稱左近中將。

時，上面寫道：「明天是禁中讀經結願[274]的日子，因此宰相中將也是避忌的時候，那時要追問我，說出你妹子的住所，沒有別的法子可想。實在更隱藏不下去了。還是告訴他真實的地方呢？怎麼辦呢？一切聽從你的指示。」我也不寫回信，只將一寸左右的昆布，用紙包了送給他[275]。

　　隨後則光來了，說道：「那一天晚上，給中將追問了一晚上，不得已便帶了他漫然的在不相干地方，去走了一通。他熱心的追問，這很是難受呀。而且你又沒有什麼回信，只把莫名其妙的一片昆布封在裡面送了來，我想是把回信拿錯了的吧。」這才真是怪的拿錯的東西呢！也沒有把這樣的東西，包來送給人的。〔這裡面謎似的一種意思〕簡直的沒有能夠懂得。覺得很是可氣惱，我也不開口，只把硯臺底下的紙扯了一角，在邊裡寫道：

> 潛在水底的海女的住處，
> 不要說出是在哪裡吧，
> 所以請你吃昆布[276]的呀。

　　則光見我在寫字，便道：「你是在作歌呀！那麼我絕不看。」便用扇子將紙片扇了回來，匆匆的逃去了。

　　平時很是親密的交際，互相幫助著的時候，沒有什麼特別的事情，到得後來有點隔閡了，則光寄信來說道：「假如有什麼不合適的事情，請你不要忘記了以前所約的，即使不算是自家人，也總還是老兄的則光，這樣的看待才好。」則光平常常是這樣的說：「凡是想念我的人，不要作歌給我看才好。這樣的人我都當作仇敵，交際也止此為限了，所以想要

[274]　古時禁中於春秋二季讀經，在二月八月擇日招僧，轉讀《大般若經》，凡閱四日而畢，最後的一日稱結願日。

[275]　昆布俗稱海帶。這裡因則光信裡說，只吃昆布，將事情矇混過去，不曾說出住址來，這裡叫他也如此做，就是隱藏一種謎似的意思。

[276]　日本古語昆布曰「米」（讀若眉），與「目」字同訓，故「吃昆布」凡四個讀音，也可以訓作「眼神」，即以眼示意。

和我絕交的時候，就請那麼作歌寄給我吧。」因此就作了一首歌，當作回
通道：

在妹背山[277]崩了之後，
更不見有中間流著的
吉野川的河流了。

這寄去了之後，大概真是不看這些和歌吧，就沒有回信來。其後則
光敘了五位的官位，做了遠江介這地方官去了，我們的關係就是那麼的
斷絕了。

第七四段　可憐相的事

叫人看了覺得可憐相的事是，流著鼻涕，隨即擤去了，那種說話的
聲音[278]。〔女人〕拔眉毛的那種姿態[279]。

第七五段　其中少女子

在前回去過左衛門的衛所之後[280]，我暫時退歸私宅，那時得到中宮
的信，說「快進宮裡來吧」。在信裡並且說道：「前回你們到左衛門的衛
所去的侵晨的情形，總還是時常回想起來，你怎麼卻這樣無情義的忘卻

---

[277] 「妹背」訓作「男女」，或「夫婦」、「兄妹」。大和地方有妹山背山，隔吉野川相對而立，妹山在東，背山在西。歌言兩山如是崩了，將吉野川填塞了，就不見河流，喻兄妹一旦分離，也就不復是舊日的關係了。

[278] 「可憐相」原文云「物哀」，意義甚為廣泛，係指因事物引起的感傷之意，《世說新語》記桓溫看見大樹時所說，「樹猶如此，人何以堪」，所謂對此茫茫，百感交集是也。拭鼻涕後說話聲音似帶哭，故聽之悽楚。

[279] 古時日本婦女臉上裝飾，習用中國式的眉黛，須拔去眉毛，然後另在上面塗上黛去，拔眉毛蓋甚是苦痛的事。

[280] 見上文第六五段，此節係承上文而來，故疑或當相連線，今次序或有誤。

了，老在家裡躲著呢？我以為你也一定覺得很有意思的呢。」就趕緊回答，表示惶恐之意，隨後說道：「我怎麼會不覺得那時的有意思呢？就是中宮關心我們的事情，我想那也像是源涼說的其中的少女子一般[281]，即是對於侵晨的光景，感到興趣吧。」

　　不久那女官的使者走來，傳述中宮的話道：「對於仲忠非常偏袒的你，卻是為什麼如今說出叫他丟臉的話[282]來呢？就在今天晚上，放下一切的事情，進宮來吧，若是不然，就要加倍的恨你了。」我回答道：「就是尋常的怨恨，已經是不得了，何況說是加倍呢，那就連性命也只得棄捨了。」這樣說，我就進宮去了。

第七六段　常陸介

　　中宮住在中宮職院官署的時候，在西邊廂房裡時常有晝夜不斷的讀經會[283]，掛著佛像，有法師們常在那裡，真是非常難得的事。

　　讀經開始剛過了兩天，聽見廊外有卑賤似的人說話道：「佛前的供品有撤下來的吧？」法師就回答說：「哪裡會有，時候還早哩！」心想這是什麼人在說話呢？走出去看時，原來是一個年老的尼姑，穿著一件很髒的布褲，像是竹筒似的細而短的褲腳，還有從帶子底下只有五寸來長，說是衣也不像衣的同樣的髒的上衣，彷彿像是猴子的模樣。

　　我問道：「那是說的什麼呀？」尼姑聽了便用假嗓說話道：「我是佛

---

[281]　源涼與仲忠為《宇津保物語》中的人物，皆善彈琴，朱雀院天皇召使演技，仲忠演時有風雲雷雨之異，源涼彈琴則有天女下降，合樂而舞。源涼作歌云：「晨光何熹微，觀之無厭足，其中少女子，願得少留駐。」這裡取晨光看了不厭，說中宮之不能忘當日之晨遊，又欲留清少納言在宮，與源涼之願留天女相同，很巧妙地以一歌貫串兩種意思在內。

[282]　上文第七二段「二月的梅壺」中，中宮與諸人討論仲忠與源涼的人品優劣，當時著者的態度頗偏袒仲忠，這裡乃舉出源涼的歌來，便是給仲忠丟了臉了。

[283]　不斷讀經會亦稱「不斷經」，晝夜讀經，無有間斷，以僧十二人輪值，晝夜十二時中每人擔任一時（兩個鐘頭），誦讀《法華經》、《最聖王經》、《大般若經》等，為期七日，或二七三七日不等。

門的弟子，所以來請佛前撤下來的供品，可是法師們卻吝惜了不肯給。」
說話的調子很是爽朗而且文雅呢。本來這種人，要是垂頭喪氣的，便愈
能得人的同情，可是這人卻是特別爽朗呀。

　　我便問道：「你不吃別的東西，只是吃佛前撤下來的供品嗎？那是很
難得的事呀。」她看見話裡有點譏刺的意思，答道：「別的東西哪裡是不
吃，只是因為得不到手，所以請求撤下來的供品的。」便拿些水果和扁平
的糍粑裝在什麼傢伙裡給了她，大家成為很要好的人，那尼姑講起種種
的事情來。

　　年輕的女官們也走了出來，各人詢問道：「有男人 [284] 嗎？」「住在哪
裡？」她便應了各人的問，很是滑稽的，用玩笑的話來回答。有人問道：
「會唱歌嗎，還會舞蹈嗎？」話還沒有說了，她就唱了起來道：「夜裡和
誰睡覺呀？和常陸介 [285] 去睡呵，睡著的肌膚很是細滑。」這後邊還有許
多的文句。又歌云：

> 男山山峰的紅葉，
>
> 那是有名呀，有名呀 [286]。

一面唱著歌，把光頭搖轉著，那樣子非常的難看，所以又是好笑又是討
厭。大家都說道：「去吧，去吧！」這也是很好玩的事。大家又說道：「給
她點什麼東西吧。」中宮得知了這事，說道：「為什麼叫她做出這樣可笑
的事來的呢？我是無論怎樣聽不下去，掩著耳朵呢。給她一件衣裳，快
點叫她走吧。」因為中宮這樣的說，就取了給她，說道：「這是上頭賞給
你的。你的衣服髒了，去弄乾淨了來穿吧。」便將衣服丟給了她，她趴在

---

[284]　原文「男人」，係指丈夫或情人。

[285]　常陸介即常陸國守的次官，唯日本古時常陸、上野、上總、三國，皆規定由親王任為國守，
　　　　不親到任，以「介」代行職務。這裡所說並不指定何人，蓋原係一種俗歌，尼姑因為問她男
　　　　人是誰，隨口引用歌詞罷了。

[286]　男山在京都八幡町，這裡也是一首俗謠，以男山喻男子，紅葉比戀愛的女子，有名原說紅葉
　　　　有名，轉化成為有流言講。

地上拜了，還把衣服披在肩上，〔學貴人的模樣〕那麼拜舞起來 [287]，真是很可憎的，大家就都進到裡面去了。

這以後就熟習了，常到這裡來，在人面前來晃。她就那麼樣被稱為「常陸介」了。但是衣服並不洗乾淨，還是同樣的骯髒，上次給她的那件衣服也不知弄到哪裡去了，大家都很是憎惡她了。

有一天右近內侍來到中宮那裡，中宮對她說道：「有這樣一個人，她們弄得很熟了，常到這裡來。」便叫小兵衛這女官學做那個尼姑的模樣給她看，右近內侍道：「那個我真是想看一看，請務必給我看吧。既然是大家得意的人，我也絕不會來搶了去的。」說著話就笑起來了。

這之後又有一個尼姑，腳有點殘疾，可是人很是上品，也照樣的叫了來問她種種事情，可是那種羞怯的樣子，很叫人覺得可憐，就也給了她一件衣服，拜謝的樣子也很不錯，末了至於喜歡得哭了。她出去的時候，那常陸介大概在路上遇著，看見她了吧。以後有很長的時期，常陸介不曾進來，也沒有人想起她來了。

◆ 其二　雪山

其後是十二月十幾日的光景，下了大雪，積得很厚，女官們用了什麼箱子盒子的蓋子，裝上許多雪拿來放著。有人說道：「一樣的把雪堆起來，不如索性在院子裡做一座真的雪山吧。」於是就去叫了武士們來，說道：「這是上頭吩咐下來的。」聚集了許多人，就做了起來，主殿司的人們，以及司清潔掃除的，都一起來做，堆得很高高的。中宮職的員司也走來助言，叫做的特別要好，藏人所的人也來了三四個人。

主殿司的人漸漸多起來，大約有二十來個了，而且把在家裡休息著的武士也叫來，吩咐道：「今天造這雪山的人們，都有賞賜，但是不參加這雪山的人一律不給賞與。」聽到這個消息的人，都匆忙的跑來，住家

[287]　日本古代模仿中國禮俗，百官如從君主得到賞賜，率舞蹈拜謝，此乞食尼僧亦學為拜舞。

遠的便不及通知了。不久已經築好了，乃叫中宮職的官員來，取出絹兩束，放在廊下，每人來取一匹，拜謝之後，便插在腰裡，都退了出去。穿著長袍的官員一部分留下了，改穿了狩衣[288]，在那裡侍候。

中宮問大家道：「你們看這雪山可以留到幾時呢？」女官們有人說道：「十天吧。」也有人說道：「十幾天吧。」當時在場的人大抵都說的是這樣的日數。

中宮問我道：「你看怎麼樣呢？」我回答道：「可以到正月十五吧。」看中宮的意思，似乎以為不能夠到那時候。女官們也都說道：「在年內，或者等不到三十日吧。」我自己也覺得說得太遠了，未必能夠到那個時候，心想要是說元旦就好了。但是不要管它，即使等不到十五，既然說出去了，也就固執的堅持下去了。

到了二十日左右，下起雨來了，雪山並不消滅，只是高度有點減低了。我暗地裡說道：「白山的觀音菩薩[289]，請你保佑，別讓這消化了呀！」我這樣的禱告，似乎有點兒發瘋的樣子了。

且說造作那雪山的那一天，式部丞忠隆[290]奉了天皇的使命來到了，拿出墊子坐了。講著話的時候，說道：「今天沒有一處地方，不造雪山。清涼殿的前面院子裡做了一座，還有春宮御所和弘徽殿，也都做了。京極殿也做了。」我便作了一歌道：

> 此地的雪山算是新奇的，
> 如今處處都有，
> 已是陳舊[291]了。

---

[288] 長袍是官員的禮服，狩衣本是打獵的服裝，後來作為常服了，長袍是「縫掖」，狩衣則是「缺掖」，取其動作便利。

[289] 白山在加賀國內，祀十一面觀音，其地因多雪有名，今因雪山關係，故聯想到請求她的保佑。

[290] 忠隆即源忠隆，見上文第七段。

[291] 此處「陳舊」一字意取雙關，因其訓讀為「不流」，亦可作「雪降」解。

這首歌叫在旁邊的一個女官拿去給他看，忠隆連連點首稱讚說道：「與其拙劣的和一首歌，反而把原歌弄糟了，不如拿去給風流人的簾前[292]看去吧。」說罷就離座而去了。聽說這人是很喜歡和歌的，〔如今不作返歌而去〕很是奇怪。

中宮聽見了這件事，便說道：「他大概是非常巧妙的作一首吧。」

三十日快到了，雪山似乎變得少為小一點的樣子，可是還是很高的。在白天的時候，大家出在廊下，那常陸介走來了。女官問她道：「為什麼長久沒有來了呢？」答道：「什麼呀，因為有點很不順心的事情。」「怎麼樣，那麼什麼事呢？」「因為是這樣想的緣故。」便拉長了聲音，念出一首歌來道：

真可羨慕呀，

腳也走不動，

那海邊的蜑女，

得到許多賞賜的東西[293]！

說著，討厭的笑了，但是誰也不看著她，她便〔訕訕的〕走向雪山上去，徬徨了一陣走了。後來叫人去告訴右近內侍，說是這麼一回事。回信說道：「為什麼不叫人領了，送到這邊來的呢？她因為沒有意思，所以爬上雪山去的吧，怪可憐的。」大家又看了笑了。可是雪山卻並不覺得怎樣，這一年已過去了。

元旦這天[294]，又下了許多雪，高興的是雪山增高了不少，但是中宮說道：「這是不行呀，把那舊的仍然留著，新下的雪都掃去吧。」

---

[292]　「簾前」意謂女官們，此處指能作歌者。其實古時女官蓋無不能歌者也。

[293]　這首歌裡亦多有雙關的意思，「腳也走不動」謂多給賞賜，故拿不動，亦謂前此的尼姑足有殘疾。又「蜑女」係海邊女人，能汩水取魚貝者，訓作「阿麻」，亦可作「尼僧」講。歌意羨慕蜑女之多得賜物，實際乃指上文所說的有足疾的尼姑。

[294]　這是說長保元年的元旦，即西元九九九年。

當天晚上在上頭值宿了，第二天一早回到自己的房裡來，就遇見齋院[295]的侍衛長的武士，穿著濃綠色的狩衣，在袖子上面擱著青色紙的紙包掛在一枝松樹上的信，寒顫著送了上來。問說：「這是哪裡來的呢？」答道：「從齋院來的。」我就覺得這很是漂亮呵，接了過來，到中宮那裡去。可是還是睡著，我便用棋盤墊了腳，將套房的格子獨自一個人舉了起來，這很是沉重，而且單是在一邊著力，所以軋得吱吱的響，把中宮驚醒了。

中宮問道：「為什麼這樣做的呢？」我回答道：「齋院有信來了，不能不趕緊送上來呀。」中宮說道：「的確是來得很早呀。」說著就起來了，開啟信來看時，裡面乃是兩個約有五寸長的卯槌，拼成一個卯杖的樣子[296]，頭上裹著青紙，用山桔，日蔭葛，山菅等很好看的裝飾著[297]，卻是沒有書簡。這不會沒有的吧。仔細看的時候，卻見卯槌的頭上包著的小紙上面，寫著一首歌道：

響徹山上的斧聲，

尋訪來看的時候，

乃是祝杖[298]築地的聲音呵。

中宮給寫回信的樣子，也是十分用心的。平常這邊給齋院寫信，或是寫回信，也特別好幾回重複寫過，看得出特別慎重的情形。對於使者的賞賜，是白色織出花紋的單衣，此外是蘇枋色的，似是一件梅花罩衫[299]的模樣。在下著雪的中間，使者身上披著賞賜的衣服，走了回去，

---

[295]　齋院係古時日本專門奉侍神社的皇女，在賀茂神社者稱齋院，在伊勢神宮者則稱齋宮，由未婚的皇女中選任之。當時的齋院為選子內親王，為村上天皇的皇女，以才學著稱於當時，下文說中宮寫回信十分用心，即表示尊重她的學問的意思。

[296]　卯槌見卷二注[15]，卯杖見上文注[11]。

[297]　山桔即中國平地木，亦稱紫金牛。日蔭葛，中國女蘿之類，山菅即麥門冬。

[298]　祝杖即卯杖的別名。歌言丁丁伐木的聲音，尋訪去看，原來是卯杖，所以是好音。斧之小者名為「與幾」，亦訓作「好」，這裡便取雙關的意思。

[299]　原文云「梅襲」，係指一種袷衣，外白裡蘇枋色，或表裡均蘇枋色，陰曆十一月至二月間所

是很有意義的事。但是這一回中宮的回信的內容，我不曾看見，這是很可惜的。

　　那雪山倒真像是北越[300]地方的山似的，並沒有消化的模樣，就只是變了汙黑，並不怎麼好看了。可是覺得已經賭贏，心裡暗自禱告，怎樣的可以維持下去，等到十五日，可是人們都仍舊說道：「恐怕難以再過七天吧。」大家都想看這雪山的結果怎樣，忽然初三日決定中宮要回宮禁去了。我覺得非常可惜，心裡老是想那麼這雪山到底怎麼樣就不能知道了吧。

　　別人也說道：「這個結果真想得知呀！」中宮也這麼說。已經說中了，本來想把殘雪請中宮去看，如今這計畫不對了，便趁搬運器物，大家忙亂的中間，去把住在靠土牆搭著的偏廂裡的管園子的人，叫到廊中來，對他說道：「你把這雪山好好的看守著，不要叫小孩子踏壞，或是毀壞了，保守到十五日。你務必好生看守，到那時候，從上頭給你很好的賞賜，我個人也有什麼謝禮呢。」平常檯盤所[301]給予下人的東西，如水果或是什麼食品，去要了許多過來，給了管園子的人，他笑嘻嘻的說道：「那是很容易的事情，我好好的看守就是了。〔就是一不留心〕小孩子們就要爬上去。」我聽了吩咐他道：「你就阻止他們不要上去，假如不聽，再告訴我就是了。」這樣，中宮進宮禁去了，我一同進去，侍候到初七日，便退了出來。

　　在宮裡的時候，也老是掛念著雪山，時常派遣宮裡當差的人，清潔女[302]，雜役女的首領等人，不斷的去注意觀察，把七草粥[303]等撤下來的供品給予那管園子的，歡喜拜受了，回來的人報告情形，大家都笑了。

　　　　著的女用服裝。
[300]　　日本越前、越中、越後三地方，統稱北越，有雪國之稱。
[301]　　檯盤所見卷一注[36]。
[302]　　直譯原語「清女」，謂宮專科司清掃便所的女人。
[303]　　七草粥，在正月初七這天裡，採集薺菜等七種草葉，煮粥設供，故名。

退出在私宅裡，一到天亮，便想到這一件大事，叫人家去看來。初十左右，使者來回報說道：「還有雪儘夠等到五天光景。」我聽了很是高興。

到了十三日夜裡，下起大雨來了，心裡想道：「因為這個雨，將要消化完了吧。」覺得很是可惜。現在只有一天兩天的工夫，竟不能等待了嗎？夜裡也睡不著覺，只是嘆氣，聽見的人說是發瘋了，都覺得好笑。天亮了人家起身出去，我也就起來，叫使女起來去看，卻老是不起身，叫我很生氣。末了好容易起來了，叫去看了來，回報說道：「那裡還有雪留著，像蒲團那麼大呢。管園子的人好好的看守著，不叫孩子走近前去，到明天以至後天，都還可以有哩。管園子的人說，那麼可以領到賞賜了。」我聽了非常高興，心想快點到了明天，趕緊作成一首歌，把雪盛在器皿裡，送到中宮那裡去，很是著急，又有點不及等待的樣子。

第二天早上還是黑暗的時候，我就叫人拿著一個大板盒去，囑咐他說道：「把雪的白的地方裝滿了拿來，那些髒的就不要了。」去了不久，就提著拿去的板盒走回來，說道：「那雪早就沒有了！」這實在是出人意外。想做得很有意思，教人家可以傳誦出去，正在苦吟的歌，因這出人意外的事，也沒有作下去的價值了。我非常喪氣的說道：「這是怎麼一回事呢？昨天剛說還有那麼些，怎麼一夜裡就會都化完了。」使者說道：「據管園子的人說，到昨天天很黑了的時候，還是有的，以為可以得到賞賜了，卻是終於得不著，拍著兩手著實懊恨呢。」

正在嘮叨說著，宮中有使者到來，傳述中宮的話道：「那麼，雪到今天還有嗎？」這實在是覺得可恨可惜，只得說道：「當初大家都說，未必能夠到年內或是元旦吧，但是終於到了昨日的傍晚還是留著，這在我也實在覺得是了不得的事情了。若說是今天還有，那未免是過分了。我想大概是在昨天夜裡，有人家憎惡，所以拿來丟掉了的吧。請你這樣去對中宮說了。」我就這樣的回覆了使者。

到了二十日，自己進宮裡去的時候，第一便把這雪山的事情在中宮面前說了。好像那個說是「都融化掉了」，提著蓋子回來的和尚[304]一樣，使者拿著板盒走了回來，覺得真是掃興。本來想在器具的蓋子上面，美妙的做成一座小雪山，在白紙上好好的寫一首歌，送給中宮看的，這樣說了，中宮很是發笑，在場的人們也都笑了。

中宮說道：「你那麼一心一意想著的事情，把它弄糟了，怕不要得到天罰的吧？實在是，十四日傍晚，叫衛士們去，把它丟掉了的。你的回信裡面，猜的正對，很是有意思。那個管園子的老頭兒出來，合著兩手很是求情，衛士說：『這是中宮的旨意，有人來查問，也不要說，若是說了，就要把你的小屋給拆了。』這樣的嚇了他，就在左近衛府南邊的牆外面，把雪都丟到那裡。衛士們說，還有很多的堆著，別說十五，就是到二十日也還可以留得，或者說不定，今年的初雪還會落添在上面呢。天皇也知道，對了殿上人說道：『少納言真是做了人家所難以想到的打賭了。』可是你所作的歌，且說來看吧。已經這樣的說明了，那麼與你贏了也是一樣的。那麼說來看吧。」

中宮這麼說了，大家也都是這麼說，便回答道：「哪裡還有心思作什麼歌呢，聽到了這樣遺憾的事情。」正在那裡覺得悔恨，這時天皇走來了，說道：「向來以為你是尋常人一樣，如今從這件事看來，才知道你乃是一個不平凡的人呀。」這樣說了，更覺得難受[305]，幾乎要哭了出來了。我說道：「這世間的事真是懊惱極了。後來落下雪來積上了，我正覺得高興，中宮卻說不行，叫人給掃集丟掉了。」天皇也笑著說道：「可見中宮實在是不想叫你賭贏呢。」

---

[304]　這一句遵照舊說是：「將板盒當作帽子似的走了來。」但與本文文意不相連屬，今據考訂，「帽子」乃是「法師」之誤，譯文從之。別本「都融化掉了」一句作「內容是丟掉了」（也與「投身」即跳河之意雙關），和尚提了蓋子回來，蓋裡面藏著一件故事，但可惜那故事卻是找不到了。

[305]　這裡即是說叫人把雪山拋棄的事，想起來更是覺得難受。

卷四

卷五

第七七段　漂亮的事

漂亮的事是，唐錦[306]。佩刀[307]。木刻的佛像的木紋。顏色很好，花房很長，開著的藤花掛在松樹上頭。

六位的藏人[308]也是很漂亮的。名家的少年公子們，沒有穿慣的綾和織物的衣服，卻因了職務的關係隨意的穿著，那麴塵色的青色袍子，是很漂亮的。本來藏人所的小職員，或是雜役，或是平人[309]的子弟，在殿上人四位五位或六位以上的職官底下做事，算不得什麼的，一旦任為藏人，那就叫人吃一驚的顯得漂亮了。他拿了敕旨到來，又在大臣大饗的時節當作甘慄的使者[310]，來到大臣家裡，被接待宴享的情形，簡直覺得是從哪裡來的天人的樣子。家裡的女兒現在宮裡當著嬪妃，或者還在家裡做小姐的時候，敕使到來，那出來接受天皇的書信，以及送出墊子來的女官們，都穿著得很華麗，似乎不像接待那日常見慣的人。

若是藏人兼任著衛府的尉官，那麼後面的衣裾拖著，更顯得神氣了。這家的主人還親手斟酒給他喝，藏人自己的心裡也覺得很是得意

[306]　唐錦即中國製的綢緞，日本製的稱為大和錦。
[307]　「佩刀」原文作「飾太刀」，謂有裝飾的刀劍，有「敕受帶劍」的人於束帶時用之，用紫檀沉香為鞘，上鑲金銀或嵌螺鈿。
[308]　日本古時有藏人所，大概即是內務府的職務，有別當一人為之長，以左大臣任之，司詔敕傳宣事務，頭二人，一為弁官，一為近衛中將兼任，官階四位，其他五位藏人三人，六位藏人四人，管宮中一切瑣碎的事，以及御膳，別有雜色小職員多人。其中六位藏人的地位最為特別，蓋官位雖卑，而特許升殿，常在天皇左右，故為眾所羨慕，此段所說即此意。
[309]　此處的「平人」係指六位以下的人，與平民的意義不同。因為當時任官，大抵悉取名家子弟，無任用平民者。
[310]　大臣宴饗天皇例有賞賜，為蘇（即酥酪）及甘慄，由六位之藏人為使者送去，受賜的家裡當以敕使相待。為天皇送信去的自然也是敕使，所以人家更加殷勤的接待。

吧。平常表示惶恐，不敢同坐一室的少年公卿，雖然樣子還是謹慎，可是與朋輩一樣的已經是平起平行了。還有在上頭近旁服務，叫人見了羨慕。主上寫信的時候，由他來磨墨，用著團扇的時候，由他來給打扇。可是在這短短的三四年任期中間，卻是不修邊幅，穿著也很隨便，敷衍過去了，實在這藏人是做得沒有意思的了。

更新到五位，轉到殿下去[311]的時節近來，藏人生活就要結束，本來應該覺得比生命還要可惜，如今卻在奔走，請求以藏人在任的勞績賜以官職，這實在是很惋惜的事。從前的藏人在決定更新的春天，為了下殿的事情著實悲嘆，在現今這時世，卻忙著奔跑謀事哩。

大學寮的博士[312]富有才學，是很漂亮的，這是無需說的了。相貌很是難看，官位也很低，可是甚為世人所尊重。走到高貴的人的前面去，詢問有些事情，做學問文章的師資，這是很漂亮的事。寫那些願文[313]以及種種詩文的序，受到稱讚，這也是很漂亮的。法師富有才學，說是漂亮也是無需的了。受持《法華經》的人[314]與其一個人讀經，還不如在多數人中間，定時讀經的時候，〔可以顯出才學來〕更是覺得很漂亮。天色暗黑了，大家都說道：「怎樣了？誦經的油火來的遲了！」便都停住了不念，卻獨低聲繼續念著〔很是漂亮的〕。

皇后白天裡的行幸的狀況，還有那產室的布置。立皇后的儀式，其

---

[311] 六位的藏人因為職務關係，雖官位很低，但得特許升殿，到了六年任期已滿，按照勞績應當升敘五位，唯因五位藏人只有三個實缺，如沒有空缺好補，便只得下殿去了。五位藏人照例可以做地方官，有人情願外放，覺得比在天皇身邊做近侍更好，這就是本節裡所批評的。

[312] 大學寮設有博士，此指文章博士，定員二名，官階在從五位下，照例不能升殿，但以特殊關係，召備諮詢。

[313] 願文係指舉行法事時，陳述施主的心願，或對神佛祈誓立願的文章，古時率用漢文，由大學寮奉敕代撰。

[314] 原文云「持經者」，專誦讀《妙法蓮華經》，晝夜六時勤行誦讀，六時者早晨，日中，日沒，初夜，中夜，後夜。後文說「定時讀經」，蓋即是指日沒時。

時獅子和高麗犬[315]大食床，都已經拿來，在帷帳前面裝好，從內膳司[316]也已把灶神遷移了來，那時候還沒有成為皇后，普通只是稱作小姐的人，卻老是沒有見。此外攝政關白的外出，以及他到春日神社裡朝拜的情形〔也都是很漂亮的〕[317]。

蒲桃色的織物[318]〔是很漂亮的〕。凡是紫色的東西，都很漂亮，無論是花，或是絲的，或是紙的。紫色的花的中間，只有杜若這種花的形狀，少為有點討厭，可是顏色是漂亮的。六位藏人的值宿的樣子也很漂亮，大概也因為是紫色[319]的緣故吧。寬闊的院子滿積著雪〔也是很漂亮的〕。

今上天皇的第一皇子，還是小兒的時候，由舅父們[320]，年輕而俊秀的公卿們抱著，使喚著殿上人，叫牽著〔玩具的〕馬，在那裡遊玩，覺得〔很是漂亮〕，真是沒有話說的了。

[315] 在神社門前，常有一對石刻的異獸，從古代高麗傳來，一隻黃色開口，稱為獅子，一隻白色閉口，頭有一角，名為「狛犬」，意思即是高麗犬。因為它是闢邪的獸後來也作為他用，這裡即是小形的，放在帷帳兩邊為風鎮之用。
[316] 內膳司即御廚房，供有灶神，中宮亦有灶火，故從那邊分設灶神。
[317] 攝政是代天皇執行政務的人，西元八五九年清和天皇時以國戚藤原良房任此職，嗣後由藤原氏世襲。關白例由攝政兼任，謂諸事皆先關白，然後奏聞，始於西元八八七年宇多天皇時，為後來將軍專政的起源。這裡原稱「第一人」，謂大臣中位次最高者。春日神社在奈良地方，第三殿中祀天兒屋命，為藤原氏的先祖，故凡攝政關白必往參拜。
[318] 這是一種織物的名稱，乃是用紅色的經和淡紫的緯交織而成的淺紫色的織物。
[319] 六位藏人的服裝是麴塵色的青袍，和紫色的縛腳褲，紫是禁色，不是尋常人所能著用，因為是近侍的關係，所以是特許的吧。
[320] 即一條天皇，在位期間為西元九八六至一〇一一年，第一皇子為敦康親王，乃中宮定子所生。舅父係指內大臣藤原伊周，及中納言隆家。這一節說的很是鶻突，為三卷本所沒有，或本將上文「寬闊的院子滿積著雪」一句連下讀，因為那一句放在上節末尾，也有點不倫不類，但現在也不加以變動了。

第七八段　優美的事

　　優美的事是，瘦長的瀟灑的貴公子穿著直衣的身段。可愛的童女，特地不穿那裙子 [321]，只穿了一件開縫很多的汗衫 [322]，掛著香袋，帶子拖得長長的，在勾欄 [323] 旁邊，用扇子障著臉站著的樣子。年輕美貌的女人，將夏天的帷帳的下端搭在帳竿上，穿著白綾單衣，外罩二藍的薄羅衣，在那裡習字。薄紙的本子，用村濃染 [324] 的絲線，很好看的裝訂了的。長出嫩芽的柳條上，縛著用青色薄紙上所寫的書簡 [325]。

　　在染得很好玩的長鬚籠 [326] 裡，插著五葉的松樹。三重的檜扇，五重的就太厚重 [327]，手拿的地方有點討厭了。做得很好的檜木分格的食盒 [328]。細的白色的絲瓣。也不太新，也還不太舊的檜皮屋頂 [329]，很整齊的編插著菖蒲。青青的竹簾底下，露出帷帳的朽木形 [330] 的模樣來，很是鮮明，還有那帷帳的穗子，給風吹動著，是有意思的。

　　夏天掛著帽額 [331] 鮮明的簾子的外面，在勾欄的近旁，有很是可愛的貓，戴著紅的項圈，掛有白的記著名字 [332] 的牌子，拖著繩子，且走且

---

[321]　原文云「上褲」，儀式時穿在大口褲的上面，外白裡紅，童女所著例用紅色。

[322]　名為「汗衫」，亦寫作「衵衣」，但字義轉變，為當時童女的禮服了。見卷一注 [29]。

[323]　勾欄原取中國古義，謂欄干的末端向上彎曲，今俗作妓院之稱，係後起之義

[324]　村濃係一種染法，謂用同一顏色，而深淺不一，見卷一注 [13]。

[325]　古代傳送書簡，多用此法，縛在一枝帶葉的樹枝上，如上文第七六段之二，齋院送來的信，也是掛在一枝松樹上的。

[326]　原文「須籠」，係謂一種竹籠，編好之後特地將餘剩的竹保留，有似長鬚，故以為名，古時用以盛餽贈之物。

[327]　檜扇係古時的摺扇，用檜木薄片為之，普通二十三片，以白絲線綴合，無論寒暑皆置懷中，用以代笏。三重者謂兩旁扇骨用檜木三片合成，五重則有五片，故云太厚。

[328]　即後世的所謂「辨當箱」，此係用松檜所制，蓋取其微有香氣。

[329]　日本古時用樹皮葺屋頂，以代茅草，至今神社亦有特別保留古時制度者。

[330]　此為織物模樣之一，仿為朽木的形狀，略作雲形，織染而外亦用於印刷，為糊裱隔扇牆壁之用。

[331]　「帽額」用於簾子，係指上部的一幅布帛，此原係中國古語。

[332]　貓在當時還沒有普遍飼養，成為一般的家畜，只有貴族家庭，當作愛玩的動物，可參看本書第七段「御貓」的故事。

玩耍，也是很優美的。五月節時候的菖蒲的女藏人[333]，頭上戴了菖蒲的鬘，掛著和紅垂紐[334]的顏色不一樣，〔可是形狀相像的〕領巾和裙帶，將上賜的香球送給那並列著的皇子和公卿們，是很優美的。他們領受了，拿來掛在腰間，舞蹈拜謝，實在是很好看的。

〔在五節〕捧薰爐的童女，還有著小忌衣[335]的貴公子們，都是頗優美的。六位藏人穿著青色袍值宿的姿態，臨時祭[336]的舞人，五節〔舞女的隨從〕的童女，也很優美。

第七九段　五節的舞女

中宮供獻五節的舞女[337]，照例有照料舞女的該有女官十二人。本來將寢宮裡的人借給別處去用，是不大很好的事，但是不曉得是怎麼想的，這時候中宮派出了十位女官，另外的兩個是女院和淑景舍的[338]，她們原是姊妹。

辰日[339]的當夜，將印成青色模樣的唐衣以及汗衫，給女官和童女穿上了，別的女官們，都不讓預先知道這種布置，至於殿上人更是極祕密的了。舞女們都裝束整齊了，等到晚天色暗了的時候，這才帶來穿上服

---

[333]　女藏人是低階的女官，在端午節頭上插菖蒲，故稱菖蒲的女藏人。

[334]　紅垂紐係一種裝飾，兩折作結，掛於小忌衣的右肩，舞人則在左肩。

[335]　小忌衣為齋戒時所著的衣服，用白布藍色印花，義取潔淨，供奉神膳者用之。

[336]　賀茂神社及石清水八幡神社於定期祭祀之外，別有臨時祭，賀茂在十一月下旬的酉日，石清水為三月中旬的午日，有神樂舞蹈。

[337]　古時日本朝廷於大嘗會舉行的一種女樂的儀式，於十一月中旬丑寅卯辰四日中行之，稱五節之舞。五節者，出於《左傳·昭西元年》：「先王之樂，所以節百事也，故有五節，遲速本末以相及，中聲以降，五降之後，不容彈矣。」舞女五人，由公卿殿上人出三人，地方官出二人，亦有由后妃親王獻上者。此蓋特例，由中宮進上，事在正歷四年（西元九九三年）的十一月。

[338]　女院為古代日本皇太后的尊稱，此處所說即一條天皇的母后，為中宮定子的姑母。淑景舍為大內五舍之一，植有桐樹，故又稱桐壺，此指居於淑景舍的女御藤原原子，為中宮定子的妹妹。

[339]　辰日謂五節會的末一日。

裝。紅垂紐很美麗的掛著，非常有光澤的白衣上面，印出藍的模樣的衣服，穿在織物的唐衣上面，覺得很是新奇，特別是舞女的姿態，比女官更是優美。連雜務的女官們也都〔穿著這種服裝〕並排的立著，公卿和殿上人看出驚異，把她們叫做「小忌的女官們」。小忌的貴公子們站在簾外，與女官們說著話。

中宮說道：「五節舞女的休息室，如今便拿開了陳設[340]，外面全看得見，很是不成樣子。今天夜裡，還應當是整整齊齊的才好。」這樣說的，所以〔舞女和女官們〕不〔像常年那樣〕要感覺什麼不便了。帷帳下邊開縫的地方用了繩子結好，但從這底下露出〔女官們的〕袖口來罷了。

名字叫做小兵衛的〔一個照料的女官〕，因為紅垂紐解開了，說道：「讓我把這結好了吧。」〔小忌的貴公子〕實方中將[341]便走近前來，給她結上，好像有意思似地對她說道：「深山井裡的水，一向是凍著[342]，如今怎麼冰就化了呢？」

小兵衛還是年輕的人，而且在眾人面前，大概是不好說話吧，對他並不照例做那返歌。在旁邊的年紀大的人也都不管，不說什麼話，中宮職的官員只是側著耳朵聽，〔有沒有返歌〕因為時間太久了覺得著急，就從旁門裡走了進來，到女官的身旁問道：「為什麼〔大家不做返歌〕這樣的待著呢？」聽他低聲的這樣說話，〔我和小兵衛之間〕還隔著四個人，所以即使想到了很好的返歌，也不好說。況且對方是歌詠知名的人，不是一般的平凡的作品，做返歌這怎麼能行呢。但只是一味謙虛，〔雖是當然〕其實也是不對的。

中宮職的官員說道：「作歌的人這樣怎麼行呢？便是不很快意，忽然

---

[340]　陳設指帷帳及簾子等。

[341]　實方即藤原實方，係有名歌人，見卷二注[57]。

[342]　藤原實方的這首歌見於《後拾遺和歌集》卷五雜歌之部，但據本書所記則係含有戀愛的歌。大意以井水喻小兵衛，對自己總是冷冰冰的，如今為了什麼緣故，紅垂紐卻自解開了，原文「冰」字與「紐」字義雙關。中國古時以裙帶解，蟢子飛同為一種吉兆，主情人會合，故今用以調笑小兵衛。

的就那麼吟了出來了。」我聽了就做了一首答歌，心想拿去給人譏彈也是有意思的事吧！

> 薄冰剛才結著，
> 因為日影照著的緣故，
> 所以融化就是了 [343]。

我就叫辨內侍 [344] 傳話過去，可是她〔為了害羞〕說的不清楚。實方側著耳朵問道：「什麼呀？什麼呀？」因為本來有點口吃，又是有點故意裝腔，想說的好些，更是不能說下去了，這樣卻使得〔我的拙劣的歌〕免得出醜，覺得倒是很好的。

舞女送迎的時節，有些因病告假的人，中宮也命令要特別到場，所以全部到來，與外面所進的五節舞女情形不一樣，排場很是盛大。中宮所出的舞女是右馬頭相尹 [345] 的女兒，染殿式部卿妃的妹子，即是第四姬君的所生，今年十二歲，很是可愛的。在最後的晚上，被許多人簇擁著，也一點都不著忙，慢慢的從仁壽殿走過，經過清涼殿前面東邊的竹廊，舞女在先頭，到中宮的屋子裡去，這個情景也極是美妙的。

細長的佩劍，〔帶著垂在前面的〕平帶 [346]，由一個俊秀的男子拿著走過，這是很優美的。紫色的紙包封好了，掛在花房很長的一枝藤花上，也是很有意思 [347]。

---

[343] 清少納言的這首歌見於《千載和歌集》中，「薄冰剛才結著」，雙關紅垂紐打著「活結」，「日影照著」，雙關「日蔭蔓」，此本係植物女蘿之名，唯用於裝束上乃是一種帶結，加在帽上，歌意並說赤紐本來打活結的，因為在整冠上的日蔭蔓的時候，故爾解散了。

[344] 原本稱「辨之御許」，御許為御許人之略，係女官官名，略同於內侍，因御許不能適確譯出，故改為內侍。

[345] 藤原相尹為右馬頭。古時有左右馬寮，即御馬監，其長官稱為頭。染殿式部卿即為平親王，乃村上天皇的皇子。

[346] 古時衣冠束帶時所用的佩劍，因為不是實用的東西，所以做的很細，裝在螺鈿的或是漆繪鞘裡，本來是用帶繫在腰間，結餘的帶頭再垂下來，後做裝束，別用三寸寬的絲帶，掛在前面了。

[347] 此係說用紫色紙所寫的書簡，掛在藤花上送去。這一節與上下文不相連線，只是說美妙的東西，疑是別段裡脫文，誤列在這裡，別本亦有列為一段者。

在宮禁裡，到了五節的時候，不知怎的覺得與平常不同，逢見的人好像是很好看似的。主殿司的女官們，用了種種顏色的小布帛，像避忌時節似的，帶在釵子上插著，看去很是新奇。在清涼殿前臨時架設的板橋上面，用了村濃染色的紙繩束髮，顏色很是鮮麗，這些女官們在那裡出現，也是很有意思的[348]。〔臨時上殿擔任〕雜役的女官[349]以及童女們，都把這五節當作很大的節日看待，這是很有道理的。山藍〔印染的小忌衣〕和日蔭蔓等，裝在柳條箱[350]內，由一個五位的藏人[351]拿了走著，也是看了很有意思的。殿上人把直衣的肩幾乎要脫下來的披著，將扇子或是什麼做拍子，歌唱道：

升了官位了，

使者像重重的波浪的來呀。

這樣唱著走過女官房前的時候，站在簾邊觀看的人，一定是要心裡亂跳的吧。特別是許多的人，一齊的笑起來，那更要吃一驚了。執事的藏人[352]所穿的〔紅的〕練絹的重袍，特別顯得好看。雖然給他們鋪了坐墊，但是沒有工夫坐著，只看女官們的行動，種種加以褒貶，在那個時候似乎〔除了五節之外〕別無什麼事情可以說的了。

在帳臺試演[353]的晚上，執事的藏人非常嚴重的命令道：「照料舞女的女官二人，以及童女[354]之外，任何人都不能進去！」把門按住了。很

---

[348]　這是指主殿司的女嬬，是一種低階的女官，平常管打掃和點燈的事情，在五節的時候，特地調來殿上，來司秉燭的事。

[349]　都是臨時調來服役的人，平時不能來殿上的，所以特別覺得有意思。

[350]　這與後世的柳條箱頗相似，但上面係用平蓋，用以安放零星物件。

[351]　原意云「由一個戴冠的男子拿了」，即是說升了官位的六位藏人，今改譯正面的說法。

[352]　執事的藏人係指藏人的二種職務，管理朝廷的政務儀式，以及神樂。

[353]　五節會的第一天是丑日，是為帳臺試演的日子，天皇在常寧殿升御座，即是所謂帳臺，觀看舞女的試演。執事的藏人司門禁，在原用漢文所寫的《江次第》上記載的很是詳細：「藏人頭，行事藏人立舞殿東戶下，開闔舞間，禁亂入，理髮童女陪從下仕之外不可入。」下仕指宮中供雜役的女官。

[354]　五節的第三天是卯日，是為童舞的日子，天皇在清涼殿觀看陪從舞女的童女的歌舞。

討人厭的這麼的說，那時有殿上人說道：「那麼，放我一個進去吧。」答說道：「這就有人要說閒話，怎麼能行呢？」頑固的加以拒絕，但是中宮方面的女官大概有二十來人，聚在一起，不管藏人怎麼說，卻將門開啟了，逕自沙沙的走進去，藏人看了茫然說道：「呵，這真是亂七八糟的世界了！」呆站在那裡，也是很有意思的事。在這後面，其餘照料的女官們也都進去了。〔看了這個情形〕藏人實在很是遺恨的。主上也出來，大概是看得很是好玩吧。

童女舞的當夜是很有趣味的。向著燈臺的〔童女們的〕臉是非常的可愛而且很美的。

第八〇段　無名的琵琶

有女官來說道：「有叫做『無名』的琵琶，是主上帶到中宮那邊去了，有女官們隨便看了，就那麼彈著。」我走去看時 [355]，女官們並不是彈，只是手弄著弦索玩耍罷了。

女官對中宮說道：「這琵琶的名字呀，是叫做什麼的呢？」中宮答道：「真是無聊得很，連名字也沒有。」[356] 這樣的回答，也覺得是很有意思的。

淑景舍女御 [357] 到中宮這裡來，說著閒話的時候，淑景舍道：「我那裡有一個很漂亮的笙，還是我的先父 [358] 給我的。」隆圓僧都 [359] 便說道：「把那個給了我吧。我那裡也有很好的一張琴，請把那個交換了吧。」但是這樣說了，好像是沒有聽見的樣子，還是說著別的事情，僧都想得到

---

[355]　原文此處不相連線，編訂者加入此句，今從之。
[356]　琵琶的名字本是「無名」，中宮的答語雙關，是詼諧的意味。
[357]　即中宮的妹子，見上文注 [33]。
[358]　即藤原道隆，前任關白，見卷一注 [46]。
[359]　藤原隆圓為道隆的第四個兒子，是中宮的兄弟，早歲出家，是時任權少僧都。

回答，屢次的催問，可是還沒有說。到後來中宮說道：「不，不換吧，她是這麼想哩。」這也是回答的很有意思。這笙的名字叫做「不換」[360]，僧都並不曾知道，所以〔不懂得回答的用意〕心裡不免有點怨望。這是以前〔中宮〕住在中宮職院的時候[361]的事情。在主上那裡，有著名叫「不換」的那個笙。

在主上手邊的東西，無論是琴是笛[362]，都有著奇妙的名字。琵琶是玄上，牧馬，井手，渭橋，無名等[363]。又和琴也有朽目，鹽灶，二貫等被叫做這些名字。此外又有水龍，小水龍，宇多法師，釘打，二葉，此外還有什麼，雖是聽見了許多，可是都忘記了。「宣陽殿裡的第一架上」，這是頭中將平時常說的一句口頭禪[364]。

第八一段　彈琵琶

在中宮休憩處[365]的簾子前面，殿上人整天的彈琴吹笛，來作樂遊戲。到走散的時候，格子窗還沒有放下，燈臺卻已拿了出來，其時門也沒有關，屋子裡面就整個兒可以看見，也〔可看出中宮的姿態：〕直抱著琵琶，穿著紅的上袿，說不盡的好看，裡面又襯著許多件經過砧打的或是板貼的衣服。黑色很有光澤的琵琶，遮在袖子底下拿著的情形，非常美妙；又從琵琶的邊裡，現出雪白的前額，看得見一點兒，真是無可比方的豔美。

---

[360]　此笙即名「不換」。據古記錄云：「不，不換，是笙名也，唐人賣之，云可給千石，答曰不，不換，遂以為名。」中宮以名字雙關的意義作戲語，而僧都不懂得，所以失望。

[361]　長德二年（西元九九六年）二月二十五日至三月四日，中宮出宮，寄居於中宮職院，此段所記蓋係那時候的事情。

[362]　管弦樂器之總稱，凡絲之屬皆稱為琴，凡竹之屬皆稱為笛。

[363]　日本古器物名多不可解，今不一一考據，以免煩瑣。

[364]　宣陽殿為古時日本的一所宮殿，當時專門放置樂器及書籍的地方，故稱讚樂器之美者云是宣陽殿裡的第一架上的東西。頭中將蓋是藤原齊信，以藏人頭兼近衛中將，見卷四注[19]。

[365]　這是在弘徽殿，在清涼殿的北邊。

　　我對坐在近旁的一個女官說道：「〔從前人說那個〕半遮面[366]的女人，實在恐怕還沒有這樣的美吧？況且那人又只是平人罷了。」女官聽了這話，〔因為屋裡人多〕沒有走路的地方，便擠了過去，對中宮說了，中宮笑了起來，說道：「你知道這個意思[367]嗎？」〔她回來告訴我這話〕這也是很有意思的事。

第八二段　乳母大輔

　　中宮的乳母大輔，今日將往日向去[368]，賜給餞別的東西，有些扇子等物，其中的一把，一面畫著日色晴朗的照著，旅人所在的地方似乎是井手中將[369]的莊園模樣，很是漂亮的畫著。在別一面卻是京城的畫，雨正是落得很大，有人悵然的望著。題著一首歌道：

> 向著光明的朝日，
>
> 也要時常記得吧，
>
> 在京城是有不曾晴的長雨呢[370]！

這是中宮親筆寫的，看了不禁有點黯然了。有這樣〔深情的〕主人，本來要〔捨棄了〕遠行也是不可能的吧。

---

[366]　根據白居易的〈琵琶行〉裡的「千呼萬喚始出來，猶抱琵琶半遮面」這兩句。當時漢學盛行，貴族子弟殆無不通曉，作文模擬《文選》，詩則《白氏文集》最為流行。

[367]　此句意思不很明瞭，別本在此句的「爾」（waré）讀作「別」（wakaré）字，解作「離別你知道嗎？」謂引用〈琵琶行〉起首處，「別時茫茫江浸月」之意，指眾人退出時，但所說意仍欠圓滿。

[368]　大輔是乳母的稱號，這裡蓋係隨著丈夫到國司的任上去，日向在日本南部九州地方，離京很遠。清少納言怪她棄捨了深情的主人前去，尚合人情，《春曙抄》的著者則說道隆死後，嗣子伊周獲罪左遷，遂棄之而去，則與事情不合。

[369]　井手中將注家皆云未詳，疑係當時小說中人物，非是實有。

[370]　首句影射日向，末句「長雨」一字亦可訓作「悵望」，歌意雙關，謂你到日向去對著晴明的天氣，也要記住京城正在長雨，有悵望你的人。

第八三段　懊恨的事

懊恨的事是，這邊做了給人的歌，或者是人家做了歌給它送去的返歌，在寫好了之後，才想到有一兩個字要訂正的。縫急著等用的衣服的時候，好容易縫成功了，抽出針來看時，原來線的尾巴沒有打結，又或者將衣服翻轉縫了，也是很懊恨的事。

這是中宮住在南院[371]時候的事情，〔父君道隆〕公住在西邊的對殿裡，中宮也在那裡，女官們都聚集在寢殿，因為沒有事做，便在那裡遊戲，或者聚在廂廊裡來[372]。中宮說道：「這是現在急於等用的衣服，大家都走攏來，立刻給縫好了吧。」說著便將一件平織沒有花紋的絹料衣服交了下來，大家便來到寢殿南面，各人拿了衣服的半身一片，看誰縫得頂快，互相競爭，隔離得遠遠的縫著的樣子，真像是有點發了瘋了。

命婦的乳母[373]很早的就已縫好，放在那裡了，但是她將半片縫好了，卻並不知道翻裡作外，而且止住的地方也並不打結，卻慌慌張張的擱下走了，等到有人要來拼在一起，才覺得這是不對了。大家都笑著嚷道：「這須得重新縫過。」但是命婦說道：「這並沒有縫錯了，有誰來把它重縫呢？假如這是有花紋的，〔裡外顯然有區別〕誰要是不看清裡面，弄得縫反了的話，那當然應該重縫。但這乃是沒有花紋的衣料，憑了什麼分得出裡外來呢？這樣的東西誰來重縫？還是叫那沒有縫的人來做吧。」這樣說了不肯答應，可是大家都說道：「雖是這麼說，不過這件事總不是這樣就成了的。」乃由源少納言、新中納言[374]給它重縫，〔命婦本人卻是

---

[371]　這一節是引用了作為反縫衣服的一個例項的，據說大約是正歷三年（西元九九二年）十二月的事，其時中宮在她父親道隆的邸宅裡，所謂南院即是東三條邸的寢殿。

[372]　對殿即與寢殿相對，亦可譯「西廂」，但是並非側屋，原來亦是朝南的房屋，只是東西分別，和主要的寢殿相對，與寢殿相聯接處有渡殿，即是廂廊。寢殿亦稱主殿，乃是正屋，即主人居住之處，但與寢室有別，至對殿則是眷屬所居。

[373]　此殆即上一段所說的乳母，命婦為女官的一種官位。

[374]　源少納言係姓源的女官，少納言則是其家族的人的官職，新中納言其姓未能詳。

旁觀著的〕那個樣子，也是很好玩的。

那天的晚上，中宮要往宮裡去的時候，對大家說道：「誰是最早縫好衣服的，就算是最關懷我的這個人。」[375]

把給人家的書簡，錯送給不能讓他看見的人那裡去了，是很可懊恨的。並且不肯說「真是弄錯了」，卻還強詞奪理的爭辯，要不是顧慮別人的眼目，真想走過去，打他幾下子。

種了些很有風趣的胡枝子和蘆荻[376]，看著好玩的時候，帶著長木箱的男子，拿了鋤頭什麼走來，逕自掘了去，實在是很懊惱的事情。有相當的男人在家，也還不至那樣，〔若只是女人〕雖是竭力制止，總說道：「只要一點兒就好了。」便都拿了去，實是說不出的懊恨。在國司[377]的家裡的，這些有權勢人家的部下，走來傲慢的說話，就是得罪了人，對我也無可奈何，這樣的神氣，看了也很是懊恨的。

不能讓別人看見的書信，給人從旁搶走了，到院子裡立著看，實在很是懊惱。追了過去。〔反正不能走到外面〕只是立在簾邊看著[378]，覺得索興跳了出去也罷。

為了一點無聊的事情，〔女人〕很生了氣，不在一塊兒睡了，把身子鑽出被褥的外面，〔男人〕雖是輕輕的拉她進來，可是她卻只是不理。後來男人也覺得這太是過分了，便怨恨說道：「那麼，就是這樣好吧。」便將棉被蓋好，逕自睡了。這卻是很冷的晚上，〔女人〕只是一件單的睡衣，時節更不湊巧，大抵人家都已睡了，自己獨自起來，也覺得不大

---

[375]　這一句話原意不很清楚，一本解作「就陪我進宮去」。別本沒有這句。

[376]　「胡枝子」原文云「萩」，為一種豆科植物，在日本甚見稱賞，因花在秋時，故名字從草從秋，乃日本自造字，原本漢字乃係蕭艾，並非一字，然胡枝子亦非確譯，因此本中國產植物，不是日本所有。蘆荻的花亦為日本所稱賞，中國正當云「芒」，或譯作「狗尾草」亦屬非是，狗尾草乃是「莠」，此花因形似故名「尾花」，並不指定係是狗尾。

[377]　國司係地方長官，見卷二注[13]。

[378]　普通解作搶看信的那人，立在簾邊看著，但上文走到院子裡，不在簾邊了，故此處以屬於著者為是。

好，因了夜色漸深，更是懊悔，心想剛才不如索興起來倒好了。這樣想，仍是睡著，卻聽見裡外有什麼聲響，有點恐慌，就悄悄的靠近男人那邊，把棉被拉來蓋著，這時候才知道他原是假裝睡著，這是很可恨的。而且他這時還說道：「你還是這樣固執下去吧！」〔那就更加可以懊恨的了。〕

第八四段　難為情的事

難為情的事是，有客人來會晤談著話，家裡的人在屋裡不客氣的說些祕密話，也不好去制止，只是聽著的這種情況〔實在是很難為情的〕。自己所愛的男人，酒喝得很醉，將同樣的事情，翻來覆去的說著。本人在那裡聽著也不曾知道，卻說人家的背後話，這便是沒有什麼關係的使用人，也總是很難為情的。

在旅行的途中，或是家裡什麼鄰近的房間裡，使用人的男女在那裡玩笑鬧著，很討厭的嬰兒，〔母親〕憑著自己主觀覺得是怪可愛的，種種逗著玩耍，學那小孩的口氣，把他所講的話說給人家聽，在有學問的人的面前，沒有學問的人裝出知道的樣子，將〔古今的〕人的名字亂說一氣，並不見得做的特別好的自作的歌，說給人家聽，還說有誰怎樣稱讚了，在旁聽著也是怪難為情的。

人家都起來了說著話，卻是恬然的若無其事似的睡著的人。連調子都還沒有調得對的琴，獨自覺得滿意，在精通此道的人面前彈奏著。很早以前就不到女兒那裡來了[379]的女婿，在什麼隆重的儀式上，和丈人見了面〔也是不好意思的事〕。

---

[379]　古時日本結婚多用入贅的形式，男人先就女家住宿，晚出早歸，亦有中途不諧，停止往來者。參看卷一注 [8]。中國在唐朝似亦有此類風俗，見於唐代傳奇中。

第八五段　愕然的事

　　使人愕然的事是，磨著裝飾用的釵子，卻碰著什麼而折斷了[380]。牛車的顛覆〔也使人愕然〕。以為這樣的龐然大物，在路上也顯得很穩重，〔卻這樣容易的翻了〕簡直如在夢裡，只是發愣，不知道這是怎麼搞的[381]。

　　在人家很是羞恥的什麼壞事情，毫不顧慮的無論對了大人或是小孩，一直照說。等著以為一定會來的男人，過了一晚，直到黎明時分，等的有點倦了，不覺睡著，聽得烏鴉就在近處，呀呀的叫，舉起頭來看時，已經是白晝了，〔就是自己〕也覺得是愕然的事情。

　　在雙陸賭賽的時候，對手〔連得同花〕骰子筒給她占有了[382]。這邊一點也不知道，也不曾見過聽過的事情，人家當面的說過來，不讓這邊有抗辯的餘地。把什麼東西倒翻了，也覺得是愕然。在賭箭[383]的時候，心裡戰戰兢兢的，瞄準了很久，及至射了出去，卻離得很遠，不曉得到什麼地方去了。

第八六段　遺憾的事

　　遺憾的事是，在五節和佛名會的時候[384]，天並不下雪，可是卻整天的下著雨。節會以及其他的儀式，適值遇著宮中避忌的日子[385]。預備好

---

[380]　古代婦女垂髮時插在頭上右邊的釵子，多係玳瑁等所制，大概也有用玉的。《春曙抄》注引白居易樂府云「石上磨玉簪，玉簪欲成中央折」。

[381]　此處諸家說不一致，今擇取金子元臣的一說。

[382]　雙陸亦名雙六，係中國古時一種遊戲，流傳在日本，其方法今不可考，但其中一種賭輸贏的方法，似用兩顆骰子裝入筒內，再行倒出，看兩骰同花者為勝，得再倒一次，故云骰筒為所占有。

[383]　賭箭為正月十八日天皇在弓場殿，看近衛府軍人試射，亦有臨時舉行，稱殿上的賭箭，這裡所說蓋係泛說，女官未必與聞其事。

[384]　五節見上文注[32]。佛名會見卷四注[15]。

[385]　「節會」謂節日的集會，當日朝廷例有賜宴，「其他的儀式」或指沒有宴會的別的儀式吧，如其時適值避忌，則天皇不臨朝，自然就停止了。避忌見卷二注[6]。

123

了，只等那日子到來的行事，卻因了某種障害，忽然的中止了。非常相愛的女人，也不生兒子，多年相配在一起。演奏音樂，又有什麼好看的事情，以為必定會來的人，叫人去請，卻回答說，因為有事，所以不來了，實在很是遺憾的事。

男人以及女人，在宮廷裡做事的，與身分一樣的人往寺院參拜，或是出去遊覽，服裝準備得好好的，〔袖口在車子上〕露出了，一切用意沒有什麼怪樣子，叫人見了不很難看，〔心想或者會遇見〕了解這種情趣的人，不論騎馬或者坐車也是好的。可是一直沒有遇見，很是遺憾。因為太是無聊了，至少遇到懂得風雅的僕從，可以告訴人家也好，這種的想也正是難怪的吧。

第八七段　聽子規

中宮在五月齋戒 [386] 的時候，住在中宮職院裡，在套房前面的兩間屋子裡特別布置了，和平常的樣子不同，也覺得有意思。

從初一日起時常下雨，總是陰沉的天氣。因為無聊，我便說道：「想去聽子規的啼聲去呀。」女官們聽到了，便都贊成說：「我也去，我也去。」

在賀茂神社的裡面，叫做什麼呀，不是織女渡河的橋，是叫有點討厭的名字的。有人說：「在那地方是每天有子規啼著。」也有人答道：「那叫的是茅蜩呀。」總之就決定了到那地方去，在初五的早晨，叫職院的官員預備了車，因為是五月梅雨的時節，照例不會責難的 [387]，便把車靠在臺階面前，我們四個人坐了，從北衛所出去。〔另外的女官們看了〕很是

[386] 古時稱日「年三」，一年中有三個月例行「精進」，即是正月五月九月，所云「精進」乃是佛教術語，後乃專指齋戒即禁止食肉了。據《長齋經》云：「若有善男女等，修年三之齋戒，忽脫諸難等，獲殊勝福利。」又曰：「天帝以正月五月九月，巡向南列，註記眾生作業。」是經中國不見通行，看上文所引，似有道教分子混入，或出自後代偽造，亦未可知。

[387] 平常禁止乘車出入北衛所門，但在梅雨時節，例可通融。

羨慕，說道：「再添一輛車吧，讓我們也一同去。」但是中宮說道：「那可是不成。」不肯聽她們的話，也就只得丟下她們去了。

到得叫做馬場的地方，有許多人在那裡，我便問道：「這是什麼事呢？」趕車的回答道：「是在演習競射哩，暫時留下來觀看吧。」就將車子停了，說道：「左近的中少將都在座哩。」但是看不見這樣的人。只見有些六位[388]的官在那裡逗留。我們便說道：「沒有什麼意思，就趕快走過去吧。」這條路上，想起賀茂神社祭時的情形[389]，覺得很是有意思。

這樣走下去的路上，有明順朝臣[390]的家在那裡。說道：「我們趕快到那裡去看一看吧。」將車子拉近了，便走下去。這是仿照鄉下住房造的，很是簡素，有那畫著馬的屏障[391]，竹片編成的屏風，莎草織成的簾子，特地模仿古代的模樣。房屋的構造也很簡陋，並不怎麼深，只是很淺近，可是別有風趣，子規一遞一聲的叫，的確倒有點吵鬧的樣子，可惜不能夠讓中宮聽見，和那麼的羨慕想來的人也聽一聽罷了。

主人說道：「〔這裡因為是鄉下〕只有與本地相應的東西，可以請看一下。」便拿出許多稻來，叫來些年輕的，服裝相當整潔的女用人，以及近地的農家婦女，共有五六個人，打稻給我們看，又拿出從來沒有看過的，軲轆軲轆迴轉的[392]東西來，叫兩個人推轉著，唱著什麼歌，大家看了笑著，覺得很是新奇，把做子規的歌的事情幾乎全然忘記了。

用了在中國畫裡所有的那樣食案[393]，搬出食物來的時候，沒有一個人去看一眼，那時主人說道：「這是很簡慢的，鄉下的吃食。可是，到這

[388]　非謂「六位的藏人」，乃指普通不能升殿的六位，都是近衛府的官員，卻也是地下人，在女官們看去乃是卑微的人了。

[389]　賀茂神社祭典甚盛大，女官們多往參拜。見卷二注 [34]。

[390]　明順朝臣為高階成忠的第三子，中宮定子的母舅，朝臣者古代「八色」氏族之一，第一曰真人，第二曰朝臣，至今日本正式敘官位，猶於姓氏之下加寫此二字。

[391]　屏障類似屏風，但不是可以摺疊的，只是一兩扇，底下有座，當作隔扇用的。

[392]　這大概是指一種礱磨，是磨穀子用的木類所製的吧。

[393]　「食案」原文曰「懸盤」，係木製的盤，下面有四足的架子，可以自由裝卸，這裡說中國畫裡所有，可見中國古時也用這樣的食案，有如孟光所舉的那樣。

樣地方來的人，弄得不好倒還要催促主人〔叫拿出別的鄉下特產來呢〕。這樣子的不吃，倒並不像是來訪問鄉下的人了。」這樣的說笑應酬著，又說道：「這個嫩蕨菜[394]，是我親自摘來的呢。」我說道：「怎麼行呢，像是普通女官那樣，坐在食案去進食呢？」〔主人便將食案的盤〕取了下來，說道：「你們各位是俯伏慣了[395]的哪。」

正忙著招呼，〔這時趕車的進來〕說道：「雨快要下來了。」大家便趕緊上車，那時我說道：「還有那子規的歌呢，須得在這裡做了才好。」別的女官說道：「那雖是不錯，不過在路上做也好吧。」

〔在路上〕水晶花盛開著，大家折了許多，在車子的簾間以及旁邊都插滿了長的花枝，好像車頂上蓋著一件水晶花的襯袍[396]。同去的男人們也都笑著來幫忙，說道：「這裡還不夠，還不夠。」幾乎將竹篝都穿破了，加添來插著。〔這樣裝飾著的車子〕在路上遇見什麼人也好，心裡這麼期待著，但是偶然遇著的，卻只是無聊的和尚或者別無足取的平常人罷了，實在是很可惜的。

到得走近了皇宮了，我說道：「可是事情不能這樣的就完了，還須得把車子給人家一看，才回去吧。」便叫在一條殿[397]的邸宅前面把車停了，叫人傳話道：「侍從在家嗎？我們去聽子規，剛才回來了。」使者回報道：「侍從說，現在就來，請等一等。剛才在武士衛所休憩著，趕緊在著縛腳褲呢。」但是這本來不是值得等候的事情，車便走著了，來到土御門方面，侍從這時已經裝束好了，路上還扣著帶子，連說：「稍請候一候，稍請候一候！」只帶了一兩個衛士和雜色，什麼也不穿著[398]，追了

---

[394]　嫩蕨菜原稱下蕨，意謂長在草叢底下的蕨葉。

[395]　女官的高級者常在御前，俯伏慣了，故在有高臺的食案面前，反不習慣，所以主人特地將架子撤去。

[396]　禮服的袍子裡例有襯衣，有種種的規定顏色，水晶花即是其一，係表白裡青的夾袍。

[397]　一條殿在一條大路，為故太政大臣藤原為光的邸宅。下文侍從即藤原公信，係為光的第六子，當時任職侍從，唐名「拾遺」，謂隨侍天皇左右，司拾遺補闕之職。

[398]　衛士與雜役匆促跑來，連正式的下裳都不及穿著。

上來。我們便催著說：「快走吧！」

　　車子到了土御門的時候，侍從已經喘著氣趕到，先看了車子的模樣，不禁大笑起來，說道：「看這樣子，不像是有頭腦正常的人坐在裡面。且下來再說吧。」說著笑了，同來的人也都覺得好笑。侍從又說道：「歌怎麼樣了呢？請給我看吧。」我答道：「這要在給中宮看了以後，才給你看呢。」

　　說著的時候，雨真是下了起來了。侍從說道：「怎麼的這土御門與別的門不一樣，特別沒做屋頂。在像今天的日子裡，實在很是討厭了。」又說道：「那怎麼的走回去呢？來的時候，只怕趕不上，便一直跑來，也不顧旁人看著，唉唉，如今這樣走回去，真掃興得很。」我便說道：「那麼，請進去吧，到裡面去。」侍從答道：「即使如此，戴著烏帽子 [399] 怎好上裡頭去呢？」我說道：「叫人去取〔裝束〕來吧。」

　　這時雨下得很大了，沒有帶著傘的男人們把車子一徑拉進門裡邊來。從一條的邸宅拿了傘來，侍從便叫人給撐著傘，儘自回過頭望著這邊，這回卻是緩緩的像是很吃力似的，拿著水晶花獨自走著回去了，這樣子也是很有意思的。

　　到得中宮那裡，問起今天的情形。一面聽著不能同去的女官們怨望不平的話，將藤侍從 [400] 從一條大路上走來的事情說了，大家笑著。中宮問道：「那麼歌呢，這在哪裡？」將這樣這樣的事情說了，中宮道：「很是可惜的事。殿上人們要問的呢，怎麼可以沒有很好的歌就算了？在聽著子規的地方，當場即詠一首就行了，因為太看得重了，〔反而做不出來〕便打斷了當時的興致，所以不行了。現在就做起來吧。這真是洩氣的事情。」

[399]　烏帽子係平常時候所戴的帽，無官位的人亦得用之，若官員入朝例須衣冠束帶，著烏帽子係是便服，故不相適。
[400]　即藤原公信，藤侍從係宮中慣稱，取姓氏的一字，附以官名，猶女官稱源少納言，新中納言也。

中宮這樣的說實在是不錯，想起來很是沒興，便與〔同去的人〕商量了怎麼做，在這時候藤侍從有信來了，將剛才拿去的一枝水晶花上掛著一卷水晶花的薄紙[401]，上邊寫著一首歌道：

聽說你是聽子規啼聲去了，

〔我雖是不能同行〕

請你把我的心帶了去吧。

想必是等著返歌吧，想叫人回去取硯臺來，中宮說道：「就只用這個快寫吧。」把紙放在硯臺的蓋裡遞給了我。我說道：「請宰相君寫吧。」她回答道：「請你自己來。」正在說著，四周暗了下來，雨下了起來，雷也猛烈的響著，什麼事情也不記得，只是驚慌著，把窗格子都放下來，這樣忙亂著的時候，將返歌的事全然忘記掉了。雷響了很久，等到有點止住的時節，天色已經暗了。就是現在，且來寫這回信吧，正要動手來做，殿上人以及公卿們都因雷鳴過來問候，便出到職院的西邊應酬，把返歌的事又混過去了。其他的人以為這歌是指名送來的，由她辦去好吧，所以也就不管。

似乎今天是特別與作歌無緣的日子，覺得很是無聊，便笑著說道：「以後絕不再把要聽子規去的話，告訴給人家了。」中宮說道：「就是到了現在，同去聽的人也沒有做不出來的道理。大概是從頭決定不做的吧。」似乎是很不高興的樣子，這也是很有意思的。我答說道：「可是到了如今，興趣已經全然沒有了嘛。」中宮說道：「興趣沒有，這件事情不能就算完了呀。」話雖如此說，可是事情就此完了。

◆ 其二　元輔的女兒

過了兩天之後，大家正在講起當日的事情，宰相君說道：「且說〔那明順朝臣〕所親自摘來的嫩蕨菜，是怎麼樣呢？」中宮聽了笑道：「又記

---

[401]　表白裡青的薄紙，顏色正如水晶花的樣子，取其與花枝相配合。

起來了那〔蕨菜〕的事情了。」將散落在那裡的紙片上，寫道：「嫩蕨菜煞是可懷念呵。」便說道：「且接寫上句[402]吧。」這也是很有意思的事。

我便寫道：「勝過尋訪子規，去聽牠的叫聲。」中宮看了笑道：「說得好不得意呵！〔這樣的貪嘴〕怎麼在這時候還是記得子規呢？」這樣的說，我雖是覺得有點害羞，可是說道：「什麼呀，這個歌的東西，我可是想一切不再做了。在什麼時節，人家做歌，便叫我也做，這個樣子我真覺得有點不能留在你的身邊了。

本來我也不是並不知道歌的字數，或是春天做出冬天的歌，秋天做出夏天的歌，或者梅花的時候做出菊花的歌來，那樣的事總是不會有的了。但是生為有名的歌人[403]的子孫，總得多少要勝過別人，說這是那時節的歌，算是最好的了，因為那有名人的子孫嘛，這樣子才覺得那歌是值得做的。可我卻是沒有一點特色，說這也是歌，只有我能做得，擺出自誇的架子，率先的做了出去，這實在是很給先人〔丟臉的〕是很對不起的事情。」

我把這事認真的說了，中宮聽了笑起來：「既然是如此，那麼就隨你的意吧。我以後不叫你做好了。」這樣的說，我回答道：「那我就很安心了。以後關於歌的事情，可以不再操心了。」

可是正在說著話的時候，要守庚申[404]了，內大臣[405]很有些計畫。到得夜深了，出了歌題，叫女官們做歌，都振作精神，努力苦吟，我卻獨立陪著中宮，說些別的與歌沒有什麼關係的閒話，內大臣看見了說道：

[402]　做連歌的法則，將一首三十一字音的和歌，分作兩半，上句是七五七共十七音，下句是七七共十四音，由二人分別做成，合為一首。這裡是先做出下句，卻叫人續成上句。

[403]　有名的歌人係指作者的父親，即是清原元輔（西元九〇八至九九〇年），為《後撰和歌集》編選者五人之一，別有《清原元輔集》一卷行世。元輔的祖父名深養父，亦為著名歌人，較元輔尤有名，但下文中宮的歌中只說元輔，可知這裡所說殆與深養父無關。

[404]　「守庚申」係古時中國道家舊說，謂人身中有三屍蟲，於庚申夜中乘人熟睡，昇天告人大小罪過，故夜間不睡以防之，日本則謂三屍入人體中，能致人病，亦終夜不寢，可免於癆瘵。

[405]　內大臣位在左右大臣之次，為太政官屬，此處指藤原伊周，即第二〇段中的大納言，見卷一注[44]，為中宮之兄。

「為什麼不去做歌，卻和大家離開著呢？拿題目去做吧。」我就說道：「中宮已經這樣吩咐，不做歌也可以，所以不預備做了。」內大臣說道：「這是奇怪的話。難道真有這樣的話嗎？為什麼許可她的呢？這真是沒有道理。而且在平時還沒有關係，今天晚上務必要做。」雖是這樣催促，可是乾脆不理他，這時別人的歌已經做好了，正在評定好壞的時候，中宮卻寫了簡單的幾句話，遞給了我。開啟來看時，只見上面寫著一首歌道：

> 你是元輔[406] 的女兒，
>
> 為什麼今天晚上，
>
> 在歌裡掉了隊的呢？

覺得非常的有意思，不覺大聲笑了起來，內大臣聽了問道：「什麼事，什麼事？」我作歌回答道：

> 要不是說元輔的女兒，
>
> 今天晚上的歌，
>
> 我是首先來做呢。

我又說道：「若不是表示謹慎的話，那麼便是千首的歌，我就會進呈的呢。」

第八八段　九品蓮臺之中

中宮的姊妹們，弟兄的公卿們和許多殿上人，都聚集在中宮面前的時候，我離開了他們，獨自靠著廂房的柱子，和另外的女官說著話，中宮給我投下了什麼東西來，我撿起來看時，只見上面寫的：「我想念你呢，還是不呢？假如我不是第一想念你，那麼怎麼樣呢？」

這是我以前在中宮面前，說什麼的時候曾經說過的話，那時我說

---

[406]　元輔見上文注 [98]。

道：「假如不能夠被人家第一個想念的話，那麼那樣也沒有什麼意思，還不如被人憎恨，可惡著的好了。落在第二第三，便是死了也不情願。無論什麼事，總是想做第一個。」大家就笑說道：「這是〔《法華經》的〕一乘法[407]了。」剛才的話就是根據這個來的。

把紙筆交下來，〔叫我回答〕我便寫了這樣一句：「九品蓮臺之中，雖下品亦足。」[408]送了上去之後，中宮看了說道：「很是意氣銷沉的樣子。那是不行呀。既然說了出口，便應該堅持下去。」我說道：「這也看〔想念我的〕是什麼人而定了。」中宮道：「那可是不好。這總要第一等人，第一個想念我才好呀。」那樣的說了，真是很有意思的事。

第八九段　海月的骨

中納言[409]到中宮那裡，有扇子想要送上來，說道：「是這隆家得了很好的扇骨。現在想貼好了扇面再送上來，用普通的紙貼了不合適，正在尋找好的紙呢。」

中宮問道：「這是怎麼樣的骨呢？」中納言答道：「是非常漂亮的東西。大家都說，這樣骨子簡直是沒有看見過。實在是這樣的東西不曾有過。」大聲的說，〔很是自誇的樣子〕我就說道：「那麼，這不是扇骨，恐怕是海月的骨[410]吧？」中納言說道：「這個〔說的很妙〕算是隆家的話吧。」說著笑了起來。

---

[407] 《妙法蓮華經》第二十八「方便」中云：「十方佛土中，唯有一乘法，無二亦無三，除佛方便說，但說無上道。」著者說但願居第一位，不欲落於第二第三，所以說是《法華經》的一乘法。

[408] 《和漢朗詠集》卷下，慶滋保胤的〈極樂寺建立願文〉中有云：「十方佛土之中，以西方為望，九品蓮臺之間，雖下品應足。」此為本文的依據，意言得中宮想念，猶如蓮臺往生，雖等級低也滿足了。

[409] 中納言是藤原隆家，關白道隆的兒子，中宮及伊周的兄弟。

[410] 海月即水母，是一種鍾狀或傘狀的腔腸動物，沒有骨頭的。此係著者戲語，挖苦隆家說不曾有過的扇骨。

這樣的事，原是屬於不好意思的部門[411]的事情，但是人家說：「不要寫漏了一件事。」沒有法子〔所以寫上了〕。

第九〇段　信經的故事

雨連續的下，今天也是下雨。式部丞信經[412]當作天皇的敕使，到中宮這裡來了。照例送出坐墊去，可是他把坐墊比平常推開得遠些，然後坐了。我就說道：「那是給誰鋪的坐墊呀？」信經笑道：「在這樣下雨天裡，坐了上去的時候，就沾上了足印，弄髒了不成樣子。」我答說道：「怎麼說呢，那不是洗足用的[413]嗎？」信經說道：「這〔說的絕妙〕但並不是你說的妙，假如這信經不說足跡的話，你也是不能夠這樣的說的吧。」屢次反覆的說，這是很可笑的。太有點自誇了，也是不好意思的事。

第九一段　信經的故事二[414]

〔我對信經說道：〕「一直從前，在皇太后[415]那邊，有一個名叫犬抱[416]的很有名的雜役的女官。做到美濃守故去的藤原時柄[417]那時是藏人，有一天到女官們的地方去，對她說道：『你就是那著名的犬抱嗎？為

---

[411] 此節有點自誇，所以說是應該記入別的部門。

[412] 藤原信經在長德三年（西元九九七年）為式部丞，原是六位的官，但因為係敕使之故，故特別升殿賜坐。

[413] 坐墊舊時稱為「氈褥」，讀音與「洗足」二字近似，故借為戲語。此種諧語日本稱為秀句，係一種文字的遊戲，最難於翻譯。

[414] 本書分段係依北村季吟的《春曙抄》本，故此處仍而不改，別本九〇至九二段並作一段，都是講信經的事的。《春曙抄》以為末二節乃是指時柄，顯係錯誤，因在皇太后當時清少納言並未入宮，前後相去蓋有二十餘年之多。

[415] 皇太后謂村上天皇的皇后藤原安子，卒於康保元年（西元九六四年）。

[416] 「犬抱」別本訓作「犬吐」，謂故意用醜惡字面，取禁厭的意思。

[417] 藤原時柄於康保五年正月任美濃守，時為西元九六八年。

什麼並不顯得名字那樣的呢？』那時她的回答是：『那也應了時節[418]，會顯得是名字那樣的。』便是挑選了對方的名字〔來配合〕。她怎麼能做出這樣〔巧妙的〕對句呢？殿上人和公卿們都覺得是很有意思。這事至今傳了下來，正是當然的事吧。」

信經說道：「那〔犬抱〕回答的話，也正是時柄教她說的。看出來的題目怎樣。無論詩歌都可以做出很好的來。」我回答道：「這的確是的。那麼就出題目，請你做歌吧。」信經道：「非常的好。一首沒有意思，若是做的話，要做出許多首來。」

正在說著，中宮的回信寫好了，信經站起來道：「唉唉，可怕得很，逃走了吧！」說著出去了。大家都說道：「因為字寫得很不好，漢字和假名都很拙劣，人家笑話他，所以他這樣的躲避了。」這樣的說，也是很好玩的事。

---

[418] 「應了時節」的訓讀與「時柄」相同，意取雙關，這是絕好的滑稽的應酬。

卷六

第九二段　信經的故事三

〔信經〕任為作物所的別當[419]的時候，把一件器物的繪圖，送給所裡的什麼人去，上面寫著漢字道：「照樣製作。」這字寫的非常怪相，我看見了在旁邊寫道：「照這個樣子做了，那真是怪樣了吧。」拿到殿上去，給殿上人看見，都大聲的笑了。〔信經〕為此很生了氣，還很是恨我呢。

第九三段　登華殿的團聚

在淑景舍當東宮女御[420]進到宮裡的時候，所有諸事無一不是極為佳妙的。正月初十進去，以後與中宮通訊頻繁，但是一直還沒有見過面，這是二月初十說到中宮這邊來，所以房間裡的裝飾特別考究，女官們也都準備好了。說是在夜中過來，過了不久工夫，天色也就亮了。在登華殿的東廂兩間房裡，裝置好了。

到了次晨一早，就早把格子扇打上，在黎明時分，關白相公與夫人兩個人[421]，一同坐車來了。中宮的御座是設在兩間房屋的南邊，四尺屏風自西至東的隔開了，向北的立著，蓆子上面攔上墊褥，放著火盆。屏

---

[419]　《春曙抄》本此段亦作為時柄的事，但這與九二段顯係同一人的故事，故今亦改正。作物所係專制御用器物的機關，設首長一人，稱為別當，言於本官之外，別當其職，蓋係兼職。

[420]　長德元年（西元九九五年）正月十九日，關白藤原道隆的二女原子入宮，為東宮居貞親王的女御。是篇即記述當年二月間的事。居貞親王後於西元一〇一一年年即位，為三條天皇。淑景舍見卷五注[33]。

[421]　關白公即藤原道隆，見卷一注[46]。夫人指道隆妻高階貴子，從三位高階成忠的女兒，曾為女官，故又稱高內侍。

風的南面，在帳臺之前，許多女官們都伺候著。

在這邊伺候中宮理髮的時候，中宮對我問道：「你以前見過淑景舍嗎？」我回答道：「還沒有呢，在積善寺供養[422]那一天，只瞥見了後影。」中宮說道：「那麼，在這柱子和屏風的中間，在我的身後看就好了。那是很美麗的一位呀。」我很是高興，覺得更加想看一看，怎麼樣時間早一點才好呢。

中宮的服裝是凹花綾和凸花綾的紅梅衣[423]，襯著紅色的打衣[424]，三層重疊著。中宮說道：「本來在紅梅衣底下，襯著濃紅色的打衣，是很相配的。現在〔已經二月半了〕，或者紅梅衣已不適宜了也不難說，但是嫩綠色的卻不很喜觀，〔所以穿了紅梅衣〕不知道和紅色的打衣能夠配合嗎？」雖是這麼的說，可是實在〔很是調和〕覺得非常的漂亮。服裝既然非常講究，與美麗的姿容更互相映發，想那另外的一位必定也是這樣的吧，尤其想望能夠見到了。這時中宮已經踅進所設的御席那裡去了，我還是靠著屏風張望著，有女官們注意說道：「這不好吧，回頭給看見了，不得了呀。」聽人家這樣的說，也是很有意思的。

房間的門戶都暢開著，所以看的很清楚。夫人在白的上衣底下，穿著兩件紅色的打衣，下裳大概是與女官一樣的吧，靠近裡面朝東坐著，只有衣服可以看見。淑景舍少為靠著北邊，南向坐著，衣服是穿了紅梅衣，濃的淡的有好幾重，上罩濃紅的綾單衫，略帶赤色的蘇枋織物的襯袍，再加上嫩綠色的凹花綾的顯得年輕的外衣，用扇子遮著臉，實在是很漂亮，非常的優雅美麗。

關白公穿著淡紫色的直衣，嫩綠色織物的縛腳褲，紅色的襯衫，結

[422] 積善寺在京都二條北，「一切經供養」略稱經供養，於正曆五年（西元九九四年）二月十日曾舉行一次，書寫一切經一部，捐獻於寺院，同時作盛大法會，以為紀念。當時宮廷中人，悉皆參加，中宮定子也去，故作者亦曾偕行。
[423] 紅梅衣見卷二注[2]。這是一種表紅裡紫的袷衣，材料用各種綾絹，有固紋浮紋的區別，前者今暫譯為「凹花」，後者為「凸花」，皆指織物的花樣而言。
[424] 「打衣」係用原文，本意謂用砧打過，使衣堅挺有光澤。

136

著直衣的紐，背靠著柱子，面向著這邊坐著。看著女兒們漂亮的模樣，笑嘻嘻的總是說著玩笑話。淑景舍真是像畫裡似的那麼美麗，可是中宮卻更顯得從容，似乎更年長一點的樣子，和穿著的紅色衣服映帶著，覺得這樣優美的人物哪裡更會有呢？

　　早上洗臉。淑景舍的臉水是由兩個童女和四個下手的女官，走過宣耀殿貞觀殿 [425] 運來的。這邊唐式破風的廊下，有女官六個等候著。因為廊下很是狹窄，只有一半的人送上去，便都自回去了。穿著櫻色的汗衫，襯著嫩綠和紅梅的下衣很是美麗的，汗衫的衣裾很長的拖著，交代著搬運洗臉水，真是很優美的景象。

　　織物的唐衣的袖口有好幾個從簾子底下露了出來，這是右馬頭相尹的女兒少將君，北野三位的女兒宰相君 [426]，坐在附近的地方。看著覺得真是很漂亮。中宮這邊的臉水，有值班的采女 [427]，穿了青色末濃 [428] 的下裳，唐衣，裙帶，領巾的正裝，臉上雪白塗著白粉，在那裡伺候著，由下手的女官傳遞上去，別有一種格式，令人想起唐朝的風俗，很有意思。

　　到了早餐的時刻了，梳髮的女官到來，女藏人和配膳的女官們因為來伺候理髮，把隔著的屏風撤去了，所以在偷看著的我，正如被人拿走了隱身蓑 [429] 一般，還想再看，可是沒有辦法，只得在御簾和几帳之間，從柱子底下去張看著。可是我的衣裾和裳，悉從簾子底裡露了出來，給坐在那邊的關白公所發見了。關白公追問道：「那是誰呀，那邊隱約看見的？」中宮答道：「是少納言哪，因為好奇，所以在那裡張看的吧。」關白公道：「唉，真是慚愧得很。原來我們是舊相識嘛。她一定在想，養得

---

[425]　淑景舍與登華殿中間，隔著宣耀殿和貞觀殿這兩所宮殿。

[426]　右馬頭藤原相尹見卷五注 [40]。北野三位為菅原輔正，以文章博士曾任參議，故其女稱宰相君，其曾祖菅原道真甚有名，舉世尊崇，為文章宗主。少將君與宰相君二人，均是淑景舍的女官。

[427]　采女即是宮女，採自名家子女，司天皇膳食的事，與女官有別。

[428]　末濃見卷一注 [13]。

[429]　日本民間傳說，鬼物持有隱身蓑笠，穿著的人可以隱身，不為人所看見。

好醜陋的女兒呀，這樣看著的吧？」一面說著玩笑話，可是實在是很得
意的。

　　淑景舍的一方面也吃早飯了。關白說道：「這是很可羨慕的。諸位都
在早餐了。請快點吃完了，將剩下的東西給老頭兒老婆子吃了吧。」這
一天盡說著玩笑話，這其間大納言和三位中將和松君一同到來了[430]。關
白公等得來不及了的樣子，趕緊抱起松君來，叫他坐在膝上，實在是非
常可愛的樣子。本來狹窄的廊緣，加上束帶正裝的幾重襯袍，便散布滿
了。大納言是厚重端麗，中將是豁達明敏，看去都很漂亮，關白公本來
不用說了，夫人也是宿緣[431]很好的。關白公雖然叫給坐墊[432]，但是大納
言和中將都說道：「就要到衞門裡去了。」隨即趕緊走去了。

　　過了一會兒，式部丞某作為天皇的敕使來了，在膳廳的北邊房裡，
拿出坐墊去，叫他坐了。中宮的回信，今天很快就好，就給帶了去。在
敕使的坐墊還未收起的時候，周賴少將作為東宮的使者又到來了。渡殿
那邊的廊太狹，便在這邊殿廊下設了坐墊，收了來信。關白公和夫人以
及中宮，順次都看了。關白公說道：「快點給回信吧。」雖是這樣的勸告，
可是淑景舍卻不肯立刻照辦。關白公說道：「這是因為我看著的緣故吧。
在不看著的時候，可是就會從這邊一封封的寄去的。」這樣說過，淑景舍
的臉有點發紅，微微的笑了，這樣子實在是很美麗的。

　　夫人也催道：「趕快回信吧。」淑景舍乃面向著裡面，寫了起來。夫
人也走近前去，幫著書寫，所以似乎更是有點害羞的樣子。中宮拿出嫩
綠色織物的小袿和下裳，〔作為對使者的犒勞〕從御簾底下送出去，三位
中將接去交給使者，周賴少將很為難似的肩著[433]去了。

---

[430] 大納言即藤原伊周，見卷一注 [44]。三位中將即藤原隆家，後為中納言，見卷五注 [104]。
　　　松君係伊周的兒子藤原道雅，仕至從三位左京大夫。

[431] 意思即是說很是幸福，當世深信佛教，故說她宿世因緣甚好。

[432] 原文沒有主名，這裡姑從通說，作為關白公說。這裡說二人一同走了，但下文三位中將又復
　　　出現，似走的只是伊周一個人。

[433] 上頭所賜的衣物，例應披在肩上，拜謝而出，中國古稱纏頭，即是此意，小袿是女人所著之

松君天真爛漫的說話，沒有人不覺得可愛的。關白公說道：「把這個松君，當作中宮的兒子。拿到人面前去，也不壞吧？」的確是的，為什麼中宮還沒有誕生皇子呢？實在是很惦念的事情[434]。

午後未刻的時候，傳呼說「鋪筵道[435]了」，過了不多久，就聽得衣裳綷縩的聲音，主上已經進來了。中宮也就到那邊去，隨即進了帳臺休息，女官們都退去，陸續的到南邊的房間裡去了。廊下有許多殿上人聚集著。關白公召了中宮職的官員來，叫拿了些果子餚饌前來，告訴大家說道：「讓各人都醉了吧。」大家的確都醉了，與女官們互相談話，很是愉快的樣子。

將要日沒的時分，主上起來了，把山井大納言[436]叫了來，穿好了裝束，就回去了。穿了櫻的直衣和紅的襯衣，夕陽映照著〔非常的漂亮〕，可是多說也是惶恐，所以不說了。山井大納言是中宮的異母的兄長，似乎感情不很親密，可是很是漂亮。風情優美，或者反勝過伊周大納言之上，但是世人卻儘自說些壞話，這是很覺遺憾的。主上次去，關白公，伊周大納言，山井大納言，三位中將，內藏頭[437]都在那裡恭送。

隨後馬典侍[438]來了，奉使傳言命中宮進宮去。可是中宮說道：「今晚可是……」顯出為難的神氣[439]，關白公聽到了說道：「沒有這麼說的，趕快的進去吧。」正在說話的時候，東宮的御使也是頻繁的到來，很是忙亂。天皇那裡的女官，以及東宮方面的女官，都到來了，催促說道：「快點去吧。」中宮說道：「那麼，我們先來把那位送走了再說吧。」淑景舍

衣，所以周賴少將肩著回來，很有點難為情了。

[434]　中宮所生第一皇子敦康親王，見上文第七七段，當時蓋尚未誕生。

[435]　筵道見卷一注[21]。

[436]　山井大納言係藤原道賴，原是關白道隆的長男，因為與中宮等不是一母所生，所以不很親近，住在妻家所在的山井地方，故以為名。

[437]　內藏頭為藤原賴親，道隆的第五男。

[438]　內侍司掌管宮中奏請傳宣及諸儀式。設尚侍二人，典侍四人，掌侍四人，女嬬一百人。典侍為內侍司之二等官。馬典侍是左馬頭藤原時明的女兒。

[439]　《春曙抄》於此處說明道，此等推託之詞，蓋由於對父母的禮儀的緣故吧。

卻說道:「可是,我怎麼能先走呢?」中宮說道:「還是讓我們送你先走吧。」這樣說話,〔互相讓著〕也是很有意思的。

後來關白公[440]說道:「那麼,還是讓那路遠的[441]先走了好吧。」於是淑景舍先回去。關白公等人也回去了之後,中宮才進宮裡去。在回去的路上,關白公的玩笑話大家聽了都很好笑,在臨時架設的板橋上邊,有人發笑得幾乎滾下來了。

第九四段　早已落了

從清涼殿上差人送來一枝梅花都已散了的樹枝,說道:「這怎麼樣?」我便只回答說:「早已落了。」

在黑門大間[442]的殿上人們就吟起〔紀納言的〕那首詩[443]來,在那裡聚集了很多的人。主上聽見了便說道:「與其隨便的作一首歌,還不如這樣回答,要好得多。這答的很好。」

第九五段　南秦雪

將近二月的晦日[444],風颳得很厲害,空中也很暗黑,雪片微微的掉下來,我在黑門大間,有主殿司的員司走來說道:「有點事情奉白。」我

---

[440]　原本也沒有主名,不辨為誰的說話,今依田中澄江本,作為關白的話,似尚適合。

[441]　由登華殿往淑景舍,因為要走過兩個宮殿,比中宮往清涼殿要遠一點。

[442]　黑門在清涼殿西側,那一間房屋稱作黑門大間,見卷四注[20]。

[443]　紀長谷雄有〈停杯看柳色〉一詩,其詩序中有句云:「大庾嶺之梅早落,誰問粉妝。」殿上人即本此意提出問題,而作者也能敏捷的回答,所以不但殿上人悉為折服,即天皇也極為稱賞。

[444]　別本與前兩段相連,《春曙抄》本雖是分離,但以為是同一時間的事,別本則以為是長保元年(西元九九九年)二月的事情。

走了出去，來人道：「是公任宰相[445]的書簡。」

　　拿出信來看時，只見紙上寫著〔半首歌〕道：

這才覺得略有
春天的意思。

　　這所說的和今天的情景[446]倒恰相適合，可是上面的半首怎樣加上去
呢？覺得有點兒麻煩了，乃詢問來人道：「有什麼人在場呢？」答說是誰
是誰，都是叫人感覺羞怯的，〔有名的人物〕怎麼好在他們面前，對宰相
提出平凡不過的回答呢？心裡很是苦惱，想去給中宮看一看也好，可是
主上過來了，正在休憩著。主殿司的員司只是催促，說道：「快點，快
點。」實在是〔既然拙劣〕，又是遲延了，沒有什麼可取，便隨它去吧，
乃寫道：

天寒下著雪，
錯當作花看了。

　　寒顫著寫好了，交給帶去，心想給看見了不知道怎樣想呢？心裡很
是憂悶。關於批評的事想要知道，但是假如批評得不好，那麼不聽了也
罷，正是這樣的想著。左兵衛督[447]那時還是中將，他告訴我道：「俊賢
宰相[448]他們大家評定，說還是給她奏請，升作內侍[449]吧。」

---

[445] 藤原公任為中古有名的歌人，精通詩歌書法並管弦的事，所作除和歌外，有《和漢朗詠集》
　　　二卷，採集中日詩文名句，供朗詠之用，流傳至今。當時因任參議之職，故通稱宰相。

[446] 因為是二月晦日了，所以天氣雖是風雪交加，卻令人有春天已近的感覺。這裡所依據的還是
　　　白居易的一首詩，題名為〈南秦雪〉，見《白氏文集》卷十四中。中間有句云：「往歲曾為西邑
　　　吏，慣從駱口到南秦，三時雲冷多飛雪，二月山寒少有春。」公任的詩即是「二月山寒」這句
　　　的意思，作者接續上句，便是「三時雲冷」，應對的恰好。

[447] 左兵衛督為藤原實成，於西元九九八年十月任右近中將，至升任左兵衛督已在西元一〇〇九
　　　年，可見此篇記錄的時間當在這年以後了。

[448] 俊賢宰相為左大臣源高明的兒子，其時任參議之職。

[449] 內侍見上文注[20]。此處係指掌侍，蓋三等官。諸人讚賞清少納言的才情，謂宜從女官中升
　　　任此職。

第九六段　前途遼遠的事

前途遼遠的事是，千日精進[450]起頭的第一天。半臂[451]的帶子拈起頭的時候。到奧州去旅行的人，剛走到逢坂關[452]的時節。生下來的孩子，長成為大人的期間，《大般若經》[453]獨自讀起頭來。十二年間到〔比睿〕山裡去靜修的人，剛登山的時候。

第九七段　方弘[454]的故事

〔藏人〕方弘真是很招人發笑的人。他的父母聽見了〔方弘被譏笑的〕事情，不知道是什麼感覺呢。跟著他奔走的人們中間，也很有像樣的人，大家便叫來問道：「為什麼給這樣的人服役的呢？覺得怎麼樣呀？」都這樣的笑了。

但是因為出自善於〔織染〕諸事的家庭，所以凡是襯衣的顏色和袍子等物，都比人家穿的要考究得多，人們[455]便譏笑他說道：「這些該給別人穿才好呢！」而且方弘的說話有些也是很怪的。有一回叫人回家去取值宿用的臥具，說道：「叫兩個家人去吧。」家人說道：「一個人去取了來吧。」方弘道：「你這人好怪，一個人怎麼能夠拿兩個人的東西呢？一升瓶裡裝得下兩升嗎？」沒有人知道他說的是什麼意思，聽見的人卻都笑了。

---

[450]　「千日精進」謂一千日間齋戒修行，「精進」原意一心不懈的前進，其後轉為齋戒，再一轉就成為菜食的意義了。

[451]　半臂在日本中古時代是一種穿在外袍與襯衣中間的衣服，兩袖極短，腰間繫帶，闊二寸五分，長丈二尺，其帶不縫合，只以布絳拈捻而成，古時帶子共有兩條，後世不復知其如何用法，故這一則亦不能完全了解。

[452]　逢坂山在今大津市左近，去京都不遠，古時曾於此設關。

[453]　《大般若經》為《大般若波羅密多經》，意云大智度經，唐代玄奘所譯，共有六百卷，一人讀經故須多費時日。

[454]　源方弘見卷三注[64]。方弘以文章生補六位藏人，第四七段中曾記他的疏忽的事，這裡更總記他可笑的言行。

[455]　有兩種不同的解說，一說是家裡的人，一說是殿上人們，似以後說為長。

別處來了差遣的人，說道：「快點給回信吧。」方弘便說道：「真是討厭的人，像是灶裡炒著豆子[456]似的。這殿上的墨筆，又是給誰偷去隱藏了？若是酒飯，那麼會有人要，給偷了去！」這樣說了，人們又都發笑。

〔東三條〕女院[457]生病的時候，方弘當作主上的御使去問病回來，人家問他道：「女院那邊的殿上人，有些什麼人呀？」方弘回答說有誰和誰，舉出四五個人來，人家又問道：「此外還有呢？」方弘回答道：「此外就是那些已經退出去的人了。」這人家聽了又笑，但是〔這從慣於說那種怪話的方弘方面來說〕或者笑他的人倒是有點奇怪吧。

有一天等著沒有人的時候，走到我這裡來，說道：「請教你哪，有點事情想說，可這是人家所說的話[458]哪。」我問道：「這是什麼事呢？」便挪到几帳的邊裡上來。方弘說道：「人家都是說，什麼『將全身依靠了你』，我卻說成『將五體[459]都依靠了』。」說著又是笑了。

在發表除目[460]的第二夜，殿中去加添油火的時候，正站在燈臺底下鋪著的墊子的上面，因為是新的油單[461]，所以襪子[462]的底給黏住了。〔方弘卻並不覺得〕到得走回來的時候，燈臺突然顛倒了。襪子還和墊子黏著，拉扯著走，所以一路都震動了。

藏人頭未曾入座，殿上的食案便沒有一個人去儘先就座的[463]。方弘卻在案上去拿了一盤豆子，在小障子[464]的後邊偷偷的吃著，〔殿上人們〕去把障子拉開，使得方弘顯露出來，大家都發笑了。

---

[456] 炒豆爆裂作響，喻言吵鬧忙亂。

[457] 女院見卷五注[33]，東三條院為一條天皇的生母，故遣使問病。

[458] 這裡係鄭重其詞，謂係人家所說來表明並非自己所造作，但與下文所記的事，亦不盡符合。

[459] 上下二語本是同意，但據說當時或以「五體」一語近於卑俗（其實這本於佛經，也是夠古雅的），故為可笑，但此節意義終未能明白了解。

[460] 除目見卷一注[9]。舉行日期共凡三日，方弘係藏人，故加添油火為其職司之一。

[461] 油單即燈臺底下鋪著的墊子，因為係單層油布所制，故名油單。

[462] 日本古時男子去履升殿，但著襪子。禮服用錦，朝服則用綾絹麻等，白色，足趾不分歧，與今制不同。

[463] 殿上會食，例須藏人頭就座，然後諸人入座。

[464] 小障子在清涼殿，係隔開洗臉間及早餐間的一座屏障，表面畫著貓，裡面畫著叢竹麻雀。

第九八段　關 [465]

關是逢坂關。須磨關。鈴鹿關。岫田關。白河關。衣關。〔各關名字都很有意思。〕直度關的名稱，與忌憚關 [466] 正相反，覺得要好得多。橫走關。清見關。見目關。無益關，怎麼說是「無益」，所以轉念了，這理由很想能夠知道哩。或者因此就叫做勿來關 [467] 的嗎？假如那逢坂的相逢，也以為無益而轉念，那才真是寂寞的事哪。又足柄關〔也有意思〕。

第九九段　森 [468]

森是大荒木之森。忍之森。思兒之森。木枯之森。信太之森。生田之森。空木之森。菊多之森 [469]。巖瀨之森。立聞之森。常磐之森。黑付之森 [470]。神南備之森。轉寢之森。浮田之森。植月 [471] 之森，石田之森。神館之森 [472] 這名字聽了覺得奇怪，原不能說是什麼樹林，只有一棵樹，為什麼這樣叫的呢？又戀之森。木幡之森〔也是很有意思的〕。

第一〇〇段　澱川的渡頭

四月的末尾到大和的長谷寺去參拜 [473]，要經過澱川的渡頭，把牛車

[465] 關設定於道路要隘處，用以檢察行旅，後世多廢置，至江戶時代僅存鈴鹿，勿來等關十一處。

[466] 直度關在河內大和邊界，忌憚關則在陸前，這兩個關只因名字特別，所以對舉起來，加以評論，謂直度關所，無所忌憚，覺得更有意思。

[467] 這也是從關名上發議論，無益關蓋是勿來關的別名，勿來關在今福島縣。

[468] 這裡所謂森者，實在只是樹林，樹木茂盛的地方，與森林有別。

[469] 勿來關古來稱為菊多關，這或者是在關的左近的一個樹林。

[470] 許多地方皆不可考，有些連文字也難確定，今只就字音假定之。

[471] 「植月」意云植稻之月，即陰曆四月，但依別本亦或當作「上木之森」。

[472] 神館之森在今京都市御蔭山，但尚有別說未能確定。至何以云只有一棵樹，則意思未能明瞭，豈因神所憑依的神木照例只是一本的緣故嗎？

[473] 長谷寺在奈良市初瀨町，有十一面觀音甚著名，當時從京都去參拜者，例須在寺停止數日，

扛在船上渡了過去，看見菖蒲和菰草的葉子短短的露出在水面，叫人去取了來看時，原來卻是很長的。載著菰草的船往來走著，覺得是很有意思。〔神樂歌裡的〕在《高瀨的澱川》[474] 一首歌，想來是詠這菰草的。五月初三歸來的時節，雨下的很大，說是割菖蒲了，戴著很小的笠子，小腿的褲腳露得很高的許多男子和少年，正與屏風[475] 上的繪畫很是相像。

第一〇一段　溫泉

溫泉是七久裡[476] 的溫泉。有馬的溫泉。玉造的溫泉。

第一〇二段　聽去與平日不同的東西

聽去與平時不同的東西是，正月元旦[477] 的牛車的聲音，以及鳥聲[478]。黎明的咳嗽聲，又早上樂器的聲音，那更不必說了。

第一〇三段　畫起來看去較差的東西

畫起來看去較差的東西是，瞿麥[479]。櫻花。棣棠花。小說裡說是很美的男子或女人的容貌。

故四月末前去，至五月三日始得回來。

[474]　高瀨川在今大阪北河內郡，凡河川停滯不流者稱曰澱。

[475]　屏風上畫各地景物，或十二個月民間風俗，上面題著詩歌，當時甚見流行。

[476]　七久裡亦寫作「七慄」。

[477]　原文云「元三」，謂元旦乃是年之元，月之元，又是日之元，所以名為「元三」。

[478]　這裡所謂鳥聲，乃是雞聲，因為古人說鳥實在是家禽。

[479]　瞿麥即石竹，亦名洛陽花。

第一〇四段　畫起來看去更好的東西

畫起來看去更好的東西是，松樹。秋天的原野。山村。山路。鶴。鹿。冬天很是寒冷，夏天世上少有的熱的狀況 [480]。

第一〇五段　覺得可憐的

覺得可憐的是，孝行的兒子。鹿的叫聲。身分很好的男子，又是年輕的，修行。精進，朝拜御嶽 [481]。和家裡的人別居了，每朝修行禮讚，也很是覺得可憐的。平常恩愛的妻子醒過來時，聽他〔唸誦的聲音〕那時的感覺，是可以體諒的。而且在去朝拜的期間，安否如何，表示著謹慎，若是平安的回來那才是最好了。只著烏帽子 [482] 或者少為有點〔傷損〕，略為難看點罷了。本來就是身分很好的人，也總是穿的很是簡陋的前去，這是一般的常識，但是右衛門佐宣孝 [483] 卻說道：「〔穿得很簡陋〕這是很無聊的事。穿了好的衣服去朝拜，有什麼不行呢？未必是御嶽傳諭，說務必穿了粗惡的衣服來吧。」

在三月末日，他自己穿著非常濃的紫色的縛腳褲，白的襖子，棣棠花色的很是耀眼的衣服，他的兒子隆光那時做著主殿助 [484]，所以青的襖

---

[480]　冬冷夏熱，畫上不易表示出來，這兩句所以成為問題，別本將「冬天」以下另作一段，但文意也未完了，或疑下有脫逸。《春曙抄》則以上半屬於繪畫，「冬天」以下屬於文章，謂更能形容得好，引用韓愈的詩「肌膚生鱗甲，衣被如刀鐮，氣寒鼻莫嗅，血凍指不拈」，及梁元帝詩「季夏煩暑，流金鑠石」為例。

[481]　御嶽見卷一注 [17]。即金峰山，稱為金之御嶽，為大和吉野山之主峰，上記「金剛藏王權現」，日本古時主張神佛合一，於是有「權現」之說，謂某神即是某佛的權時出現，金剛藏王過去為釋迦，現在為觀音，將來為彌勒，乃用舊時說法應用於佛法。信奉金剛藏王，即是歸依彌勒，祈求將來的福利。

[482]　烏帽子見卷五注 [94]。此言旅行日久，故衣帽不免有損。

[483]　藤原宣孝初任右衛門佐，即右衛門府的次官，西元九九一年補築前守，至西元九九九年歿。宣孝妻即紫式部，為有名小說家，著有《源氏物語》五十四帖。

[484]　主殿助為主殿寮的次官，也是藏人，所以穿的青色襖子，即是所謂麴塵色。

子，紅色的衣服，藍色印花，模樣複雜的長褲，一同前去參拜。那些朝山回來的人，以及正要前去的人，看見這新奇古怪的現象，以為在這條山路上，沒有見過這樣的人物，都覺得大吃一驚。但是在四月下旬平安的回了來，以後到了六月十幾這天，築前守死去了，宣孝補了他的缺，大家才覺得他的說話並沒有什麼錯。這雖然並不是什麼可憐的事，因為講到御嶽的事，所以順便說及罷了。

在九月晦日，十月朔日左右，聽著若有若無的蟋蟀的叫聲[485]。母雞抱卵伏著的樣子。在深秋的庭院裡，長得很短的茅草，上頭帶著些露珠，像珠子似的發著光。苦竹被風蕭蕭的吹著的傍晚，或是夜裡醒過來，一切都覺得有點哀愁的。相思的年輕男女，有人從中妨礙他們，使得他們不能如意。山村裡的下雪。男人或是女人都很俊美，卻穿著黑色的〔喪〕服[486]。每月的二十六七日[487]的夜裡，談天到了天亮，起來看時，只見若有若無的渺茫的殘月，在山邊很近的望見，實在是令人覺得悲哀的。秋天的原野。已經年老的僧人們在修行。荒廢的人家庭院裡，爬滿了拉拉藤[488]，很高的生著蒿艾，月光普遍的照著。又風並不很大的吹著[489]。

第一○六段　正月裡的宿廟

正月裡去宿廟[490]的時節，天氣非常寒冷，老像要下雪，結冰的樣子，那就很是有意思。若是看去像要下雨的天氣，那很不行了。

---

[485]　這一句蓋運用《詩經・豳風》裡的「十月蟋蟀入我床下」的典故。

[486]　日本古代黑色是喪服，這裡似乎不是普通的服喪，田中澄江補加說明，謂是喪偶，或有道理。

[487]　提出二十六七，蓋表明所見係是下弦的殘月。

[488]　原文作「葎」，字書雲，蔓草，似葛有刺。《本草》云：「葎草莖有細刺，善勒人膚，故名勒草，訛為葎草。」今俗名拉拉藤，即是此意，又名為豬殃殃，豬不能吃。

[489]　末句獨立似不成意義，《春曙抄》據別本謂或應連上文讀，即說在上邊那院子裡，月光照著，並有不很大的風吹著，這種情景也很引起一種哀愁。

[490]　古時日本對於神佛有所祈願，輒往寺廟裡住宿幾天，齋戒祈禱，或求夢兆，或祈福利，與僧人坐關不同。

到初瀨什麼地方[491]去宿廟，等著給收拾房間，將車子拉了靠近棧橋[492]停著，看見有只繫著衣帶[493]的年輕法師們，穿了高屐[494]，毫不小心的在這橋上升降著，嘴裡念著一節沒有一定的經文，或是拉長了調子，唱著《俱舍》的偈頌[495]，這也與場所相適合，很有意思。若是我自己走上去，便覺得非常危險，要靠著邊走，手扶著欄干才行，他們卻當作板鋪的平地似的走著，也是有意思的事。

法師走來說道：「房間已經預備好了，請過去吧。」把室內便鞋拿了來，叫我們下去。來參拜的人裡面，有人把衣裾褰得高高的[496]，也有穿著下裳和唐衣[497]，特別裝飾了來的。都是穿著深履或者半靴[498]，在廊下躧足拖了腳步走著，覺得和在宮裡一樣，也是很有意思的。

在內外都許可出入的少年男子，以及家裡的人，跟著走來隨時指點著說：「這裡有點兒窪下，那兒是高一點。」不知道是什麼人，一直在靠近〔貴人〕走著，或是追過先頭去，〔家人們〕便制住他說：「且慢慢的，這是〔貴〕人在那裡，不要胡亂的走在裡面。」有人或者聽了少為退後一點，或者也不理會，逕自走著，只顧自己早點到佛的面前去。走到房間裡去的時候，這要走過許多人並排坐著的地方，實在很是討厭，可是經

---

[491] 大和初瀨町有長谷寺，供養十一面觀音像，甚為朝野所信奉。此篇記宿廟的情形，乃是一般的事，不過舉初瀨為例，不全是記載事實。

[492] 棧橋係指以雜木材為樓梯，可以上下，但甚粗糙。

[493] 只繫衣帶即謂不著法衣，只穿普通僧服，上繫帶子而已。

[494] 高屐即高齒木屐，齒長二三寸，以別種木材嵌入，常人於下雨時著用，但法師們則通常著之。

[495] 《俱舍論》為《阿毗達磨俱舍論》之略稱，凡三十卷，世親菩薩造，唐玄奘譯，論偈相雜，全書共有偈六百首，或別出為一卷，稱《俱舍頌》。「偈」亦譯「伽陀」，係一種韻文，故通作「頌」。

[496] 或解作「衣服反穿」，但似不甚適合，或只是衣裾褰得很高，故好像表裡顛倒。

[497] 下裳和唐衣，是中古日本婦女的正式禮服，與上句正相反對。

[498] 這兩種皆中古日本的履物。深履以皮革作下部，上部則以薔薇錦為之，上加細革帶，金屬作扣。半靴則深梁而淺口，用桐木雕成，上塗黑漆，至今神社的神官服正裝時尚用此靴，走起來拖著腳步，如穿著拖鞋似的。

過佛龕[499]的前面，張望見的情形卻很是尊貴難得，發起信心，心想為什麼好幾個月不早點來參拜的呢？

佛前點著的燈，並不是寺裡的長明燈，乃是另外有人奉獻佛前的，明晃晃的點著顯有點可怕，佛像[500]本身輝煌的照耀著，很是可尊。

法師們手裡都捧著願文[501]，交代的升上了高座，宣讀那誓願的聲音，使得全堂都為震動，這是誰的願文也不能夠分別出來，只聽得法師們盡力提高嗓子的聲音，清楚的說道：「謹以供養千燈之特志，為誰某[502]祈求冥福。」自己整理了掛帶[503]，正在禮拜，〔執事的法師〕說道：「我在這裡。〔這個你請用吧。〕」便折了一枝蜜香[504]送過去，很是稀有可貴，也是很有意思的。

從結界方面有法師走近前來，說道：「你的願文已經〔對佛前〕好好的說了。現在寺裡宿幾天呢？」又告訴道：「這樣這樣的人正在宿廟哩。」去了之後，隨即拿了火盆和水果等來，又將冰桶裡裝了洗臉水，和沒有把手的木盆，都借給了我，又復說道：「同來的人，請到那邊的房裡去休息吧。」法師大聲的吩咐了，同來的人便交替著到那邊去了。

聽著誦經時候打著的鐘聲，心想這是為了自己的緣故，覺得這很可感謝。在間壁的房間裡住著一個男人，人品也很上等，很是沉靜的在禮拜著。看他的舉止大抵是很有思想的人，不知道為什麼緣故，似乎很有心事的樣子，夜裡也不睡覺，只是做著功課，實在令人感動。

停止禮拜的期間，就是讀經也放低了聲音，叫人家不會聽見，這也

---

[499]　原文作「犬防」，係指佛龕所在與以外地界的區劃，用格子分開，亦稱「結界」，蓋以此為聖凡之界。古時亦用於外面，防止犬類之入，故有此名。

[500]　佛像即指十一面觀音，為古高麗佛師製品，現屬日本國寶。

[501]　願文係依據佛的本誓，因而立願的文章，當時多用漢文所寫。

[502]　這裡舉出願主親族的名字，故始能聽得清楚，知是自己的願文了。

[503]　掛帶原是指下裳附屬的一種繡帶，乃著唐衣時所用。由後面從肩頭掛至胸前打結，其後簡化為一條紅絹，帶在領上，婦女至寺院禮拜時多用之。

[504]　蜜香為一種常綠植物，日本用以供佛，寫作木旁密字。別本上文「我在這裡」一句，解作「香在這裡」，下面補充的一句也就可以省卻了。

是很難得的。心想便是高聲的讀經也好吧，而且〔就是哭泣〕在擤鼻涕，也並不是特別難聽，只是偷偷在擤著，這是想著什麼事情呢？有怎麼樣的心願？心想要給他滿足才好呢。

以前曾經來宿廟住過幾天，晝間似乎少為得到安閒。同來的男子們以及童女等，都到法師那邊的宿舍去了，正在獨自覺得無聊的時候，忽然聽見在旁邊有海螺[505]很響的吹了起來，不覺吃了一驚。有一個男子，把漂亮的立封書簡[506]叫一個用人拿著，放下了若干誦經的布施的東西。叫那堂童子[507]的呼聲，在大殿內引起迴響，很是熱鬧。鐘聲更是響了，心想這祈禱是從哪裡來的呢，留心聽著的時候，只聽得說出了高貴的地方的名字來，說道：「但願平安生產！」加以祈禱[508]。我就也很掛念，不曉得那位生產怎麼樣呢，也想代為祈念似的。但是那種情形，卻是在平時才是如此，若是在正月裡，那時來的只是那些想升官進爵的人，擾攘著不斷的前來參拜，真是連什麼做功課也不能夠了。

到晚才來參拜的，那大概是宿廟來的人吧。那些沙彌們把看去拿不動的高大屏風，很自在的搬動著，又將炕蓆咚的放下，房間就立刻成功了，再在結界的所在沙沙的掛起簾子來，覺得很是痛快的樣子，做慣了的事情便很覺得容易。衣裳縐縐的有許多人從房間裡下來，一個年老的女人，人品生得並不卑微，用低低的聲音說道：「那個房間不大安心。請你小心火吧。」

有個七八歲左右的男孩，很可愛的卻又很擺架子似的，高聲叫那跟著的家人，吩咐什麼事情，那樣子是很有意思的。還有，大約三歲的嬰兒，睡迷胡了，咳嗽起來，也是很可愛的。那小兒忽然的叫起乳母的名字或是母親來，那一家是誰呀，覺得很想知道。在這一夜裡，法師們用

---

[505] 寺中每日於正午吹海螺，用以報告時刻。

[506] 立封見卷二注 [8]。這裡的蓋也是施主的願文，說明祈禱讀經的目的。

[507] 法會的時候拿花籃的童子，這裡乃是指司堂中雜役的人，並不一定是少年。

[508] 「祈禱」原作「教化」，蓋為人有疾患，率由鬼物作祟，法師加以教諭，令其退散。

了很大的聲音，叫嚷唸經，沒有能夠睡覺，到得後半夜，讀經已經完了，在少為有點睡著的耳朵裡，聽見念著寺裡本尊經文[509]，聲音特別很是猛烈，這雖然並不怎麼稀有可貴，但是忽然覺醒，心想這是法師修行者在那裡讀經呢，也覺得很有感觸的。

　　還有在夜裡並不宿廟，只是〔白天在房間裡〕有身分相當的人做著功課，穿著筆挺的藍灰色的縛腳褲，襯了許多白的內衣，帶著穿的很講究的一個男兒，看去當是他的兒子，還有書僮，和許多家人，圍住了在那裡，也是很有意思的。〔說是房間〕只是周圍站著屏風，作個樣子罷了，在裡面叩頭禮拜。不曾見過面，這是誰呢，心裡很想知道。要是知道的人，那麼他也來在這裡，也是有意思的事。那些年輕的男人們，總是喜歡在〔女人的〕房間左右徘徊，對於佛爺的方面看也不看，叫出別當[510]來，很熱鬧的說著閒話，走了出去，但是這也似乎不是輕薄子弟的樣子。

　　二月晦日或三月朔日，在花事[511]正盛的時節，前去宿廟，也是有意思的事情。兩三個俊秀的男子，似乎是微行的模樣，穿著櫻花或青柳的襖子[512]，紮著的縛腳褲，看去很是漂亮。服色相稱的從人們，拿著裝飾得很是美麗的飯袋[513]，還有小舍人童[514]等人，在紅梅和嫩綠的狩衣之外，穿著種種顏色的內衣，雜亂的印刷著花樣的褲，折了花隨侍著，又帶了家將似的瘦長的人，打著〔寺前的〕金鼓[515]，這也是很有意思的。

---

[509]　本尊謂寺中供奉的主佛，此處指觀音，所誦為《觀音經》，即《妙法蓮華經》中第二十五品之「普門品」。

[510]　寺院的首長稱曰別當，但此處只是指擔任堂中雜務的法師。

[511]　普通所謂「花」，就是櫻花，所謂看花也就只是看櫻花。

[512]　櫻花直衣係表白裡赤，青柳則表白裡青，襖子制與袍相同，唯兩掖開縫，兩袖則繫束著。

[513]　「飯袋」原文云「餌袋」，本係鷹的食餌的口袋，後用以稱貯藏食物點心的器具。

[514]　小舍人童即小舍人，見卷二注[45]。

[515]　「金鼓」佛教法器之名，《最勝經》云：「妙童菩薩於夢中見大金鼓。」日本用黃銅製成，形圓而扁，下端開口，倒懸簷間，下垂布索如辮，俗稱鱷口。參拜者至神前，出賽錢投櫃中，執辮扣金鼓三數下，乃始禮拜禱祝。

這裡面一定有人是知道的，〔但是我也在這裡〕那邊又怎麼會知道呢？照這樣走了過去，實在覺得不能滿意。心想怎麼能夠把我在這裡的情形，給他一看才好呢？這樣的說，也是有意思的。

這樣子是去宿廟，或是到平常不去的地方，只帶了自己使用的那些人，便是去了也沒有意思。總是要有身分相等，興趣相同，可以共談種種有趣的事情的人，一兩個人同去才好，能夠人數多自然更好了。在那使用的人中間，多少也有懂事的人，但是平常看慣了，所以不覺得什麼有意思了。那男人們大約也是這樣想吧，所以特地的去找尋友人，叫了同去的呢。

第一〇七段　討厭的事

討厭的事是，凡是去看祭禮禊祓[516]，時常有男子，獨自一個人坐在車上看著。這是什麼樣的人呢？即使不是高貴的身分，少年男子等也不少有想看的人吧，讓他們一起坐了，豈不好呢？從車簾裡映出去的影子，獨自擺出威勢，一心獨霸著觀看，真覺得這是多麼心地褊窄，叫人生氣呀。

到什麼地方去，或是寺裡去參拜那一天，遇著下雨。使用的人說：「我們這種人，是不中意的了。某人才是現今的紅人哩！」彷彿聽著這樣的說話。只有比別人覺得多少可憎的人，才這樣那樣的推測，沒有根據的說些怨言，自己以為是能幹[517]。

---

[516]　禊祓係中國唐朝以前的風俗，於一定期日，在水邊舉行一種儀式，用以祓除不祥，最有名的例便是蘭亭的修禊。日本也仿行這種風俗，仍稱為禊。

[517]　《春曙抄》有此段，與別本同，但他註明此係衍文，謂有一節與廿六段中文章相同，其他也是可憎的事，故可從略。但其實不盡相同，今故仍之。

第一○八段　看去很是窮相的事

　　看去很是窮相的東西是，六七月裡在午未的時刻，天氣正是極熱的時候，很齷齪的車子，駕著不成樣子的牛，搖擺的走過去。並不下雨的日子裡，張蓋著草蓆的車子，和下雨的日子卻並不張蓋著蓆子的，也正是一樣。年老的乞丐，在很冷的或是很熱的時節。下流婦人穿著很壞的服裝，揹著小孩子。烏黑的很骯髒的小的板屋，給雨打的溼透了。下雨的日子裡，騎了小馬給做前驅[518]的人，帽子也都坍塌了，袍和襯衣黏在一塊兒，看去很是不舒服。但是在夏天，〔似乎很是涼快〕倒是好的。

第一○九段　熱得很的事

　　熱得很的事是，隨身長的狩衣[519]。衲袈裟[520]。臨時儀式出場的少將[521]。非常肥胖的人有很多頭髮。琴的袋子[522]。六七月時節在做祈禱的阿闍梨[523]，在正午時候誦咒作法。又在相同時節的銅的冶工，都是熱得很的事。

---

[518]　貴人出行，有人騎馬前導，俗稱頂馬。別本在此處斷句，下文作「冬天這樣還好，夏天則袍和襯衣便黏在一塊兒了」。

[519]　隨身見卷二注[44]。隨身長即衛兵長，所著狩衣係□布所制。

[520]　佛法袈裟稱壞色衣，係收集世人所棄的雜色布片，補綴而成，及後衍成紅白相間的水田衣，去舊制已遠了。

[521]　舊時朝廷有儀式，臨時設座，近衛少將出場警衛，此殆指五月裡的最勝講和七月裡的相撲節，在天氣特別熱的時候。

[522]　古代管弦樂器皆用袋子裝盛，多以錦繡金襴等厚織物作袋。

[523]　「阿闍梨」係梵語音譯，漢語則云「軌範師」，修祈禱加持之法，在本尊前結壇，口誦真言，手結印契，心觀佛菩薩之本相，用以降魔獲福。日本從中國輸入佛教，以真言宗為最有勢力，即所謂密宗，及後親鸞建立真宗，日蓮建立法華宗，情形才大有改變了。

第一一〇段　可羞的事

可羞的事是，男人的內心 [524]。很是警覺的夜禱的僧人 [525]。有什麼小偷，躲在隱僻的地方，誰也不知道，趁著黑暗走進人家去，想偷東西的人也會有吧，那麼給小偷看見了，以為這是同志，覺得愉快，也是說不定。

夜禱的僧人實在是很不好意思的。許多年輕的女人聚集在一起，閒話人家的事，或者嬉笑，或者誹毀，或者怨恨，〔在隔壁〕卻都明白的聽見。這樣想來，很是不好意思的。在主人旁邊陪著的女人們生氣似的說道：「啊，真是討厭，吵鬧的很〔請別說了〕！」可是也不肯聽，等得講得夠了，大家毫不檢點的各自睡了，這實在是可羞的。

男人〔在他心裡雖然在想〕，這是討厭的女人，不能如我的意，缺點很多，很有些不順眼的事；但對於當面的女人卻仍是騙她，叫她信賴著他，〔因此覺得自己也是被他這樣的看待嗎〕想起來實在是可羞的。〔普通的男人尚且如此〕何況那些一般人認為知情知趣，性情很好的人 [526]，更不會有令對方覺得冷淡的手段，去對付別人的了。他不但心裡這樣想著，〔還說出口來〕將這邊女人的缺點，對別的女人說了，至於對了這邊女人自然也要說別的女人的話了。但是女人卻不知道，他也把自己的事情告訴他人，現在只聽著別人的缺點的話，反以為自己是最為男人所愛的了，這樣的自負著哩。給男人這樣的去想，實在是很可羞的。

但是，假如決定第二次不再會見的人，那就是碰見了，就已經是沒有什麼感情的人了，也就沒有不好意思的事情。女人有些極可憐的，絕不可隨便拋棄的，可是男人們卻似乎毫不關心，這是什麼心思，真叫人

---

[524]　這裡只是一個題目，後面第三節才仔細加以解說。一本作「好色男子的內心」。
[525]　在宮廷及貴家，常招僧人終夜祈禱保佑，此處所說情形，似不是生病。
[526]　別本解作「女人」，意謂女人如此，男人自更注意，絕不用這種方法對付，使她感覺冷淡了。

無從索解。而且這種人關於女人的事情，特別是多有非難，很高明的說出一番道理來。尤其是和那毫無依靠的宮廷的女官們，去攀相好，到後來女人的身體不是平常的樣子[527]，那男子卻是裝作不知道哩！

---

[527]　意思是說懷孕。

卷七

第一一一段　不像樣的事

　　不像樣的事是，在潮退後沙灘上擱著的大船。頭髮很短的人，拿開了假髮，梳著頭髮的時候。大樹被風所吹倒了，根向著上面，倒臥著的樣子。相撲[528]的人摔跤輸了，退下去的後影。沒有什麼了不得的人，在斥責他的家人。老人〔連烏帽子也不戴〕把髮髻露了出來[529]。女人為了無聊的嫉妒事件，自己躲了起來，以為丈夫必當著忙尋找了，誰知卻並不怎樣，反而坦然處之，叫人生氣，在女人方面可是不能長久在外面，便只好自己回來了。學演獅子舞[530]的人，舞得高興了隨意亂跳的那腳步聲[531]。

第一一二段　祈禱修法

　　祈禱修法是，誦讀佛眼真言[532]，很是優美，也很可尊貴。

---

[528]　相撲即角力，現今尚有。古時禁中七月裡有相撲節，召集力士摔跤，天皇親臨觀覽。

[529]　古時男子梳髻，上加網巾，日本稱烏帽子，如脫頂露髮，則為失儀不敬。

[530]　古舞樂中有狛犬舞，自高麗傳入，狛犬意云高麗犬，即指獅子，見卷五注[10]。

[531]　一本解作「隨意亂跳而下邊卻是人足，所以是不像樣」。

[532]　「佛眼」為「一切佛眼大金剛吉祥一切佛母尊」的略稱，「真言」者真實言說，即陀羅尼，亦即咒語。佛眼尊在曼陀羅圖的中央，為一切諸佛菩薩所迴繞，具足諸佛菩薩的功德，故亦稱佛母尊。《瑜只經》裡說：「時金剛薩埵對一切如來前，忽然現作一切佛母身，住大白蓮，身作白月暉，兩目微笑，二手住臍，如入奢摩他，從一切支分，出生十儗誐沙俱胝佛，一一佛皆作敬禮。」

第一一三段　不湊巧的事

　　不湊巧的事是，人家叫著別人的時節，以為是叫著自己，便露出臉去，尤其是在要給什麼東西的時候。無事中講人家的閒話，說些什麼壞話來，小孩子聽著，對了本人說了出來。聽別人說：「那真是可憐的事」，說著哭了起來，聽了也實在覺得是可憐，但不湊巧眼淚不能夠忽然出來，是很難為情的事。雖是做出要哭的臉，或裝出異樣的嘴臉出來，可是沒有用。有時候聽到很好的事情，又會胡亂的流出眼淚來〔這也是很難為情的〕。

　　主上到石清水八幡神社[533]去參拜了回來的時候，走過女院[534]的府邸的前面，停住了御輦，致問候之意，以那麼高貴的身分，竭盡敬意，真是世間無比的盛事，不禁流下眼淚來，使得臉上的粉妝都給洗掉了，這是多麼難看的事呵！

　　當時的敕使是齊信宰相中將[535]，到女院的邸第面前去，看了覺得很有意思。只跟著四個非常盛裝的隨身，以及瘦長的裝束華麗的副馬[536]，在掃除清潔的很開闊的二條大路上，驅馬疾馳，〔到了邸第〕少為遠隔的地方，降下馬來，在旁邊的簾前伺候。請女院的別當[537]將自己帶來的口信，給傳達上去。隨後得到了回信之後，宰相中將又走馬回來，在御輦旁邊覆奏了，這時樣子的漂亮，是說也是多餘的了。至於主上在走過邸第的時候，女院看著那時的心裡如何感想，我只是推測來想著，也高興得似乎要跳起來了。在這樣的時節，我總是暫時要感動得落淚，給人家

[533]　此節記長德元年（西元九九五年）十月二十一日一條天皇往石清水八幡神社參拜，至次日還宮，路過女院問候的事，雖是別一件事，但作為聽到好事而落淚的例項，所以列在這一段裡，似乎也是可以的。

[534]　女院為一條天皇的生母，見卷五注[33]。

[535]　齊信即上文頭中將，見卷四注[19]，在長德二年任參議，故此處稱為宰相，其稱中將者因其兼近衛中將。

[536]　副馬係指於行幸或與祭時，隨從公卿們騎馬的從者。

[537]　此為女院執事的首長，總管一切事務的人。

笑話。就是身分平常的人，有好的兒子也是好事，〔何況女院有兒子做著天子，自然更是滿意了〕這樣推測了想，覺得是很惶恐的。

第一一四段　黑門的前面

關白公說是要從黑門[538]出來回去了，女官們都到廊下侍候，排得滿滿的，關白公分開眾人出來，說道：「列位美人們，看這老人是多麼的傻，一定在見笑吧？」在門口的女官們，都用了各樣美麗的袖口，捲起御簾來，〔外面〕權大納言[539]拿著鞋給穿上了，權大納言威儀堂堂，很是美麗，下裾很長[540]，覺得地方都狹窄了。有大納言這樣的人，給拿鞋子，這真是了不得的事情。山井大納言以下，他的弟兄們，還有其他的人們，像什麼黑的東西散布著樣子[541]，從藤壺[542]的牆邊起，直到登華殿的前面，一直並排跪坐[543]著，關白公的細長的非常優雅的身材，捏著佩刀，佇立在那裡。中宮大夫[544]剛站在清涼殿的前面，心想他未必會跪坐吧，可是關白公剛才走了幾步，大夫也忽然跪下了。這件事是了不得的，可見關白公前世有怎麼樣的善業了。

〔女官的〕中納言君說今天是齋戒日[545]，特別表示精進，女官們說道：「將這念珠，暫且借給我吧！你這樣的修行，將來〔與關白公的那

---

[538]　黑門見卷四注[20]。

[539]　權大納言見卷一注[44]。其時伊周為權大納言，大納言舊制凡四人，一條天皇時定為正員二人，權官二人。

[540]　古時衣裾甚長，與官位上下有短，凡納言長八尺，大臣一丈，關白則一丈二尺。

[541]　當時四位以上的袍皆用黑色，用五倍子粉加鐵汁所染，故看去如此。

[542]　藤壺即飛香舍，在清涼殿的西北，蓋因院子裡有藤花，故名。

[543]　古時在貴人前面，須蹲踞伏地，以示尊敬，稱為「下座」，今譯「跪坐」，只是習慣的席地而坐，等於中國的跪，與此稍有不同。

[544]　中宮大夫指藤原道長，為關白道隆的兄弟，中宮大夫為中宮職院的首長。長德元年（西元九九五年）道隆死後，弟道兼為關白，伊周不得志而怨望，次年道兼亦卒，道長乃羅織伊周隆家，流放於外，至次年遭赦，道長遂為關白，歷三朝二十餘年，權勢盛絕一時。

[545]　中納言君係右兵衛督藤原忠君的女兒。齋戒日為「六齋日」之一，每月裡有六天，惡鬼得勢，伺人間隙，故宜齋戒謹慎，這裡蓋指祈禱默唸。

樣子〕轉生得到很好的身分吧。」都聚集攏來，說著笑了，可是〔關白公的事情〕實在是不可及的。中宮聽到了這事，便微笑說道：「〔修行了〕成佛，比這個還要好吧！」這樣的說，實在是很了不起的。我將大夫對於關白公跪坐的事情，說了好幾遍，中宮說道：「這是你所賞識的人 [546] 嘛！」隨即笑了。可是這後來的情形，如果中宮能夠見到 [547]，便會覺得我的感想是很有道理的吧。

第一一五段　雨後的秋色

九月裡的時節，下了一夜的雨，到早上停止了，朝陽很明亮的照著，庭前種著的菊花上的露水，將要滾下來似的全都滲透了，這覺得是很有意思的。疏籬和編出花樣的籬笆上邊掛著的蜘蛛網，破了只剩下一部分，處處絲都斷了，經了雨好像是白的珠子串線上一樣，非常的有趣。少為太陽上來一點的時候，胡枝子本來壓得似乎很重的，現在露水落下去了，樹枝一動，並沒有人手去觸動它，卻往上面跳了上去。這在我說來實在很是好玩，但在別人看來，或者是一點都沒有意思也正難說，這樣的替人家設想，也是好玩的事情。

第一一六段　沒有耳朵草

正月初七日要用的嫩菜 [548]，人家在初六這一天裡拿了來，正在擾攘的看著的時候，有兒童拿來了什麼並沒有看見過的一種草來。我便問他

---

[546]　中宮說著者賞識道長，但原意說道隆威勢之盛，就是像道長的人也為之屈。

[547]　就原文結構上說，是中宮不及見道長盛時，故為事後追溯之詞，但中宮定子的去世在長保二年（西元一〇〇〇年）之末，已在道長為關白五年之後，而且道長的女兒彰子入宮，也已將一年了。

[548]　原文寫作「若菜」，見卷一注 [2]。

道：「這叫做什麼呢？」小孩卻一時答不出來，我又催問道：「是什麼呀？」他們互相觀望了一會兒，有一個人回答道：「這叫做沒有耳朵草[549]。」我說道：「這正是難怪，所以是裝不聽見的樣子的了。」便笑了起來，這時又有〔別的小孩〕拿了很可愛的菊花的嫩芽[550]來，我就做了一首歌道：

> 掐了來也是沒有耳朵的草，
>
> 所以只是不聽見，
>
> 但在多數中間也有菊花[551]混著哩。

想這樣的對他們說，〔但因為是小孩子的緣故〕說了不見得會懂罷了。

第一一七段　定考

　　二月裡在太政官[552]的官廳內，有什麼定考[553]舉行，那是怎麼樣的呀？又有釋奠[554]那是什麼呢？大抵是掛起孔子等人的像來的事吧。有一種叫做什麼聰明[555]的，把古怪的東西，盛在土器[556]裡，獻上到主人和中宮那裡。

---

[549]　即是中國的卷耳，今稱蒼耳子。其葉初生形似鼠耳，故日本名為耳菜，後沿變為耳菜草，遂作為沒有耳朵的草解釋了。

[550]　據《春曙抄》解說，初春也會有菊花的嫩芽。

[551]　「菊」字原來沒有訓讀，只有漢字的音讀曰 kiku，與日本語「聞」雙關，故此處謂沒有耳朵草雖不聽見，但別有能聽聞者在這中間。摘草亦讀作「掐」，通於掐人皮膚，此歌稍涉遊戲，有情歌的意味。

[552]　太政官是日本中古時代的行政中樞，猶如後來的內閣。

[553]　舊例二月二十一日，於太政官廳列見六位以下官員，即驗看人才，至八月十一日選擇藝能行跡恪勤可取者，給予升進，名為「定考」。本係前後相連的事，本文所說定考在二月裡，乃是列見之誤。

[554]　中國舊例於春秋二季，上丁祭祀孔子，稱為「釋奠」，日本即襲用此名。在大學寮中懸掛孔子並十哲的影像，上卿辨官少納言等均來禮拜，次日散胙，自宮廷開始。藏人持胙前進，別一藏人問道：「這是什麼呀？」答道：「此乃大學寮昨日釋奠的胙也！」字句拉得很長，高舉著進入簾內云。

[555]　釋奠的胙稱曰「聰明」。據《江次第》卷五注云：「聰明者胙也，餅白黑，梁飯，慄黃，乹棗也。」餅即中國的糍粑，梁飯蓋是高粱米飯，本文說「古怪的東西」，蓋即指此。

[556]　土器即無花紋不加釉的陶器，日本多用於神事，取其質樸近古。

第一一八段　餅餤一包

「這是從頭弁[557]那裡來的。」主殿司的官員把什麼像是一卷畫的東西，用白色的紙包了，加上一枝滿開著的梅花，給送來了。我想這是什麼畫吧，趕緊去接了進了，開啟來看，乃是叫做餅餤[558]的東西，兩個並排的包著。外面附著一個立封，用呈文的樣式寫著道[559]：「進上餅餤一包，依例進上如件。少納言殿[560]。」

後書月日，署名「任那成行」[561]。後面又寫著道：「這個〔送餅餤的〕小使本來想自己親來的，只因白天相貌醜陋，所以不曾來。」[562]寫的非常有意思。拿到中宮的面前給她看了，中宮說道：「寫的很是漂亮。這很有意思。」說了一番稱讚的話，隨即把那書簡收起來了。

我獨自說道：「回信不知道怎樣寫才好呢。還有送這餅餤來的使人，不知道打發些什麼？有誰知道這些事情呢？」中宮聽見了說道：「有唯仲[563]說著話哩，叫來試問他看。」我走到外面，叫衛士去說道：「請左大弁有話說。」唯仲聽了，整肅了威儀出來了。我說道：「這不是公務，單只是我的私事罷了。假如像你這樣的弁官或是少納言[564]等官那裡，有人送來餅餤這樣的東西，對於這送來的下僕，不知道有什麼規定的辦法

---

[557] 頭弁見卷一注 [34]。即藤原行成，為書法名手，後世稱「世尊寺樣」。

[558] 餅餤係唐朝點心名，《和名類聚抄》十六云：「裏餅，中納煮合鵝鴨等子並雜菜而方截。」蓋似今之餡兒餅。《杜陽雜編》中有「上賜酒一百斛，餅餤三十駱駝」之語。

[559] 立封見卷二注 [8]。這裡立封內容，便如下文，所謂「呈文的式樣」，即當時公式，蓋也是仿唐朝程式。

[560] 原意云邸第，後來用在人名官名底下，表示敬意，通用於公私上下。少納言本係女官通稱，這裡卻似乎普通官名，有點遊戲的意味。

[561] 此係頭弁的假作的姓名，「成行」即是「行成」二字的顛倒。

[562] 日本傳說，一言主神居大和的葛城山，稱葛城神，古時役小角行者有法術，在葛城山修道，命一言主神在兩山之間，修造石橋。此神因容貌醜惡，不敢白晝出來，乃只於夜間施工，橋終不成。役小角為七世紀時人，修真言宗修驗道，有許多神異的故事流傳下來。

[563] 平唯仲為上文大進生昌的兄長，當時任左大弁，後升任中納言。

[564] 著者雖說是私事，但這裡措詞係問男子的任為弁官或少納言的，收到餅餤應該如何打發。後來回答裡也便看出這個破綻來，所以反問你是否因為是太政官廳的官人，得到這種贈物。

嗎？」唯仲回答道：「沒有什麼規定，只是收下來，吃了罷了。可是，到底為什麼要問這樣的事呢？難道因為是太政官廳的官人的緣故，所以得到嗎？」我說道：「不是這麼說。」

隨後在鮮紅的薄紙上面，寫給回通道：「自己不曾送來的下僕，實在是很冷淡的人。」添上一枝很漂亮的紅梅，送給了頭弁，頭弁卻即到來了，說道：「那下僕親來伺候了。」我走了出去，頭弁說道：「我以為在這時候，一定是那樣的做一首歌送來了的，卻不料這樣漂亮的說了。女人略為有點自負的人，動不動就擺出歌人的架子來。〔像你似的〕不是這樣的人，覺得容易交際得多。對於我這種〔凡俗的〕人，做起歌來，卻反是無風流了。」

〔後來頭弁和〕則光成安[565] 說及，〔這回連清少納言也不作歌了，覺得很是愉快的〕笑了。又有一回在關白公和許多人的前面，講到這事情，關白公說道：「實在她說得很好。」有人傳給我聽了。〔但是記在這裡〕乃是很難看的自吹自讚了。

第一一九段　衣服的名稱

「這是為什麼呢？新任的六位〔藏人〕的笏，要用中宮職院的東南角土牆的板做的呢[566]？就是西邊東邊的，不也是可以做嗎？再者五位藏人的也可以做吧。」有一個女官這樣的說起頭來，另外一個人說道：「這樣不合理的事情，還多著哩。即如衣服亂七八糟的給起名字，很是古裡古怪的。在衣服裡面，如那『細長』[567]，那是可以這樣說的。但什麼叫做

---

[565]　則光即橘則光，平素厭惡和歌的人，見卷四注 [33]。成安是誰未能知道，大抵也是厭惡和歌，與則光差不多的吧。
[566]　日本古時官吏皆用笏，大抵用象牙做的牙笏，官位低的則用木笏。大概當時有取中宮職院土牆的板作笏的故事，但限於東南角，又特別是新任的六位藏人，其意不甚可解。
[567]　「細長」為婦人所穿的衣服之稱，男女童亦有著者，因其形細長故名。

『汗衫』呢？這說是『長後衣』[568] 不就成了嗎？」

「正如男孩兒所穿的那樣〔是該叫長後衣的〕。還有這是為什麼呢？那叫『唐衣』的，正是該叫做『短衣』呢。」[569]

「可是，那是因為唐土的人所穿的緣故吧？」

「上衣，上褲，這是應該這樣叫的。『下襲』也是對的。還有『大口褲』，實在是褲腳口比起身長來還要闊大〔所以也是對的〕。」

「褲的名稱實在不合道理。那縛腳褲 [570]，這是怎麼說的呢？其實這該叫做『足衣』，或者叫做『足袋』就好了。」

大家說出種種的事來，非常的吵鬧。我就說道：「呀，好吵鬧呀！現在別再說了，大家且睡覺吧！」這時夜禱的僧人 [571] 回答說：「那是不大好吧！整天夜裡更說下去好了。」用了充滿憎惡的口氣，高聲的說，這使我覺得很滑稽，同時也大吃一驚。

第一二〇段　月與秋期

故關白公的忌日，每逢月之初十日 [572]，都〔在邸第裡〕作誦經獻佛的供養，九月初十日〔中宮〕特為在職院裡給舉行了。公卿們和殿上人許多人，都到了場。清範 [573] 這時當了講師，所說的法很是悲感動人，特別是平常還未深知人世的悲哀的年輕的人們，也都落了眼淚。

---

[568] 「汗衫」的名字不妥，一名「尻長」即「長後衣」，因後面很長，卻是名實相符。

[569] 此數節原本與上文相連，只作一人所說，別本作為幾個人所說，似較為適當，今從之。

[570] 「縛腳褲」原本作「指貫」，所以似乎難懂，其實乃是「指貫之褲」的省略，指貫通於刺繡，謂褲腳折縫夾層，中通細帶，可以繫縛，如世俗所云燈籠褲的樣子。

[571] 這裡未必係是實事，有夜禱的僧人真是聽了那麼的說，大約也只是承上文一一〇段裡所說，故假設為幾個人的說話，作成一篇故事罷了。

[572] 這是關白道隆故後的事，道隆沒於長德元年（西元九九五年）四月十日，以後凡遇十日例為忌日，這是中國的舊法。中國最古的演算法是以日子的干支，凡六十日遇見一次，其次是講日子的數目，最後是以每年同月日為忌日，則只一年一回了。

[573] 清範為法相宗僧人，善於說法，凡上文三三段「小白河的八講」中。

供養完了以後，大家都喝著酒，吟起詩來的時候，頭中將齊信高吟道：「月與秋期而身何去？」[574] 覺得這朗誦得很是漂亮。怎麼想起這樣〔適合時宜的〕句來的呢？我便從人叢裡擠到中宮那裡去，中宮也就出來了，說道：「真很漂亮，這簡直好像特地為今天所作的詩文呢。」我說道：「我也特地為說這件事情，所以來的，法會也只看了一半，就走了來了。總之這無論怎麼說的，是了不起的。」這麼說了，中宮就說道：「這是〔因為和你要好的齊信的事〕所以更覺得是如此的吧。」

◆ 其二　頭中將齊信 [575]

〔頭中將齊信〕在特別叫我出去的時候，或者是在平常遇見的時候，總是那麼的說道：「你為什麼不肯認真當作親人那樣的交際著呢？可是我知道你，並沒有把我認為討厭的人的，卻是這樣的相處，很是有點奇怪的。有這些年要好的往來，可是那麼的疏遠的走開，簡直是不成話了。假如有朝一日，我不再在殿上早晚辦事了，那麼還有什麼可以作為紀念呢？」

我回答道：「那是很不錯的。〔要特別有交情的話〕也並不是什麼難的事情。但是到了那時候，我便不能再稱讚你了，那是很可惜的。以前在中宮的面前，這是我的職務，聚集大家，稱讚你的種種事情，〔若是特別有了關係之後〕怎麼還能行呢？請你想想好了。那就於心有愧，覺得難以稱讚出來了。」

頭中將聽了笑道：「怎麼，特別要好了，比別人看來要更多可以讚美的事情，這樣的人正多著哩。」

我就回答道：「要是不覺得這樣是不好，那麼就特別要好也可以吧，

---

[574]　《本朝文粹》卷十四，有菅原文時的〈為右大臣謙德公報恩願文〉，其中有云：「金谷醉花之地，花每春芳而主不歸，南樓玩月之人，月與秋期而身何去。」今引用以紀念故關白，且適值季秋，故尤為適合。此兩句亦見於《和漢朗詠集》卷下，蓋在當時為膾炙人口的名文。

[575]　這是承上節稱讚頭中將的事引申而來，所以作為本段的另一節。

不過不論男人或是女人，特別要好了，就一心偏愛，有人說點壞話，便要生起氣來，這覺得很不愉快的事情。」頭中將道：「那可是不大可靠的人呀。」[576] 這樣的說，也是很有意思的事。

第一二一段　假的雞叫

頭弁〔行成〕到中宮職院裡來，說著話的時候，夜已經很深了。頭弁說道：「明天是主上避忌 [577] 的日子，我也要到宮中來值宿，到了丑時，便有點不合適了。」這樣說了，就進宮去了。

第二天早晨，用了藏人所使用的粗紙 [578] 重疊著，寫道：「後朝之別 [579] 實在多有遺憾。本想徹夜講過去的閒話，直到天明，乃為雞聲所催〔匆匆的回去〕。」實在寫得非常瀟灑，且與事實相反的〔當作戀人關係〕，縷縷的寫著，實在很是漂亮。

我於是給寫回通道：「離開天明還是很遠的時候，卻為雞聲所催，那是孟嘗君 [580] 的雞聲吧？」信去了之後，隨即送來回通道：「孟嘗君的雞是〔半夜裡叫了〕使函谷關開了門，好容易那三千的客 [581] 才算得脫，書裡雖如此說，但是在我的這回，乃只是〔和你相會的〕逢坂關 [582] 罷了。」我便又寫道：

---

[576]　聽見人家說自己的愛人壞話而生氣，本是人情，但著者說不愉快，故頭中將說她不大可靠，也即看出她的並無願結密切關係的意思。

[577]　避忌，見卷二注 [6]。

[578]　原文作「紙屋紙」，係在京都北方的紙屋川地方所造，多係再造紙，故紙色淡黑，稱薄墨紙，古時寫詔敕多用之。

[579]　「後朝」本來係指男女相會，第二天早晨的離別，見卷二注 [67]。這裡本是尋常的交際，卻故意當作情書去寫。

[580]　孟嘗君即田文，是齊國的公族，為秦所囚，逃脫至函谷關，夜半關門未開，有客能假作雞叫，守關人誤認為天明，遂啟關，孟嘗君乃得逃出。詳見《史記》列傳中。

[581]　孟嘗君雖有食客三千人，但未必全數跟著，所以考訂家有人說本文有誤，不過《史記》原文也有漏洞，便是說從行的人中間，適有「雞鳴」存在，可見他也實在是有客從行，但沒有三千人罷了。

[582]　逢坂關係關所之一，見上文九八段。這裡但取地名的字義，與男女相會有關。

在深夜裡，假的雞叫
雖然騙得守關的人，
可是逢坂關卻是不能通融啊！
這裡是有著很用心的守關人在哩。

又隨即送來回信〔乃是一首返歌〕：

逢坂是人人可過的關，
雞雖然不叫，
便會開著等人過去的。

最初的信，給隆圓僧都 [583] 叩頭禮拜的要了去了，後來的信乃是被中宮〔拿了去的〕。

後來頭弁對我說道：「那逢坂山的作歌比賽是我輸了，返歌也作不出來。實在是不成樣子。」說著笑了，他又說道：「你的那書簡，殿上人都看見了。」我就說道：「你真是想念著我，從這件事上面可以知道了。因有看見有好的事情，如不去向人家宣傳，便沒有什麼意思的。可是〔我正是相反〕因為寫的很是難看 [584]，我把你的書簡總是藏了起來，絕不給人家去看。彼此關切的程度，比較起來正是相同哩。」

他說道：「這樣懂得道理的說話，真是〔只有你來得〕與平常的人不是一樣。普通的女人便要說，怎麼前後也不顧慮的，做出壞事情來，就要怨恨了。」說了大笑了。我說道：「豈敢豈敢，我還要著實道謝才是哩。」頭弁說道：「把我的書簡隱藏起來，這在我也是很高興的事。要不然，這是多麼難堪的事情呀。以後還要拜託照顧才好。」

這之後，經房少將 [585] 對我說道：「頭弁非常的在稱讚你，可曾知道

---

[583]　隆圓僧都為中宮的兄弟，出家為僧，見卷五注 [54]。
[584]　這裡所說全都是「反話」，行成本是有名的書法家，反說是因為寫得難看，所以替他隱藏了起來，即是反面說自己的拙劣的筆跡，給殿上人去看，便是十分的不應該，值得怨恨了。但事實卻正好相反，如上文所說，行成的那兩封信，都已分給了隆圓僧都和中宮。
[585]　經房少將為西宮左大臣源高明的第四子，其時任左近衛府少將。

嗎？有一天寫信來，將過去的事情告訴了我了。自己所想念的人被人家稱讚，知道了也真是很高興的。」這樣認真的說是很有意思的。我便說道：「這裡高興的事有了兩件，頭弁稱讚著我，你又把我算作想念的人之內了。」經房說道：「這〔本來是以前如此的〕你卻以為是新鮮事情，現在才有的，所以覺得喜歡嗎。」

第一二二段　此君

五月時節，月亮也沒有，很暗黑的一天晚上，聽得許多人的聲音說道：「女官們在那裡嗎？」中宮聽見說道：「你們出去看。這和平常樣子不一樣，是誰在那裡這樣說？」我就出去問道：「這是誰呀？那麼大聲的嚷嚷的？」這樣說的時候，那邊也不出聲，只把簾子揭了起來，沙沙的送進一件東西來，乃是一枝淡竹。我不禁說道：「呀，原來是此君[586]嘛！」外面的人聽了，便道：「走吧，這須得到殿上給報告去。」

原來中將和新中將[587]還有六位藏人在那裡，現在都走回去了。頭弁一個人獨自留了下來，說道：「好奇怪呀，那些退走的人們。本來是折了一枝清涼殿前面的淡竹，作為歌題預備作歌，後來說不如前去中宮職院，叫女官們來一同作時，豈不更好，所以來了。但是一聽見你說出了那竹的別名，便都逃去了，這也是很好玩的事。可是這是誰的指教，你卻能說出一般人所不能知道的事情來的呢？」我說道：「我也並不知道這乃是竹的別名，這樣說了怕不要人家覺得討厭的嗎？」頭弁答道：「真是的，怕大家未必知道吧。」[588]

這時大家說些別的正經事情，正在這個時候，聽見〔剛才來的這些殿

---

[586] 此係王子猷的典故，據《晉書‧王徽之傳》云：「嘗寄居空宅中，便令種竹，或問其故，徽之但嘯詠，指竹曰，何可一日無此君邪。」
[587] 新中將係指源賴定，中將不知為何人。
[588] 著者偽作不知「此君」的典故，行成亦敷衍作答，都不是真實的意思。

上人們〕又都來了，朗詠著「栽稱此君」的詩句[589]，頭弁對他們說道：「你們沒有做到殿上商量好的計畫，為什麼走回去了？實在是很奇怪的。」殿上人們回答道：「對於那樣名言，還有什麼回答可說呢？〔說出拙劣的話來〕不如不說好多了。如今殿上也議論著，很是熱鬧哩，主上也聽到了，覺得很有意思。」這回連頭弁也和他們一起，反覆的朗吟那一句詩，很是高興，女官們都出來看。於是大家在那裡說著閒話，及至回去的時候，也同樣的高吟著，直到他們進入左衛門衛所的時節，聲音還是聽得見。

第二天一早，一個叫做少納言命婦[590]的女官，拿了天皇的書簡來的時候，把這件事對中宮說了，那時我正退出在私室裡，卻特地叫了去問道：「有這樣的事嗎？」我回答道：「我不知道，是什麼也沒有留心，說的一句話，卻是行成朝臣給斡旋了〔成了佳話罷了〕。」中宮笑著說道：「便是斡旋〔成了佳話，原來也不是全無影蹤的吧〕。」

中宮聽說殿上人們在稱讚〔自己宮裡的女官們〕，不問是誰，是都喜歡，也很替被稱讚的人高興，這真是很了不得的事情。

第一二三段　藤三位

圓融院[591]歿後一週年，所有的人都脫去喪服，大家感慨甚深，上自朝廷下至故院的舊人，都想起前代〔僧正遍昭〕所說的「人皆穿上了花的衣裳」的事來[592]。在下雨很大的一天裡，有一個穿得像蓑衣蟲[593]一樣的

---

[589]　菅原篤茂作賦得〈修竹冬青〉詩，序文有云：「晉騎兵參軍王子猷，栽稱此君，唐太子賓客白樂天，愛為吾友。」見《本朝文粹》卷十一，此二句亦見《和漢朗詠集》卷下。

[590]　少納言命婦係天皇左近的女官，不知為何人。

[591]　圓融院即是圓融上皇，為一條天皇的父親，歿於正歷二年（西元九九一年）二月十二日，此為一年以後的事。當時所謂諒暗之喪，蓋是一年除服。

[592]　僧正遍昭為九世紀日本有名歌人，於西元八五一年，仁明皇歿後一週年的時候，作歌以寄感慨云：「人皆穿上了花的衣裳，苔衣的雙袖呵，為甚還是沒有乾。」

[593]　雨天穿著蓑衣，故有此戲稱。見上文四一段，及卷三注[36]。

小孩子，拿了一根很大的白色的樹枝[594]，附著一個立封，走到藤三位[595]的女官房來，說道：「送上這個來了。」〔傳達的女官說道：〕「從什麼地方來的呢？今天明天是避忌的日子，連格子都還沒有上呢。」說著便從關閉著的格子的上面接收了信件，將情形去對上面說了。

〔藤三位說道：〕「因為是避忌的日子，不能夠拆看。」便將樹枝連信插在柱子上面，到第二天早晨先洗了手，說道：「且拿那讀經的卷數[596]來看吧。」叫人拿了來，俯伏禮拜了開啟來看時，乃是胡桃色的色紙很是厚實的，心裡覺得奇怪，逐漸展開來看，似乎是老和尚的很拙笨的筆跡，寫著一首歌道：

> 姑將這椎染的衣袖
>
> 作為紀念，但是在故都裡
>
> 樹木卻都已換了葉子[597]。

這真是出於意外的挖苦話。是誰所做的事呢？仁和寺的僧正[598]所做的吧，但是那僧正也未必會說這種話，那麼是誰呢？藤大納言是故院的別當[599]，那麼是他所做的事也未可知。心裡想早點把這件事告訴主上和中宮知道，很是著急，但是遇著避忌的日子，須得要十分慎重才好，所以那一天就忍耐過去了，到第二天早晨，藤大納言那裡寫了一封回信，差人送去，即刻就有對方的回信送了來了。

於是拿了那歌與那封回信，趕快來到中宮面前，藤三位說道：「有這

---

[594] 原文沒有說出是什麼樹，田中澄江解作「白檀」，是從「白」色著眼，《春曙抄》謂疑是椎樹的葉的白色，看下文歌詞的意思，似很有幾分可靠。

[595] 藤三位係藤原繁子，為右大臣藤原師輔的第四個女兒，是一條天皇的乳母。

[596] 「卷數」係指所誦經卷的數目，寺院法師受人委託誦經，按時輒將卷數報告願主本人，當時藤三位相信這乃是法師的來信，故而誤會，甚禮拜展視亦是為此。

[597] 這一首歌大意與上邊遍昭的歌差不多，古時喪服乃用椎樹葉所染，樹木換了葉子與花的衣裳意思相同。

[598] 仁和寺住持為寬朝僧正，姓源氏，本為醍醐天皇的皇子，敦實親王的第三子。

[599] 藤大納言係藤原朝光，時為圓融院的別當。

麼樣的一回事。」其時適值主上也在那裡，便把那件事說了，中宮做出似乎什麼也不知道的樣子，只說道：「這不像是藤大納言的筆跡，大概是什麼法師吧。」藤三位道：「那麼這是誰做的事呢？好多事的公卿們以及僧官，有些誰呢？是那個吧，還是這個？」

正在猜疑，想要知道〔作歌的人〕，主上這時說道：「這裡有一張的筆跡，倒很有些相像哩。」說著微笑，從旁邊書櫥裡取出一張紙來。藤三位說道：「啊呀，這真是氣人的事！現在請你說出真話來吧。呀，連頭都痛起來了。總之是要請你把一切都說了。」只是責備怨恨，大家看了都笑，這時主上才慢慢開口道：「那個辦差去的鬼小孩 [600]，本來是御膳房的女官的使用人，給小兵衛 [601] 弄熟了，所以叫她送去的吧。」這樣的說，中宮聽得笑了起來。

〔藤三位將中宮〕搖晃著說道：「為什麼這樣的騙我的呢？可是當時真是洗淨了手，俯伏禮拜的〔來拆看的〕呢。」又是笑，又是上當了似乎遺憾，卻很是得意，很有愛嬌，覺得很有意思。

清涼殿的御膳房聽見了這事情，也大笑了一場。藤三位退出到女官房以後，把那個女童找了來，叫收信的女官去驗看，回來說道：「正是那個孩子。」追問她道：「那是誰的信，是誰交給你的呢？」卻是一聲都不響，逃了去了。藤大納言以後聽了這一件事情，也著實覺得好笑。

---

[600] 「鬼小孩」猶言「鬼之子」，係世俗稱蓑衣蟲的名稱，見卷三注 [37]。
[601] 小兵衛係女官的名字，見上文七六段。

第一二四段　感覺無聊的事

感覺無聊的事是，在外面遇著避忌[602]的日子。〔擲不出合適的點兒〕棋子不能前進的雙六[603]。除目[604]的時候，得不到官的人家，尤其是雨接連的下著，更是無聊了。

第一二五段　消遣無聊的事

消遣無聊的事是，故事。圍棋。雙六。三四歲的小孩兒，很可愛的說什麼話的樣子。又很小的嬰兒要學講話，或是嘻笑了。水果〔這也是可以消遣無聊的東西〕。男人的好開玩笑，善於說話的人，走來談天，這時便是避忌的時候，也就請他進來。

第一二六段　無可取的事

無可取的事是，相貌既然醜陋，而且心思也是很壞的人。漿洗衣服的米糊給水弄溼了。這是說了很壞的事情了[605]，心想這是誰也覺得是可憎的，可是現在也沒有法子中止了。又門前燎火[606]的火筷子，〔燒短了沒有別的用處〕但是〔這樣不吉犯忌的事〕為什麼寫它的呢？這種事情不是世間所沒有的事情，乃是世人誰也知道的吧。實在並沒有特地寫了下來，給

---

[602] 避忌見卷一注 [50]。

[603] 雙六本係中國古時遊戲的一種，傳至日本，今均已失傳，但知用骰子擲出點數，推退棋子罷了。

[604] 除目見卷一注 [9]。

[605] 從此句起，至「乃是世人誰也知道的吧」，原文簡略，文義難明，諸家解說不一，今但從普通的說法譯出。

[606] 原文作「門燎」，是指送葬時門前所設的火堆，普通火筷多用竹製，用後棄火堆中一同燒卻。本文中雖有補充說明，但只是臆測，與古時習俗有牴觸之處。

人去看的價值，但是我這筆記原來不是預備給人家去看的，所以不管是什麼古怪的事情，討厭的事情，只就想到的寫下來，便這樣的寫了。

第一二七段　神樂的歌舞

　　無論怎麼說，沒有事情能及得臨時祭禮 [607] 的在御前的儀式，那樣的漂亮的了。試樂 [608] 的時候，也實在很有意思。

　　春天的天氣很是安閒晴朗的，在清涼殿的前院裡，掃部寮 [609] 的員司鋪上了蓆子，祭禮的敕使向北站著，舞人們都向著主上〔坐了下來〕。我這樣說，但是這裡或者有點記錯的地方，也說不定。

　　藏人所的人們搬運了裝著食器的方盤來，放在坐下的那些人面前，陪從的樂人在這一日裡也得出入於主上的前邊 [610]。公卿和殿上人們互動的舉杯，末後是用了螺杯 [611]，喝了酒便散了。隨後是所謂「鳥食」 [612]，平常這由男人去做，還是不大雅觀，何況女人也出到御前來取呢？誰也沒有想到，會有人在裡面，忽然從「燒火處」 [613] 走出人來，喧擾著想要多取，反而掉下了，正在為難的時候，倒不如輕身的去拿了些來的人，更是勝利了。把「燒火處」當作巧妙的堆房，拿了些東西收在裡面，這事很是好玩的。掃部寮的人來將蓆子收起來之後，主殿寮的員司就各人手裡拿著一把掃帚，來把殿前的砂子掃平。

---

[607]　臨時祭分作兩種，其一為賀茂神社的，在陰曆十一月下旬的酉日，其二為石清水的八幡神社的，在陰曆三月中旬的午日。至期天皇御清涼殿，行禊祓禮，院子裡敕使以下自舞人陪從皆賜宴，觀覽歌舞，及儀式畢，乃整列到神社裡去。

[608]　試樂見卷四注 [6]。

[609]　掃部寮專司宮中鋪設器具，及灑掃各種雜事。

[610]　陪從係指地下的樂人，即是不能升殿的陪從舞人的人，其時因為賜宴，所以特許入內。

[611]　「螺杯」原文云「屋久貝」，係用屋久島所出的青螺，琢為酒杯。殼大而厚，外面青色，有黑色斑點。

[612]　「鳥食」係宴會後將餘剩餚饌，棄置院內，任下人拾取，本意是用以飼鳥。

[613]　「燒火處」為衛士燃火守夜的地方，遇有夜間儀式，亦於其處設定炬火，用作照明。

在承香殿前邊，〔陪從的樂人〕吹起笛子，打著拍子，奏起樂來的時候，心想舞人要快點出來才好呢，這樣等待著，就聽見唱起〈有度浜〉[614]的歌詞，從吳竹臺[615]的籬邊走了出來，等到彈奏和琴，這種愉快的事情簡直不知道如何說是好哩。第一回的舞人，非常整齊的整疊著袖口，兩個人走出來，向西立著。

舞人漸次發表來，踏步的聲音與拍板相合著，一面整理著半臂的帶子，或理那冠[616]和衣袍的盤領，唱著〈無益的小松〉[617]舞了起來的姿態，無一不是很漂亮的。叫做「大輪」的那一種舞，我覺得便是看一天也不會看厭。但是到了快要舞了的時候，很覺可惜，不過想起後面還有，不免仍有希望。後來和琴抬了進去，這回卻是突然的，從吳竹臺後面，舞人出現了，脫了右肩將袖子垂下的樣子，那種優美真是說不盡的。練絹襯袍的下裾翻亂交錯，舞人們互動的換位置，這種情形要用言語來表達，實在只顯得拙劣罷了。

這回大概因為是覺得此後更是沒有了的緣故吧，所以特別感覺舞完了的可惜。公卿們都接連的退了出去，很是覺得冷靜，很是遺憾，但在賀茂臨時祭禮的時候，還有一番還宮的神樂[618]，心裡還可以得到安慰。〔那時節〕在庭燎的煙細細的上升的地方，神樂的笛很好玩的顫抖著，又很細的吹著，歌聲卻是很感動人的，實在很是愉快，〔夜氣〕又是冷冰冰的，連我的打衣[619]都冰冷了，拿著扇子的手也冷了，卻一直並沒有覺

[614] 〈有度浜〉為《東遊》駿河舞歌詞的一篇，有度浜在駿河地方，相傳有天人下降其地，將歌舞傳授給人。《東遊》者樂曲的名稱，意云東國的歌舞，本係民間音曲，後經公家採用，專用於神社祭祀。

[615] 清涼殿庭的東北隅，靠近承香殿的地方，種有淡竹一叢，稱為吳竹臺，吳竹意云中國的竹，從吳地來故名。

[616] 冠為禮冠，是衣冠束帶時所用，以木作帽胎，上糊黑色的羅或紗，後部突起稱為巾子，中容受頭髻，冠後有垂帶曰纓。

[617] 這也是駿河舞歌詞的一篇。

[618] 賀茂神社的臨時祭禮，還宮時還有歌舞，八幡神社的則沒有。

[619] 婦人所著上衣，紅綾所做，用砧搥打令有光澤，故名。

得。樂人長叫那才人 [620]，那人趕快前來，樂人長的那種愉快情形，實在是很有意思的。

在我還住在家裡的時節 [621]，只看見舞人們走過去，覺得不滿足，有時候便到神社裡去看。在那裡大樹底下停住了車子，松枝火把的煙披靡著，在燎火的光裡，舞人們的半臂的帶子和衣裳的色澤，也比白天更是更好看得多。踏響了社前橋板，合著歌聲，那麼舞蹈的樣子，很是好玩，而且與水的流著的聲音，還有笛子的聲音，真是叫神明聽了也很覺得高興吧。從前有個名叫少將 [622] 的人，每年當著舞人，覺得這是很好的事，及至死了之後，他的靈魂聽說至今還留在上神社的橋下，我聽了這話心裡覺得有點發毛，心想對於什麼事情都不要過分的執著，但是對於〔這神樂的歌舞的〕漂亮的事情總是不能忘記的。

「八幡臨時祭禮的結末，真是無聊得很。為什麼〔不像賀茂祭一樣〕回到宮中再舞一番的呢？那麼樣豈不是很有意思嗎？舞人們得了賞賜，便從後面退出去了，實在覺得是可惜。」女官有這樣的說，天皇聽到了，便說道：「那麼等明天回來，再叫來舞吧。」女官們說道：「這是真的嗎？那麼，這是多麼的好呀！」都很是高興，去向中宮請求道：「請你〔也幫說一句〕，叫再舞一回吧。」

聚集了攏來，很是喧鬧，因為這回臨時祭還要回宮歌舞，所以非常的高興。舞人們也以為未必會有這樣的事，〔差使已經完了〕正在放寬了心的時候，忽然又聽說召至御前，他們的心情正是像突然的，衝撞著什麼東西似的騷動起來，似乎發了瘋的樣子，還有退下在自己的房間裡的那些女官們，急急忙忙的進宮去的情形〔真是說也說不盡〕。貴人們的

---

[620]　才人為神樂唱歌手的名稱，原本作「才男」。

[621]　一本解作「從宮裡退出在家的時候」，今從《春曙抄》本作為未出仕為女官時解說，似較近情理。

[622]　此少將姓名未詳，疑有脫文，別本則作「頭中將」，亦不知是誰。一說是藤原實方，見卷二注[57]，但也未必是，因為這裡所說似是過去的事，說的不會是近時的人物。

從者和殿上人都看著，也全不管，有的還把下裳罩在頭上，就那麼上來了，大家看了發笑，也正是當然的了。

第一二八段　牡丹一叢

故關白公逝世以後，世間多有事故，騷擾不安，中宮也不再進宮，住在叫做小二條的邸第裡[623]，我也總覺得沒有意思，回家裡住了很長久。可是很惦念中宮的事情，覺得不能夠老是這樣住下去。

有一天左中將來了[624]，談起〔中宮的〕事情來說道：「今天我到中宮那裡去，看到那邊的情形，很叫人感嘆。女官們的服裝，無論是下裳或是唐衣，都與季節相應，並不顯出失意的形跡，覺得很是優雅。從簾子邊裡張望進去，大約有八九個人在那兒，黃朽葉[625]的唐衣呀，淡紫色的下裳呀，還有紫苑和胡枝子色[626]的衣服，很好看的排列著。

院子裡的草長得很高，我便說道：『這是怎麼的，草長的那麼茂盛，給割除了豈不好呢？』聽得有人回答[627]道：『這是特地留著，叫它宿露水給你看的。』這回答的像是宰相君[628]的聲音。這實在是覺得很有意思的。

女官們說：『少納言住在家裡，實在是件遺憾的事。中宮現在住在這

---

[623]　關白道隆於長德元年（西元九九五年）四月初十日去世，道長繼任為右大臣，次年正月道隆子伊周及其弟隆家坐不敬罪，流放外地，中宮亦於三月初四日出宮，遷居伊周的二條邸第，及六月初八日二條邸失火，遂移居於舊母家，即所謂小二條宮。

[624]　其時左中將有二人，即藤原齊信及藤原正光，這裡不知道說的是誰。別本作右中將，據說即是源經房。據說長德二年（西元九九六年）七月十一日，天皇因二條邸失火，遣使慰問，並贈中宮用度什品，經房當作御使，其時或當歸途，並順道往訪著者的吧。

[625]　襯袍的顏色，表裡皆用枯葉似的黃色，參見卷一注[12]青朽葉。

[626]　紫苑色襯袍，表為淡紫色，裡色嫩綠。胡枝子襯袍，表為蘇枋色，裡面青色。

[627]　別本謂答語當有所本，似係根據《白氏文集》卷九中〈秋題牡丹叢〉一詩而來。原詩云：「晚叢白露夕，衰葉涼風朝。紅豔久已歇，碧芳今亦銷。幽人坐相對，心事共蕭條。」此詩的意境，彷彿與當時小二條宮的生活相像，經房末了說到一叢牡丹，也是理解這詩的意味，所以才說的吧。

[628]　宰相君為女官名，為左衛門藤原重輔的女兒，見卷一注[48]。

樣的地方，就是自己有怎樣大的事情，也應當來伺候的，中宮恐怕也是這樣想的吧，可是不相干〔連來也不來〕。」大家都說著這樣的話，大概是叫我來轉說給你聽的意思吧。你何不進去看看呢？那裡的情形真是很可感嘆哪。露臺前面所種的一叢牡丹，有點兒中國風趣，很有意思的。」

我說道：「不，〔我不進去〕是因為有人恨我的緣故，我也正恨著她們呢。」左中將笑說道：「還是請大度包容了吧。」實在是中宮對我並沒有什麼懷疑，乃是在旁邊的女官們在說我的話，道：「左大臣 [629] 那邊的人，乃是和她相熟識的。」這樣的互相私語，聚在一起談天的時候，我從自己的房間上來，便立即停止了，我完全成了一個被排斥的人了。我因為不服這樣的待遇，也就生了氣，所以對我中宮「進宮來吧」的每次的命令，都是延擱著。日子過得很久了，中宮旁邊借這機會，說我是左大臣方面的人，這樣的謠言便流傳起來了。

◆ 其二　棣棠花瓣

好久沒有得到中宮的消息，過了月餘，這是向來所沒有的，怕中宮是不是也在懷疑我呢，心中正在不安的時候，宮裡的侍女長卻拿著一封信來了，說道：「這是中宮的信，由左京君 [630] 經手，祕密的交下來的。」到了我這裡來，這是那麼祕密似的，這是什麼事呀？但是可見這並不是人家的代筆，心裡覺得發慌，開啟來看的時候，只見紙上什麼字也沒有寫，但有棣棠花的花瓣，只是一片包在裡面。在紙上寫道：「不言說，但相思。」[631]

我看了覺得非常〔可以感謝〕，這些日子裡因為得不到消息的苦悶也消除了，十分高興，首先出來的是感激的眼淚，不覺流了下來。侍女長

---

[629]　即藤原道長，初為右大臣，第二年進為左大臣。

[630]　左京君是中宮身邊的一個女官，其姓名不詳，但與第一四九段的左京，也別無關係。

[631]　這是古歌裡的一句。棣棠花色黃，有如梔子，梔子日本名意云「無口」，謂果實成熟亦不裂開，與「啞吧」字同音，這裡用棣棠花片雙關不說話，與歌語相應。

注視著我，說道：「大家都在那裡說，中宮是多麼想念著你，遇見什麼機會都會想起你來呢。又說這樣長期的請假家居，誰都覺得奇怪，你為什麼不進宮去的呢？」又說道：「我還要到這近地，去一下子呢。」說著便辭去了。我以後便準備寫回信送去，可是把那歌的上半忘記了。

我說：「這真是奇怪。說起古歌來，有誰不知道這一首歌的呢？自己也正是知道著，卻是說不出來，這是什麼理由呢？」有一個小童女在前面，她聽見我說，便說道：「那是說『地下的逝水』[632] 呀。」這是怎麼會忘記的，卻由這樣的小孩子來指教我，覺得這是很好玩的事情。

將回信送去之後，過了幾天，便進宮去了。不曉得〔中宮〕怎樣的想法，比平常覺得擔心，便一半躲在几帳的後面。中宮看了笑說道：「那是現今新來的人嗎？」又對我說道：「那首歌雖是本來不喜歡，但是在那個時候，卻覺得那樣的說，覺得恰好能夠表達意思出來。我如不看到你，真是一刻工夫都不能夠得到安靜的。」這樣的說，沒有什麼和以前不同的樣子。

◆ 其三　天上張弓

我把那童女教了我歌的上句的那事報告了，中宮聽了大為發笑，說道：「可不是嗎，平常太是熟習了，不加注意的古歌，那樣的事是往往會有的。」隨後更說道：「從前有人們正在猜謎[633] 遊戲的時候，有一個很是懂事，對於這些事情甚是巧妙的人出來說道：『讓我在左邊[634] 這組裡出一個題目，就請這麼辦吧。』雖是這樣的說，但是大家都不願意做出拙笨的事來，都很是努力，高興的一同做成問題。從中選定的時候，同組的

---

[632]　這是見於《古今六帖》的一首古歌，全首歌詞云：「心是地下逝水在翻滾了，不言語，但相思，還勝似語話。」

[633]　日本中古時代流行一種文字語言的遊戲，如猜謎便是其一。這與古代的隱語相似，有如漢朝的「黃絹幼婦」可以作為一例。後世的「燈謎」則更是纖巧精緻，乃是中國所特有的了。

[634]　猜謎分成左右組，這裡是出題目給人去猜的一組，但是敘述不詳細，似所出只有一題，即此決定勝負，未免太是簡單了。

人問他道：『請你把題目告訴我們，怎麼樣呢？』那人卻是說道：『只顧將這件事交給我好了。我既然這麼說了，絕不會做出十分拙笨的事來的。』大家也就算了。

　　但是到了日期已近，同組的人說道：『還是請你把題目說了吧，怕得有很可笑的事情會得發生。』那人答道：『那麼我就不知道。既然那樣說，就不要信託我好了。』有點發脾氣了，大家覺得不能放心〔也只得算了〕。

　　到了那一天，左右分組，男女也分了座，都坐了下來，有些殿上人和有身分的人們也都在場，左組第一人非常用意周到的準備著，像是很有自信的樣子，要說出什麼話來，無論在左組或是右組的都緊張的等待著，說：『什麼呢，什麼呢？』[635] 心裡都很著急。那人說出話來道：『天上張弓。』[636] 對方的人覺得〔這題目意外的容易所以〕非常有意思。這邊的人卻茫然的很是掃興，而且有點悔恨，彷彿覺得他是與敵方通謀，故意使得這邊輸了的樣子。

　　正在這樣想的時候，敵方的一個人感覺這件事太是滑稽了，便發笑說道：『呀！這簡直不明白呀！』把嘴歪斜了，正說著玩笑的時候，左邊這人便說道：『插下籌碼[637] 呀，插下籌碼！』把得勝的籌碼插上了。右組的人抗議道：『豈有此理的事。這有誰不知道呢？絕不能讓插上的。』那人答道：『說是不知道嘛，為什麼還不是輸了呢？』以後一一提出問題來，都被這人口頭答覆，終於得了勝。就是平常人所共知的事情，假如記不起來，那麼說不知道也是對的吧。但是右組的人〔對於說那玩笑話的〕後來很是怨恨，說道：『〔那樣明白的事情〕為什麼說是不知道的呢？』終於使他謝罪才了事哩。」

　　中宮講了這個故事，在旁的人都笑著說道：「右組的人是這樣想吧，

---

[635]　「什麼呢？」日本語云「奈所」，也即用為謎語的訓讀。

[636]　「天上張弓」一語，就字義上一見可知，即係指上下弦的月亮，日本語亦稱「弓張月」，與中國稱上弦下弦同一用意。

[637]　凡賭箭，賽馬，角力，凡賭勝負的事，有籌碼記雙方輸贏之數，插在架上。

一定是覺得很遺憾的。但就是左組的人，當初聽見的那時節，也可以想見是多麼的生氣吧。」

這「天上張弓」的故事，並不是像我那樣完全忘記了，乃是因為人家都知道的事，因而疏忽了，所以失敗了的 [638]。

第一二九段　兒童上樹

正月初十日，天空非常陰暗，雲彩也看去很厚，但是到底是春天了，日光很鮮明的照著，在民家的後面一片荒廢的園地上，土地也不曾正式耕作過的地方，很茂盛的長著一棵桃樹，從樹椿裡發出好些嫩枝，一面看去是青色，別方面看去卻更濃些，似乎是蘇枋色的。

在這株樹上，有一個細瘦的少年，穿著的狩衣有地方給釘子掛破了，可是頭髮卻是很整齊的，爬在上面。又有穿紅梅的袷衣，將白色狩衣撩了起來，登著半靴的一個男孩，站在樹底下，請求著說道：「給我砍下一枝好的樹枝來吧。」此外還有些頭髮梳得很是可愛的童女，穿了破綻了的汗衫，褲也是很有皺紋，可是顏色很是鮮豔，一起有三四個人，都說道：「給砍些枝子下來，好做卯槌 [639] 去用的，主人也要用哩。」等樹枝砍了下來，便跑去拾起來分了，又說道：「再多給我一點吧。」這個情景非常的可愛。

這時有一個穿著烏黑的髒的褲子的僕人走了來，也要那樹枝，樹上的孩子卻說道：「你且等一等。」那僕人走到樹底下，抱住樹搖了起來，上面的小孩發了慌，便像猴兒似的抱緊了樹，這也是很好玩的。在梅子熟了的時節，也常有這樣的事情。

---

[638]　原文此處甚簡略，不能如文直譯，今從世間通行的解釋，疏解其大意如此。

[639]　卯槌於正月上旬卯日，取桃枝所作，用以闢邪。見卷二注 [15]。

第一三〇段　打雙六與下棋

俊秀的男子終日的打雙六[640]，還覺得不滿意的樣子，把矮的燈臺點得很亮的，對手的人一心祈念骰子擲出好的點數來，不肯很快的裝到筒裡去[641]，這邊的人卻把筒子立在棋盤上面，等著自己的輪番到來。狩衣的領子拂在臉上，用一隻手按著，又將疲軟的烏帽子向上搖擺著，說道：「你無論怎麼的咒那骰子，我絕不會得擲壞的。」等待不及似地看著盤子，很是得意的樣子。

尊貴身分的人下著棋，直衣的衣紐都解散了，似乎隨便的穿著的一種神氣，把棋子拾起來，又放了下去。地位較低的對手，卻是起居都很謹慎的，離開棋盤稍遠的地方坐著，呵著腰，用別一隻手把袖子拉住了，下著棋子。這是很有意思的事。

第一三一段　可怕的東西

可怕的東西是，皂鬥的殼。火燒場。雞頭米[642]。菱角。頭髮很多的男人，洗了頭在晾乾著的時候。毛慄殼。

---

[640]　雙六見上注 [76]。

[641]　筒指擲骰子時所用的竹筒，將骰子納入筒中，再搖出來，看點數為進退。

[642]　日本名為「水歆冬」，結實即芡實，因形似故又名雞頭。

第一三二段　清潔的東西

清潔的東西是，土器[643]。新的金屬碗。做蓆子用的蒲草[644]。將水盛在器具裡的透影。新的細櫃[645]。

第一三三段　骯髒的東西

骯髒的東西是，老鼠的窠。早上起了來，很晚了老不洗手的人。白色的痰。吸著鼻涕走路的幼兒。盛油的瓶。小麻雀兒。大熱天長久不曾洗澡的人。衣服的舊敝的都是不潔，但是淡黃色的衣類，更顯得是骯髒。

---

[643]　土器見上注 [29]。祭祀所用，皆只取用一次，第二次即不復用，故至為清潔。

[644]　實際上日本所用的蓆子，乃是用藺草，即是燈心草所織的，此所謂蒲草是茭白一類的東西。

[645]　細櫃謂細長的小形的唐櫃，木箱而有腳六隻，分列四旁，本係模仿中國所制，故稱唐櫃，但在中國本地已經不見了。

卷八

第一三四段　沒有品格的東西

　　沒有品格的東西是，〔新任的〕式部丞的手板[646]。毛髮很粗的黑頭髮。布屏風的新做的，若是舊了變黑的，那還不成什麼問題，看不出怎麼下品，倒是新做的屏風，上面開著許多的櫻花，塗上些胡粉和硃砂，畫著彩色的繪畫的〔顯得沒有品格〕。拉門和櫥子等[647]，凡是鄉下製作的，都是下品的。蓆子做的車子的外罩[648]。檢非違使的褲子[649]。伊豫[650]簾子的紋路很粗的。人家的兒子中間，小和尚的特別肥胖的[651]。道地的出雲蓆子[652]所做的坐席。

---

[646]　《春曙抄》本作「式部丞的敘爵」，謂式部丞本是正六位的官，敘爵應進為五位，但仍是「地下」，未能升殿，所以品味卑下，其說雖亦可通，然究嫌勉強。別本「爵」字作「笏」，義似稍長，今故從之。

[647]　別本解作「有拉門的櫥子」，謂係廚房等處所用，與貴家內室的櫥子不同。

[648]　用蓆子作外罩，係下雨時的裝置。

[649]　檢非違使為古時司法機關，司追捕罪人的事，看督長著紅狩衣，白布衣褲，執白棒，其服裝蓋不很漂亮。

[650]　伊豫今屬愛媛縣地方。伊豫今屬愛媛縣地方。

[651]　一本只作「和尚的肥胖的」，沒有別的話，似更為得要領。

[652]　出雲今屬島根縣，本文特別聲言「道地的」，蓋別有其他地方所仿作的，或較為好看，若真是出雲的蓆子，或質地雖堅固，而其製作更是粗糙吧。

第一三五段　著急的事

著急的事是，看人賽馬。搓那扎頭髮的紙繩 [653]。遇見父母覺得不適，與平常樣子不一樣的時候，尤其是世間有什麼時病流行的時節，更是憂慮，不能想別的事情。又有，還不能講話的幼兒，連奶也不喝，只是啼哭不已，乳母給抱了也不肯停止，還是哭了很長的時候。

自己所常去的地方 [654]，遇見聽不清是誰的聲音在說話，覺得〔忐忑不安〕那是當然的。另外的人〔不知本人在那裡〕在說她的壞話，尤其是忐忑不安的。平常很是討厭的人適值來了，也是叫人不安的事。

從昨夜起往來的男人，第二天後朝 [655] 的消息來得太遲了。這就是在別人聽了，也要覺得忐忑不安的。自己相思的男子的書簡，〔使女〕收到了直送到面前來，也令人忐忑不安。

第一三六段　可愛的東西

可愛的東西是，畫在姬瓜上的幼兒的臉 [656]。小雀兒聽人家啾啾的學老鼠叫 [657]，便一跳一跳的走來。又〔在腳上〕繫上了一根絲絳，老雀兒拿了蟲什麼來，給牠放在嘴裡，很是可愛的。

兩歲左右的幼兒急忙的爬了來，路上有極小的塵埃，給他很明敏的發見了，用了很好玩的小指頭撮起來，給大人們來看，實在是很可愛的。留著沙彌髮的幼兒，頭髮披到眼睛上面來了也並不拂開，只是微微

---

[653] 繫髮髻用的細繩，最初係用絹或麻所作，後來改用紙撚，雖甚是堅固，而看去則似脆弱易斷，故看著很是擔心。

[654] 別本作「不常去的地方」，義似較長，因情形不熟悉，所以覺到不安。

[655] 後朝見卷二注 [67]。

[656] 姬瓜係一種香瓜，俗名金鵝蛋。日本舊有姬瓜雛祭，於舊曆八月朔日，取瓜如梨大者，敷粉塗朱，畫耳目如人面，以絹紙作衣服，為雛人形，設赤飯白酒供養。這裡蓋是此瓜所畫人面。

[657] 世俗呼雞作啾啾聲，如老鼠叫。

的側著頭去看東西，也是很可愛的。交叉繫著的裳帶的小孩的上半身，白而且美麗，看了也覺得可愛。又個子很小的殿上童[658]，裝束好了在那裡行走，也是可愛的。可愛的幼兒暫時抱來玩著，卻馴熟了，隨即抱著卻睡去了，這也是很可愛的。

雛祭[659]的各樣器具。從池裡拿起極小的荷葉來看，又葵葉之極小者，也很可愛。無論什麼，凡是細小的都可愛。

肥壯的兩歲左右的小孩，色白而且美麗，穿著二藍的羅衣，衣服很長，用揹帶束著，爬著出來，實在是很可愛的。八九歲以至十歲的男孩，用了幼稚的聲音念著書，很是可愛。

小雞腳很高的，白色樣子很是滑稽，彷彿穿著很短的衣服的樣子，啾啾的很是喧擾的叫著，跟在人家的後面，或是和母親一起走路，看了都很可愛。小鴨兒[660]，舍利瓶[661]，石竹花。

第一三七段　在人面前愈加得意的事

在人面前愈加得意的事是，本來別無什麼可取的小孩，為父母所寵愛的。咳嗽，特別是在尊貴的客人面前想要說話的時候，卻首先出來，這實在是很奇怪的。

在近處住著的人，有四五歲的孩子，正是十分淘氣，好把東西亂拿出來打破了，平日常被制止，不能自由動手，及至和母親到來，便自得意，有平素想要看的東西，就說道：「阿母，把那個給我看吧。」拉著

---

[658]　舊例凡關白攝政家的子弟，在冠禮以前，即在殿上行走，稱為殿上童。

[659]　日本古時仿中國襖被的習慣，於三月三日舉行一種儀式，用紙作為人形，祭畢棄於水浜，名為「形代」，即云替身。及後製作益精，不忍即棄，遂為雛人形的起源，每年取出陳列，並製作諸日用器具，多極精巧，此俗流傳至今，稱為女兒節。

[660]　諸本多訓作「鴨卵」，但鴨蛋並不比雞蛋更為可愛，今從《春曙抄》作小鴨解。

[661]　舍利瓶乃佛教火葬後納骨的器具，並不常見，且縱使瓶上有些華飾，也總不會使人覺得可愛。《春曙抄》本注云：「或是玻璃壺吧，舍波二音相通。」田中澄江本於此句底下，亦取北村季吟說入附註中。

185

母親亂搖。但是大人們正說著話，一時不及理他，他便自己去搜尋，拉
了出來看，真是很討厭了。母親對這件事也只簡單的說道：「這可不行
呵！」也不去拿來隱藏過了，單只是笑著說道：「這樣的事是不行的呀。
別把它弄壞了。」這時候連那母親也覺得是很討厭的。可是我這邊〔作為
主人〕，也不好隨便的說話，只能看著，也實在很是心裡著急的。

第一三八段　名字可怕的東西

　　名字可怕的東西是，青淵[662]。山谷的洞穴。鰭板[663]。黑鐵。土塊。
雷，不單是名字，實在也是很可怕的。暴風。不祥雲[664]。矛星[665]。狼。
牛。蝤蛑[666]。牢獄。籠長[667]。錨，這也不但是名字[668]，見了也可怕。
藁薦[669]。強盜，這又是一切都很可怕的。驟雨。蛇莓。生靈[670]。鬼蘚。
鬼蕨[671]。荊棘。枳殼。炙炭[672]。牡丹[673]。牛頭鬼[674]。

---

[662]　青淵即水色青黑的深淵。
[663]　此謂木板矮牆，本作「端板」，借寫為「鰭板」，因鰭乃是魚的「划水」，故看去覺得字面很是古怪了。
[664]　不祥雲謂雲的形色怪異，如有此種雲出現，主有不祥的事。
[665]　即破軍星，為北斗第七星，因其形似劍矛，陰陽家謂其所指方向不利。或謂此即後世的彗星。
[666]　海產螃蟹的一種，亦稱擁劍，其殼橫長，兩端有尖。
[667]　原文如此，大概是牢獄的長官吧。
[668]　「錨」字日本語音亦通作「怒」，故字面也覺得有點可怕。
[669]　藁薦係以稻草編織而成的蓆子，一本作兩句分讀為「繩束」與「草蓆」。
[670]　日本俗信，生人的魂靈亦能為屬，如有什麼怨恨，能夠離開本人去作祟，使得對方生病，而本人卻並未知覺有何異狀。
[671]　凡動植物名字上面，加添一個鬼字，表示其形狀特別怪異，偉大或粗惡。鬼蘚為山藥科的一種植物，塊根可食，因多須故稱為「野老」。鬼蕨為薇蕨的一種，生深山中，中國名為狗脊。
[672]　原文「煎炭」，謂用火烤炙的炭，使不含溼氣，易於引火，但第一四五段又說煎炭不易著火，或者是別說一種炭。
[673]　牡丹的名字為什麼可怕，意思未能明白。
[674]　原文為「牛鬼」，指地獄的鬼卒，牛頭而人身，中國習稱為「牛頭馬面」者是也。

第一三九段　見了沒有什麼特別，
　　　　　　寫出字來覺得有點誇大的東西

　　見了沒有什麼特別，寫出字來[675]覺得有點誇大的東西是，覆盆子。鴨跖草。雞頭。胡桃。文章博士[676]。皇后宮權大夫[677]。楊梅[678]。虎杖，那更寫作老虎的杖[679]，但是看它的神氣，似乎是沒有杖也行了吧。

第一四〇段　覺得煩雜[680]的事

　　覺得煩雜的事是，刺繡的裡面。貓耳朵裡面。小老鼠毛還沒有生的，有許多匹從窠裡滾了出來。還沒有裝上裡子的皮衣服的縫合的地方。並不特別清潔的地方，並且又是很黑暗[681]。

　　並不怎麼富裕[682]的女人，照顧著許多的小孩。並不很深的相愛的女人，身體不很好，很長久的生著病，恐怕在男子的心裡，也是覺得很煩雜的吧。

---

[675]　名字「寫出字來」，是指漢字。古代日本稱日本字母為「假名」，漢字則為「真名」。

[676]　大學寮的屬官，定員二名，官位與從五位下相當。

[677]　凡中宮職，大膳職等的長官，稱為大夫，權者暫任的意思，係用中國古語。世俗有「權妻」一語，係言外宅，今尚通行。

[678]　中國南方的果物，據《開寶本草》云：「其樹若荔枝樹，而葉細陰青，其形似水楊子，而生青熟紅，肉在核上，無皮殼。」日本訓讀作「山桃」，往往與「山櫻桃」相淆混，實乃非是。

[679]　虎杖生山中，莖圍三四寸，高至五六尺，中空有節如竹，可為杖，赤色斑駁有紋如虎，故以為名。

[680]　「煩雜」的意思很多，如覺得不整潔，感到煩亂或是憂鬱，都可以包括在內。

[681]　一本作「暗黑的便所」。

[682]　諸本作「並不怎麼美」，與本文似沒有什麼關係，田中澄江本解作生活不怎麼富裕，似較為有意義，今從之。

第一四一段　無聊的東西特別得意的時節

　　無聊的東西特別得意的時節是，正月裡的蘿蔔[683]。行幸時節的姬太夫[684]。六月十二月的晦日拿竹竿量身長的女藏人[685]。〔春秋兩〕季的讀經的威儀師[686]，穿著紅色的袈裟，朗讀寫著僧眾的名字的例文，很是漂亮的。在讀經會和佛名會上，專管裝飾事務的藏人所員司。春日祭的舍人們[687]。大饗時節的行列[688]。正月〔獻給天皇的屠蘇酒的〕嘗藥的童女[689]。獻卯杖的法師[690]。五節試樂的時節，〔給舞姬〕理髮的女人[691]。在節會御膳時伺候著的采女[692]。大饗日的〔太政官的〕史生[693]。七月相撲的力士[694]。雨天的市女笠[695]。渡船的把舵的人。

---

[683]　正月元三有固齒的儀式，見卷一注 [1]，所用食物有餅，桔子及蘿蔔。蘿蔔本係極平常的蔬菜，在這時候始鄭重用於儀式。

[684]　天皇行幸，儀仗中有姬太夫，係由內侍司的所屬的一名女官，乘馬前行。

[685]　六月十二月照例舉行大祓，女藏人以青竹量天皇的身長，給神官依其長短作為形代，以行襖祓。

[686]　春秋二季於宮中讀經，於二月八月舉行，屆時請僧百人於南殿讀《大般若經》，復於其中取二十人，於清涼殿讀《仁王經》，由威儀師引入。威儀師司整飭儀容，指導進退作法，特別賜著紅色袈裟。

[687]　春日祭每年二月十一月上旬申日舉行，由近衛府中少將充奉幣使，近衛舍人隨行，舍人由官家子弟選拔充任，司護衛宮禁之職，左右近衛府各有三百人。

[688]　大饗有兩種，一為中宮及東宮的大饗，二為大臣的大饗。此處意義不明，或謂係指大臣的大饗，蓋任命大臣之時例有大饗，宴太政官屬，其時勸學院的學生亦得參列，所謂行列或即此事。

[689]　元旦飲屠蘇酒，是從中國傳去的舊習慣。據《荊楚歲時記》說：「正月飲酒，先小者，以小者得歲，先酒賀之，老者失歲，故後與酒。」日本進獻屠蘇，亦先令女童喝飲，蓋舊俗遺留，且也有嘗藥的意思存在，故此種童女稱作藥子。

[690]　卯杖見卷四注 [11]，法師蓋指真言及天臺宗的僧侶，進呈卯杖者。

[691]　五節的舞女見第七九段。

[692]　采女見卷六注 [9]。

[693]　史生係太政官廳的書記，遇太政官饗宴的時候，亦得參加。

[694]　每年七月召集各地的力士，於禁中開相撲會。

[695]　一種頂甚高聳，婦女所戴的笠，因為係出市的女人所用，故稱「市女笠」，但貴家婦女於徒步行走時亦有戴者。

第一四二段　很是辛苦的事

很是辛苦的事是，有夜啼習慣的幼兒的乳母。有著兩個要好的女人，那邊這邊的被雙方所怨恨所妒忌的男子。擔任著降伏那特別頑強的妖怪的修驗者 [696]，假如祈禱早點有效驗，那便好了，可是不能如此，心想不要丟臉見笑，還是勉強祈禱著，這實是很辛苦的。非常多疑的男人，和真心相愛的女人〔也是極為辛苦的〕。在攝政關白的邸第裡很有勢力的人，也是不得安閒的，但是〔因為是在得意的地位〕那也罷了。還有那心神不定老是焦急著的人。

第一四三段　羨慕的事

羨慕的事是，學習讀經什麼，總是吶吶的，容易忘記，老是在同一的地方反覆的念，看法師們〔唸得很好〕那算是當然的，無論男的女的，都是很流利的唸下去，心想，什麼時候也能夠像他們呢？身體覺得不很舒服，生病睡著的時候，聽見人家很愉快的且說且笑，毫無憂慮的行走著，實在覺得很可羨慕。

想到稻荷神社 [697] 去參拜，剛走到中社近旁，感覺非常的難受，還是忍耐著走上去，比我後來的人們卻都越過了，向前走去，看了真是羨慕。二月初午 [698] 那一天，雖是早晨趕早前去，但是來到山坡的半腰，卻已是巳刻 [699] 了。天氣又漸漸的熱起來，更是煩惱了，想在世上盡有不吃這樣的苦的人，我為什麼到這裡來參拜的呢？幾乎落下眼淚來了。

---

[696] 　修驗道見卷一注 [16]。古時相信人有疾病多係鬼怪為祟，祈禱驅遣，醫療尚在其次。

[697] 　稻荷神社在山城深草村，有上中下三社，本為農神，因為狐狸為神之使者，後世乃傳訛謂即是狐神。

[698] 　二月上旬的午日，稱為初午，為稻荷神社的祭日。

[699] 　巳刻即現時的午前的十時左右，下午未時即午後二時頃。

正在休息著時，看見有三十幾歲的女人，並未穿著外出的壺裝
束[700]，只略將衣裾折了起來，說道：「我今天要朝拜七遍哩。現在已經走
了三遍，再走四遍是什麼也沒有問題的。到了未時，大約可以下山了。」
與路上遇見的人說著話，走了下去了，看了著實可以羨慕，在平常別的
地方雖然不會得留意，但在這時候很覺得自己也像她這樣才好了。

　　有很好的孩子，無論這是男孩，還是女孩，或是小法師，都是很可
羨慕的。頭髮很長很美，而且總是整齊的垂著的漂亮的人。身分很是高
貴，被家人們所尊敬著的人，這是深可羨慕的。字寫得好，歌也作得
好，遇有什麼事情常被首先推薦出去的人。在貴人前面，女官們有許多
伺候著，要給高貴的地方奉命代筆寫信的時候，本來誰也不會像鳥的足
跡[701]似的寫不成字，卻是特別去把那在私室的人叫了上來，發下愛用的
硯臺，叫寫回信，這是可羨慕的。本來這些照例的信件，只要是女官的
有資格的，即使文字近於惡札，也就可以通用過去了，但是現在卻不是
這種信札，乃是由於公卿們的介紹，或是說想進宮伺候，自己寫信來說
的大家的閨秀，要給她回信，所以特別注意，從紙筆文句方面都十分斟
酌，為此女官們聚會了，便半分開玩笑似的，說些嫉妒的話。

　　學習琴和笛子，當初還未熟習的時候，總是這樣的想，覺得到什麼
時節才能夠像那〔教習的〕人呢？〔可以羨慕的〕還有主人的和皇太子
的乳母；主上附屬的女官，在中宮這邊可以自由出入的人；建立三昧
堂[702]，無論早晚可以躲在裡面祈禱著的人。在打雙六的時候，擲出很好
的色目。真是[703]棄捨了世間的高僧。

---

[700]　壺裝束見卷二注[50]。
[701]　「鳥的足跡」喻寫字難看，有如鳥的足跡似的。
[702]　法華三昧堂的略稱，「三昧」亦譯為「三摩地」，意云「定」，據《大智度論》云：「善心一處住
　　　不動，是名三昧。」
[703]　《春曙抄》云：「此云真是，極有意思。」蓋謂真能斷絕世間一切執著慾望，意在譏刺一般的
　　　偽高僧。

第一四四段　想早點知道的事

想早點知道的事是，卷染，村濃，以及絞染[704] 這些所染的東西〔都想早點看見〕。人家生了孩子的時候，是男孩呢，還是女孩，也想早點得知。這在貴人是不必說了，就是無聊的人和微賤的身分的人，也是想要知道。除目的第二天早晨，即使是預知相識的人必然在內，也想得知這個消息。相愛的人寄來的書簡〔自然想早點看到〕。

第一四五段　等得著急的事

等得著急的事是，將急用的衣服送到人家去做，等著的時候。觀看祭禮什麼趕快出去，坐著等候行列現在就來吧，辛苦的望著遠方的這種心情。要將生產孩子的人，過了預定的日子，卻還沒有生產的樣子。從遠地方得到所愛的人的書簡，但是用飯米粒糊的很結實，一時拆不開封，實在是等得著急。

觀看祭禮什麼趕快出去，說這正是行列到來的時刻了，警衛的官員的白棒[705] 已經可以望見，車子靠近看臺卻還要些時間，這時真是著急，心想走過去也罷。

不願意他知道〔自己在這裡〕的人來了的時候，教在旁邊的人過去打招呼〔這結果也是等著叫人著急〕。

一天天的等著，終於生下來了的幼兒，〔好容易〕五十日和百日的祝賀日期來到了，但將來長成實在等著很是遼遠的。縫著急用的衣服，在暗黑的地方穿針〔很是著急〕。但是這如是自己在做，倒也罷了，若是自己按住縫過的地方，叫別人給穿針，那人大約也因為急忙的緣故吧，不

---

[704]　卷染及村濃都是一種染色的方法，見卷一注 [13]。絞染係以細繩種種結縛，染成花紋，亦稱纈纈。

[705]　檢非違使的員司任警衛者，例持白棒，見上文注 [4]。

能夠就穿過，我說：「呀，就是不穿也罷。」可是那人似乎是非穿不可的神氣，還是不肯走開，〔那不單是著急〕還幾乎有點覺得討厭了。

不問是什麼時候，自己剛有點急事想要外出，遇見同伴說要先出去一趟，說道：「立刻車子就回來。」便坐了去了。在等著車子的時期，實在是很著急。看了大路上來的車子，心裡這就是了，剛高興著，卻走到別的方面去了，很是懊喪。況且假如這是要去看祭禮，等著的時候聽見人家說道：「祭禮大概是已經完畢了吧。」尤其覺得掃興不堪了。

生產孩子的人，胞胎老是不下來〔這是很著急的事〕。去看什麼熱鬧，或到寺裡去參拜，約好一同去的人，將車子去接，可是停了等著，那人老不上車來，空自等得著急，真想丟下逕自去了。

急忙的用炙炭生起火來，很費些時間〔也很著急〕[706]。和人家的歌，本來應當快點才對，可是老做不好，實在著急。在相思的人們，似乎不必這樣的急，這在有些時候，也有自然不得不急的。況且在男女之間，就是平常的交際，〔和歌什麼〕也是以急速為貴，如是遲了的時候，說不定會生出莫名其妙的誤會來的。覺得有點不舒服，恐怕〔是不是有鬼怪作祟〕這樣想著[707]等待天亮，是非常覺得焦急的。又等待著齒墨[708]的乾燥，也是著急的事。

第一四六段　朝所

在故關白公[709]服喪的期間，遇見六月晦日大祓的行事，中宮也應當

---

[706] 炙炭見上文注 [27]。唯注言炭經烤炙，使易於引火，與此處相反，或者這裡應補充一句，說是炭溼，如田中澄江本，意才明瞭。

[707] 略有不適，本無恐懼不安的必要，古時相信人有疾病，多由鬼怪作祟，故此處特加補充說明一句。

[708] 齒墨係古來日本婦女用以塗齒的染料，乃用廢鐵浸酒或醋中而成，直至明治維新時猶存此俗。

[709] 關白道隆於長德元年（西元九九五年）四月十日逝世，這是那一年裡的事情。《服忌令》云，父母服一年，假五十日。

從宮裡出去參加[710]，但是在職院裡因為方向不利[711]，所以移住到太政官廳的朝所[712]裡去。那一天的夜裡很熱，而且非常的暗黑，什麼地方都不清楚，只覺得很是狹窄，局促不安的過了一夜。

第二天早晨看時，那裡的房屋非常的平坦低矮，頂用瓦鋪，有點中國風，看去很是異樣。與普通的房屋一樣，沒有格子，只是四面掛著簾子，倒反覺得新奇，很有意思。女官們走下院子裡去遊玩。庭前種著花草，有萱花什麼的，在籬笆裡開著許多。非常熱鬧的開著花，在這樣威嚴的官署裡倒正是相配的花木。刻漏司[713]就在近地的旁邊，報時的鐘聲也與平時聽見的似乎不是一樣，年輕的女官們起了好奇心，有二十幾個人跑到那邊去，走到高樓上面，從這裡望過去。淡墨的下裳，唐衣和同一顏色的單衣襯衫，還有紅色的褲，這些人立在上頭，縱然不能說是天人，看去似乎是從天空飛舞下來的。

與一樣年輕的，可是地位較高的人們，不好一起的上去，只是很羨慕的仰望著，覺得這是很有意思的。到了日暮，天色暗下來了，年長的人也混在年輕的中間，都走到官廳裡來[714]，吵鬧著開著玩笑，有人就說閒話道：「這不應該這樣的胡鬧的。公卿們所坐的倚子[715]，婦女們都上去了，又政務官[716]所用的床子[717]也都倒過來，被弄壞了。」有人看不下去[718]，雖然這樣的說，可是女官們都不聽。

---

[710]　大祓於每年六月十二月舉行，本為例行故事，如有喪事則更應禳除，故中宮特別從宮裡出去參加。

[711]　古時很重陰陽家言，往往有因避忌改道的事，見卷二注 [6]。

[712]　朝所在太政官廳內，係參議以上的官員會餐的地方，亦寫作「朝食所」，也用以執行政務，凡南北廣十一丈，東西十六丈，故本文云狹窄。

[713]　刻漏司在朝所的後面，屬於陰陽寮，有刻漏博士一人，又有守辰丁，每時以鐘鼓報時刻。

[714]　別本作「到左衛門的衛所」，據《春曙抄》本，又作「到右近的衛所」，但看下文的話顯係指女官們在朝所裡的事情，故這裡似以金子元臣的改訂本為長。

[715]　「倚子」今寫作「椅子」，狀如板榻，而左右有欄，後面並有高聳的靠背，彷彿如今製椅子而坐處更是深廣。

[716]　政務官係指太政官的低階員司，即判官及書記等。

[717]　「床子」如今的凳子，但更為長大，即是板榻，大概如倚子，而左右及後方三面均無倚靠。

[718]　此當是女官們中更為老成的人，或解作官廳值宿的員司，似非是。

193

朝所的房屋非常古舊，大約是因為瓦房的關係吧，天氣的炎熱為向來所未有，夜裡出到簾子外面來睡覺，因為是舊房子，所以一天裡邊蜈蚣什麼老是掉下來，胡蜂的窠有很大的，有許多胡蜂聚集著，實在是很可怕的。

殿上人每天來上班[719]，看見大家夜裡並不睡覺，儘自談天，有人高吟道：

豈料太政官的舊地，

至今竟成為

夜會之場[720] 了呵！

真也是很好玩的事情。雖然已經是秋天了，但是吹過來的風卻一點兒都不涼快，這大概是因為地點的關係吧。可是蟲聲卻也聽得見了。到了初八日[721]中宮將要還宮了，今夜就在這裡舉行七夕祭[722]，覺得星星比平常更近的能夠看見，這或者是因為地方狹窄的緣故吧。

第一四七段　人間四月

宰相中將齊信和宣方中將一同的進宮裡來[723]，女官們走出去正在談話的時候，我突然的說道：「今天是吟什麼詩呢？」齊信略為的思索了一下，就毫不停滯的回答道：「應當吟人間四月[724]的詩吧。」這回答的實在

[719]　《春曙抄》本解釋為至中宮處值宿，說或近是，因為如只白天上班，便不會知道大家徹夜談天的情形。
[720]　此歌不知其出典，原文亦有不明之處，諸說紛紜莫衷一是，今據別本解釋，姑取其較為普通的一說。
[721]　據此則中宮於六月二十九日遷居太政官廳，七月八日還宮，此篇當係其時所記。
[722]　七夕乞巧係從中國傳去的風俗，在日本流傳至今，是夕在庭前焚香設供，題詩歌於短冊，懸掛竹枝上邊，為年中五節日之一，即人日（正月初七日），上巳（三月三日），端午，七夕，以及重陽。
[723]　齊信即上文「頭中將」，見卷四注[19]。宣方為左大臣源重信的兒子，仕至從四位右中將。
[724]　《白氏文集》十六，詠〈大林寺桃花〉云：「人間四月芳菲盡，山寺桃花始盛開。長恨春歸無覓

是很有意思。〔故關白公的逝世〕已是過去的事，卻還記得著說起來，這是誰也覺得是很可佩服的。特別是女官們，事情不會得這樣的健忘，但若是在男子方面就不如此，自己所吟詠的詩歌並不完全記得，〔宰相中將卻能夠記憶關白公的忌月〕實在是很有意思的了。簾內的女官們，以及外面的〔宣方中將〕都不明白所說的為何事，這並不沒有道理的。

第一四八段　露應別淚

這個三月晦日 [725] 在後殿的第一個門口，有殿上人多數站著，退了出去之後，只剩下頭中將，源中將和一個六位藏人留著 [726]，談著種種閒話，誦讀著經文，吟詠著詩歌。這時候有人說道：「天快要亮了，回去吧。」那時頭中將忽然吟起詩來道：「露應別淚珠空落。」[727] 源中將也一起合唱著，非常的覺得好玩，其時我說道：「好性急的七夕呀。」[728] 頭中將聽了非常覺得掃興，說道：「我只因了早朝別離而聯想到，所以隨口吟誦〔這不合時令的詩〕，怪不好意思的。本來在這裡近處，太是沒有考慮的吟這樣的詩，說不定弄得出醜的。」

這樣說著，天色既已大亮了，頭中將說道：「就是葛城的神 [729]，既然是這樣天亮，也已沒有什麼辦法了。」說著便踏著朝露，匆促歸去了。我心裡想等到七夕的時節到來，再把這事情提出來說，可是不久就轉任

處，不知轉入此中來。」此蓋是三月三十日的事情，四月又是關白公逝世的忌月，故所吟與時節很是切合。

[725]　這也是三月三十日的事情，蓋是長德元年（西元九九五年）的事，是時關白尚在，至四月初十日才去世，故與上段不相連屬。

[726]　頭中將即藤原齊信，至長德二年始改任參議，文中前半稱「頭中將」，後稱「宰相中將」，即是這個緣故。源中將即源宣方，見上文注 [78]。

[727]　菅原道真在《菅家文章》卷五有〈七月七日代牛女惜曉更〉詩云：「年不再秋夜五更，料知靈配曉來晴。露應別淚珠空落，雲是殘妝髻未成。」後二句亦見《和漢朗詠集》卷上。

[728]　因為三月三十日，而引用七夕的詩，所以開玩笑說是性急。

[729]　葛城神的故典見卷七注 [35]。葛城神因為容貌醜陋，不肯在白晝出現作工，這裡頭中將也因天明即將退散，戲以葛城神比喻用作自嘲。

195

了宰相，〔不再任藏人頭了〕到七夕那天未必見得到了。寫封書簡，託主殿司的員司轉過去吧，正是這樣的想著，很湊巧在初七那天宰相中將卻進來了。很覺得高興，把三月三十日夜裡的事情對他說了。生怕一時想不起來，突然的提起來，覺得有點奇怪，要側著頭尋思吧。

可是頭中將似乎是等著人家去問他的樣子，毫不停滯的回答了那一件，實在是很有意思的事。在這幾個月的期間，我一直等著在什麼時候問他，這我自己也覺得有點好事，但是頭中將卻又什麼會得這樣預備好了，即時答應的吧。當時一起在場覺得遺憾的源中將，卻是想不起來，經頭中將說明道：「那一天早上所吟的詩，給人家批評了的一件事，你已經忘記了嗎？」源中將笑說：「原來如此。」那是很不成的 [730]。

男女間的交際談話，常用圍棋的用語親密的交談，如說什麼「讓他下一著子了」，或是什麼「填空眼啦」，又或者說「不讓他下一著子」，都是別人聽了不懂得的，只有頭中將互相了解。正說著的時候，源中將便纏著詢問道：「這是什麼事，是什麼事呀？」我不肯教他，於是就去問那邊道：「無論怎麼樣，總請說明了吧。」怨望的追問，那邊因為是要好的朋友，所以給他說明了。

因為我和宰相中將親密的談話，便說道：「這已是總結算 [731] 的時期了。」表示他也是知道了那種隱語，想早點教我了解，便特地叫我出去說道：「有棋盤嗎？我也想要下棋哩，怎麼樣？你肯讓我一著嗎？我的棋也與頭中將差不多，請你不要有差別才好哩。」我答道：「假如是那樣，那豈不是變成沒有了譜 [732] 了嗎？」後來我把這話告訴了頭中將，他很喜歡的說道：「你這說得好，我很是高興。」對於過去的事情不曾忘記的人，覺得是很有意思的。

[730]　此句意義不甚明瞭，殆以源中將忘記了當日的情事，與宰相中將相比，故顯得不行。《春曙抄》本無此句。

[731]　圍棋完了的時候總結勝負，已無彼此的界限，喻交際親密。

[732]　意言如隨便讓人下一著棋子，便違反棋譜的規定，比喻人不能輕易親密的交際，便是輕浮無有操守。

◆ 其二　未至三十期

頭中將剛任為宰相的時候，我在主上面前曾經說道：「那個人吟詩吟的很漂亮，如『蕭會稽之過古廟』那篇詩[733]，此後還有誰能夠吟得那樣的好的呢？可惜得很，不如暫時不要叫他去做宰相，卻仍舊在殿上伺候好吧。」這樣說了，主上聽了大笑，說道：「你既然這麼說了，那麼就不讓他當宰相也罷。」這也是很有意思的。

可是終於當了宰相了，實在是覺得有點寂寞。但是源中將自信不很有功夫，擺著架子走路，我提起宰相中將的事情來，說道：「朗誦『未至三十期』的詩[734]，完全和別人的不同，那才真是巧妙極了。」源中將道：「我為什麼不及他呢？一定比他吟得更好哩！」便吟了起來，我說道：「那倒也並不怎麼壞。」源中將道：「這是掃興的事。要怎麼樣才能夠像他那樣的吟詩呢？」我說道：「說到『三十期』那地方，有一種非常的魔力呢。」源中將聽了很是懊恨，卻笑著走去了。

等宰相中將在近衛府辦理著公務的時候，源中將走去找他，對他說道：「〔少納言是〕這樣這樣的說，還請你把那個地方教給我吧。」〔宰相中將〕笑著教給他了。這件事我一點都不知道，後來有誰來到女官房外，和〔宰相中將〕相似的調子吟起詩來，我覺得奇怪，問道：「那是誰呀？」源中將笑著答道：「很了不起的新聞告訴給你聽吧。實在是這樣這樣，趁宰相在官廳辦事的時候，向他請教過了，所以似乎有些相像了吧。你問是誰，便似乎有點高興的口聲那麼的問了。」

覺得特地去學會了那個調子，很是有意思，以後每聽到這吟詩聲，

[733] 《本朝文粹》卷十，大江朝綱的〈交友序〉中有云：「蕭會稽之過古廟，託締累代之交，張僕射之重新才，推為忘年之友。」此二句亦見《和漢朗詠集》卷下。蕭會稽係指梁蕭允，巡郡至吳，見季札古廟，因祭祀之，與古人結交。

[734] 《本朝文粹》卷二，源英明有〈見二毛〉詩云：「顏回周賢者，未至三十期，潘岳晉名士，早著秋興詞，彼皆少於我，可喜始見遲。」英明因三十五歲的時候始見白髮，故以為遲於前代二賢，喜而作此詩。

我便走出去找他談天,他說道:「這個全是託宰相中將的福。我對那方向禮拜才是呢。」有時候在女官房裡,〔源中將來了〕叫人傳話說道:「到上頭去了。」但是一聽見吟詩的聲音,便只好實說道:「實在是在這裡。」後來在中宮面前說明這種情形,中宮也笑了。

有一天是宮中適值避忌的日子,源中將差了右近將曹叫做光什麼的[735]當使者,送了一封在摺紙上寫好的書簡進來,看時只見寫道:「本來想進去,因今日是避忌的日子〔所以不成了〕。但『未至三十期』,怎麼樣呢?」我寫回通道:「你的這個期怕已經過了吧。現在是去朱買臣教訓他妻子的年齡,大概是不遠了。」源中將又很是悔恨,並且對主上也訴說了。主上到中宮那裡,說道:「〔少納言〕怎麼會得知道這種故事的呢?宣方說,朱買臣的確到了四十九歲[736]的時候,教訓妻子那麼說的,又說,給那麼說了,著實掃興的。」主上說著笑了。〔這種瑣屑的事情,也去告訴上邊〕這樣看來源中將也著實是有點兒古怪的人物哩。

第一四九段　左京的事

弘徽殿的女御是閒院左大將[737]的女兒,在她的左右有一個名叫「偃息」[738]的女人的女兒,在做著女官,名字是左京,和源中將很是要好,女官們正在笑著談論著的時候,中宮那時正住在職院,源中將進見時說道:「我本來想時時來值宿,女官們沒有給予相當的裝置,所以進來伺候的事也就疏忽過去了。若是有了值宿的地方,那麼也就可以著著實實的

---

[735]　注家皆云未詳,近來巖野氏提出意見,以為當係指紀光方。將曹為近衛府的下屬,由舍人升轉,職司文書。

[736]　《前漢書‧朱買臣傳》云:「買臣妻求去,買臣笑曰:『我年五十當富貴,今已四十餘矣,汝苦日久,待我富貴報汝功。』」本文云「四十九歲」疑有誤,當作「四十餘」。

[737]　弘徽殿女御藤原義子,是閒院左大將公季的女兒,為一條天皇的嬪妃。此一條亦是講源中將的事,別本列為與上篇同一段裡的其三。

[738]　原語為「字知不志」,義云偃臥,係古時人名,關於此人母女的事均無可考。

辦事了。」別人都說道:「那當然是的。」我也說道:「真是的,人也是有
偃息的地方[739]才好呢。那樣的地方,可以常常的去走動〔現在這裡是沒
有地方可以偃息呵〕!」

　　源中將卻覺得這話裡有因,便憤然的說道:「我以後將一切都不說
了!我以前以為你是我這邊的人,所以信賴著你,卻不道你把人家說過
的謠言,還拿起來說。」很認真的生了氣。我便說道:「這也奇了。我有
什麼話說錯了呢?我所說的更沒有得罪的地方。」我推著旁邊的女官說,
她也說道:「如果真是什麼也沒有的事,那又何必這樣的生氣呢?那麼這
豈不是到底有的嗎!」說著便哈哈的笑了。

　　源中將道:「你這話怕也是她主使的吧。」好像似乎是實在很生氣的
樣子。我說道:「全然沒有說這樣的話。就是人家平常說你的閒話,我聽
著還是不很高興呢。」這樣說了,便到了裡面去了。但是到了日後,源中
將還是怨我,說道:「這是故意的把叫人出醜的事情,弄到我身上來的。」
又說:「那個謠言,本來是不知道哪個人造出來,叫殿上人去笑話的。」
我聽了便說道:「那麼,這就不能單是怨恨我一個人的了。這真是可怪
了。」但是以後,與左京的關係也就斷絕了,那事情也便完了。

第一五〇段　想見當時很好而現今成為無用的東西

　　想見當時很好,而現今成為無用的東西是,雲間錦做邊緣的蓆
子[740],邊已破了露出筋節來了的。中國畫的屏風,表面已破損了。有藤
蘿掛著的松樹,已經枯了。藍印花的下裳,藍色已經褪了[741]。畫家[742]的

---

[739]　這裡故意用「偃息」一字,利用雙關的語意,諷刺源中將和左京的情事。
[740]　雲間錦是一種織物,白地,用種種顏色的線織出花紋,作為蓆子的邊緣,唯宮中及神社始得使用。
[741]　藍色印花,舊時使用鴨跖草(亦名淡竹葉)的花,故日久色褪。
[742]　「繪師」因音近或讀作「衛士」,但因文義上講不通,故從「畫家」之說。

眼睛，不大能夠看見了。几帳[743]的布古舊了的。簾子沒有了帽額[744]的。七尺長的假髮變成黃赤色了。蒲桃染的織物現出灰色來了[745]。好色的人但是老衰了。風致很好的人家裡，樹木被燒焦了的。池子還是原來那樣，卻是滿生著浮萍水草。

第一五一段　不大可靠的事

不大可靠的事是，厭舊喜新，容易忘記別人[746]的人。時常夜間不來的[747]女婿。六位的〔藏人〕已經頭白[748]。善於說謊的人，裝出幫助別人的樣子，把大事情承受了下來。第一回就得勝了的雙六[749]。六十，七十以至八十歲的老人覺得不舒服，經過了好幾日。順風張著帆的船。經是不斷經[750]。

第一五二段　近而遠的東西

近而遠的東西是，中宮近處的祭禮[751]。沒有感情的兄弟和親族的關

---

[743]　几帳即帷障之有木架者，見卷一注 [27]。

[744]　帽額見卷五注 [26]。

[745]　蒲桃染係一種染色之名，即淡紫色，染時須加灰，後來紫色漸褪，灰的顏色乃出現，故如此說。

[746]　這裡說「別人」，或說應解作「女人」，一本便將這一句與下文的「女婿」連結起來，但是意思稍嫌重複，故今不取其說。

[747]　古時結婚多由男子就女家住宿，亦有中途厭棄者，就此作罷，見卷四注 [1]。

[748]　六位藏人見卷一注 [33]，參看下文第一五七段所說敘爵後情形，蓋雖是升進一位，而離去內廷職務，轉為外任，在著者看去，其情況殊不佳，若已是年老，便覺得前途更不甚可靠。

[749]　第一回贏了雖是好事，但此後勝負則不可知。

[750]　「不斷經」見卷四注 [57]，唯放在此處殊不可解，《春曙抄》本解說謂日子太久，故難期持久精進。別本另列為一段，解為一切經中唯不斷讀經最為可貴，唯下文第一七二段是說「經」的，與這犯重複了。

[751]　祭禮雖在近地，但因職務羈身，不能去看，故近而實遠。古注以「宮」訓為「宮祠」，謂祭禮雖在宮祠舉行，而神明的形象究不可得見，說似太迂遠。

係。鞍馬山[752]的叫做九十九折的山路。十二月晦日與正月元旦之間的距離[753]。

第一五三段　遠而近的東西

遠而近的東西是，極樂淨土[754]。船的路程[755]。男女之間。

第一五四段　井

井是掘兼之井[756]。走井[757]在逢坂山，也是很有意思。山井，但是為什麼緣故呢，卻被引用了來比淺的恩情[758]的呢？飛鳥井，被稱讚為井水陰涼[759]，也是很有意思的。玉井，櫻井，少將井，後町井[760]，千貫井〔這些並見於古歌和故事，覺得很有意思〕。

---

[752]　鞍馬山在日本京都近旁，祀毗沙門天，九十九折亦寫作九折，極言曲折之多，其地今稱「七曲坂」，山路多彎曲，看來似乎很近，走去卻是很遠。

[753]　十二月晦日與元旦雖然只差一日，但過此便是隔一年，故似近而實遠。

[754]　據《阿彌陀經》說：「從是西方，過十億佛土，有世界名曰極樂。」又云若念阿彌陀佛，於彈指頃，即可到達。

[755]　古時交通，以舟行為最速，《春曙抄》謂若二三百里的行程，風水順利，則一日夜可達。

[756]　掘兼井在武藏國入間郡掘兼村，故有此名，但從字面上說，「掘兼」可以有「不好掘」的意義，所以覺得名字有意思的吧。

[757]　走井是指井水迸流出來的井，只因地方是逢坂山，覺得奔走與相逢，文字的巧合罷了。

[758]　山井也是普通名詞，因為是山上，井水多是淺的。《萬葉集》卷十二裡采女的歌云：「連淺香山的影子，也照得見的山井的淺的恩情，不是我所想要的。」

[759]　《催馬樂》歌有一首云：「飛鳥井是可以住宿，那裡樹蔭也好，井水也陰涼，馬草也好。」

[760]　後町是後宮所在的地方，井在於常寧殿與承香殿之間。

第一五五段　國司

國司是，紀伊守，和泉守[761]。

第一五六段　權守

暫任的權守[762]是，下野，甲斐，越後，築後，阿波。

第一五七段　大夫

大夫[763]是，式部大夫，左衛門大夫，〔太政官的〕史的大夫。

六位的藏人希望〔敍爵的事〕，是沒有什麼好處的[764]。升到了五位，〔可是退下了殿〕叫做什麼大夫或是權守[765]，這樣的人住在狹小的板屋裡，新編檜木片的籬笆，把牛車拉進車房裡去，在院子前面滿種了花木，繫著一頭牛，給牠草吃，〔似乎很是得意的樣子〕這是很可憎的。院子收拾得很乾淨，用紫色皮條掛著伊豫地方的簾子，立著布的障子很漂亮的住著，到了夜裡便吩咐說：「門要用心關好。」像煞有介事的說，這樣的人看去是沒有什麼前程的，很是可鄙。

[761]　國司是地方長官，是太守的地位，唯日本的所謂「國」的區域不大，只有一兩縣的地方。紀伊即今之和歌山，和泉屬於大阪府，並無特別好處，只因與京都相近，所以被當作美缺罷了。但別本紀伊之上尚有伊豫守，和泉之下有大和守，大和即今奈良地方，也去京都不遠，伊豫則屬愛媛縣，已在近畿之外了。

[762]　凡六位的官員，敍爵為五位的時候，沒有適當的位置，率先遙授為權守，便是暫任的國司，只是名義上的官職，並不到任。列舉五國的權守，理由不詳，為什麼特別的好，大約也是根據一時的主觀吧。

[763]　大夫是五位官員的通稱。式部是古時的禮部，式部大丞進級五位，則稱大夫。左右衛門府的大尉，進級時亦稱左右衛門大夫。太政官左右大史本係正六位上，進一級則為史大夫。

[764]　別本說六位藏人另為一節，與上文不相連線。

[765]　六位藏人司宮中奔走之役，職位甚卑，但因例得升殿，故頗為名貴。及升進五位，反當下殿，但因此得稱大夫，且得權守的地位，故亦有頗為得意者，為著者所看不起，常加以批評。

　　父母的住房，或是岳父母的住房，那是不必說了，又或是叔伯兄弟
等現在不住的家，又沒有人住的地方，這也是自然可以利用。其平常
有很要好的國司，因為上任去了，房子空了下來，不然是妃嬪以及皇女
的子姓，多有空屋給人住著，暫且住著，等到得著相當的官職，那時候
去找好的住房，這樣的做倒是很好的。

第一五八段　女人獨居的地方

　　女人獨居的地方須是很荒廢的，就是泥牆什麼也並不完全，有池的
什麼地方都生長著水草，院子裡即使沒有很茂的生著蓬蒿，在處處砂石
之間露出青草來，一切都是蕭寂的，這很有風趣。若是自以為了不起的
加以修理，門戶很嚴謹的關閉著，特別顯得很可注意，那就覺得很有點
討厭了。

第一五九段　夜間來客

　　在宮中做事的女人的家裡，也以父母雙全的為最好。〔回到家裡來
的時節〕來訪問的人出入頻繁，聽見種種的人馬的聲音，很是吵鬧，也
並沒有什麼妨礙。但是，〔若是沒有了父母的人〕男人有時祕密的來訪，
或是公然的到來，說道：「因為不知道在家裡〔所以沒有來問候〕。」或者
說道：「什麼時候，再進裡面去呢？」這樣的來打招呼。假如這是相愛的
人，怎麼會得付之不理呢？便開了大門讓進去了。

　　〔那時家主的心裡便這麼的想〕真好討厭，吵鬧得很，而且不謹慎，
況且直到夜裡，這種神氣非常的可憎的。對了看門的人便問道：「大門關
好了嗎？」看門的回答道：「因為還有客人在內呢。」可是心裡也著實厭

203

煩〔希望他早點走哩〕。家主便道：「客人走了，趕緊關上大門！近來小偷實在多得很呢！」這樣諷刺的說話，非常的不愉快，就是旁邊聽到的人也是如此〔何況本人呢〕。

但是與客人一起來的人，看著家裡的人這樣著急，老是惦念這客人走了沒有，不斷的來窺探，卻覺得這樣子很是可笑。還有人學了家裡的人說話的，這如果給他們知道了，恐怕更要加倍的說些廢話吧。其實就不是那麼的現在臉上來說閒話，其實要不是對於女人相愛很深的人，像這樣地方誰也不來的了。

但是〔雖是聽了這種閒話〕卻很是老實的人，便說道：「已經夜深了，門〔敞開著〕也是不謹慎的。」隨即回去的人也是有的。還有特別情深的，雖然女人勸說道：「好回去了。」幾次的催走，卻還是坐著到天亮，看門的在門內屢次巡閱，看看天色將要亮了，覺得這是向來少有的事，說道：「好重要的大門，今天卻是出奇的敞開了一宵。」故意叫人聽得見的這樣說，在天亮的時候才不高興的把門關上了。這是很可憎的。其實就是父母在堂，有時候也會有這樣的事情。可是假如不是親生的父母，〔那麼男人來訪〕便要考慮父母的意見，有點拘束了。在弟兄的家裡的時候，如果感情不很融洽，也是同樣的。

不管它夜間或是天亮[766]，門禁也並不是那麼森嚴，時常有什麼王公或是殿上人到來訪問，格子窗很高的舉起，冬天夜裡徹夜不睡，這樣送人出去，是很有風趣的事。這時候如適值有上弦的月亮，那就覺得更有意思了。〔男人〕吹著笛子什麼走了出去，自己也不趕緊睡覺，〔與女官們〕一同談說客人的閒話，講著或是聽著歌的事情，隨後就睡著了，這是很有意思的。

---

[766]　上邊是說女官在家裡接待來客的事，這裡所說的是在宮中的情形。

第一六〇段　雪夜

雪也並不是積得很高，只是薄薄的積著，那時節真是最有意思。又或者是雪下了很大，積得很深的傍晚，在廊下近邊，與兩三個意氣相投的人，圍繞著火盆說話。其時天已暗了，室內卻也不點燈，只靠了外面的雪光，〔隔著簾子〕照見全是雪白的，用火筷畫著灰消遣，互相講說那些可感動的和有風趣的事情，覺得是很有意思。這樣過了黃昏的時節，聽見有履聲走近前來，心想這是誰呢，向外看時，原來乃是往往在這樣的時候，出於不意的前來訪問的人，說道：「今天的雪你看怎麼樣？〔心想來問訊一聲〕卻為不關緊要的事情纏住了，在那地方耽擱了這一天。」

這正如〔前人所說的〕「今天來訪的人」[767]的那個樣子了。他從畫間所有的事情講起頭，說到種種的事，有說有笑的，雖是將坐墊送了出去，可是〔客人坐在廊下〕將一隻腳垂著，末了到了聽見鐘聲響了，室內的〔女主人〕和外面的〔男客〕，還是覺得說話沒有講完。在破曉前薄暗的時候，〔客人〕這才預備歸去，那時微吟道：「雪滿何山。」[768]這是非常有趣的事情。

只有女人，不能夠那樣的整夜的坐談到天明，〔這樣的有男人參加〕便與平常的時候不同，很有興趣的過這風流的一夜，大家聚會了都是這樣的說。

---

[767] 此歌見於《拾遺和歌集》中，為平兼盛所作，歌云：「山村裡積著雪，路也沒有，今天來訪的人煞是風流呵。」平兼盛是十世紀中間的歌人，生存於村上天皇時代。

[768] 《和漢朗詠集》卷上引用謝觀〈白賦〉，係四六文兩句云：「曉入梁王之苑，雪滿群山，夜登庾亮之樓，月明千里。」這裡故意曖昧其詞，吟為「雪滿何山」。謝觀蓋唐朝人，其生平行事不可考，唯《朗詠集》中存其斷句數聯，而且都摘自所著〈白賦〉，〈清賦〉及〈曉賦〉，並無其他詩句。

第一六一段　兵衛藏人

在村上天皇的時代[769]，有一天雪下的很大，堆積得很高，天皇叫把雪盛在銀盤裡，上面插了一枝梅花，恰好月亮非常明亮，便將這賜給名叫兵衛藏人[770]的女官，說道：「拿這去作和歌吧，看你怎麼的說。」兵衛就回答道：「雪月花時。」[771] 據說這很受得了稱讚。天皇說道：「在這時節作什麼歌，是很平凡的。能夠適應時宜，說出很好的文句來，是很困難的事。」

又有一回，天皇由兵衛藏人陪從著，在殿上沒有人的時候，獨自站立著，看見火爐裡冒起煙來，天皇說道：「那是什麼煙呀？你且去看了來。」兵衛去看了之後，回來說道：「海面上搖著櫓的是什麼？出來看的時候，乃是漁夫釣魚歸來了。」[772]

這樣的回答，很是有意思。原來是有隻蛤蟆跳進火裡，所以燒焦了。

---

[769]　村上天皇乃是日本第六十二代天皇，當時的一條天皇則是第六十六代了。村上在位期間為西元九四六至九六七年。

[770]　兵衛藏人是一個女官的名稱，兵衛是她家屬的官名，引申作為她的名字，藏人則是職務，因為她是一個女藏人，其實在姓名和事蹟均未詳。

[771]　《白氏文集》二十五〈寄殷協律〉云：「琴詩酒伴皆拋我，雪月花時最憶君。」此句亦見《和漢朗詠集》卷下。這裡引用，因雪上插梅花，配有明月，故為恰好，且下云「最憶君」，亦可借指君上，對答甚為得體。

[772]　此首本是藤原輔相所作，見於家集《藤六集》中，本意具如原文所說。但兵衛藏人引用卻別有雙關的意義，「海面上」與「炭火」，「搖著櫓」與「燒焦」，「歸來」與「蛤蟆」，均是同義語，亦見用心的巧妙。

第一六二段　御形宣旨 [773]

　　稱作御形宣旨的女官，做了一個五寸高的殿上童 [774] 的布偶，頭髮結作總角，穿著很漂亮的衣服，寫上了名字獻給中宮，名曰友明王，中宮非常的喜愛。

---

[773]　御形宣旨是一個女官的名稱，屬於齋院的。日本中古時代，在賀茂神社設有齋院一人，司祭祀的事務，例以未婚的皇女充任，其在伊勢神宮者則稱齋宮。「御形」謂神現形，後即謂賀茂神社的祭祀，「宣旨」者傳達任命齋院的敕旨之意。

[774]　殿上童見卷八注 [13]。

卷九

第一六三段　中宮

　　我初次[775]到中宮那裡供職的時候，害羞的事不知有多少，有時候眼淚也幾乎落下來了。每夜出來侍候，在中宮旁邊的三尺高的几帳後面伏著，中宮拿出什麼畫來看，也覺得害羞，不大伸得出手去。中宮解說道：「這是什麼，那個又是什麼。」高盞上點著的燈火，照得非常明亮，連頭髮也一根根的比白天要看得清楚。雖然很是覺得怕羞，只得忍耐著觀看。

　　天氣因為很冷，〔中宮從袖口底下〕伸出的手微微的動著，看上去是非常豔麗的紅梅色，顯得無限的漂亮，在沒有看見過〔宮中生活的〕鄉下佬的看法，會覺得這樣的人在世間哪裡會有呢？出驚的注視著。到得天快亮了，心裡著急，想早點退下到女官房去，中宮便說道：「葛城之神[776]再停一會兒，也不妨事吧？」便開玩笑說〔心想這樣醜陋的面貌，不給從正面看也罷〕，便叫從側面來看，老是俯伏著，格子也不開啟，女官[777]來說道：「請把這格子開啟了吧。」另外的女官聽了，便要來開啟，中宮卻說道：「且慢。」女官笑著，退回去了。中宮問種種的事情，又說些別的話，過了不少時間，便說道：「想早點退下去吧。那麼，就快點退下吧。」又說道：「到晚上也早點來呀。」就從中宮面前，膝行退出，回

---

[775]　這一段係追敘初次進宮的情形，這一年經各人考訂，定為正歷四年（西元九九三年），其時中宮年十七歲，清少納言則十年以長，計時有二十七八歲了。

[776]　葛城之神見卷七注[35]。民間傳說，葛城神即一言主神，容貌極醜，奉役小角之命，架一石橋，葛城神以貌醜故，白晝不敢出現，唯在夜間作工，故橋卒不成。

[777]　此乃主殿司的低階女官，專司灑掃清潔之役的。

到女官房裡，開啟格子一看，是一片下雪的景象，很有意思。

中宮〔時常叫人來〕說道：「今天就在白天來供職也行吧。因為雪天陰暗，並不是那麼的[778]顯露呀。」女官房的主任也說：「你為什麼老是躲在房裡的呢？你那麼容易的被許可到中宮面前供職，這就是特別是看得你中意了。違背了人家的好意，這是討人厭的事呀。」竭力的催促，我也自己沒有主意了，隨即進去，實在很是苦惱。看見燒火處[779]的屋上積滿了雪，很是新奇有意思。

在中宮的御前，照例生著很旺的爐火，但是在那邊卻沒有什麼人。中宮向著一個沉香木製的梨子地[780]漆繪的火盆靠著。高級的女官侍候在旁邊，供奉種種的事務。在隔座的一間房裡，圍著長的火爐，滿滿的坐著女官們，都披著唐衣垂至肩頭，非常熟習的安坐在那裡，看著也著實羨慕。她們接收信件，或立或坐，起居動作一點都沒有拘束，說著閒話，或者笑著。我想要到什麼時候，才可以那樣的和她們一同交際的呢？這樣想著心裡就有點發怯。靠近裡面，有三四個人，聚在一起看什麼繪畫。

過了一會兒，聽見有前驅的聲音很響的到來，女官們便說道：「關白公進宮來了。」就把散亂在那裡的東西收拾起來，我也退到後面，可是想要知道外面的情形，便從几帳的開著的縫裡張望著。

這時是大納言[781]進來了。紫色的直衣和縛腳褲，與白雪的顏色相映，很是好看。大納言坐在柱子旁邊，說道：「昨天今天雖是避忌，關在家裡，但是因為雪下的很大，有點不放心〔所以來了〕。」中宮回答道：「路也沒有[782]，卻怎麼來的？」大納言笑著說道：「煞是風流呀，或者是

---

[778]　意言雪天陰暗，並不顯露貌醜，故令白天出來供職，意含調謔。

[779]　見卷七注[86]。

[780]　梨子地是一種漆法，先以金銀粉散布，用生漆加雌黃漆成，隱隱有斑點，略似梨子，故以為名。

[781]　大納言即藤原伊周，為中宮的長兄，關白道隆的兒子。見卷一注[44]。

[782]　此處問答係利用平兼盛的歌，如「路也沒有」及「煞是風流呀」，都是歌中的文句。見卷八注[122]。

這樣想吧。」

　　這兩位的說話的樣子，真是再漂亮也沒有了。小說裡信口稱讚主角的姿態，用在這裡卻是一點都不錯的。

　　中宮穿著白衣襯衣，外面兩件紅色的唐綾，此外又穿白的唐綾〔的打衣〕。面上披下了頭髮，如在畫裡才有這樣漂亮的樣子，在現世卻還沒有見過，〔如今現在眼前〕真好像是做夢一般。大納言和女官們談話，有時說些玩笑，女官們毫不示弱，一一回答，若是說了些假話，便或者反對或者辯解，看得也是眼花，有時倒是看著的我要難為情，覺得臉紅了。

　　大納言隨後吃了些水果什麼，對於中宮也進上了。

　　大納言似乎在問別人道：「那在几帳的後面是誰呀？」女官答說這是什麼什麼的人[783]，於是站了起來，我以為是向別處去呢，哪知走近我的身旁，坐下說起話來。他說在我沒有進宮供職來以前，就聽說過我的事情。又說道：「那麼進宮供職的話，這是真的了。」當初隔著几帳看著，還是覺得害羞，如今當面相對，更不知如何是好，簡直是像在做夢。平常拜觀行幸的時候，對於這邊的車子眼光如果射了過來，便放下車簾，生怕透出影子去，還用扇子遮住了臉。〔現在這樣相近的見面〕自己也覺得是大膽，心想為什麼進宮來供職的呢？流著許多汗，也不知道回答些什麼話。

　　平時所依恃著遮臉的扇子[784]，也被拿走了，這時候覺得蓋在額上的頭髮[785]該是多麼難看，這都是羞恥的意思表現在外面的吧。大納言要是早點走了才好哩。但是他卻拿著扇子玩耍，並且說道：「這扇子的畫是誰所畫的？」並不立刻站起來，我只好把袖子捂著臉俯伏著，唐衣上都惹

---

[783]　意思是說「清原元輔的女兒，清少納言」的便是。

[784]　此係指檜扇，以木片聯綴而成，上有畫圖，見卷二注 [14]。

[785]　古代日本婦女留一種額髮，即將額上頭髮剪短垂下，為的不使人看見面貌，如後世瀏海髮而更長。

上白粉，想必臉上也斑駁了吧。

　　長久這樣的坐著，中宮想必料到我要怨恨她不知道體恤的吧，便叫大納言道：「來看這個吧，這是誰所畫的呢？」這樣的說，我聽了很是高興，但是大納言道：「拿到這邊來看吧。」中宮說道：「還是到這裡來。」大納言道：「人家抓住了我，站不起來呢。」說著玩笑話姿容俊秀，舉止瀟灑，身分年齡自己都不能比，實在覺得慚愧。

　　中宮拿出一本什麼人所寫的草書假名 [786] 的冊子來閱看，大納言道：「是誰的筆跡呢？給她看一看吧。這個人是知道現世有名的人的筆跡的。」說出莫名其妙的話來，無非想叫我回答什麼罷了。

　　有這一位在這裡已經夠叫人害羞的了，不料又聽見有前驅的聲音，一個同樣的穿著直衣的人進宮來了，這一位 [787] 更是熱鬧，滿口玩笑的話，女官們都喜笑讚美他。我也聽著說，什麼人有那樣的事情，什麼人有這樣的事情，聽講殿上人的什麼事，當初總以這些人乃是神仙化身，或是天人從空中降下來的，及到供職日久，逐漸習慣了，也就並不覺得怎樣。以前我〔所羨慕著的〕女官們，在從家裡出來供職的時候，大約也是這樣害羞的吧。我這樣的漸漸看著過去，也就習慣了，覺得自然了。

◆ 其二　噴嚏

　　中宮跟我說著話，忽然的問道：「你想念我嗎？」我正回答說：「為什麼不想念呢？」這時突然的從御膳房方面有誰高聲打了一個噴嚏 [788]，中宮就說道：「呀，真是掃興。你是說的假話吧？好罷，好罷！」說著，走進裡面去了。

---

[786]　日本古時稱漢字為「真名」即是真字，日本偏旁字母則名「假名」，此云「草書假名」，即是平假名所寫。

[787]　所說當是伊周的兄弟隆家。

[788]　古時以嚏為不吉，《詩經‧邶風‧終風》篇云：「願言則嚏。」鄭氏箋云：「今俗人嚏，云：人道我，此古之遺語也。」中宮以別人打噴嚏，故戲言清少納言在說假話，但亦多少似有認真的意思，觀返歌可見。

怎麼會得是假話呢？這還不是平常一般的想念，只是那打噴嚏的鼻子說了假話罷了。到底這是誰呢，做出這樣討人嫌的事來的？本來是最不討人喜歡的事情，就是我自己想要打噴嚏的時候，也總是逼住了不叫打出來，況且在這要緊的時節。

想起來真是可恨，但我那時還是新進去的人，也不好怎麼辯解，到得天亮退下到女官房裡，就看見有女官拿了一封在淺綠色的薄紙上寫著的信來，開啟看時只見寫道：「怎麼能夠知道不是假話呢？因為空中沒有糾察的神明[789]。歌這樣說，這是中宮的意思。」〔看來是中宮叫女官代寫的〕我看了這信，雖是感激，但又覺得遺憾，心裡很亂，總覺得昨夜打嚏的人太可恨，想去尋找了出來。

「想念的心薄了，被說也難怪，為了噴嚏[790]卻受了牽累，深覺得不幸。請把這個意思給我申明吧。似乎是為式神[791]所憑了，非常的惶恐。」寫這信以後，時常想起這真是討厭，怎麼會得那麼湊巧，打起噴嚏來的呢？實在是很可嘆的。

第一六四段　得意的事

得意的事是：正月初一的早晨，第一個打噴嚏的人[792]。競爭著去當藏人很多的時候，能夠把自己的愛子去得到缺的人。在除目的這一年上，得到本年得缺的第一等國的人，相知的人向他道賀道：「恭喜你得到

---

[789] 賀茂神社近地有樹林名「糾之森」，故賀茂明神亦名為「糾察的神明」。歌意言如沒有檢察真偽善惡之神，又怎麼能知道你不是說的假話呢？

[790] 歌中用「鼻」（波那）代表噴嚏，又雙關「花」字，以花的濃淡表示想念的深淺。

[791] 「式神」亦寫作「職神」，是術士所使役的一種鬼神，應了人的咒詛而作祟。作者很怨恨那打噴嚏的人，自己受她的連累，有如被人家所咒詛。

[792] 據《春曙抄》云：「世俗以元日打嚏，說是長命之相。」《袖中抄》引《四分律》云：「時事尊嚏，諸比丘咒願言長壽。今案，今俗正月元旦若早旦嚏，即稱曰：『千秋萬歲，急急如律令』，即緣是也。」遇見打噴嚏即咒願，雖平日亦是如此，唯如在元旦，則因有世尊前例，更是吉祥之兆。

好缺了。」回答說道：「哪裡有什麼好處，也只是流落到外面[793]去罷了。」這樣的說，其實是著實的得意。

又有，〔一個閨女〕由許多人來求親，挑選結果被看中做女婿的人，一定也有捨我其誰的感想吧。降伏了頑強的妖怪的修驗者[794]。賭猜押韻[795]，早被猜中的人。比射小弓[796]，無論怎樣對方咳嗽，或是吵鬧著希望分他的心，卻是忍耐著，弦聲很響的，居然一發中的，這也是得意的一副臉色吧。下棋的時候，貪心的人對於自己的棋子有許多會得被吃，全不理會，卻去管別處的事情，這方面雖然本來並無勝算，但因另外的地方也並沒有活眼，卻吃來了許多棋子，這不是很高興的事嗎？很自誇的嬉笑，比尋常的得勝自然要更是得意了。

經過了許多年月，這才補到了國司的人，其高興的情形，實在是可想而知的。剩下來的幾個家人，一向是很無禮的侮弄著主人，雖然很是生氣，但是沒有法子只有忍耐著，這回卻看見平常以為是身分比我要高的人對自己也表示惶恐，一一仰承意見，前來諂媚，頓時覺得自己和以前不是同一個人了。家裡使用女官們，從前不曾見過的闊氣的家具和衣服，也不知從哪裡都湧出來了。又做過國司的人，升進到了近衛中將，比那些貴公子們因了門閥關係升進的，覺得更是得意，似乎更有價值。官位這個東西，實在是極有意思的。

同樣的一個人，在他被稱為大夫或是侍從的時候[797]，是很被看輕的，一旦升進為中納言，大納言或是大臣，便很莫名其妙的覺得高貴

---

[793] 藏人官職卑微，但因供職宮廷，不求外放，唯外官的實利甚厚，故口頭雖說，出外等於流落異地，實際卻是得意。

[794] 修驗者見卷一注[16]。與這相反的，參看第一四二段「很是辛苦的事」。

[795] 古時有所謂「掩韻」之戲，取漢詩中句子，掩藏其葉韻的一字，令人猜測，以得早猜中者為勝。

[796] 小弓乃大弓的對稱，不是正式的武器，只用於遊戲，定製二尺八寸，步堆距離以四丈五尺為準。

[797] 大夫見卷八注[118]。大夫為五位官員的通稱，其名門子弟敘爵五位，尚未得有官職的時候，亦稱大夫。侍從定員八人，官位是從五位下，職司拾遺補闕，亦是閒散官員。

了。身分相當的人做了國守，也是如此。歷任了各地方的國司之後，到了太宰府[798]的大式是四位，就是公卿們也得表示敬意了。

至於女人的地位，那就要差得多了。在宮裡是天皇的乳母，典侍和三位等[799]，也是頗受尊重的，但是年紀已經老了，也沒有什麼的好處。而且這樣的人，又並不很多。倒還不如國司的夫人，一同上任到外地去，普通的女人要算這是最幸福的了。門第平常的人家，以女兒嫁給公卿為妻，公卿的女兒做天皇的後妃，實是極好的事情。

但是也還不如男人，單靠著自己，能夠立身發跡，挺著胸膛，覺得自在。法師們被稱作什麼供奉，傲然的走著，這有什麼了不得呢？能夠很漂亮的唸經，風采也很瀟灑，多半是被女人們所看輕，所以〔發憤用功〕變得有名了。因此成為僧正或是僧都，一般人當作佛爺出現，表示惶恐尊敬，那真是無可比喻的闊氣的事。

第一六五段　風

風是暴風雨。落葉風[800]。三月時候的傍晚，緩緩的吹來的帶著雨氣的風，是很有情趣的。八九月裡夾著雨吹來的風，也是很有趣。雨腳橫掃著，沙沙的風吹來的時候，一夏天蓋著的棉被裡，還穿了生絹的單衣躺著，是很有意思的。本來單只是這生絹，也是太熱，心想拋去了才好，卻不料在什麼時候，這樣的涼快了，想著也有意思。

剛才黎明，把格子側窗開啟了，就有強風一陣吹了進來，臉上顯得

---

[798] 太宰府設在築紫，管轄西海道九國及二島，即今九州地方，係一種特別行政區域，司防禦及外交等事，責任甚重。大式為太宰府次官，首長曰帥，例由親王任之。次曰權帥，如權帥有缺，則由大式總攝其事，其位置重要遠在諸國司之上。

[799] 內侍司為後宮十二司之一，首長尚侍二人，其下設典侍四人，掌侍六人為內侍司之三等官。三位者指官位等級，一條天皇乳母為藤三位，見卷七注[68]。

[800] 秋末冬初的西北寒風，通稱為落葉風，原本作「木枯」，言木葉悉為之枯落。

涼颼颼的，這是很有趣的事。從九月末到十月初，天空很是陰沉，風猛烈的吹著，黃色的樹葉飄飄的散落下來，非常有意思。櫻樹的葉和櫸樹的葉，也容易散落。十月時節，在樹木很多的家庭裡，實在是很有風趣的 [801]。

第一六六段　風暴的翌晨

風暴吹過的第二日，是覺得很有興趣的事情。屏障籬笆都東倒西歪了，那些地方的花木真是可憐的樣子。大的樹木倒了好幾株，樹枝都吹斷了，固然是可惜，但是它們歪七豎八的爬在胡枝子女郎花的上面

，實在是特別覺得遺憾。格子的每一格裡，都很丁寧的吹進樹葉子去，似乎不是那粗暴的風所做的事情。

穿著非常濃紅，表面的顏色少為褪色了的，以及朽葉色的織物和薄綢的小袿的女人，樣子很是美麗，昨夜因為風聲睡不著，所以早上起得遲了。起來對鏡，從上房裡踅了出來，頭髮為風所吹，吹得多少鼓了起來，散落在肩頭的光景，實在是很漂亮的。

在她很有興趣的看著的時候，有一個少女，大約有十七八歲吧，雖然生得不很小樣，可是也不見得特別像大人，披著生絹的單衣，淺藍色也褪了，似乎被雨溼了的樣子，襯著淡紅色的寢衣，頭髮像是蘆葦的尾花，剪齊的一端等身的長，比衣裾略為短一點，只有褲子卻是鮮明的，從旁邊可以看得見。她看著女童和年輕的女人們，把吹折了的花木從根本去收拾起來，倒了的扶直了，好像很是羨慕 [802] 的，推量著怎麼辦，在簾子旁邊立著看，這樣後姿也是很有意思的。

---

[801]　意言在此時節，如樹木很多，則紅葉亦多，足供觀賞。
[802]　據《春曙抄》本解說，此處言羨慕者，看童女們整理花木，甚有興趣，故亦欲參加去做，所說似亦近理。

第一六七段　叫人嚮往[803] 的事

叫人嚮往的事是，隔著格子聽見，這不像是使女的聲音，是女主人低聲的說話，回答的是很年輕的人的聲音，隨後是衣裳綷縩聲，是人到來了的樣子，這是吃飯的時候了吧。就聽見筷子和菜匙混雜作響，提壺[804] 的梁倒下的聲音也聽見了。

捶打得很有光澤的衣服上面，頭髮並不散亂的，整齊的分列著〔這景象是值得懷念的〕。很漂亮的上房裡，也不點著燈火，在長火爐裡生著許多炭火的光裡，照見几帳的絲紐的光澤很是美麗，還有捲上帽額的簾鉤，也特別有光，鮮明的可以看見。收拾得很好的火盆，灰都弄得很平整，裡面的火光照見火盆上的畫也看得見，很是有意思。而且火筷子特別的顯著，看去歪斜的放著，是有趣的事。

夜已經很深了，大家都已睡了之後，聽見屋外有殿上人說著什麼話，裡面是收拾棋子，放進盒子裡的聲音，屢次的聽到，這實在是很令人懷念的事。廊下點著燈火〔似乎有人在那裡，也很叫人注意〕。隔著格子什麼聽著，有男人進到裡面來了，夜裡忽然醒來，說著什麼話聽不明白，只聽得男子隱忍的發笑，這是什麼事呢，覺得是很有意思的。

第一六八段　島

島是，浮島。十八島。遊島。水島。松浦島。籬島。豐浦島。多度島。[805]

---

[803]　原語是說「令人神往」，今寫作「嚮往」，也仍是近於文言，但一時找不到適當的俗語。

[804]　提壺是貯酒類的器物，古代大抵用木桶，上有提梁，及後乃改用金屬製造。

[805]　島名不一一考證，因為別無故實，亦多有不可考者，以後地名均從此例。

第一六九段　濱

濱是，外之濱。吹上之濱。長濱。打出之濱。諸寄之濱。千里之濱，想來當是很寬闊的地方吧。

第一七〇段　浦

浦是，生之浦。鹽灶之浦。志賀之浦。名高之浦。須磨[806]之浦。和歌之浦。

第一七一段　寺

寺是，壺坂寺。笠置寺。法輪寺。高野是弘法大師所住的地方，所以覺得有意思。石山寺。粉河寺。志賀寺。[807]

第一七二段　經

經是，《法華經》的可貴，那無須多說的了。《千手經》。《普賢十願經》。《隨求經》。《尊勝陀羅尼》。《阿彌陀大咒》。《千手陀羅尼》，這些都是可貴的。[808]

---

[806]　原文云「古裡須磨」，意云不知懲戒，取其語意雙關，即作為須磨之浦的名稱。

[807]　壺坂寺在奈良，供奉千手觀音。笠置寺在京都，供奉彌勒菩薩。法輪寺在京都，供奉虛空藏菩薩。高野山金剛峰寺，在和歌山縣，弘法大師留學中國回去，在此建立密宗佛教。石山寺在近江，供奉如意輪觀音。粉河寺在紀伊，供奉千手觀音。志賀寺在近江，原名崇福寺，供奉觀音，今此寺已不存。

[808]　《妙法蓮華經》八卷二十八品，鳩摩羅什譯。《千手千眼觀世音菩薩廣大圓滿無礙大悲心陀羅尼經》一卷，伽梵達摩譯。《普賢十願》即《華嚴經》的「普賢行願品」，計一卷，不空三藏譯。《佛說隨求》即《時得大自在陀羅神咒經》一卷，寶思唯譯。《佛頂尊勝陀羅尼經》一卷，佛陀波利譯。《阿彌陀大咒》即《阿彌陀如來根本陀羅尼》，亦稱《甘露陀羅尼》。《千手陀羅

第一七三段　文

文是，《文集》。《文選》。文章博士所作的申文。[809]

第一七四段　佛

佛是，如意輪觀音因為愍念眾生的緣故，右手托腮想著的樣子，真是世間無比的可以尊敬愛慕。千手觀音，所有的六觀音〔都是可尊〕。[810] 不動尊。藥師佛。釋迦如來。彌勒佛。普賢菩薩。地藏菩薩。文殊菩薩。[811]

第一七五段　小說

小說是，《住吉》，《空穗物語》之類。[812] 此外是《移殿》，《待月女》，《交野少將》，《梅壺少將》，《人目》，《讓國》，《埋木》，《勸進道心》，《松

尼》為千手觀音的真言，亦稱《大悲咒》。凡陀羅尼係是咒語，照梵文原語譯音，不用漢文譯意。

[809] 「文」乃是指漢文所寫的詩文，並不包括其本國的作品。《文集》即是《白氏文集》之略稱，共七十卷，中國《白氏長慶集》，則有七十一卷。《文選》為梁昭明太子蕭統所編的詩文總集，三十卷。申文見卷一注 [10]。當時諸官職如有缺出，候補者具文申請，率請博士代筆，其文體例多仿唐時體製為之，小野篁等所作申文，至今尚多傳流於世。別本在「《文選》」的後面，「博士的申文」的前面，還有下列幾項：「《新賦》。《史記·五帝本紀》。願文。表。」

[810] 如意輪觀音凡有六臂，右邊一手支頤，表示憫念有情，第二手持如意寶珠，第三手持念珠，左邊手按光明山，第二手持蓮花，第三手持輪，能破天道三障，即第六觀音。六觀音救濟眾生，能破六道諸障，即千手觀音，聖觀音，馬頭觀音，十一面觀音，準胝觀音，如意輪觀音。

[811] 不動尊為五大明王之一，乃大日如來的化身，現忿怒相，降伏一切惡魔，亦稱不動明王，乃是佛教密宗裡的佛像。藥師佛即藥師琉璃光如來，地藏菩薩在釋迦滅度之後，彌勒出現以前，在無佛的世界裡，分身六道，專司救渡眾生，故甚為日本人民之所信仰親近。

[812] 《住吉物語》今已不傳，現今傳存者係後世所作，大要是說中納言兼左衛門督的女兒為繼母所苦，寄居於住吉地方的尼庵，及後為關白的公子所見，復享榮華，唯終以繼母的陰謀歸於不幸。《空穗物語》二十卷，今尚存，亦稱《宇津保物語》，宇津保譯云空洞，蓋主角仲忠幼時隨母住樹洞中，故以為名。其後敘述仲忠與源涼，比賽彈琴，能致神異，各致富貴，見卷四注 [55] 以下。

枝》。《狛野物語》裡的人，遮了一把蝙蝠扇逕自出去了的事情，是很有
意思的 [813]。

第一七六段　野

　　野是，嵯峨野，那更不用說了 [814]。又印南野。交野。狛野。[815]粟津
野。飛火野。澀地野。早計野 [816]，不曉得為什麼起這種名字的呢？安倍
野。宮城野。春日野。紫野。

第一七七段　陀羅尼

　　陀羅尼是，〔宜於〕黎明。

第一七八段　讀經 [817]

　　讀經是，〔宜於〕傍晚。

第一七九段　奏樂

　　奏樂是在夜裡，人的顏面看不見的時節。

---

[813]　自《移殿》以下諸物語，今悉不傳，其本事不能知悉了，但《狛野》裡的主角有障著紙扇出去
　　　一節，由此可以知道。蝙蝠扇係一種簡單紙扇，扇骨總共六根，只單面貼紙，見卷二注 [36]。
[814]　嵯峨野就在京都，其地便於野遊，如觀賞胡枝子或聽蟲聲，最所熟知，所以更不用說。
[815]　交野亦稱片野，在大阪府。狛野則在京都，或即狛山的山腳。上文的小說，即以此二處為名。
[816]　「澀地」及「早計」原文皆不寫漢字，今亦不詳其地，譯文只能就音義相同的字中擇取其一，
　　　未能決定。
[817]　讀經是說依照「宣告」的學說，用了一種節調，高聲朗誦佛經，中國舊日稱作「梵唄」，就是
　　　指這種讀法。

第一八〇段　遊戲

　　遊戲是，雖然樣子不大好看，蹴鞠[818]是很好玩的。小弓。掩韻。[819]
圍棋。

第一八一段　舞

　　舞是，駿河舞。「求子」。[820]太平樂樣子雖是不好看[821]，可是很有
意思。帶了腰刀什麼，有點討厭，但是也非常的有意思，而且聽說在中
國，原來是和敵人一起對舞的。

　　鳥舞[822]〔也是很有意思的〕。拔頭[823]，披散了頭髮，鼓著眼睛的
神氣雖是有點可怕，可是〔不但舞態很好〕就是音樂也是有意思的。落
蹲[824]是兩個人屈膝而舞。狛桙[825]〔也是有意思的〕。

---

[818]　蹴鞠係古代中國的一種踢球，因為是用腳踢，所以說樣子不好看。

[819]　小弓及掩韻，均見本卷注[21]及[22]。

[820]　駿河舞是「東遊」之一種，乃採取東國的風俗歌詞入舞樂者。「求子」亦其一種，其名字或謂
　　　係「少女子」的轉訛，或謂有人遺棄其子，及後更尋求，故有此名。

[821]　太平樂係模擬戰鬥情形，故著盔甲帶刀箭，橫矛持劍而舞，亦稱武將破陣樂。但這又一名
　　　「項莊鴻門曲」，謂漢高祖鴻門宴時的故事，項莊擬刺高祖，項伯則保護著他，故本文如此
　　　說，但此項傳說實無所依據，唯可知在著者當時已有此說而已。

[822]　鳥舞即迦陵頻舞，迦陵頻伽譯言妙音鳥，係印度傳來的舞樂。舞人四名，著天冠狩衣，兩手
　　　持銅鈸，按節拍而舞。

[823]　拔頭係林邑舞樂，林邑即今安南，舞者著鬼面，披青絲為亂髮，故說可怕。

[824]　「落蹲」即納蘇利，舞者二人，彎腰屈膝，狀甚滑稽，若一人獨舞則稱落蹲，此處蓋指納蘇利
　　　的對舞，原是從高麗傳來的舞樂。

[825]　狛桙亦名持桙舞，亦高麗舞樂，舞者四人，持竿作棹，為划船之狀。「桙」通作「矛」字讀，
　　　（雖然中國訓桿），「狛」字訓作「古末」，為高麗的古稱，所以這可解作高麗矛舞，但其所謂
　　　矛者乃是長一丈二尺的使船用的傢伙。

第一八二段　彈的樂器

彈的樂器是，琵琶。箏 [826]。

第一八三段　曲調

曲調是，風香調。黃鐘調。蘇合香的急 [827]。春鶯囀的曲調。想夫憐 [828]。

第一八四段　吹的樂器

吹的樂器是，橫笛很有意思。遠遠的聽著，聽他漸漸的近來，很是有趣。但由近處走遠了，聽著很是幽微，也極是有意思的事。在車子上邊，徒步走著，或是馬上，其他一切狀況之下，或是收在懷中，無論怎樣都看不見。這樣好玩的樂器，是再也沒有了。特別是所吹奏的，是自己所知道的一種調子，那時更是覺得佳妙。在黎明的時候，〔男子所〕忘記的留在枕頭邊的笛子，忽而看見了，也是很有意思的。等他後來差人來取，包了給他，簡直是與普通的一封信 [829] 一個樣子。

笙在月亮很明亮的晚上，在車上什麼地方聽見吹著，是很有意思的

---

[826]　箏，《和名類聚抄》云：「箏形似瑟而短，有十三弦。」

[827]　蘇合香係印度傳來的樂曲，凡一切的樂都分三段，初曰序，中曰急，終曰破，此指蘇合香的中段曲調。

[828]　「想夫憐」亦作「相府蓮」，據兼好法師的《徒然草》所說，應以後者為正。《徒然草》第二一四云：「想夫憐的樂曲並不是女人戀慕男人的意思，本來乃是相府蓮，因字音相同而轉變之故。晉王儉為大臣，於家中種蓮甚為喜愛，因作是曲。」唯《太平廣記》二四二引《國史補》云：「唐司空於頔以樂曲有想夫憐之名，嫌其不雅，將欲改之。客有笑曰，南朝相府，曾有瑞蓮，改歌為相府蓮。自是後人語誤不及改。」那麼這改名還是後起的事了。

[829]　古時書簡都摺疊作長條，所以形狀相似。此處「普通的一封信」，或又解作「立封」，見卷二注 [8]。

事情。但是個子很是龐大，似乎是不便攜帶。吹的時候又是怎麼樣臉相〔似乎不大好看〕。其實這在橫笛也是一樣，也有它的吹法的吧[830]。

　　篳篥實在很是吵聒，用秋蟲來做比喻，可以說是像絡緯[831]吧，有點討厭，不想在近處聽它。況且更是吹的很拙，那尤其很叫人聽了生氣了。但是在賀茂臨時祭的日子裡，樂人們還未齊集御前，只在什麼後臺裡吹奏著橫笛，聽著很是漂亮，心想：「啊呀，這真是有趣。」那時節篳篥從中間合奏起來，漸漸的提長了調子，這時候只覺得是非常的漂亮，就是平常頭髮怎樣整齊的人，也會覺得毛髮都要聳立起來[832]的吧。還有徐徐合奏著琴與笛子，從御前的院子走出去的那時，實〔在說不盡的〕有意思。

第一八五段　可看的東西

　　可看的東西是，賀茂的臨時祭[833]。行幸。祭後歸還的行列。〔關白的〕賀茂參拜[834]。

◆ 其二　賀茂的臨時祭

　　賀茂的臨時祭那天，天色陰沉，很有點冷，雪片略見飄下，落在舞人和陪從的插頭[835]的絹花和藍色印花[836]的袍子上面，說不出的覺得有意

---

[830]　臉相的難看與否，也看它的吹法如何，意思是說吹笛的有時也很難看。
[831]　「絡緯」原語云「轡蟲」，謂其鳴聲有似馬的振動的轡頭的聲音，所以很是吵聒的，中國說是絡緯，還是對牠有好意的。
[832]　即是毛髮聳然，極言聲音感人，沁人肌骨的意思。
[833]　此項次序係參照別本改正，原本臨時祭在最後，與下文所記不合。
[834]　賀茂祭的前一日，關白先至神社參拜，乘車率諸公卿，拜於社前，演東遊駿河舞諸樂曲。
[835]　祭禮的使者，與舞人陪從一行人，均有插頭的花，係用絹的造花，插在冠的上面，使者用藤花，舞人及陪從則用櫻花及棣棠的花。下文說插頭的藤花遮蓋半面，蓋是指國司之當使者的。
[836]　藍色印花，舞人係是桐竹，陪從則是棕櫚。

思。〔舞人〕佩刀的鞘很明顯的可以看見，半臂的帶子垂了下來，彷彿磨過似的都有光輝，在白地藍花的褲子中間，打衣的衣褶筆挺，望過去像是冰一樣的有光澤，實在都很漂亮[837]。

本來也希望這個行列能夠更多一點也好，但是祭禮的使者未必是什麼了不得的人。若是什麼國司的類，那尤其不值得看，覺得討厭了，可是那插頭的藤花，把側面遮住了，也不是沒有一種風趣，在走過去的時候自然引人注目。那些陪從的身分少為低下的人，在柳色下襲[838]和插頭的棣棠花之下，雖似有點不相稱，很響的用扇打著拍子，高唱著「賀茂社的木棉手襁」的歌詞[839]，也是很有意思的事。

◆ 其三　行幸

說到行幸，哪裡還有〔更是盛大的事〕可以和它相比呢？看見主上坐在御輿的那副神情，就是朝夕在御前供職的人，也覺得似乎忘記了一切，只是非常威嚴莊重，還有那些平常不大看得起的〔身分很低的〕官員和〔騎馬先驅的〕姬太夫[840]，也似乎另眼相看，特別可以珍重了。執著御輿〔四角〕的纖的大舍人次官，以及警衛的近衛府的中將少將[841]，也是很漂亮的。

---

[837]　半臂見卷六注[33]。打衣見卷六注[6]，砧打衣物，使生光澤，文中以冰相擬，衣係紅色，極言其色澤驚人。

[838]　柳色下襲，係表白裡青。

[839]　「木棉手襁」乃古代語，木棉即今棉花。但古時係指楮樹的纖維，作為繩索，用於神事。《日本書紀》記第十九代天皇允恭天皇時事，於四年（西元四一五年）九月在神前舉行探湯，云「諸人各著木棉手襁而赴釜探湯」。「木棉手襁」即用楮繩，交加胸前，絡兩袖俾便於做事，如為神設供時常用之。原本的歌見於《古今和歌集》卷十一，乃係戀愛的歌，其詞曰：「武勇的賀茂社的木棉手襁，我是沒有一天裡，不把你帶在身上呵。」但在同書卷二十，有藤原敏行所作的，題作〈冬天賀茂祭之歌〉，其詞曰：「武勇的賀茂社的松樹啊，千年萬年經過了，顏色也不會變。」後來少為改變，作為東遊中「求子」的曲詞。這裡大約是「賀茂社的松樹」的誤記。

[840]　見卷八注[39]。

[841]　中務省設有大舍人寮，宿直禁中，供奉雜役。御輿四角有纆，由次官及近衛中少將執持而行。

◆ 其四　祭後歸還的行列 [842]

祭後歸還的行列是非常有意思的。在前一天，萬事都是整然，一條大路上掃的很是乾淨，日光很熱的晒進車裡來，很有點兒眩目，用檜扇遮著臉，屢次挪動坐位，長久的等待著，很難看的流著汗，到了今天早上出去，在雲林院知足院[843]的前面停著的車子上，掛著的葵枝[844]也已顯很枯萎了。

太陽雖然已經出來，天空卻還是陰沉。平常總是等著，夜裡也不睡覺，想聽牠叫一聲的子規，卻似乎有許多在那裡的樣子，很響亮的叫著，煞是很漂亮，這中間還夾雜著鶯的老聲[845]，在學著牠叫，雖然有點覺得可憎，但也是很有意思的。

心想行列什麼時候來呢？這樣的等候著，從上賀茂神社，有穿著紅衣的人們[846]走了過來。問他們道：「怎麼樣，歸還的準備完成了嗎？」回答道：「還不知道是什麼時候哩！」說著，便拿了御輿和腰輿過去了[847]。想〔那齋院〕就乘坐這個的了，覺得很可尊貴，但是為什麼在身邊使用這些卑微的人們呢？又很是惶恐的事了。

雖是人們說是還時間遙遠，但是歸還的行列卻是不久就來了。行列中從檜扇[848]起首，隨後是青柼葉色[849]的服裝，看去似有意思，加之藏人

---

[842]　賀茂祭係賀茂神社的祭禮，以是日凡侍奉的人們及衣冠車輛，悉以葵葉為飾，故亦稱葵祭。於四月中第二個酉日舉行，次日有歸還的儀式。賀茂祭例以皇女一人為齋主，稱為「齋院」，即齋院歸還其所居紫野的名稱，沿途觀者甚多。

[843]　雲林院知足院在京都船岡的南邊，前面一帶為觀覽者聚集的地方。

[844]　「葵」是冬葵之類的總稱，此乃係別種，名為二葉葵，實乃細辛之屬，取二枝交叉作飾，號曰葵鬘。

[845]　「鶯的老聲」言鶯啼已過時，聲音蒼老了，見卷三注 [28]。

[846]　穿褪紅色的布的狩衣的是服役的人夫，此處指輿夫的人。

[847]　御輿即肩輿，轎槓擱在抬的人夫肩上，腰輿則槓上繫繩，抬時比肩輿要稍低了些。凡遠路用肩輿，路程近則用腰輿，故往往兩者並用。

[848]　女車揭了簾子，女官們用檜扇遮面，「扇」字《春曙抄》本作「葵」，乃解作頭上所飾的葵葉了。

[849]　青柼葉係一種織物的顏色，表面經青緯黃，色如青色的柼葉，裡面則用青色，見卷一注[12]。

所的雜色穿著青色的袍和白的下襲，隨便的披著，覺得似乎像是水晶花開著的籬笆，或者子規鳥就會躲在這樹蔭裡的吧。

昨日〔出來遊覽的時節〕在一輛車子上坐著許多人，穿著二藍的直衣，或者是狩衣[850]，亂七八糟的，開啟了簾子，不瘋不癲鬧著的貴公子們，今天卻因為作為齋院宴饗的陪客[851]，儼然正式的裝束，車子上一個人端然的坐著，後邊又陪乘著殿上童[852]，這樣子也是很有意思。

行列過去了之後，不曉得大家為什麼這樣著忙的呢？都各自爭先恐後的，急忙想要前去，簡直是近於可怕的危險。自己伸出扇去，〔對了趕車的人〕說道：「不要這樣著急，慢慢的走好了。」也並不肯聽，沒有辦法在少為廣闊的地方，硬叫停住了等著，趕車的很是焦急，心裡一定覺得主人很是可恨吧。

但是這樣的看許多車子很有威勢的跑過去，實在是很有趣的事情。適當的讓別的車子都過去了，前面的路有點像山村了，甚有風趣，什麼水晶花籬笆上，枝幹茂生，看去很是荒野，伸長到路上的樹枝也很不少，花還沒有十分開齊，有許多是蓓蕾，便叫折了些來，插在車子的各個地方，昨日所插的楓枝[853]已經枯萎了，覺得很是遺憾，似乎這個更是有意思。

遠遠看去彷彿是走不過去[854]的道路，及至漸漸走近了，卻也並不這樣，這是很好玩的。男人的車子也不知道主人是誰，跟在後面來了，這似乎與平常普通的有點不同[855]，覺得有意思，到了分路的地方，朗誦著「在峰頭分別」[856]的歌詞，也是很有意思的事情。

[850] 直衣見卷一注[11]。狩衣本係狩獵時衣服，關披窄袖，六位以上的常服。
[851] 賀茂祭歸還之後，齋院在紫野宴饗主客，以殿上人作陪。
[852] 殿上童見卷八注[13]。
[853] 賀茂祭時用為裝飾的植物有兩種，普通說是葵與桂，葵實是細辛，桂則是楓樹，但此種楓葉乃是圓形的，與普通五岐的會變成紅葉的不同。
[854] 《春曙抄》本等解作車馬輻輳，疑若不能通行，近人則作遠望山路解，似更合理，今從之。
[855] 亦可解為與平常時候不同，但文中意思則謂與女車跟了來，其情景便不一樣。
[856] 《古今和歌集》卷十二，有壬生忠岑的一首短歌，本是言情的，其詞曰：「風吹白雲，在峰頭分別了，是絕無情分的你的心嗎？」這裡便是節取了中間這一句。

第一八六段　五月的山村

五月時節，在山村裡走路，是非常有意思的。窪地裡的水只見得是青青的一片，表面上似乎沒有什麼，光是長著青草，可是車子如筆直的走過去，進到裡面，卻見底下是無可比喻的清澈的水，雖然是並不深，趕車的男子走在裡面，飛沫四濺，實在很是有趣。路旁兩側編成活籬笆的樹枝，都掛到車上面，有時還伸進車裡面來，急忙的把它抓住，想拗折一枝下來，卻被滑出去了，車子空自走過，覺得很是懊恨。有蒿艾給車子所壓了，隨著車輪的迴轉，聞到一股香氣，這也是很有意思的。

第一八七段　晚涼

天氣非常的熱，正是乘晚涼的時候，四周的事物已經不大看得清楚，看見有男車帶著前驅走過，〔很有風趣〕是不用多說的了。就只是普通的〔殿上〕人，車子後的車簾捲上了，兩個人或是獨自坐著，跑了過來，似乎很是涼爽的樣子。

特別是〔對面走過來的車裡〕彈著琵琶，吹著笛子，逕自過去了，彷彿有點兒惋惜，但是莫名其妙的在這一忽兒，聞著不曾嗅到過的牛的鞦帶[857]的皮革的氣息，覺得很有興趣，似乎這是頗奇怪的事。在很暗黑的，月亮全然沒有的晚上，前面走著的〔男車〕所點著的火把的煙氣，飄浮到車子裡邊來，也是有意思的。

---

[857]　「鞦」亦作「緧」，牛馬尾後的繫帶，以皮革為之。《考工記》云：「必緧其牛後。」日本古時皆以牛駕車，見卷二注 [9]。

第一八八段　菖蒲的香氣

端午節的菖蒲，過了秋冬還是存在，都變得很是枯槁而且白色了，甚是難看，便去拿了起來，〔預備扔掉〕那時節的香氣卻還是剩餘著，覺得很有意思的。

第一八九段　餘香

衣服上薰得很好的香，經過了昨日，前日和今日好些時候，有些淡薄了幾乎忘記。〔夜裡〕將這件衣服蓋上，覺得在那裡面還有薰過的餘香，比現今薰的還要漂亮。

第一九〇段　月夜渡河

在月光很亮的晚上，渡過河去，牛行走著，每一舉步，像水晶敲碎了似的，水飛散開去，實在是很有意思的事情。

第一九一段　大得好的東西

大得好的東西是，法師。水果。家。飯袋[858]。硯箱[859]裡的墨。男人的眼睛，太細小了便像是女人的，但是，大得像是湯碗[860]相似，也是可怕的。火盆。酸漿[861]。松樹。棣棠花的花瓣。馬與牛，也是好的個兒大。

---

[858] 「飯袋」原稱「餌袋」，是給鷹裝食物的袋子，轉為盛飯食和點心的器具。
[859] 硯箱即中國所謂「文房四寶」，係用木盒上加漆繪，其中有硯及筆墨，亦有瓷銅所制的水滴。
[860] 「湯碗」原稱「金碗」，係指金屬所製，盛湯水用者，普通說眼睛如金碗，即言其大而有光。
[861] 酸漿又名姑娘菜，又名燈籠兒，結子紅色，味酸，故名。小兒除去其中細子，以空殼納口中，噓氣出入，咬壓有聲以為嬉戲。日本兒女甚喜玩弄，似十世紀時已有此俗。

第一九二段　短得好的東西

短得好的東西是，趕忙縫紉時的針線。燈臺〔也是矮的明亮〕。身分低下的女人的頭髮，這是整齊而且短的好。人家的閨女的講話。

第一九三段　人家裡相宜的東西

人家裡相宜的東西是，廚房。從人的休憩所。掃帚的新的。食案。女僮。使女。屏障。三尺的几帳。裝飾很好的飯袋[862]。雨傘[863]。粉板[864]。櫥櫃。提壺。酒注子。中型食桌[865]。坐墩[866]。曲廊。地火爐。畫著花的火盆。

第一九四段　各樣的使者

在出外的路上，看見有漂亮的男子，拿著摺疊得很細的立封[867]，急忙的行走，這是往哪裡去的呢？不禁想問一聲。又有很整齊的童女，穿的汗衫並不很新，但是穿慣了有點柔軟了，屐子卻是色澤很好，屐齒上沾著許多泥，拿著白紙包著的東西，或是盒子蓋上裝著幾冊的書本，向那裡走去，我真想叫了來，問她一番呢。在她從門前走過的時節，想要叫她進來，可是不客氣的走去了，也不答應，那使用的主人〔毫不知情趣〕也就可想而知了。

---

[862]　飯袋見上注 [84]。

[863]　中國古時稱無柄曰笠，有柄曰簦，即是雨傘。日本統名為笠，但因為從中國傳來，故特稱之為「唐笠」。

[864]　原名「書板」，以白板塗漆，備隨時記帳之用，中國民間稱為水板。

[865]　日本有食案，供一個人的使用，此則係更大者，長四尺者為中型。

[866]　坐墩係蒲團之屬，或以帛類製成，故可稱作錦墩。

[867]　立封，見卷二注 [8]。

第一九五段　拜觀行幸

　　拜觀行幸，極是漂亮的事，但是公卿們和貴公子，〔卻是徒步〕沒有車子供奉，略為覺得有點寂寞。

第一九六段　觀覽的車子

　　比什麼事情最叫人覺得討厭的，是坐著寒蠢的車子，裝飾也很是簡陋，卻出來觀覽的人了。假如去聽講經，那倒是很好，因為本是希望罪障消滅的嘛。但是即便如此，太是這樣，也總是難看的吧。這種人，其實是賀茂祭什麼的，便是不看也罷了。車上也沒有簾帷[868]，只用白布單掛著。在祭禮的當日，這才準備了車子和車帷，以為是這樣差不多過得去了，但是出來看到更好的車子，便會相形見絀，覺得為什麼坐著這種寒蠢相的車子出來的吧。

　　在街路上往來的貴公子的車，分開了人叢，走近自己的車邊停住了，這時直覺得心裡震動。想在好的地方停車，從人們也是催促，早上很早就出來了，等待得很長久，車子裡卻很寬敞，有時坐下，有時站起來，很是悶熱，正在等得不耐煩，這時候有作為齋院的陪客的殿上人，和藏人所的員司，弁官，少納言等人，坐在七八輛車子上，陸續的從齋院那邊過來了，那末這是時候到來了，心裡覺得緊張，很是高興。

　　殿上人差人過來，〔對了看臺的主人〕來打招呼，這時給前驅的諸人請吃水飯[869]，把馬都牽到看臺下邊來，有些名家子弟〔做那前驅的人〕，〔看臺的〕雜色就下來，替他拿住轡頭什麼，這是很有意思的。但是對於那些不夠身分的人，卻就置之不理，實在覺得有點過意不去。

[868]　「簾帷」原文「雲下簾」，係車簾下的帷帳，故竹簾稱為上簾，多以白的生絹為之。
[869]　水飯謂以水泡飯，先用米煮成飯，再晒乾，稱為乾飯，為乾糧之一種，吃的時候只用水泡便好了。

齋院的御輿走過來了，所有車子的車簾都全部放了下來，〔表示惶恐之意〕等到過去之後，再急忙的捲上，這樣子也是很好玩的。

到自己的車子前面，想要停住的車，用力去制止它，但是車夫說道：「為什麼在這裡不能停的呢？」很是強辯，覺得對於從人不好再說，便只得去告訴主人，這也是有意思的事。已經沒有停車的餘地了，但是闊人家的車子以及副車[870]，都還陸續到來，看它停在什麼地方呢？只見前驅的人們都紛然下馬來，把在那裡停著的車子，全都拉開了，留出地位來，讓副車也給歇著，實在是很大的威勢。

那些被驅逐的無聊的車子，只好再把牛駕上，搖擺著往有空當的地方去，這模樣實在是夠寒蠢的。有些華美的車子，卻不至於這樣無理的被逐。有的也還整齊，卻很有土氣，不斷的把下人叫到車邊來，拿出乳兒來叫抱著〔那些也是很難看〕。

第一九七段　溼衣

〔有女官〕傳說這話出去道：「有個不應當的人，清早從後殿裡[871]，叫人打著雨傘出去了。」仔細的一打聽，這事情乃是關係著我的。其實那人雖是地下人[872]，也並不怎麼寒蠢，而且也並沒有為人家所非難的事情，覺得這是好奇怪的事。正在這樣想著，中宮差人送信來了，並且說道：「趕快要回信。」心想這是什麼事呢，開啟看時，信上畫著一把大傘，不見有人，但是畫著撐傘的手，底下題句道：「三笠山[873]的山邊，天色

[870]　副車係隨從的車子，亦或稱後車。
[871]　後殿指宮中女官宿處。「不應當的」謂沒有身分，不得住宿的人。
[872]　地下人，見卷一注[22]。
[873]　《拾遺和歌集》卷十八，有一首歌道：「真是奇怪的，我是著了溼衣了，〔我的雨具〕是給三笠山的人借了去了。」中宮的題句蓋取材於此，隱喻那兩天早晨的話乃是謠言，著者也就了解此意，敏捷的作了回答。或謂三笠山係近衛府將官的隱語，故上文住宿的人或是近衛少將吧，雖略近穿鑿，也頗有意思。

微明的時節。」

中宮對於什麼瑣屑的事情都極為敏感，很可佩服。覺得有些無聊可厭的事，都不願意讓她知道，現在又有這樣的謠言出現，很是遺憾。可是看見那信也覺得有趣，就拿了一張紙，畫出正落著大雨，在底下寫道：「並不是下雨，卻給浮名落在身上了[874]。這樣的情形，那麼正是所謂溼衣[875]了吧。」這樣的啟奏上去，後來中宮說給右近內侍等人聽，並且笑了。

第一九八段　青麥條

住在三條宮中的時候[876]，到了五月節，〔從六衛府〕送到菖蒲的車子[877]，〔縫殿寮〕進呈香球。年輕的女官們和御匣殿[878]都做了香球，給公主和皇子掛上了[879]。有很是好看的香球從別的地方也獻了上來，我卻只把人家送了來的叫做青麥條[880]的東西，用青色的薄紙，鋪在很好看的硯箱蓋[881]上，盛了進上去，說道：「這是隔著馬柵[882]的東西。」中宮便從

---

[874] 歌意說「落在我的身上的，乃是謠言，而不是雨」。原文「落」字雙關謠言的流傳，「浮名」原文只是「名」字。

[875] 溼衣穿在身上，甚是難過，係是指冤罪。

[876] 中宮因了兄弟的事情，很是失意，於長保元年（西元九九九年）八月，由宮中移居大進平生昌的三條邸宅，暫時作為中宮的行宮，這裡所記即是次年五月間的事情，中宮也就於這年的年底謝世了，年僅二十四。

[877] 端午節宮中到處須插菖蒲，故需用極多，須整車的送進去。

[878] 御匣殿係關白的四女，為中宮的妹子，中宮歿後，由她代為敦康親王的養母。

[879] 公主指中宮的女兒修子內親王，皇子則指敦康親王。

[880] 原意云青錢串，係取初熟麥粒，炒熟去皮磨粉，搓作細條，作為點心之一種。中國亦有之，但不知其名，唯《燕京歲時記》中有云：「四月麥初熟時，將麵炒熟，合糖拌而食之，謂之炒涼麵。」

[881] 古時硯箱的蓋多極精緻，率用漆繪，多用以盛果餚，後世有拼盤食物，遂相沿稱為硯蓋。

[882] 《和歌古今六帖》有一首和歌，是這句話的根據，其詞云：「隔著馬柵吃麥的小馬，很不容易購得著，我也是這樣的愛慕著啊。」這裡著者表明自己思慕中宮的感情，絕不致受外界的障礙而有變化。是時中宮雖已晉升為皇后，但關白道長的女兒彰子於二月間進為中宮，扶植她的勢力，其後曾招著者前去供職，辭謝不去，可見這裡所說的話是確實的了。

那薄紙撕下一角來，寫一首和歌作答道：

> 人家都忙著，
> 說花呀蝶呀的時節 [883]，
> 只有你是我知心的人。

這是十分的可以紀念的。

第一九九段　背箭筒的佐官

十月裡過了初十的一個月色很是明亮的晚上，大家說在那裡走走看吧，有十五六個女官，都穿著濃紫的衣服在上面，把頭髮藏在衣內 [884]，只有中納言君 [885] 穿著紅色的筆挺的衣服，披散的頭髮移在頸子的前面。大家都說道：「這真是很可惜。」又說道：「倒是很像呢，是背箭筒的佐官 [886] 哩！」年輕的人給她起了這樣一個別號。大家在她背後，立著說笑，她本人還不知道。

第二○○段　善能辨別聲音的人

成信中將 [887] 善能辨別人的聲音。同在一處的人，如不是平常聽慣了，誰也不能分別出這是誰來。特別是在男人，對於人的面貌和聲音，是不容易看得清楚或聽得清楚的。中將卻連非常微細的說話，都能夠分別得很清楚〔實在是很可驚異的〕。

---

[883]　「花呀蝶呀」，言別人都送華麗的東西，只有你卻贈這樣質樸之物，深知我的心情，「花呀蝶呀」又隱喻人的奔向榮華，趨炎附勢。

[884]　頭髮藏在衣內，不散披在後面，見卷三注 [60]。

[885]　中納言君係女官的名稱，見卷七注 [18]。

[886]　原文云「靱負之佐」，係指靱負司的次官，「靱負」意云背箭筒的，即是門衛府的官員，平常著淺緋色衣，這裡蓋因為紅衣所以聯想到的吧。

[887]　成信中將即源成信，時為權中將，見上文第十段。

第二〇一段　耳朵頂靈的人

像大藏卿[888]那樣耳朵靈的人，是再也沒有了。真是連蚊子的睫毛落下地，也可以聽得出來吧[889]。我住中宮職官署的西廂[890]的時候，與關白家的新中將[891]說著話，其時有在旁邊的一個女官說道：「請你把那中將的扇子的畫的事情，說給我聽吧。」她用很低的聲音說，我回答她道：「現在那位就要走了，等那時候〔告訴你吧〕。」幽幽的在她耳邊說了，她還沒有聽見，只是說道：「什麼，什麼？」側著耳朵問。大藏卿遠遠的卻聽到了，拍手說道：「真可恨呢。既然那麼說，我今天就不走了。」這是怎麼聽見的呢，想起來真是吃驚。

第二〇二段　筆硯

硯臺很髒的，弄得滿是塵土，墨只是偏著一頭磨，筆頭蓬鬆的套在筆帽裡，這樣的情形真是覺得討厭。所有的應用器具都是如此。但在女人，這是鏡和硯臺上面，最顯得出主人的性格來。在硯箱的蓋口邊沿上積著塵土，卻丟著不加打掃，這種事情很是難看，在男子尤其如此。

總要書桌收拾得很是乾淨，如不是幾層的，也總是兩重的硯箱，樣子很是相調和的，漆畫的花樣並不很大，卻是很有趣的，筆和墨也安放得很好，叫人家看了佩服，這才很有意思。說是反正都是一樣的，便把缺了一塊的硯臺，裝在黑漆的蓋都裂開了的硯箱裡，硯上只有磨過墨的

---

[888]　大藏卿為大藏省即財政部的長官，其時為藤原正光，係前關白兼通的兒子。

[889]　蚊子的睫毛落地也能聽見，蓋係當時俗語，形容耳聰，出典當在中國。《春曙抄》本謂《列子》有「焦螟群飛，集於蚊睫」之句，謂蚊睫蓋本於此，或有此可能，因為平常不會想到蚊子的眼睫毛去。

[890]　此係指長德四年（西元九九八年）三月間事，見上文第四六段。

[891]　關白家的新中將即前一段的成信中將，因其為左大臣道長的養子。新任近衛中將，故如是稱呼。

地方才有點黑，此外硯瓦[892]的瓦紋裡都積著灰塵，在這一世裡也掃除不清[893]，在這樣的硯臺上，水盡涸著，青瓷水滴的烏龜[894]的嘴也缺了，只看見頸子裡一個窟窿，也不怕人家覺得難看，坦然的逕自拿到別人面前去，這樣的人也是有的。

拉過人家的硯臺來，想要隨便寫字，或是寫信的時候，人家就說道：「請你別用那筆吧。」這樣的給人說了的時候，實在覺得無聊吧。就此放下，似乎不大好意思，若是還要使用，那更是有點可憎了。對方的人是這樣的感覺，這邊也是知道，所以有人來用筆的時候，便什麼也不說的看著。

可是不大能寫字的人，卻是老想寫什麼似的，所以把自己好容易才用熟了的筆，弄得不成樣子，溼淋淋的飽含了墨，用了假名在細櫃[895]的蓋上，亂寫什麼「此中藏何物」[896]，寫完了把筆橫七豎八的亂拋，筆頭浸在墨池倒了，真是可氣的事情。雖是如此，卻不能說出來。又在〔寫字的〕人前面坐著，人家說道：「呀，好黑暗，請你靠裡面一點。」這也是很無聊的。在寫字的時候前去窺探，給人家發見了，說些閒話〔也是很無聊的〕。但是這在相愛的人，卻是也無妨。

第二〇三段　書信

這雖然不是特別值得說的事，但是書信實在是很可感謝的。遙遠的住在外地的人，很是掛念，不知道現在是什麼情形，偶然得到那人的來

---

[892]　這裡是指瓦硯，是硯中的劣品。

[893]　極言灰塵之多，一時掃除不盡，在《春曙抄》曾指出措詞頗為滑稽。

[894]　水滴亦稱水注，古時文房具的一種，以瓷為種種物形，中蓄清水，這裡所說乃是青瓷的小龜，從其嘴出水。

[895]　細櫃，見卷七注 [118]。

[896]　原本此句係用假名（即用漢字偏旁所成的日本字母）所寫，當作「古波毛乃也阿利」，今譯其意義如此。

信，便覺得有如現今見了面的樣子，非常的覺得高興。又把自己所想的事情，寫了寄去，就是還未到著了那地方，可是彷彿自己已經滿足了。

　　若是沒有書信的話，那就會多麼憂鬱，心裡沒有痛快的時候呵。在種種思慮之後，把這些寫了送給那人，這至少對那人的掛念總已經消除了，況且若是更能見到回信，那簡直與延長了壽命一樣了，這話實在是有道理的。

卷十

第二〇四段 驛

　　驛是，梨原驛。日暮驛。望月驛。野口驛。山驛，關於這驛曾經聽說有過悲哀的事情，近時又有悲哀的事，前後聯想起來，實在深受感動的 [897]。

第二〇五段 岡

　　岡是，船岡。片岡。鞆岡是小竹所生 [898] 的山岡，所以很有意思。會談岡。人見岡。

第二〇六段 社

　　社是，布留社 [899]。生田社。龍田社。花淵社。美久利社。杉樹之社，〔如古歌所說〕就以這為目標 [900] 吧。萬事如願明神是很可尊信的，但

---

[897]　各處地方有同名的驛站，或寫作「野摩」，或寫作「夜麻」，但所說悲哀的事情，則無可考。

[898]　鞆乃是射箭的時候，戴在左肘上，防止箭翎擦傷的皮套。小竹所生的出典是在《神樂》的歌裡說：「這個小竹是哪裡的小竹呀？舍人們腰間所插的鞆岡的小竹。」

[899]　據傳說，昔有女子在河中洗布，從上流有劍流下，萬物遇之皆破，遂止於此布的上面，因建神社名曰布留。

[900]　這是指在大和的三輪神社，奉祀大物主神。傳說云昔有女子名生玉依姬，遇一偉丈夫，每夜就之，不詳所自來，其家人因令女以麻線刺其衣裾，翌晨尋其蹤跡，入於三諸山的神社，線餘留不盡者凡三圈，因名其地曰三輪山，其人蓋是大物主神。《古今和歌集》卷十八有歌曰：「我的廬舍在三輪山麓，如戀慕我可以來訪，有杉樹立著的門便是。」這裡所說以杉樹為目標，即指此。

是如果「單是聽著人家的祈願」，〔那麼也會有〕嘆息的日子的吧[901]，給人這樣的說，想來是很有意思的。蟻通明神[902]，紀貫之的馬生了病，說是犯了神怒的關係，貫之作歌奉獻，於是就平復了[903]，實在是有意思的。

◆ 其二　蟻通明神緣起

這蟻通的名字是怎麼樣起來的呢？也不知道這是不是真的事情，總之據說，在古時候，有一位皇帝，他只愛重那年輕的人們，把四十歲以上的人要全給殺了，所以都逃到外地遠國去了，在都城裡完全沒有這樣的老人了。

其時有一個近衛中將，是當代頂有勢力的人，思想也特別的賢明，他有著七十歲左右的雙親，老人們說：「既然四十歲都有禁，何況〔將近七十歲的人〕實在更是可怕了。」正在那裡恐慌驚擾。但是中將是非常孝順的人，他想道：絕不能讓兩親住在遠處，一天非見一回面不可。便偷偷的在每夜裡將家裡的土崛起來，在土窟中造一間房子，把他們藏在裡面，每天去看望一次。對於朝廷和世間，只說是失蹤了。

其實是何必如此呢？老在家裡住著的老人們，只裝作不知道就是了[904]。這真變成十分討厭的世間了。老人原來不曉得是不是公卿。但是有著這中將的兒子，〔可見並不是平常的人〕非常賢明，什麼事情都知道。那個中將雖是年輕，卻也很有才能，學問很深，皇帝也以他為當時第一有用的人。

當時唐土的皇帝常想設計騙這皇帝，襲取此國，來試驗智慧，或設

---

[901]　《古今和歌集》卷十九〈俳諧歌〉中，有一首云：「單是聽著人家的祈願，那麼神社自身也會有嘆息的日子吧。」末一句原作「變做悲嘆的樹林吧」。

[902]　蟻通神社在今大阪府泉南郡。

[903]　紀貫之是九世紀時日本有名歌人，集中曾說在暗夜因為乘馬走過蟻通神社，遂觸神怒，馬忽生病，作歌陳謝，始癒。日本古時相信歌有神力，能通天地，動鬼神，常用代祈禱，作歌乞雨。

[904]　這幾句話疑是故事中所原有，故殊似累墜，不甚簡潔。

問答比賽。這一次，將一根木頭，削的精光，大約二尺長，送了過去，說道：「這木頭哪一頭是它的根，哪一頭是樹梢呢？」沒有法子能夠知道，皇帝十分憂慮，中將覺得他可憐，便到父親那裡，告訴他有這樣這樣的事，他父親說道：「這很不難，站在水流很快的河邊，把木頭橫著投到水裡去，回過來向著上游，流了下去的那一頭是末梢。這樣寫了送去好了。」這樣的教了，中將隨即進宮，算作自己的意思，說道：「我們且試了來看。」便率引了眾人走到河邊，將木頭投入，將在前面的一頭加上記號〔算它是梢〕，真是這樣的。

這回，又將兩條二尺長的同樣的蛇送了來，說道：「這蛇哪個是雄的，哪個是雌的呢？」這件事又是誰也都不知道。於是那中將照例的往問他的父親，說道：「把兩條蛇並排的放著，用一根細嫩的樹枝接近尾部去，其擺動著尾巴的便是雌的。」趕緊來到宮裡，這樣的做了，果然一匹不動，一匹擺動著尾巴，又做上了記號送去了。

這以後過了很久，送來了一顆珠子，這顆珠子很小，其中有孔，凡有七曲，左右開口。說道：「把這個穿上繩子。在我們國家，是誰都會做的。」這無論怎麼工巧的人，也都沒有辦法了。上自許多公卿們，下至世間的一切人，都說：「不知道。」於是中將又去〔找他的父親〕說這樣的一件事情，回答道：「找兩個大的螞蟻來，在腰間繫上了細絲，後面再接上較粗的線索，〔放進孔裡去〕在那邊孔的出口塗上一點蜜試試看吧。」這樣的說了，中將照樣對皇帝講了，將螞蟻放了進去，螞蟻聞見蜜的香氣，當真的從那出口走出來了。於是把那用線穿了的珠子送到唐土去。以後才說道：「日本也還是有賢人在。」後來就不再拿這種難題來了 [905]。

---

[905] 此種故事，殆屬東洋所共有，中國有《繹史》引《衝波傳》云：孔子被圍於陳，令穿九曲珠，子貢問於採桑娘，教以蜜塗絲以繫蟻，煙燻之，蟻乃過。印度在《雜寶藏經》卷一有〈棄老國緣〉一篇，與老人的智慧相結合，與此尤相類。有仙人化身，提出種種難題，共有九個，其中間蛇的雌雄和檀木本末，與這裡完全一致，此外有問象的重量一節，則與中國的傳說是一樣的。

皇帝對於這個中將以為大有功於國家的人，說道：「將給與什麼恩賞，授與什麼官位呢？」中將回答道：「絕不敢望更賜官職，只是有年老的父母失蹤了，希望准予尋求回來，住在京城裡面。」

皇帝聞奏說道：「這實在是極為容易的事。」准許了中將的請求，萬民的父母聽見了這事，都十分的歡喜。據說皇帝後來重用中將，直至位為大臣。因為這個緣故，人們才把中將作為蟻通明神的吧。這位明神對於往神社的人，一夜裡示夢道：「鑽過了七曲的珠子，所以有蟻通的名稱的，於今恐已沒有人知道了吧。」據人家傳說，是這樣的說的。

第二○七段　落下的東西

落下的東西是，雪。雪珠。雨夾雪[906]雖然少為有點可憎，但在純白的雪裡面，夾雜在內那也是很有意思的。雪積在檜皮屋頂[907]上，最為漂亮，在少為融化的時節，又落下好些來，剛落在瓦楞裡，使得黑白相間，很是好玩。秋季的陣雨[908]和雨夾雪，是落在板屋上[909]為佳。霜也是板屋，或者在院子裡。

第二○八段　日

日是，夕陽。當太陽已經落在山後的時候，太陽光還是餘留著，明亮的能看見，有淡黃色的雲瀰漫著，很是有趣。

---

[906]　原文用漢字作「霙」，《玉篇》云：「雨雪雜下。」

[907]　日本古代建築以檜木葺屋頂，見卷五注 [24]。但下文說瓦楞，又是瓦頂了。

[908]　原文稱「時雨」，意云過路雨，與「陣雨」的意義正相近似。

[909]　雪珠落在板屋上，琅琅有聲，甚是好聽，這是從聽覺上著想，但下文說霜也宜板屋，則又是說好看了，乃是從視覺上立說的。

第二〇九段　月

月是，蛾眉月。在東山的邊裡，很細的出來，是很有趣的。

第二一〇段　星

星是，昴星^[910]。牽牛星。明星^[911]。長庚星。奔星^[912]，要是沒有那條尾巴，那就更有意思了。

第二一一段　雲

雲是，白的，紫的，黑色的雲，都是很好玩的。風吹的時節的雨雲〔也是很有意思的〕。天開始明亮時候的雲，漸漸的變白了，甚是有趣。「早上是種種的顏色」，詩文中曾這樣的說^[913]。月亮很是明亮，上面蓋著很薄的雲，這是很有情趣的事。

第二一二段　吵鬧的東西

吵鬧的東西是，爆的炭火。板屋上面烏鴉爭吃齋飯^[914]。每月十八日觀音的緣日^[915]，到清水去宿廟的時候。到傍晚了，燈火也還沒有點的時

---

[910]　昴星即七曜星，中國俗名七簇星。

[911]　明星即金星，亦名太白星，朝見稱啟明，夕見則稱長庚，這裡所說即是啟明星。

[912]　奔星乃是流星的別名，因流星奔向一處，有如人投其所歡，故名。流星行速，遠望如有尾然。

[913]　所云出典未詳，宋玉〈高唐賦〉中有云：「旦為行雲，暮為行雨。」或為此句所本，但原本並未說雲的顏色。

[914]　僧家過午不食，午前吃飯曰齋。食時先取飯食少許，以供鬼神，施餓鬼，曰眾生飯，略稱「生飯」，投於屋上，供鴉雀之食。

[915]　「緣日」意謂「有緣之日」，即諸佛菩薩成道或示現的日子，與眾生有緣，群往參拜，遂作為「廟會」之稱。十八日係觀音成道之日，清水寺在京都，供奉十一面觀音。

候，從外面到來了許多的人，而且這些都是從遠地或是鄉下來的，家裡的主人這才回來，這實在是夠忙亂的。近處說是火發了，卻是得免於被燒〔這情形也是很亂的了〕。觀覽終了，車子回來很是雜沓。

第二一三段　潦草的東西

潦草的東西是，低階女官的梳上頭髮[916]的那姿態。中國畫風的革帶的裡面[917]。高僧的起居動作[918]。

第二一四段　說話粗魯的事

說話粗魯的事是，巫祝的讀祭文[919]。搖船的人夫。雷鳴守護陣的近衛舍人[920]。相撲的力士。

第二一五段　小聰明的事

小聰明的事是，現在的三歲小孩〔這是夠討厭的〕[921]。叫來求子，或是被除的巫女們，請求了各種材料，做出祈禱用的東西，看她把許多紙疊作一起，卻用一把鈍刀去切，這在平常恐怕連一張紙都切不開的，如今用於敬神的事情上，〔所以什麼都可以切似的〕將自己的嘴都歪著，那麼用力

---

[916]　女官照例是披著頭髮，今將頭髮梳上了，所以顯得是潦草了。

[917]　革帶裡面的中國畫，其情形未詳，大概這是一種漆畫，卻是較為簡略的吧。

[918]　《春曙抄》云，遁世的高僧對世評無所關心，故舉動多是隨意的。

[919]　巫祝為神之所憑依，故誦讀祭文時，語言多傲慢無禮。

[920]　故事凡雷鳴三遍，自近衛大將以下，均帶弓箭侍候御前，其將監及舍人則均著蓑笠，在南殿守護，稱為「雷鳴之陣」。

[921]　有小聰明而喜賣弄，往往令人厭惡，小孩有過於伶俐者，大抵少年老成，未必著者當時的幼兒真是勝過昔時也。

的切下去，做成了切口很多的幣束[922]垂了下來，再把竹切成夾的東西，似乎十分虔誠的準備好了，隨後將這幣束搖擺著，舉行祈禱的動作，〔很是像煞有介事的樣子〕很是賣弄聰明，並且說道：「什麼王公，什麼大人的公子，生怎麼樣的重病，給他醫好吧，彷彿像把毛病揩去了似的，得到許多的賞賜。當初叫過〔有名的什麼什麼人去治〕，可是沒有效驗。自此以後，就老是叫我去了。很是蒙他們的照顧呢。」這樣的說，也很是可笑的。

下流社會家裡的主婦〔也多是有小聰明的〕，而且多配有愚鈍的丈夫。〔但是這樣女人〕如果有聰明的丈夫，也還是想要去指揮他的吧。

第二一六段　公卿

公卿中〔理想的官位〕是，春宮大夫[923]。左右〔近衛〕大將。權大納言。權中納言。宰相中將。三位中將。春宮權大夫。侍從宰相[924]。

第二一七段　貴公子

貴公子中〔理想的官位〕是，頭弁[925]。權中將。四位少將。藏人弁[926]。藏人少納言。春宮亮[927]。藏人兵衛佐[928]。

---

[922]　上古祈禱祓除，均以麻縷木棉為幣獻於神，後改用絹或布帛，或以白紙為之，切塊挾竹木上，稱曰幣束。故俗語謂迷信家為「背幣束的人」。

[923]　春宮大夫是東宮職的長官，官位是從四位，所謂公卿是指大臣以外的三位以上的官吏，但宰相即參議是四位，與這春宮大夫乃是例外，也算在內。

[924]　即是參議兼任侍從的人，侍從原本是從五位，但以職務關係，算作殿上人。

[925]　頭弁乃是藏人頭兼任太政官的弁官，弁亦作辨，太政官有左右弁局，大弁係從四位上。頭中將即藏人將兼近衛中將。

[926]　藏人弁即是藏人兼弁官，弁有中弁，少弁，這裡或者指中等弁官。

[927]　春宮亮即東宮職的次官，曰亮。曰介，曰佐，以漢字為區別，意思皆云佐助，為次長的名稱。

[928]　藏人兵衛佐即是藏人兼兵衛府的次官，兵衛府與近衛府等同為六衛府之一，司侍衛之職，長官稱曰督，次官則云佐。

第二一八段　法師

法師中〔理想的地位〕是，律師。內供奉。[929]

第二一九段　女人

女人〔理想的職務〕是，典侍。內侍。[930]

第二二〇段　宮中供職的地方

宮中供職的地方是，禁中 [931]。皇后的宮中。皇后所生的皇女，就是所謂一品宮 [932] 的近旁。齋院那裡，雖是罪障深重 [933]，卻也是很好的，況且現在〔這位大齋院〕更是非常殊勝的 [934]。皇太子的生母的妃嬪 [935] 那裡〔也是理想的地方〕。

第二二一段　轉世生下來的人

轉世生下來的人，大約是這種情形吧。只是普通女官供著職的人，

---

[929]　律師乃法師善解戒律者之稱，為僧綱之一，官位準五位。內供奉凡十人，供奉宮內祈禱讀經的職務。

[930]　典侍是內侍司的二等官，官位與從四位相當。內侍是三等官，相當於從五位，通稱為掌侍。

[931]　禁中即指在天皇近旁。

[932]　皇女敘爵，自一品至四品，不以官位計。

[933]　意言齋院是奉事神道的職務，平常的人進去從事，未免褻瀆神明，以佛教用語來說故云罪深。

[934]　齋院是奉事賀茂神社的皇女之稱，定例每一朝一人，唯當時的齋院係村上天皇的皇女選子內親王，已經選四朝，甚有才學，所以更為殊勝。

[935]　天皇妃嬪眾多，往往皇太子非是皇后所生，皇后之次有中宮，其次為眾女御，今譯作「妃嬪」。

忽而當上了〔皇太子的〕乳母，就是一例。也不穿唐衣，也並不用裳，只穿著白衣[936]陪了皇子睡覺，帳臺的裡面是自己的住所，〔舊時同僚的〕女官叫來任憑差遣，叫往自己住的女官房去做什麼事情，或是收發信件，那種樣子，簡直是說不盡的闊氣。

　　藏人所的雜色[937]，後來升為藏人，也是很闊氣的。去年十一月賀茂神社臨時祭的時候，還扛抬過和琴[938]，現在看來覺得不像是同一個人了。與貴公子們在一起走路，簡直叫人想不起他是哪裡的人了。其他〔不是從雜色〕任為藏人的人，雖然是同樣的，但是實在沒有這樣的可驚異了。

第二二二段　下雪天的年輕人

　　雪積著很高，現在還下著的時候，五位或是四位的，容貌端整很是年輕的人，衣袍的顏色很鮮麗的，上面還留著束帶的痕跡，只是宿直裝束[939]，將衣裾拉起，露出紫色的縛腳褲，與雪色相映，更顯得顏色的濃厚，襯衫是紅的，要不然便是絢爛的棣棠色[940]的，從底下顯露出來。〔這樣的服裝〕撐了傘走著，這時風還是很大的吹著，將雪從側面吹來，少為屈著身子向前走著，穿著的深履或是半靴的邊上[941]，都沾了雪白的雪，這種情景真是很有情趣的。

---

[936]　「白衣」亦作「帛衣」，便是平常的服裝，不是什麼禮服，佛教徒稱俗人亦為白衣。

[937]　藏人所雜色乃司雜役的人，因為沒有官位定式的袍色，只著雜色故以為名，定員八人，但定例必升為藏人。

[938]　臨時祭時藏人雜色扛抬和琴，見上文第一二七段。

[939]　殿上人宿直時服裝，不著禮服，只是著用衣袍，及縛腳褲，比衣冠束帶，要簡略得多了。

[940]　棣棠色即黃色，表面為淡的朽葉色，即帶有赤色的茶色。

[941]　「深履」及「半靴」見卷六注[80]。

第二二三段　後殿的前面

後殿^[942]的拉門很早就開啟了，有殿上人從御浴室的長廊下走了下來，穿皺了的直衣和縛腳褲，都有些綻裂，種種的襯衫從那裡露出來，一面將這些東西塞到裡面去，向朔平門方面走去。走到〔女官房的〕開著的拉門前面，將纓^[943]從後面移了過來，遮著臉走過去了，這也是很好玩的事情。

第二二四段　一直過去的東西

一直過去的東西是，使帆的船。一個人的年歲。春，夏，秋，冬。^[944]

第二二五段　大家不大注意的事

大家不大注意的事是，人家的母親的年老^[945]。〔一個月裡的〕凶會日^[946]。

---

[942]　所指當時弘徽殿或是登華殿的側殿，為女官們的居所。

[943]　纓本來是指冠纓，但這裡卻是帽後面的飄帶，古時有兩條，後來只有一條了。以纓覆面，係表示謹慎，不敢窺伺。

[944]　一直過去，言其中間毫無停留，一年四季相繼過去，亦令人有此感覺。

[945]　為什麼這裡限定於母親的年老，或者註解謂人的父親或有官職，或因事務多有外出的機會，故易為人所知，古時婦女絕少有人看見，及年老更甚，此蓋根據當時社會情形如此，亦可備參考。

[946]　「凶會日」古曆書所有的凶日，據云是日「百事最凶」，唯每月必有三數日，因其常見，故人反不注意避忌，不及別的凶日，如血忌日及天火地火的重要了。

第二二六段　五六月的傍晚

五六月的傍晚，青草很細緻似的，整齊的被割去了，有穿了紅衣[947]的男孩，戴著小小的笠帽，在左右兩脅挾了許多的草走去，說不出的覺得很有意思。

第二二七段　插秧

在去參拜賀茂神社的路上，看見有許多女人頂著新的食盤[948]似的東西，當作笠子戴，一起站在田裡，立起身子來，又彎了下去，不知道在做什麼事，只見她們都倒退著走[949]，這到底是做什麼呢？看著覺得有意思，忽然聽見唱起歌來，卻是痛罵那子規的，就覺得很是掃興了。唱歌說道：

> 子規呵，
> 你呀，那壞東西呀，
> 只因你叫了，
> 我們才下田裡呀[950]！

她們這樣的唱，但是這又是怎樣的人呢？她會得做這樣的歌說：「請你不要隨便的叫吧。」[951]〔這實在很懂事的人。〕那些毀謗仲忠[952]出身

---

[947]　紅衣係指褪紅色，即是淡紅，當時一切僕役人夫均著這一種顏色的布制狩衣，見卷九注[72]。

[948]　食盤見卷一注[30]，此言如食盤倒置，指田間所用的編笠，俗名「一文字笠」，謂其頂平如「一」字，至今插秧的婦女猶戴之。

[949]　這裡形容插秧的情形甚為滑稽，活寫出不知稼穡艱難的人來。

[950]　此係插秧歌之一，歌者不說農作之苦，卻歸咎於鳥啼催耕，蓋子規鳴時正當插秧，中國有鳥名為「割麥插禾」，用作農候，或亦是子規的一類。

[951]　《萬葉集》卷八收有此歌，稱藤原夫人所作，其詞曰：「請你不要隨便的叫吧！我是想將你的聲音，混在珠子裡穿作五月的香球哩。」意思說叫子規等到五月再叫，不要早時亂叫，使得聲音粗糙了。這是讚美子規的歌，與民歌的意思正是相反。

[952]　仲忠為《宇津保物語》中的人物，關於他生身卑微的評論，見上文第七二段，及卷四注[56]。

卑微的人，和說什麼「子規的啼聲比黃鶯不如」的人，實在都是薄情，很
是可憎的。

第二二八段　夜啼的東西

〔那說子規的啼聲比黃鶯不如的人，實在是薄情，很是可憎的。〕[953]
鶯不在夜裡啼，很是不行。凡物夜啼，都絕佳妙，唯獨小兒夜啼，卻是
不佳[954]。

第二二九段　割稻

在八月的下旬，去參拜太秦地方的廣隆寺，看見那裡在稻穗紛披的
田裡，許多人在忙亂著，這是在割稻。古歌裡說：「才插了秧，不知什麼
時候……」[955] 的確是這樣的。是以前不久的時候，到賀茂神社參拜，那
時看見的〔插秧的〕光景，深深的有所感觸。

但是在這裡卻沒有婦女夾雜著，全是男人，將全是變成赤色的稻
子，在少為綠色的根株上捏住了，用了刀子什麼的[956]，在根株邊割下，
很是輕快似的，覺得自己也想去割了來看。這是為什麼這樣辦的呢？把
稻穗向著上前，〔男人們〕都相併的立著，這是很有意思的。又在田間的
小屋子[957]，樣子很是特別。

---

[953]　《春曙抄》本上段中「仲忠」讀作「中高」，望文生義的加以解說，今諸本悉已訂正，《春曙抄》
　　　　又將下句割裂，列入次段，故今以方括弧加上，表示刪削，唯以與下文似不無關係，仍保留
　　　　其原文如上。
[954]　此段各本均無有，今譯本係以《春曙抄》本為依據，故仍其舊。
[955]　《古今和歌集》卷四有古歌云：「昨天才插了秧，不知什麼時候稻葉飄飄的秋風吹起來了。」
　　　　意思說插秧不久，卻已是秋風起來，稻子成熟了。
[956]　意思是說割稻用的鐮刀。
[957]　小屋子即指農夫在田間看守稻穀的小舍。

第二三〇段　很髒的東西

很髒的東西是，蛞蝓。掃地板用的掃帚。殿上的漆盒[958]。

第二三一段　非常可怕的東西

非常可怕的東西是，夜裡響的雷公。在近鄰有盜賊進來了，若是走到自己家裡，〔反而嚇昏了〕全不知道什麼事情，所以並不覺得了。

第二三二段　可靠的事

可靠的事是，有點不舒服的時候，許多的法師在給做祈禱。所愛的人生了病的時節，真是覺得可以倚靠的人，來加勸慰，把精神振作起來。遇到什麼可怕的事情，在兩親的旁邊。

第二三三段　男人的無情

經過盛大的準備，接來了女婿，過了不久的時候，便不來了[959]，後來在什麼重要的地方[960]，與丈人相遇，應當有點難為情吧。

有一個男子，做了其時很有權勢的人的女婿，可是只有一個月的工夫，就不再來了，周圍的人就都非常吵鬧議論，〔女人的〕乳母什麼人對女婿很加以咒罵，但是到了第二年的正月，這個男子卻任為藏人了。

---

[958]　原文云「合子」，謂係殿上人所用的朱漆的有蓋的碗，因為年久用的人又多，故致漆皮剝落，或邊沿有缺，甚為難看。

[959]　古時結婚，多由男子就女家寄宿，晚出早歸，亦有不和諧者，便不復往來，即告斷絕。上文第八四段說「難為情的事」，末句即說此事，這裡更加細敘，對於男子的無情義，加以譴責。

[960]　「什麼重要的地方」，一本解作「禁中」。

大家都說道：「真是怪事！在這樣翁婿的關係之下，為什麼卻能升進的呢？」外面這樣的風聞，恐怕他也是聽見的吧。

在六月裡，有人家舉行法華八講[961]，大家都聚集了來聽講，那個做藏人的女婿穿著綾的表褲，蘇枋的外襲，黑半臂[962]，穿的很是漂亮，在被遺棄的女人的車子的鴟尾[963]上面，幾乎把半臂的帶子都搭上了，那〔車子裡的女人〕看了怎樣感想呢？跟車子的人們知道這情形的，無不覺得難為情，就是旁觀的人也都說：「真虧他那麼無情的！」後來也都還說著他的事。

似乎男人是不很懂得什麼難為情，也全不管女人是怎麼感想的。

第二三四段　愛憎

世間最不愉快的事情，總要算為人家所憎的了。無論怎樣古怪的人，也不會願意自己被憎惡的吧。但是自然的結果，無論在宮中供職的地方，或是在親兄弟中間，也有被人愛的或是不被人愛的，實在這是遺憾的事情。

在身分高貴的人們不必說了，就是在卑賤的人裡面，有特別為父母所鍾愛的兒子，人家也加以另眼相看，鄭重待遇。其特別有看重的價值的，那麼鍾愛也不是沒有道理，這樣的小孩有誰覺得不愛的呢？若是別無什麼可取的，正因其是這樣所以特別憐愛，這也因為是父母所以是如此，也是深可感動的。

無論是父母，或是主君，以及其他，只是偶然交往的人，總之一切的人都有好意，我想這是最好的事了。

---

[961]　法華八講，見卷二注 [49]。
[962]　半臂，見卷六注 [33]。
[963]　牛車後面兩根突出的轅木，名為鴟尾。

第二三五段　論男人

男人這東西，想起來實在是世上少有的，有難以了解的心情的東西。棄捨了很是整齊的女人，卻娶了醜女做妻子，這是不可了解的事情。在宮廷裡出入的人，以及這樣名家的子弟，本來可以在多數〔漂亮的女人〕中間選擇所愛的人，就是身分高貴，看來自己所決難仰攀的人，只要以為是好的，也不妨拼出性命去戀慕的。不然是普通人家的閨女，便是還不曾見過世面的，只聽說是很殊勝，也總想得了來〔做自己的妻子〕。但是偏有愛那樣的，便是在女人眼裡也是不好的人，這樣的男子正不知是什麼心情呢。

容貌很整齊，性質也很柔順的女人，字寫得很好，歌也做得很有風趣的，寄信給他去，單只是回信回得很漂亮，可是並不理睬她，讓她儘自悲泣著，捨棄了她卻走向別的女人，這種男子實在是很奇怪的。雖然是別人的事情，可是女人也感到公憤，覺得這種舉動很是遺憾。但在男子自己卻毫不覺得〔責任〕，沒有對不起的心情的。

第二三六段　同情

比一切事情更好的，是有同情的事，這在男人不必說了，便是在女人，也是極好的事情。假使極無關係的話，這如用了討厭的口氣說了，〔就是旁邊聽著的人〕也要覺得遺憾。即使不是從心底裡說出來，遇見人家有為難的事，說道：「這太為難了。」聽見什麼可憐的事，說道：「這真是，不知道那人怎麼的心情呢！」本人從別人傳聞聽到這話，要比直接聽見尤為高興。平常總想怎樣想個法子，使得那個人知道，我是十分了解他的好意的。

那些平素關切，或必然要來訪問的人，其同情乃是當然的事情，便沒有特別覺得怎樣。倒是平常不想到會這樣關懷的人，這樣親切的招呼，更是高興。事情雖然極是容易，卻是實際難以辦到。本來氣質溫和，而且很有才智的人，一般看過去似乎是很少的。但是，這樣的人〔在世間或者〕很多，也正是說不定吧。

第二三七段　說閒話

聽見人家說閒話，覺得生氣，這實在是沒有道理的事。有誰能夠什麼都不說呢？本來把自己的事情完全擱起，只顧非難別人，也是本不願意〔然而有時候也不能不說〕。總之說別人家的事不是好事情，又被本人聽見了，又要怨恨也未可知。所以說人閒話不是怎麼好事。還有平常覺得關心的人，說了對他不起，所以也就諒解了忍著不說，假如不然的話，那便大家說笑算了。

第二三八段　人的容貌

人的容貌中間，有特別覺得美觀的部分，每次看見，都覺得這是很美，甚是難得。圖畫什麼看見過幾次，就不很引人注目了。身邊立著的屏風上的繪畫什麼，即使非常漂亮，也並不想再看。但是人的容貌，卻是很有意思的事。便是不大精巧的家具中間，也總會一點是值得注目的地方。難看的容貌也正是同樣的道理，但是因此覺得〔聊以自慰的人〕那就很是可憐的吧。

第二三九段　高興的事

　　高興的事是，自己所沒有看到的小說還有許多，又看了第一卷，非常想繼續著看，現在見到了第二卷〔這是很高興的事〕。但是〔這很拙劣〕看了很是掃興的事也是有的。

　　拾得人家撕碎拋棄了的書信來讀，看見上面有連續的好些文句。做了一個夢，不知道是什麼事情，正是害怕，心裡驚跳著的時候，據占夢的判斷為沒有什麼關係，這實在很是高興。

　　在高貴的人 [964] 的面前，許多女官都侍候著，正在講以前有過的事，或是現今聽說世間種種的事情，說著話的時候眼睛卻看著我這邊，這是很高興的事。

　　在遠隔的地方那是不必說了，就是同在京都裡面，自己所頂為看重的人聽說是有病，怎麼樣了，怎麼樣了呢，老是惦念著的時候，得到來信說是痊癒了，很是高興。自己所愛的人給人家所稱讚，又為高貴的人所賞識，說不是尋常的人〔也是高興的事〕。

　　在什麼時節〔所做的和歌〕或是與人家應酬的歌，在世間流傳為人家所稱讚，或者寫入筆記什麼裡去。這雖然不是自己所經驗的事，但是也想像得到是很高興的。

　　並不怎麼熟習的人說出一句古歌或者故事，〔當時不好問〕後來由別人問明白了，覺得很是高興。隨後在什麼書本裡面看到了，這是很愉快的，心想原來是出在這裡嗎，更覺得當初說這話的人很有意思了。

　　陸奧地方的檀皮紙，白色的紙，或者只是普通的雪白的紙，得到手裡，很是高興。在才情學問都很高而自己看了很慚愧的人面前，問到和歌的上下句 [965]，忽然的想了起來，就是自己的事也很是高興。即使是平常

---

[964]　這裡「高貴的人」，非是泛指，乃是說中宮，但是這裡沒有說出具體的事實罷了。

[965]　原本云「歌的本末」，即是將三十一字音的一首歌，分作上下兩節，五七五凡三句為本，七七凡二句為末。

記得的事，到得人家問到的時候，偏是完全忘了，這樣的時候居多。急忙的尋找什麼時，忽而見到，也是可喜的。現在就要看的書，怎麼也找不著，把種種的東西都翻遍了，好容易才算找到，這實在是高興的事。

在百物比賽[966]，及其他賭輸贏的事情上面，得了勝利，這怎能不高興呢？還有暗算那很是自負，得意揚揚的人〔也是高興的事〕。贏了女人們那不算什麼，要使男子〔上當〕那更有意思。這事情那對手必定要還報的，時常要警戒著，這種心情也很愉快，那邊的人又或是裝得很是坦然，似乎沒有想著什麼，叫這邊不防備，那也是很好玩的。

平常覺得可憎的人，遇著了不幸的事，雖然這樣想是罪過[967]，但是覺得很可喜的。

新作木梳[968]，很精緻的做好了，也覺得是高興。〔無論什麼〕凡是關於所愛的人，比自己的事[969]，更是高興。

在〔中宮的〕御前，女官們侍候著，房間裡沒有空地，我那時剛才進去供職[970]，在少為離得遠的柱子邊坐著，中宮卻看見了，說道：「到這邊來吧。」女官們讓出路來給我，將我召到御旁去了，這件事想起來也是很高興的。

第二四〇段　紙張與坐席

在中宮面前，許多女官們侍候著，談著閒天的時候[971]，我曾說道：

---

[966] 比賽時分為兩組，各組拿出一個同類的東西，比賽高下，以定勝負，稱為「物合」，有「繪合」、「貝合」、「扇合」各種，中國古時的「鬥草」，也是這類遊戲之一。

[967] 幸災樂禍，在佛法是罪過。

[968] 原文云「刺櫛」，狩谷望之《箋註倭名類聚抄》卷六云：按刺櫛常插頭髮為飾者，非疏發去垢之用，西土（謂中國）有瑇瑁梳㲱檀梳，則是刺櫛之類。

[969] 此一節文意不明，釋者謂其上有脫文。

[970] 說初進宮時的情形，參看上文第一六三段「中宮」。

[971] 據編者考證，這是根據長德二年（西元九九六年）六月下旬的事實，日後加以回憶。其時著者被人說成是左大臣道長的黨羽，因此覺得很煩惱，退回裡居，這裡所說的話乃是當時的感想。

「世間的事盡是叫人生氣，老是憂鬱著，覺得沒有生活下去的意思，心想不如索性隱到哪裡去倒好。那時如能有普通的紙，極其白淨的，好的筆，白的色紙^[972]，或是陸奧的杠紙得到手，就覺得在這樣的世間也還可以住得下去。又有那高麗緣^[973]的坐席，草蓆青青的，緣邊的花紋白地黑文，鮮明的顯現，攤開來看時，不知怎麼的，總覺得這個世間也還不是就放棄得，便不免連性命也有點愛惜了。」這樣說了，中宮就笑著說道：「這真是，因了很無聊的事，就可以得到慰藉的了。那麼棄老山的月亮^[974]，究竟是怎樣的人看的呢？」伺候的女官們也都說道：「這倒是很簡易的長生的方法呀。」

　　以後過了好些日子，因為有點事情感到煩惱^[975]，退出在自己的家裡的時候，中宮賜給我很好的紙二十帖，並且傳話道：「早點進宮來吧。」又說道：「這紙是因為想起從前曾經說過的話，所以給你的，因為不是很好的紙，或者不能書寫《壽命經》^[976]，也說不定。」這樣的說，實在很是有意思。連我自己也幾乎完全忘記了的事，中宮卻還是記憶著，這就是在普通的人。能夠這樣，也是怪有意思的，何況這是出於中宮，自然更是感謝不盡了。因為喜歡，心也亂了，覺得不曉得怎麼樣說的好，只寫了一首和歌道：

　　　提起來也是惶恐的

　　　神明^[977]的靈驗，

　　　我就將成為鶴齡了吧。

---

[972]　色紙乃是說種種染色的紙，故有白色的一種。

[973]　高麗緣係指坐席的邊緣，用白綾地黑花紋，織出雲形及菊花等花樣。

[974]　《古今和歌集》卷十七，有無名氏的歌云：「我的心難以安慰啊，望著那更科地方的照在棄老山上的月亮。」據傳說云，在信濃更科地方有「姥舍山」（譯言拋棄姥姥的山），老母年邁，率棄於山中。有男子棄其母於山上，適見明月，遂悔悟，復召之回家，因作此歌云。

[975]　參看上文第一二八段。

[976]　《壽命經》即《壽命陀羅尼經》之略，凡一卷，唐不空三藏譯，受持此經以祈長壽。

[977]　「神明」讀作「加美」，與「紙」字同音，這裡利用雙關的字音，說因為「紙」的力量將延長壽命，如鶴的壽長千年。

255

那麼，這未免活的太久了吧，請把這話代為啟上。」這樣寫了送了上去。這是檯盤所的女官送信來的，把一件青的單衣給她作為贈物，打發她去了之後，就將那紙訂成冊子，非常覺得高興，把這幾時的煩悶的心情也消遣開了，心裡也很是愉快。

經過了兩天之後，有個穿紅衣[978]的男人，拿了坐席[979]進來了，說道：「把這個進上吧。」使女出去問道：「你是誰呀？好不客氣。」粗率的說，那男子放下了就走了。我問道：「從哪裡來的呢？」回答道：「已經回去了。」拿了進來看時，乃是特別的人使用的所謂「御座」做成的坐席，用高麗緣沿邊，很是漂亮。心想這是從中宮來的吧，可是因為不能確定，叫人去找尋送來的那男子，卻已經走掉了。大家覺得奇怪，互相談論著，只是使者已經不在，那也沒有辦法。假如地方送錯了的話，那自然會得再來的。想去試問中宮近旁的人來著，但是此外還有誰是這樣好事的人呢？一定出於她的指示，這是很好玩的事。

過了兩天沒有什麼消息，但是事情卻是更沒有疑問了。我對女官左京君[980]說道：「有這麼的一回事，請你看一下有這樣子形跡嗎？希望你祕密的告訴我。如果沒有這樣的事，就請把我說的這番話，也不要洩漏出去吧。」回答說道：「這實在是中宮極祕密的教做的事。千萬不要說是我所說的，日後也請保守著祕密。」固然不出所料，想起來很是有意思，寫了一封信，偷偷的叫人去放在宮裡的欄干上面，可是因為送信的人有點慌張，從欄干上拂落，掉落在臺階底下了。

---

[978] 「紅衣」係僕役，見卷九注 [72]。
[979] 坐席通稱云「疊」，聚草稿為褥，上蒙草蓆，以布帛作緣，長三尺，闊六尺，厚約一寸。
[980] 左京君為中宮的一個女官。

第二四一段　二條宮

二月十日，關白公在法興院的積善寺的大殿裡[981]，舉行一切經供養[982]。女院和中宮都要前去，所以在二月初一左右，〔中宮〕先搬到二條宮裡去。那時已是夜深了，很是渴睡了，什麼也沒有看清。到了次日早晨，太陽很明亮的照著，這才起來看時，宮殿新建，布置得很有意思，連御簾也好像是昨日新掛似的。房內一切裝飾，獅子狛犬[983]等東西也不知什麼時候擺好的，看了很覺得有興趣。有一棵一丈多高的櫻花，花開得很茂盛，在臺階的左近，心想這花開的很早呀，現在還正是梅花的時節呢。再一看時，乃知道實在是像生花。一切的花的顏色光澤，全然和真的一樣，真不知道是怎樣費事的做成的呵。可是一下了雨，就怕要褪色凋謝了，想起來可惜得很。這裡原是有許多小房子，拆去了，新建的，所以到現在沒有什麼可以觀賞的樹木。可是構造都是宮殿的樣式，覺得很是親近，而且很是優雅。

關白公就過來了。著了藍灰色的平織的縛腳褲，櫻花的直衣，底下襯著紅色下衣三重，外面就穿著直衣。中宮以及女官們都穿著紅梅的濃色或是淡色的織物，平織和花綾的種種的服裝，真是應有盡有，光輝燦爛的，唐衣是嫩綠的，柳色[984]或是紅梅。關白公坐下在中宮的前面，說些閒話，中宮的回答非常的漂亮，我在旁看著，真想怎麼使得平常的人窺見一點兒這才好呢。

關白公看著女官們說道：「中宮不知道是怎麼的想呢，在這裡這樣排列著許多的美人，那麼的看著，真是可羨慕得很哪。一個都沒有稍差

---

[981]　這是正歷五年（西元九九四年）二月十日的事。積善寺為法興院之大殿，在二條之北，見卷六注[4]。

[982]　書寫一切經典，捐贈於寺院，屆時舉行法會，稱為「一切經供養」。

[983]　獅子狛犬為鎮壓簾帷的東西，意取闢邪，見卷五注[10]。

[984]　柳色係指袷衣，表白裡青，見卷九注[64]。

的，而且又都是名門的閨女，真是了不得的事，要好好待遇她們才對呢。可是大家是不是了解這中宮的性情，所以來到這裡的嗎？她是多麼吝嗇的一位中宮，我自從她誕生以後，一直很用心的伏侍她，但是把舊衣服賞我一件的事情，一回都不曾有過。這聽去好像是說背後的壞話哩。」這樣的說玩笑的話，在那裡的女官們都笑了。

「這是真話。當我作傻子看，這樣的笑了，實在是羞得很。」說著話的時候，有使者從宮裡來了，這是式部丞某人[985]奉命而來。大納言接了書簡上來，交給關白公，解了下來[986]說道：「信裡的話倒很想看一看呢。假如得到許可，真想開啟來看哩。」雖是這樣說，又說道：「似乎不合適，而且也惶恐得很。」便拿來送給中宮了。

中宮接到了，可是並沒有立即開封的樣子，這種從容應付的態度，實在是很難得的。一個女官從御簾裡將坐墊給御使送了出來，還有三四個女官並坐在几帳旁邊。關白公說道：「且到那邊去，給御使準備出禮物[987]來吧。」說完站起身來，中宮才開啟書簡來看。回信是用了與御衣一樣顏色的紅梅的紙所寫，那兩種顏色互相映發是怎樣的豔麗，不曾在旁看著的人，是萬想像不來的，想起來實是遺憾。

今天說是特別的，從關白公方面給御使發給贈品。這是女人的服裝，外添一件紅梅的細長[988]。準備好了杯盞，原想請御使喝醉了去，但是那使者對大納言說道：「今天是有很重要的職務來的，所以請特別免賜了吧。」這樣的說，就退去了。

關白公的女公子們都很漂亮的妝飾著，紅梅的衣服互相競賽，各不

---

[985]　式部丞某人下文又有式部丞則理，則是同一個人，姓源氏，其時為六位藏人。
[986]　古時日本書簡多縛著花枝上，故關白公接了來信，從枝上把書簡解下。
[987]　原文稱曰「祿」，或訓作「被物」，多係衣服之類，受者拜謝，披於頭上而出，或說此是中國昔稱「纏頭」的遺意。
[988]　「細長」乃是衣服名，見卷七注[40]。

相下，其中第三人是御匣殿[989]，看去身材要比那第二女公子為高大，似乎說像是夫人更為適當了。關白夫人也來了。旁邊放著几帳，不和新來的女官們見面，覺得很有點無聊。

女官們聚集攏來，商議在供養的當日穿什麼衣服，拿什麼扇子的事。其中也有似乎賭氣的說道：「像我這樣算得什麼，反正只穿現成的就是了。」人家便批評她說道：「這照例說那老話的人。」便都有點討厭她。到了夜間，有許多人退回自己的家裡去，但是這是因為準備服裝的事，也不好挽留得她們。

關白夫人每天都來，夜間也住在那裡。女公子們也都來了，所以中宮的身邊十分的熱鬧。天皇的御使也每日到來。

◆ 其二　偷花的賊

那殿前的櫻花，〔因為本來是造花的緣故〕所以顏色不但沒有變得更好，日光晒著更顯得凋萎的樣子，看了很是掃興，若是遇見落過雨的早晨，尤其不成樣子了。我很早的起來，〔想起前人的歌詞〕說道：「這比起哭了離別的臉[990]來，很有遜色呀。」中宮聽見了說道：「那麼說，昨天夜裡似乎聽見下雨了，櫻花不曉得怎麼樣了呢？」出驚的詢問。

從關白公那邊來了許多從者和家人，走到花的底下，就把樹拉倒了，說道：「上頭吩咐，偷偷的前去，要在還黑暗的時候收拾了。現在天已經大亮。這真是糟了。快點吧，快點吧。」忙著拔樹，看了也覺得很有意思，要是懂得風流的人，很想問他一聲，可不是想起做那「要說便說吧」的歌的兼澄[991]來了嗎？但是我不曾這樣問，只是說道：「那偷花的

---

[989]　御匣殿見卷四注[38]。

[990]　拾遺和歌集》卷六中，有一首無名氏的和歌云：「看那櫻花溼露的容貌，想起哭了離別的人來，覺得很可戀慕呵。」這裡反用歌的意思，謂淚溼的臉甚有情趣，櫻花比起來有遜色了。

[991]　《後撰和歌集》卷二中，有一首和歌，題素性法師作，其詞云：「看山的人，要說便說吧，我想把高砂尾上的櫻花，折來插在頭上。」素性為僧正遍昭未出家時的兒子，同為有名的歌人。本文說是兼澄作，兼澄為源信明的兒子，所作具見各歌集，但上述的歌卻查不到。

人是誰呀？那是很不行的哪！」笑了起來，那些人拉了櫻花的樹，逕自
逃去了。到底關白公是了解風流的人，如隨它下去，那麼造花被雨所溼
了，纏在枝間，那是多麼難看的事呀，我這樣想就走進屋裡來了。

掃部司的女官來了，開啟了格子，由主殿司的女官清掃完了之後，
中宮這才起來，一看花沒有了，便問道：「啊，怪事，那花到哪裡去了
呢？」又說道：「早上，聽見有人說偷花的人，以為是少為折幾枝去罷
了。這是誰做的事呢？有人看見了嗎？」我回答道：「看是沒有看見。因
為天色還是黑暗，不很看得清楚，只看見彷彿有穿白色衣服的人，猜想
是來拗花的，所以問了一聲。」中宮說道：「便是來偷花，也不會這樣全
部拿走的。這大概是父親給隱藏了吧。」說著笑了。

我說道：「不見得是這樣吧。恐怕是春風[992]的緣故，也說不定。」中
宮說道：「這是你想這樣說，所以把真情隱瞞過了。這並不是誰偷去的，
乃是雨下了又下，花也都壞了吧。」〔這樣敏捷的機智〕雖然不是珍奇的
事，可是也是很漂亮的。

關白公到來了，覺得早上睡起的臉，不是時候的給他看見了不大好，
就躲進裡面去了。關白公來了就說道：「那花說是不見了。怎麼會得這樣
的被人偷去了的呢？女官們真是睡的好香哪，說是不曾知道呀。」似乎是
很吃驚的樣子。我就輕輕的說道：「那麼，也是比我們更早的知道[993]這件
事的了。」卻是很敏捷的就被聽到了，說道：「我想大抵是這樣的吧。別的
人是不會覺到的，除非是宰相君[994]或是你，才能曉得。」說著大笑了。中
宮也說道：「但是那件事，少納言卻推給春風去了。」說著微微的笑，這樣
子十分的漂亮。〔以後對著父親說道：〕「這是給春風說的謊話，現今是山
田都要插秧的時節了。」引用古歌來說話，實在是非常優雅有趣。

---

[992] 《紀貫之集》卷二有一首歌云：「山田都是插秧的時節了，別將花落的緣故，推給春風吧。」
[993] 《新拾遺和歌集》卷十八，有王生忠見的一首和歌，其詞云：「聽見鶯的啼聲，覺得山路深深，
比我先知道春光了。」這裡便取此意，說關白公預先知道偷取櫻花的事。
[994] 宰相君見卷四注[43]。

關白公說道：「總之，很是遺憾，被人家當場發見了，雖然我當初是怎麼的告誡他們的，我們家裡有那麼樣的笨人嘛。」又說道：「漫然的說出春風，那也真是說得好呀。」便又吟誦那首歌。中宮說道：「就是只當作平常的說話，也是巧妙得很。但是今天早上那情形，那一定是很有意思的吧。」說著笑了。小若君[995]說道：「那麼這是她，早已看見了，說被雨淋溼了，『這是花的丟臉的事』。」自己很懊悔沒有能夠看見，這也是很有意思的。

◆ 其三　花心開未

經過了八九日光景，我將要退還私第，中宮便說道：「且等日子近一點再走吧。」可是我仍是回來了。後來比平常更是晴朗的中午，中宮寄給信來道：「花心開未，如何？」我回答道：「秋天雖然未到，現在卻想一夜九回的進去呢。」[996]

◆ 其四　乘車的紛擾

在當初中宮出發〔往二條宮〕去的那天晚上[997]，車子很是雜亂，大家都爭先的乘車，非常嘈雜，覺得討厭，便與三個[998]要好的友人說道：「這樣吵鬧的乘車，好像賀茂祭回來時候那樣子，彷彿擁擠得要跌倒了似的，真是難看得很。就這樣任憑它去好吧，如果沒有車坐，不能進去，中宮知道了，自然會得撥給別的車子的。」大家說笑著，站在那裡觀看，女官們都擠作一塊，慌忙地乘車完了的時候，中宮職的官員在旁邊說道：「就是這些了嗎？」我們答應道：「這裡還有人呢。」官員走近了來問

---

[995]　小若君即大納言的兒子松君，見上文第九三段，本名藤原道雅，當時年十二歲。

[996]　《白氏文集》中有一首〈長相思〉，其詞云：「九月西風興，月冷霜華凝。思君秋夜長，一夜魂九升。二月東風來，草坼花心開。思君春日遲，一日腸九回。」書簡文中引用「草坼花心開」之句，意思是詢問「思君」之情如何，「君」蓋中宮自指。答語即取「思君秋夜長」之句，言現今雖非秋天，卻將一夜九回的隨侍君側。

[997]　這一節所記的事，係追述往事，在第一節之前，由宮中出發到二條宮的事情。

[998]　大抵一車是四個人，如下面本文中所說。

道：「那都是誰呀？」又道：「真正是怪事。以為都已經上了車了，怎麼還有這些人沒有坐呢？這回本來是預備給御膳房的采女們[999]坐的。實在是出於意外的事。」

似乎是很吃驚，使將車子駛近前來。我說道：「那麼，請先給那預定的人們坐了吧。我們便是在下一次的也罷。」中宮職的官員聽到了，便說道：「哪裡話，請不要再彆扭了吧。」這樣說了，我們也就坐上了車。這的確是預備給膳房的人乘用的車子，火把也很是黑暗，覺得很陰鬱的，這樣的到了二條宮。

中宮的御輿卻早已到著，房屋的裝置也已齊備，中宮就坐在裡面，說道：「叫〔少納言〕到這裡來。」於是右京和小左近[1000]兩個年輕的女官，向到來的人們檢視，可是沒有。女官們下車，〔一車〕四個人都一塊兒到中宮面前伺候，〔不見有我們到來〕中宮說道：「真奇怪了。沒有嗎，那麼為什麼不見的呢？」我卻全然不知道，直到全部下車之後，才給右京她們所發見了，說道：「中宮那麼盼切的詢問，為什麼這樣遲來的呢？」說著連忙帶往御前去，一看那裡的情形，彷彿是長年住慣了的模樣，覺得很有意思。

中宮說道：「為什麼無論怎麼尋找，都沒有找到的呢？」我不知道怎麼說好，同車來的人答道：「這是沒有法子。我們坐了最後的車子，怎麼能早到來呢？而且這也是坐不上車，是御膳房的人看得有點對不起，特為讓給我們坐的。天色也暗了，真是心裡發慌得很。」笑著這樣的說。

中宮說道：「這是辦事的人員做得不對。你們又為什麼不說的呢？情形不熟悉的人，表示謹慎這也罷了，右衛門[1001]她們說一聲，豈不好呢？」右衛門答道：「雖是如此說，可是我們怎麼能夠搶先的走呢？」這

---

[999] 原文云「得選」，御膳房的宮女，係由采女中選用，故以為名。

[1000] 右京與小左近，均係中宮那裡的女官，姓名等未詳。

[1001] 右衛門，與作者同車的一個女官，是要好的友人之一，但是姓名未詳。

麼說了，在旁邊的女官們一定聽了會得怨恨的吧。中宮說道：「亂七八糟的，這樣的上車，真是不成樣子。這要有秩序先後，才是對呀。」中宮的樣子似乎很是不高興。我便說道：「這大概是因為我在私室的期間太久了，大家有點急不及待，所以爭先上去的吧。」把這場面彌縫過去了。

卷十一

第二四二段　積善寺[1002]

　　明日在積善寺供養一切經，我在前夜便進宮去了。到了南院的北廂，向裡面一張看，見有高燈臺上點著燈，兩個三個或是四個親近的同僚，用了屏風隔開，或用几帳間隔著，正在談話。又或不是談天，也多數聚集攏來，釘綴衣裳，或縫腰帶，又裝飾容貌，那更不必說了。也有整理頭髮的，好像今天最要緊，後來就不管怎麼都沒有什麼關係了。

　　「聽說明晨寅時，中宮就要出發了。怎麼還能不來呢？還有人來打聽，說把扇子送給你哩。」有人這樣的告訴我，我心裡想道：「當真的嗎？在寅時就走嗎？」這樣想著一面準備裝束，過了一會天就亮了，太陽也就升上來了。

　　在西邊的對殿的廊下乘車出發，所以大家都聚攏到渡殿那邊來[1003]，有些才進宮來的女官們，都表示著謹慎。關白公便住在西邊的對殿裡，中宮也在那裡，說要看著女官們乘車出發的樣子，所以在御簾內有中宮，和她的妹子淑景舍，第三第四的女公子[1004]，關白夫人和她的妹子，一總共是六位，並排的站著。

　　車子的左右是大納言和三位中將這兩位[1005]，揭開車子的簾子，放下車帷，來幫助女官們乘車。要是大家一起聚集了上車，那麼也可以隱藏

[1002]《枕草子》通行本，第二四一及二四二段，悉歸併為一段，或又分為七節，而此節則為「其五」。

[1003] 大殿左右分為兩殿，都是南向，名為對殿，與左右相對矗者不同。渡殿亦稱渡廊，乃是過廊與南北兩殿相接連者。

[1004] 中宮在姊妹中居長，第二為淑景舍，第三為敦道親王妃，第四為御匣殿。

[1005] 大納言即關白的兒子伊周，三位中將即其弟隆家。

的地方,現在乃是四個人一車,按照名單,一一點名上車,走上去時實
在覺得為難,似乎一切都顯現在人的眼前,很是難為情。在御簾內的各
位,特別是中宮,看見自己這樣難看的樣子,更是難受,覺得遍身流出
汗來,整理得很好的頭髮,似乎也都直豎了起來[1006]。

好容易在那裡走過了,這回是在車子旁邊,看見〔大納言和三位中將兩
位〕叫人很難為情的。非常俊秀的姿容,微笑的看著,覺得害羞,將要昏過
去的樣子。可是並沒有暈倒,終於走到車子那裡,雖然覺得是沒有一個人
不是變了臉色的,但是全部總算都上了車,把車子拉出到二條的大路上,
將車轅都擱在「榻」上面[1007],像是觀覽車那麼排列停著,實在是很有意思
的。心想別人看見,也一定覺得漂亮吧,想著不禁心裡興奮起來。四位五
位六位的人很多進進出出的,有的來到車子旁邊,裝模作樣的來說話。

最先是迎接女院[1008]的行幸,關白公以下,凡殿上人和地下人都到來
了[1009]。女院過去之後,隨後中宮出發,大家都等待得很焦急,太陽已
經升上來了,中宮這才通過。女院的行列總共有車十五輛,其中有四輛
是尼僧的車。第一輛是〔女院御用的〕唐車[1010],隨即接著尼姑的車子,
車後面露出水晶的數珠,淡墨色的袈裟和法服,很是漂亮,車簾也不捲
起,車帷是淡紫色的,下底少為濃一點。其次是普通女官的車十輛,櫻
花的唐衣,淡紫色的下裳,打衣全是紅色的,和生綃的外衣,也很顯得
豔麗。太陽明朗的照著,天空中橫亙著淺綠的彩霞,與女官們的服裝相
映發,覺得漂亮的錦綺[1011]要比種種顏色的唐衣更是鮮豔,無可比喻。

[1006] 凡人遇到興奮的事,輒覺得毛髮直豎,中國只用於驚悚的時候。

[1007] 車子暫時停駐,將轅下所駕的牛解放,車轅則架在「榻」上,有四足,狀如板榻,亦為登車
時踏腳之用。

[1008] 女院即藤原詮子,一條天皇的生母,時為皇太后,稱東三條院,略稱女院。

[1009] 四五位以上的官吏例得升殿,故稱殿上人,自六位以下不得升殿者為地下人。見卷一注 [4]
及注 [22]。

[1010] 唐車係御用的車子,車室特別高大,頂為中國式破風,用檳榔葉所葺。

[1011] 原文云「織物」,乃指經緯線用各色絲線所織,與一般印染的不同,《和名類聚抄》中稱作
「綺」,注曰「似錦而薄者也」。後世所稱織物,係稱一切機織而成的布帛,與此意義各有區別。

關白公和他的幾位兄弟，全都到了，過來招呼著，真是非常的漂亮，大家看這情形，很是讚嘆。中宮這邊的車子共有二十輛，也是這樣排列著，由別的方面[1012]看來，想必也是很有意思的吧。

這回不知道中宮是什麼時候出發，大家等得很久，又不曉得為什麼這樣的遲呢，心裡著急，好容易看見有采女八個人騎了馬，牽著出來了。青色末濃[1013]的下裳，裙帶和領巾，在風中飄著，看著很有意思。名叫豐前的采女乃是醫師重雅[1014]的妻子，她穿著蒲桃染的錦綺的縛腳褲，〔有點特別的樣子〕山井大納言[1015]笑著說道：「重雅是許可使用禁色[1016]的哪。」

大家都乘了車，排作一列，這時候中宮的御輿乃出發了。看了〔女院的行列〕覺得很漂亮。可是與這又不能相比。朝陽明朗的照著，輿上的蔥花[1017]寶珠顯得非常輝煌，車帷的色澤也更是鮮豔。御輿四角的纖[1018]拉著，車帷微微的動搖，看著這情形真是非常興奮，連頭髮都直豎起來，覺得並不是什麼假話，以後頭髮稀薄的人，或者要以此為口實吧。〔說自從頭髮直豎之後這就不行了。〕看了吃驚，還是說不盡，簡直可以說是莊嚴了，想到自己怎麼會在這樣的人旁邊供職，也就覺得是了不起了。御輿過去之後，卸下來放在架子上的車子，再駕好了牛，跟著御輿前進，這時候心裡的愉快真是難以言語形容的。

[1012] 「別的方面」，即是說從女院的方面看來，一定也很有意思。

[1013] 末濃見卷一注 [13]。

[1014] 醫師是太醫院的屬官，重雅亦作重正，姓氏不詳。

[1015] 山井大納言為藤原道賴，乃關白公的長子，見卷六注 [18]。

[1016] 古時某種衣服的顏色及織法，須有身分者方許著用，稱為許用「禁色」，織物即錦綺係禁色之一。

[1017] 輦頂的金色寶珠，稱為「蔥花」，故輦即名蔥花輦，因蔥花長久不會凋謝，取其吉祥之意。

[1018] 御輦四角有纖，用人拉著，可以減少動搖。

◆ 其二　瞻仰法會

到了積善寺，在大門的地方奏起高麗和唐土的音樂，還有獅子狛犬的舞[1019]，笙的音與大鼓的聲，聽得出了神，覺得這是到什麼佛國來了嗎，聽著音樂彷彿是升到天空上去的樣子了。走進門內，有種種顏色織錦的帳幕，簾子青青的掛著，四面圍著帷幕，覺得這簡直不像平常人世了。

車子拉近中宮的看臺[1020]的時候，這裡也是剛才的那兩位站著，說道：「請早點下來吧。」在乘車的時候，還是那麼害羞，現在更是明亮，在大庭廣眾之中〔自然更是遲疑了〕。大納言是堂堂端整而且非常瀟灑的姿態，將下襲的衣裾拖得很長，顯得地方都狹窄了，揭起車簾來說道：「請快點下來。」添了假髮，整理好好的頭髮，在唐衣裡面鼓得高高的，卻已恐怕弄得不成樣子，而且連毛髮的黑黃顏色也都看得清楚，真很是討厭，不能立即下來。

〔大納言〕又說道：「請先從後面坐著的人下來吧。」那人也是同樣的意思吧，便說道：「請你站開一點兒。這樣惶恐得很哪。」大納言笑著說道：「又是害羞了。」便走到原來的地方去了。好容易我們都下了車，又來到近旁，說道：「中宮說，瞞過了致孝[1021]他們，叫他們下車來吧。所以我是這麼的〔在車邊等候〕真是不會體諒人的意思。」便幫助我們下了車，帶到中宮的面前來了。中宮那樣的說，她的意思實在是很可感謝的。

到了御前，有先下車的女官在觀覽方便的地方，八個人在一塊兒。

[1019] 高麗樂為三韓的音樂的總稱，當時與中國音樂為朝廷儀式所奏的樂。獅子狛犬的舞，亦為高麗樂的舞蹈。狛犬舞並見卷七注 [3]。

[1020] 看臺係指略高的座席，便於觀看，此處即說明高約一二尺，上面鋪有坐席，足敷數人的地方。

[1021] 原文但用假名云「武襧多加」，《春曙抄》注云，其人未詳，後人考訂為「致孝」，姓藤原氏，餘事未詳，大約係中宮職辦事的人員。

中宮是在大約一尺多，二尺高的板廊上面。大納言說道：「不叫人家看見，將〔少納言〕她們帶到這裡來了。」中宮問道：「在哪裡呢？」說著到几帳的這邊來了。還是穿著普通的唐衣，已經是非常的漂亮，再加上紅色的打衣，尤其是美麗。

　　裡面是唐綾的柳色御袿，蒲桃染的五重衣服，赤色的唐衣，白地印花的唐土的羅紗，和印有金銀泥的細畫的下裳，重疊的穿著，其色澤的豔麗，簡直無可比喻。中宮問道：「你們看我的樣子怎麼樣呢？」我回答道：「非常的好。」要用言語來形容，其實也只是極平常的話罷了。中宮又說道：「等待得很久吧。那是因為中宮大夫[1022]，在那陪伴著女院時所穿的襯衣，給人家看見過，現在再穿同樣的衣服，覺得不大好，所以叫縫置別一套襯衣，因此遲了。那才真是愛漂亮呢。」說著笑了。

　　這時天氣晴朗，更顯得姿容的漂亮異於平時，頭髮在額上捲起，插著釵子的地方，顯明的看得出分界，略為偏一點兒，這姿容的美麗真是說不盡的。

　　三尺的几帳一雙，交錯的安放著，作為與女官們的間隔，在這後面橫放著一張坐席，鋪在板廊上面，有關白公的叔父兵衛督忠君的女兒，中納言君和富小路右大臣的孫女宰相君兩個人[1023]，〔在中宮旁邊〕坐著觀看。

　　中宮四邊看了一下，說道：「宰相你到那邊，大家所在的地方去[1024]看去吧。」宰相君了解中宮的意思，便說道：「這裡也很可以容得三個人看吧。」中宮說道：「那麼好吧。」就把我叫了上去。其他在下邊的女官們笑說道：「這好像許可升殿的小舍人[1025]的那樣子哩。」別的人又說道：

[1022] 中宮大夫即指藤原道長，為關白公的兄弟，後代之為關白。見卷七注 [17]。
[1023] 藤原忠君是關白道隆的叔父。富小路右大臣即藤原顯忠，右馬頭重顯的父親，故為宰相君的祖父。
[1024] 原文云「到殿上人所在的地方去」，但殊不合情理，各校訂本多從別本訂正。
[1025] 小舍人見卷二注 [45]。小舍人身分雖低，但有時因事亦得升殿。

269

「那是為的叫人發笑，所以這樣做的吧？」又一個人說道：「那有如跟馬的小使 [1026] 吧！」

人家這樣的說冷話，便因為我到上邊去看法事，是很有面子的事呵。我自己講這話，有點近於自己吹噓，又使得上頭的人給人看輕，把我無樣無聊的人那麼看得起，讓世間去講閒話，很對不起上面，實在很是惶恐。但是這乃是事實，所以也是沒有法子。總之，這在自己實是過分的事情了。

女院的看臺和別的各人的看臺，四面看來都是很好的眺望。關白公首先到了女院的看臺那裡去，隨後再到這邊來。同來的有大納言等兩位 [1027]，還有三位中將在近衛的衛所，揹著弓箭武器，樣子非常相配。此外殿上人，四位五位的官員，有許多人陪伴著。

關白公走進來的時候，女官們全部直至御匣殿，都穿著唐衣和下裳，關白夫人在裳的上面，獨穿著小袿。關白公看了說道：「這簡直與繪畫裡的模樣一般哪。自此以後，不要說今日頂好了 [1028] 也罷。三四君 [1029] 兩位，來給中宮脫去那御裳吧。因為這裡的主君，乃是中宮嘛。在看臺的前面，設了近衛的陣，這絕不是尋常的事情呀。」說著高興得流下淚來。看著的人也都像是要落下淚來的樣子，這也是難怪的。

關白公看見我穿的櫻花五重唐衣，說道：「法衣剛才缺少一領，急忙中很是著急，拿這借用了豈不是好？但是這或者倒是用法衣裁成的，那也說不定吧。」這樣的說，這回使得大家都笑了。大納言坐在少為遠一點的地方，但是聽到了這話，說道：「那或是借的清僧都 [1030] 的衣服吧？」

[1026] 因為宰相君為右馬頭的女兒，著者適在她的旁邊，故戲稱為跟馬的小使。

[1027] 此處係指伊周及道賴即山井大納言，因三位中將隆家另有說明。

[1028] 此句意思很是彎曲，說以後沒有這樣的好日子，故不要再說「今天頂好了」。別本（三卷本）讀作：「現在只有一個人，今天才是平常的樣子。」謂關白戲指其夫人，較易明白。

[1029] 即上文「第三第四的女公子」。

[1030] 因為著者姓清原，故戲言「清僧都」，實在並無此人。

這一句話，也是很有意思的。

所說的僧都[1031]穿著赤色的羅的衣服，外加紫色的袈裟，極淡的紫色的襯衣和縛腳褲，頭剃光得青青的，像是地藏菩薩的樣子，混雜在女官們中間走著，煞是好玩的事。大家笑著說道：「僧都在僧綱[1032]中威儀具足，但是在女官隊裡，很不雅觀呀。」

有人從父親大納言那裡，帶了松君[1033]來了。穿了蒲桃染織物的直衣，深色的綾的打過的內衣，和紅梅的織物等，照例有四位五位的許多人陪侍著。有女官來抱到看臺裡去了，隨後不曉得有什麼不如意的事，便大聲哭叫起來，這也使得更加添了一番熱鬧。

法事開始了，把一切經裝入紅的蓮花裡，一朵花裡一卷經，由僧俗，公卿，殿上人，地下的六位，其他無論何人，都捧著走過去，實在非常尊嚴。隨後是大行道[1034]，導師走來，舉行迴向[1035]，少為等待舞樂就開始了。整天的觀看著，眼睛也疲勞了，很覺得苦。天皇的御使五位藏人到來了。在看臺前邊架起胡床來，坐著的樣子，的確顯得很是像樣的。

◆ 其三　盛會之後

到了夜裡，式部丞則理[1036]到來了，傳諭道：「天皇的旨意，叫中宮今晚就進宮去，並令則理陪去。」因此他自己也便不回去了。中宮說道：「可是也得先回二條宮去。」雖是這樣說，又有藏人弁[1037]來到，對於關白

[1031] 僧都隆圓見卷五注[54]。

[1032] 僧綱為僧官的職位，分僧正，僧都及律師數等。

[1033] 松君為大納言伊周的兒子，見卷十注[99]。

[1034] 在法會中，眾僧誦經行列，環繞佛像左向進行，三匝七匝不等，表示敬意，稱為「行道」。

[1035] 法會終了，導師提唱，言以此功德轉向一切人，使自他共成佛果，稱為「迴向」。普通的迴向文句云：「願以此功德，普及於一切，使我等眾生，皆共成佛道。」

[1036] 源則理，其時為六位藏人，兼式部丞。

[1037] 藏人弁係藏人兼弁官者，這裡所說乃是右少弁高階信順，即上文八七段裡的明順朝臣的兄弟，是中宮的母舅。

公也有書信勸駕。中宮乃說道：「那麼就遵諭辦理吧。」便進宮去了。

從女院的看臺方面，也有信來，引用古歌「千賀的鹽灶」[1038] 的話，〔對於不能會面的事，表示遺憾〕還送來很好的水果等物，這邊也有回贈的東西，這實在是很漂亮的。

法會完了，女院回去了，女院供職的人和一半的公卿都奉陪了同去。

女官們的從者也不知道中宮已經進宮去了，還以為是回二條宮裡，便都往那邊去，無論哪樣等候，仍不見主人們的到來，夜已經很深了。進宮去了的女官們心想，從者們會得拿直宿用衣類來的吧，可是等著也並不見到來。穿著新的衣裳，身上也不服帖，天氣又寒冷，喃喃的生著氣，可是沒有什麼用處。第二天早上，從者們來了，對他們說道：「為什麼這樣的不留心的呢？」說的辯解的話也是很有道理的。

法會的第二天，下起雨來了，關白公說道：「這樣就很可以證明我前世的善根了。你以為是怎麼樣呢？」這樣的對中宮說，可見他是怎麼的安心滿意了。

第二四三段　可尊重的東西

可尊重的東西是，《九條錫杖經》[1039]。念佛的迴向文 [1040]。

[1038]《續後撰和歌集》卷二有歌云：「陸奧千賀地方的鹽灶呀，雖然路近卻是辛苦哪，會見不到那人。」鹽灶係地名，暗示鹹味，「鹹」字又雙關辛苦的意義，表示會不到情人的痛苦。《續後撰集》雖是在西元一二五一年才編成，但這首歌乃是古歌，在著者當時已經流傳於世了。

[1039]《九條錫杖經》亦稱《錫杖經》，作者未詳，或云不空三藏所作，文共九條，每唱一條，輒振錫杖一下，故有是名，為法會中重要行事之一。

[1040] 念佛之後所唱道的迴向文，《觀無量壽經》所載為「光明遍照，十方世界，念佛眾生，攝取不捨。」迴向見卷十一注 [34]。

第二四四段　歌謠

歌謠是，杉樹立著的門[1041]。神樂歌[1042]也很有意思的。今樣節奏很長而有曲折的。又風俗歌唱得很好的〔也有意思〕[1043]。

第二四五段　縛腳褲

縛腳褲是，濃紫色的。嫩綠色的。夏天是二藍[1044]的。天氣頂熱的時候，蟬翼色[1045]的也是很涼爽的。

第二四六段　狩衣

狩衣是，淡的香染[1046]的。白色的。帛紗[1047]的赤色的。松葉色[1048]的。青葉色[1049]的。櫻色，柳色，又青的，和藤花色[1050]的。男人穿的，無論哪一樣顏色都好。

[1041] 這是指《古今和歌集》卷十八所記的一首歌：「我的廬舍在三輪山麓，如戀慕我可以來訪，有杉樹立著的門便是。」本係指大物主神的故事，見卷十注 [4]。

[1042] 祭祀神祇時所用的歌，分成本末兩段，聯為一曲。

[1043] 今樣猶云現時的式樣，本指俗謠，如催馬樂及東遊等，後亦變成歌曲。風俗歌也是這一類的東西。

[1044] 二藍是藍和紅花所染的間色，有點近於淡紫，若係織物，則是經線用紅色，緯線用藍色的。

[1045] 「蟬翼色」原文云「夏蟲的顏色」，意思即指二藍。

[1046] 香染亦稱丁子染，係用丁香煎汁所染，微紅而帶黃色，古時常用作袈裟的染料。

[1047] 帛紗是用絹帛複合而成，表裡皆用同一材料。

[1048] 松葉色係表青裡紫。

[1049] 青葉色無此名稱，疑是「青朽葉」之誤寫，卷一注 [12]。

[1050] 櫻色係指表白，裡紫或紅。柳色表白裡青，見卷九注 [64]。藤花色係表淡紫，裡白或嫩綠。

第二四七段　單衣

單衣是，白色的。正式服裝的時候，還是穿紅色的一重的袙衣[1051]為佳，〔雖說是白色的好〕可是穿了顏色發黃[1052]了的單衣，也實在不成樣子。也很有穿練色[1053]的衣服的人，但單衣總是白色的，無論男女穿了都覺得看去像樣。

第二四八段　關於言語

把一句文字裡的發音，讀得錯誤，這是很不好的。只憑著一個字的發音，能使得這句話變成很是高雅的，或是很下流的，這是什麼道理呢？在我這樣想的人，可是自己本身，特別說話來得高雅，也未必然。這是憑了什麼來判斷，哪個是好，哪個是不好呢？但是這在別人這也罷了，不過我自己總是這麼的想。

〔例如〕說什麼話，說「我要做什麼事」，或者「要說什麼」，往往將動詞的那個指定助詞[1054]略去，那就是不行的。若是寫成文章，那是不行更不必說了。若是小說裡用了這樣不行的寫法，作品本身就成為問題，連作者這人也要受到輕蔑了。

〔假如在抄寫的時候〕旁邊要注著「訂正」，或者「原本如此」[1055]等文句，這是覺得很可惜的。有人把「一輛車子」說成「一個車子」的。至於將「求」字讀若「認」[1056]字的，更是常見了。有些男子，〔將這些怪

[1051] 袙衣雖有一重的，但普通多是表裡兩重，故這裡特別說明。

[1052] 這裡所說，乃是因紅色裡而發黃，非是由白色所轉變。

[1053] 練色謂微黃的白色。

[1054] 日本語法上有一種指定助詞，用於某種動詞之前，這裡所說乃是「止」字 (to)。

[1055] 古時未有木版以前，書籍都是抄寫流傳，遇有錯誤的文句，加以改正，輒於旁邊註明「訂正」字樣。其有不能決定者，則就原本抄寫，加註表示疑問。

[1056] 「求」字訓作「毛止武」，「認」字則訓作「美止武」，蓋由音近而訛讀。

話〕故意的不加訂正，說著好玩的，那並沒有什麼不好。獨有當作平常言語，自己使用著的那些人，感覺著不滿罷了。

第二四九段　下襲 [1057]

下襲是，冬天躑躅，練絹襲，蘇枋襲。[1058] 夏天二藍，白襲。[1059]

第二五〇段　扇骨

扇骨是，青色〔的扇面〕用紅的，紫色〔的扇面〕則用綠的。[1060]

第二五一段　檜扇 [1061]

檜扇是，沒有什麼花樣的，或是中國畫 [1062]。

[1057] 下襲即是襯衣，著於半臂之內，上面長才半身，後裾特長，垂及官袍後邊數尺，以裾的長短定官階的上下。

[1058] 躑躅係冬春的服色，表蘇枋色，裡紅色，打使發光。練絹襲係用紅色練絹，表裡俱用打光。蘇枋襲表白裡紅，亦均用打。

[1059] 二藍，此與染色不同，係指表淺藍帶赤色，裡淺藍的襯衣。白襲用綾或絹所制，用於夏季。

[1060] 這裡是指扇面與扇骨，顏色的配合與調和。

[1061] 檜扇是用檜板拼成的摺扇，見卷二注 [14]。

[1062] 原文云「唐繪」，係指中國的畫，或是中國這一派的繪畫。

第二五二段　神道

神道是，松之尾神社[1063]。八幡[1064]，此神是這國裡的皇帝，所以極是偉大的。主上行幸的時候，乘坐了蔥花輦[1065]前出，實在是壯觀。大原野[1066]，賀茂神社，那更不必說了。稻荷[1067]，春日明神，也都覺得很可尊崇。佐保殿，就這名稱也感覺得很有意思。在平野地方，有一座空屋在那裡，問這是做什麼用的呢？答說，這是寄放神輿的所在，這也覺得很可尊敬。牆垣上爬著許多藤蘿，紅葉各種顏色的都有，想起紀貫之的「不能與秋天違抗」的歌來[1068]，深深有所感覺，好久的站在那裡。分水的神[1069]也是很有意思的。

第二五三段　崎[1070]

崎是，唐崎。伊加崎。三保崎。〔都是有意思的。〕

[1063] 松之尾神社在京都市松尾村，奉祀大山咋命及其子別雷神。

[1064] 八幡宮在京都石清水地方，所祀神為應神天皇，乃神功皇后的兒子，相傳為武功之神。

[1065] 蔥花輦為天皇所乘坐的御輦，見卷十一注[16]。

[1066] 大原野在京都府乙訓郡，為便於藤原氏後妃就近參拜起見，將奈良的春日明神遷祀於此地。每年三月十三日在奈良舉行例祭，朝廷派特使二人往祭，以藤原氏嫡子充任之。

[1067] 稻荷神社在京都市伏見深草區，祭祀與農事有關的神，為春秋報賽，祈年求雨的地方，相傳白狐為神之使者，後世轉訛為狐神，民間益見信仰。

[1068] 《古今和歌集》卷五有紀貫之的一首歌，其詞云：「威嚴的神的牆垣上，爬著的藤蘿也不能與秋天違抗，轉變了顏色了。」

[1069] 分水的神據《古事記》九所說：速秋津日子與速秋津日女二神，生有子女分任河海的事。其中有「天之分水神」與「國之分水神」，其在大和吉野山的最為著名。

[1070] 「崎」字中國本只訓作「崎嶇」講，日本卻用為「岬」字解釋，且作為種種地名，今因地名關係，只能暫且沿用。

第二五四段　屋

屋是，圓屋^[1071]。四阿屋^[1072]。

第二五五段　奏報時刻

〔在宮禁中，近衛的官員〕奏報時刻，是很有意思的事。天氣很冷的時節，在夜半的時候，只聽得吃噠吃噠的響，是拖走著鞋子[1073]的聲音，隨後是鳴弦[1074]，用了高雅的語音說道：「什麼家的某人[1075]。時刻是丑時三刻。」或者是「子時四刻」[1076]。就聽見掛上時刻的牌子，這是很有意思的。鄉下的人們常說是「子時九刻」，或者「丑時八刻」[1077]，其實是一切的時刻，都只有四刻，那時才把牌子掛上的。

第二五六段　宮中的夜半

太陽明亮的照著的正午時節，或是夜已很深了，將要到子時的光景，推想主上已經睡覺了的時候吧。這時聽見主上叫道：「人來呀。」[1078]這是很有意思的。又在半夜裡，聽見有笛聲吹著，也很是漂亮的事。

[1071] 圓屋係指屋頂及牆壁用一式的材料所造成者，如蘆葦或茅草等，即中國南方所謂「草舍」者是。

[1072] 「四阿」，謂四面有簷，用檜皮作屋頂，狀如中國的「亭」，故或者可稱為「亭子間」。

[1073] 「鞋子」即半靴，見卷六注[80]。這乃是用桐木所制，外塗黑漆內墊布帛，比腳要大好些，走起來的時候吃噠作響，現今唯神官用此，在正式古衣冠的時候。

[1074] 彈弓弦作聲，稱曰鳴弦，謂可以關邪，至今在日本宮禁中猶有此種儀式。

[1075] 自己報名，是什麼家的誰某。

[1076] 晝夜十二時辰，每一時辰分作四刻，故「丑時三刻」即今午前三時，「子時四刻」即今午前一時半。

[1077] 古時禁中用漏刻計時，平時亦用擊鼓，據《延喜式》云：「諸時擊鼓，子午各九，丑未八，寅申七，卯酉六，辰戌五，巳亥四。」民間相傳如此說，與報時的制度不同。

[1078] 「人」係殿上人的略稱，即是在殿上直宿的人們。

第二五七段　雨夜的來訪者

　　成信中將乃是入道兵部卿宮的兒子[1079]，風采非常閒雅，性情也很優良。伊豫守源兼資的女兒[1080]與他要好，後來被遺棄了，就跟了父母到伊豫去，那是多麼可憐的事情呀。明天早上就要出發了，中將在那天晚上前去訪問，殘月的光中照著他歸去時的直衣的姿態〔那女人看著是怎樣的心情呵〕！

　　以前中將常來談話，人家的事有不對的，便直說不對〔現在卻說拋棄了那女子，也是意外的事〕。

　　有特別講究什麼「避忌」的人[1081]，宮中平常總是叫人家的姓作為稱呼，她雖是已給人做了養女，改姓「平」氏了，但年輕的女官們總還稱她的舊姓，當作話題。姿容也沒有什麼特殊的地方，名稱叫做什麼兵部[1082]，雖是缺少優雅風流，卻喜在眾人前廝混，中宮也說是「難看」，但是人都懷著彆扭的心，沒有一個人去通知她的。

　　在一條院[1083]造起來的時候有一間屋子，絕不讓討厭的人近前的。是正對著的東御門，很有趣的一間小廂房，我與式部君[1084]無論晝夜都在那裡，就是中宮有時也到這裡來看什麼的。有一天，我說道：「今天晚上，就在這裡睡吧。」就在南邊的廂房裡面，兩個人都睡了。

　　過了一會兒，有人敲門敲得很響的。我們說道：「真很吵鬧。」便裝作睡著了的樣子，可是還是呼叫不息。中宮說道：「叫她們起來吧。怕假

[1079] 成信中將即源成信，為村上天皇的孫子，致平親王的兒子，致平親王為四品兵部卿，後出家，舊例殿上人出家者稱為入道。

[1080] 源兼資為伊豫守，其女兒初為藤原道隆的次男隆家的妾，後與成信相識，終被遺棄。

[1081] 此處上下文不接氣，別本云，疑有缺文約一行許。

[1082] 兵部係是女官家屬的官名，依例當稱為「平兵部」，如依原姓亦應說出「某兵部」才是，但此處因為對於此人頗有微詞，故為隱約其詞，不明白的說穿。

[1083] 一條院見上文第二五段「小一條院」，記長保二年（西元一○○○年）二月二十日的事。中宮於二月十二日至二十七日，又八月初八日至二十七日，住在此處，這裡所記當是在這兩段時日間所發生的事情。

[1084] 式部君為中宮的女房，當是與著者要好的一個友人，其姓名不詳。

裝睡著哩。」那個叫做兵部的女官走來想叫醒我們，卻只是裝做熟睡著的樣子。兵部說道：「卻總是不起來。」說著去了，到了門口，就那麼坐下和〔來訪的男子〕談起來了。

當初以為只是暫時，原來夜已經很深了。這談話的人乃是權中將[1085]，我們議論說道：「這和兵部有什麼話說呢？」說著咕咕的笑了，但他們怎麼會得知道呢？說話到了天將破曉，中將這才回去了。

「那個人真好討厭哪。這回再來，絕不和他說話了。有什麼事情，那麼要整夜的講話的呢？」我們笑著說話，開啟了拉門，兵部就進來了。

第二天在照例的小廂房裡，聽見兵部和人家說道：「在雨下得很大的時候，來訪問的男人，實在是很懷念的。平常不很滿意，似乎不很靠得住，這樣的淋溼了來，一切不如意的事就都已忘記了。」她這樣的說，不知道是什麼意思呢？假如在昨夜裡，前夜裡以前一直接連著頻頻的來訪的人，今夜下著大雨也都不怕，仍然走來，那像是一夜都不能隔開，覺得男子或者很是可懷念的。

若是不然，好幾天沒有見面，很叫這邊感覺不安心的男人，特別挑了這樣時候走來，我是以為斷不能算是有情義的人的。這或者也是各人的看法不同吧。有人遇著懂得事情，了解情趣的女子，和她要好了，但是此外也多有要去的地方[1086]，也還有本來的家庭在那裡，因此不能很頻繁的來往，所以在雨下得很大的時候來訪，人家聽了互相傳說，自己也可以得到稱讚，是這樣計畫出來的行為吧。

可是如果對於那個女人，一點兒都沒有愛情，那也何必故意的造作出來，叫人去看呢？總之下雨的時候，非常陰鬱，直到今朝為止的晴朗的天氣再也不見，雖是住在後殿什麼很好的地方，也並不覺得好了，況且住在並沒有什麼好的家裡，心裡就只希望它快點停住就是了。

[1085] 權中將即成信中將。

[1086] 這是說別的相識的女人的地方，蓋當時貴族風俗如此，看唐朝諸傳奇文，亦有此類情形。

◆ 其二　月夜的來訪者

　　月明的晚上來訪問的人，以後無論隔了十天，二十天，一個月，或者是一年，又或索性過了七八年之久，〔因了月光〕而想起自己來，覺得非常的有意思。因此就是在不便相見，別有理由的地方，或是在必要躲避人家的耳目的時候，也總想就是立著說幾句話也好，然後叫他回去，又或者是可以留他住下的人，也就想將他留下了。

◆ 其三　月明之夜

　　望著明亮的月光，懷念遠方的人，回想過去的事，無論是煩惱的事，高興的事，有趣的事，都和現在的事情感覺到，這樣的時候是再也沒有了。《狛野物語》[1087] 說不出有什麼特別有意思的情節，文章也很陳舊，沒有什麼可看，但是裡面〔寫主角〕因了月光想念前情，拿出蟲蛀的蝙蝠扇[1088]，吟詠「曾經來過的馬駒」[1089] 的詩句站著的那場面，卻是富於情趣的。

◆ 其四　再是雨夜的來訪者

　　下雨因為覺得很是掃興的事的關係吧，所以一遇見下起雨來，就有點討厭。有些要緊的事情，應當很有意思的事情，或是非常尊重的事情，碰著下雨就把好事耽誤了，現在弄得遍身沾濡了來訪問訴苦，這有什麼好玩呢？那個批評交野少將的落窪少將[1090]，倒是很有意思的。這

[1087] 《狛野物語》見上文第一七五段「小說」項下，唯其書今已不存，不知內容若何，這裡提出主角懷舊的情景，上段亦曾說及。

[1088] 蝙蝠扇係一種粗製摺扇，只單麵糊扇骨上，骨只有六根，中國亦有此種，唯至少似有九根扇骨，又頂平而不凹凸，故不復形似蝙蝠了。見卷二注 [36]。

[1089] 《後撰和歌集》卷十三，有無名氏作和歌一首云：「暮色蒼茫中舊路也看不見，只任憑了曾經來過的馬駒，走了來了。」此歌亦見於《大和物語》卷上。歌係用中國「老馬識途」的故典，但此歌係是一種情歌。

[1090] 《落窪物語》係古時小說，今尚存，計四卷，敘繼子受後母的虐待，後卒戀愛成功的事。中納言忠賴有女，才色雙絕，而為繼母所惡，令居住落窪 —— 這是一種下房，其地板稍窪下，遂稱之為落窪君，荏苒將過婚期，有婢僕與以同情，為介紹右近少將藤原道賴往訪，遂深相

是因為在昨夜和前夜都曾經來訪，所以覺得有些情趣，但是〔途中踏了齷齪東西〕雖然洗過了腳[1091]，可是總覺得很討厭吧。這樣〔冒著辛苦前來，假如不是以前每夜都來訪的話〕有什麼足取呢？

〔比起下雨天來〕還是在大風颳得很厲害的晚上來訪的男子，更覺得誠實有意思。但是比這尤其好的，乃是下雪的日子。獨自口吟著古歌「怎能忘記你呢」[1092]，偷偷的前去那是不必說了，即使用不著祕密的地方，無論穿著直衣，或是狩衣和衣袍，藏人的青色的衣袍，冷冰冰的被雪所溼透了，都是很有意思的事。

就是〔六位人員的〕綠衫，若是給雪沾溼了，也不覺得可厭。從前的藏人，夜裡到女人那裡去，必定穿青色的衣服[1093]，被雨所溼了，絞乾了再穿著，現在是在白天也似乎很少穿著的了。而且現今似乎只是穿綠衫的樣子。兼任衛府職務[1094]的人所穿的，那更是非常的有意思了。聽了我這樣的話，恐怕就不外出[1095]的人，就會得有，也未可知吧。

在月光非常明亮的晚上，極其鮮明的紅色的紙上面，只寫道「並無別事」[1096]，叫使者送來，放在廊下，映著月光看時，實在覺得很有趣味的。下雨的時候，哪裡能有這樣的事呢？

　　　　愛悅，結為夫婦。所說落窪少將即指右近少將，交野少將者小說中與右近爭奪落窪君的人。
[1091]「洗了腳」指小說中右近少將的事，雨夜訪問落窪，途中踏了糞便，雖到後洗腳，但終覺很是掃興。
[1092] 諸本引用《萬葉集》及《古今和歌集》中歌句，但均疑非是，因此處係指雪夜，而這樣的歌詞卻找不到。
[1093] 六位以下的人員照例穿綠衫，唯藏人著青色衣，名為鞠塵，本係御用下賜，故頗為名貴。
[1094] 衛府兼職謂藏人兼任近衛府，衛門府及兵衛府的「尉」者。
[1095]「不外出」意言不於下雨的夜裡，去訪問要好的女人。
[1096]《拾遺和歌集》卷十三，有源信明的一首歌，題為〈月明的夜致某女〉。其詞云：「戀慕的心情雖不是一樣，今夜裡的月亮，君豈不見麼？」此處所用或者即是這個典故，但只引用「不是」一語，故本文中只能就文義譯為「並無別事」，而隱含問詢「月光如何」的意思，因為原意甚為隱晦，特加說明。

第二五八段　各種的書信

　　平常總是寄後朝的書信[1097]的人，忽然〔生了氣〕說道：「這是什麼〔孽緣〕呢？如今說也沒用了。」這樣在那一天就不給回信。在〔女人方面〕因為每次總是天一亮，就有書信來的，這回卻不見來，覺得有點兒不滿足，但是心裡想道：「這樣的乾脆斷了，倒也痛快！」這樣子一天就過去了。

　　到了第二天，下著大雨的中午，還是沒有消息，心裡說道：「那人真是對我斷了想念了。」走到廊下的邊沿坐著，傍晚時分，有撐著傘的少年送信來了，比平常更急速的開啟封來看時，只見上面寫著一句道：「雨下水漲了。」[1098]這實在要比寫了好些累贅的詩歌，更有意思。

　　又在今早還看不出要下雪的天氣，忽然變得很是陰暗了，隨著下起雪來，弄得四周更是黑暗，正是沉悶的坐著，只見在雪白的堆積著，一面還在落下的當中，有一個像是隨從[1099]模樣的細長漂亮的男子，撐著傘從側門裡[1100]進來，送來一封書簡，這是很有意思。

　　〔這給同事的女官的信〕是用純白的陸奧紙或白的色紙[1101]上，封緘地方的墨色好像忽然冰凍了的樣子，末筆的顏色很是淡了[1102]，那人開封來看時，這信捲得極細，捲過的地方遇著封緘結束，細細的有好些凹進

[1097] 男女相會，別後的早上稱曰「後朝」，原語讀若「衣衣」，謂各自穿著其衣，舊例男子於別後必寫回信送去，致戀慕之意，這信便稱為「後朝的書信」。見卷二注 [67]。

[1098] 所引據的原歌不詳，或者是以《古今和歌集》卷十二的紀貫之的一首為依據吧。原歌云：「有如刈取蒲草的沼澤裡，雨落下來，水也增漲了的我的戀情呵。」但引用歌詞，已非原本，故是否未可遽定。

[1099] 即隨身，見卷二注 [44]。

[1100] 這是指女官退直後所住的私室，不是指在家裡。

[1101] 色紙係指種種顏色的紙，後世稱寫和歌俳句的用紙即「鬥方」為色紙，與此有別。

[1102] 舊時寫信用橫長極薄的紙，卷為細卷，於其一端或中間打一結，上加墨筆封緘，有如草書「夕」字，或云此乃「行」字的草體，至今封信時猶用之，隨後將信縛樹枝上，差人送了去。這一種稱云「結文」，此外有「立文」，亦云「立封」，則折作狹長條，於上下兩端各捻作魚尾形，因此又名為「捻文」。

去的摺紋，那地方的墨或濃或淡，行間也很狹窄，不論表裡亂寫一氣，
反來覆去的長久的看，這裡到底寫著些什麼事呢？旁觀者從旁看著，也
是很有意思的事情。況且讀著有時候更是微笑，更是想要知道這是什麼
事，但是遠隔的坐著，只能夠想像黑色的一行行的文字，那是現在讀著
的地方吧，這也是很好玩的事。

　　又如或額髮留長，姿容端麗的人，在薄暗的時候，接到了來信，似
乎連點燈的時間也都等不及，夾起火盆裡的炭火來，很勉強的一個個字
讀去，也是很有意思的。

第二五九段　輝煌的東西

　　輝煌的東西是，近衛大將的警蹕[1103]。《孔雀經》的讀經法會[1104]。祈
禱修法是五大尊[1105]。藏人的式部丞在白馬會的節日裡[1106]，在大路上遊
行。御齋會的時候，在右衛門府的佐官都穿著藍印花，磨的很光澤的衣
服[1107]，在那裡伺候。〔春秋〕二季的讀經[1108]。尊勝王的祈禱修法[1109]。
熾盛光的祈禱修法[1110]。

　　雷公響得很厲害的時候，雷鳴警備的儀式，很是可怕。左右近衛府

[1103] 天皇出行，由近衛大將前驅警蹕，樣子甚是莊嚴，故云輝煌。

[1104] 《佛母大孔雀明王經》三卷，不空三藏所譯，這個讀經係以孔雀明王為本尊，而為祈禱的法會。

[1105] 「五大尊」係直言密教中所建立的五大明王，皆觀忿怒之相，名為不動，軍荼利，降三世，大威德，金剛夜叉。對五尊的名義為祈禱。

[1106] 藏人式部丞係式部丞之兼任藏人者，稱為殿上丞。白馬會見卷一注 [3]。

[1107] 古時衣服與紙張欲使光澤，率以一種貝殼稱為瑩貝者磨擦，這裡所說即是此物。御齋會在每年正月初八至十四這七日中舉行，在大極殿為護持國家，開講《最勝王經》，凡十卷三十一品，唐義淨所譯。法會中例有檢非違使列席，而此職多由衛門府的佐官兼帶，故如此說。

[1108] 讀經分春秋二次，在二月八月中舉行，在宮中講《大般若經》，凡閱四日。見卷八注 [41]。

[1109] 「尊勝王的修法」係依據《佛頂尊勝陀羅尼經》，以尊勝佛頂為本尊，祈禱息災增益，除病減罪。見第一七二段及卷九注 [34]。

[1110] 「熾盛光的修法」係以金輪佛頂為本尊，祈禱平定天變和兵亂。

的大將和中少將，〔都武裝了來到殿前〕格子的外面侍候著，非常的有意思。末了大將命令道：「歸班，退散。」[1111]

《坤元錄》[1112] 的御屏風，覺得真是很有意思的名字。《漢書》[1113] 的御屏風，卻覺得很雄大的。再又每月風俗的御屏風[1114]，也有意思。

第二六○段　冬天的美感

因為避忌改道[1115]的關係，住在外面什麼人家，在天還沒有亮的時候回了來，冷的實在沒有辦法，連下巴頦兒都似乎要掉下來了，好容易回到家裡，把火盆拉了過來，火是大塊的，一點都沒有黑的地方，燃燒的很好，把它從細灰裡掘了出來，覺得非常喜歡。

〔和友人〕說著些閒話，連火要熄滅了都不曾注意的時候，別人進來，重新加上了炭，實在是很討厭的。可是，如把炭排列在炭火的四周，中間放上炭火，那是很好的辦法。若是將炭火都撥到外面，堆起炭來，再在頂上把火擱上去，那就很是難看，沒有意思了。

第二六一段　香爐峰的雪

雪在落下，積得很高，這時與平常不同，仍舊將格子放下了，火爐裡生了火，女官們都說著閒話，在中宮的御前侍候著。中宮說道：「少納

[1111] 舊時宮中如遇雷鳴很響者三次，近衛大將及中少將均入宮警衛，見上文第二一四段及卷十注[24]。別本以此節另作一段，題曰「雷鳴之陣」，又下一節亦別為一段，題曰「屏風」，似較為確當。唯譯本因為根據《春曙抄》本，故不加以改變。

[1112] 《坤元錄》蓋是中國古代的地誌，今已散佚，不能知其內容。

[1113] 《漢書》指班固所著的《前漢書》，蓋圖畫其事蹟於屏風上面，全部共有八帖。

[1114] 屏風上畫每月的風俗行事，後世所稱的「年中行事」者，即歲時節物。

[1115] 「避忌改道」係據陰陽家說，人當出行的時候，特別是立春前夜，要避免天一神所在的方向，須向「吉方」的別人家借住一日才好。見卷二注 [6]。

言呀，香爐峰的雪怎麼樣呵？」我就叫人把格子架上，〔站了起來〕將御簾高高捲起[1116]，中宮看見笑了。大家都說道：「這事誰都知道，也都記得歌裡吟詠著的事，但是一時總想不起來。充當這中宮的女官，也要算你是最適宜了。」

第二六二段　陰陽家的侍童

在陰陽師[1117]家裡的侍童，真是很懂得事體的人。遇見什麼被除祈禱，主人到了壇場，讀著祝文什麼東西，到場的人〔別不注意〕只當作當然的事聽著，他卻往來奔走，也不等著主人命令著說：「把 清水灑在〔臉上〕吧。」[1118]便自會去做，懂得作法規矩，不要主人開口，這實在是很可羨慕的事。這樣〔機靈的〕人那裡有的時候，很想得著一個來使喚用著。

第二六三段　春天的無聊

三月的時候，遇見避忌，就到一家不很相熟的人家去，院子裡種種的樹木，沒有什麼值得注意的，就是楊柳，也不見像平常的那樣優美，葉子很寬闊覺得可憎。我說道：「這似乎是別的樹的樣子。」答說道：「是有這個樣子的楊柳。」我看著便作成一首歌道：

[1116]《白氏文集》卷十六有一首，題曰〈香爐峰下新卜山居〉，詩云：「日高睡足猶慵起，小閣重衾不怕寒。遺愛寺鐘欹枕聽，香爐峰雪撥簾看。」又卷四十三有《草堂記》說明云：「匡廬奇秀，甲天下山，山北峰曰香爐峰，峰北寺曰遺愛寺，介峰寺間，其境勝絕，又甲廬山。」詩句又收入《和漢朗詠集》卷下，故尤膾炙人口，著者即敏捷的應用此詩句，遂成為佳話。

[1117] 陰陽師係舊時日本一種職官，掌卜筮及相地的事，上文第二九段譯作「神官」，並見卷二注[40]。

[1118] 陰陽師亦司祈禱醫療，此處即指醫病的時候，遇見昏憒不識人事的病人，以清水灑其臉，令其清醒過來。

285

自作聰明的

楊柳展開了眉毛，

使得春光失了顏色了[1119]。

在那時候，也是因為同樣的避忌的緣故，〔從宮中〕退出到那麼樣的
一處地方去，第二天的中午時分，更覺得非常無聊，心想即刻就進宮裡
去，在這時候中宮有信來了，很高興的開啟來看。在淺綠色的紙上，由
宰相君代筆，很有意思的寫著道：「過去的日子是怎麼過了的，難以排遣
的昨日與今日呵。」[1120] 這樣寫了，又給我的私信裡說道：「到了今天，
頗有一日千秋的意思，請你在明天的早上，快點來吧。」

單只是宰相君這樣說，已經夠高興了，再加中宮那旨意，尤其不好
輕忽，但又不知道怎樣回答才好，只得寫了一首答歌道：

春天的〔無聊賴〕，

在雲上尚且不好過，

何況我在這地方的呢[1121]。

另外又給宰相君的私信裡說道：「在今天晚上，我就做了〔深草〕少
將[1122]，也說不定吧。」寫了送去，到了天明就進宮去了。中宮見了說
道：「昨天的答歌裡，說春日不好過，實在是很討厭，大家都在很批評你
呢。」[1123] 實在是很抱歉的，或者確實可以那麼的說吧。

[1119] 柳葉應當很是細長，這才好看，所以比作美人的眉毛。今如很是廣闊，便是殺風景了。歌中
　　　 說柳眉，下面說「春光失了顏色」，取意義雙關。
[1120] 歌意云，過去的時候不知道是怎麼過的，那時你沒有進宮裡來，現在你只出去了一兩日，卻
　　　 很是想念著你了。
[1121] 「雲上」，即宮禁中生活，在凡人望去如在天上。歌意云，春日無聊，宮中也覺得難過，若是
　　　 我在這寂寞的地方，更加如此了。
[1122] 深草少將的歷史不詳，似純為小說中的人物。小野小町係古代女歌人，生於西元八二〇年
　　　 頃，相傳美而且才，一生不近男子，故世俗稱其為石女，因此傳說甚多。其最有名者即為深
　　　 草少將的「百夜訪問」，據云少將有情於小町，許以繼續訪問百夜乃得如願，及九十九夜少
　　　 將乃忽死去，謠曲中有〈卒塔婆小町〉，即敘此故事。
[1123] 中宮故意對於著者開玩笑，故假作不明歌意，謂我的想念你由於寂寞，而你則歸咎你的無聊
　　　 由於境地使然，太是無情了，所以大家都在非議你。

第二六四段　山寺晚鐘

在清水寺[1124]中住宿禮拜的時節，寒蜩正在盛鳴，覺得很是有情趣，其時中宮特地的叫人來，送一首歌給我，在紅色的中國紙上面，用草體字[1125]寫著道：「近山的晚鐘的聲音，每一擊是記著相思之情，這你是知道的吧。可是，你這是多麼長久的逗留呵！」[1126]倉卒旅行中，忘記攜帶了不致失儀的用紙，所以在紫色的蓮花瓣上[1127]寫了回信送去了。

第二六五段　月下的雪景

十二月二十四日[1128]，中宮舉辦御佛名會，聽了第一夜供奉法師誦讀佛名經之後，退出宮來的人，那時候已經過了半夜[1129]了吧，或是回私宅去，或是偷偷的要去什麼地方，那麼這種夜間行路，往往有同乘一程的事，也是很有意思的[1130]。

幾日來下著的雪，今日停止了。風還是很猛的颳著，掛下了許多的冰柱，地面上處處現出黑的地方，屋頂上卻是一面的雪白，就是卑賤的平民的住宅，也都表面上遮蓋過去了。下弦的月光普遍的照著，非常的

[1124] 清水寺在京都音羽山，所供奉的是千手千眼觀世音菩薩。

[1125] 草體字即是草書字母，今稱「平假名」者便是。

[1126] 寺鐘擊一百八下，每一擊即是報告想念你的數目，這事你當知道。但是你卻逗留這麼久呵。意思上下連續，是當時時髦的一種寫法。

[1127] 法會中用散華，以紫色紙作蓮花用之，今所說即指此，見卷二注 [52]。這裡回信當是答歌，原本應當有，今似缺佚。

[1128] 原文只有月日，不說是何年代，上文第七〇段說及佛名會，乃是正歷五年（西元九九四年）的事，不知這是不是同一時候的事情。關於佛名會，見卷四注 [15]。

[1129] 佛名會凡誦經三日，第一日的誦讀是至當夜子時完了，即現今午後十二時。

[1130] 此一節即是「或是回私宅去」以下五句，別本無有，或者徑從刪削，云與上下文意不相貫串，今從《春曙抄》本譯出，故悉仍之。下文所記情形，即《春曙抄》所標註的「男女同車」，就是本文所指的「同乘」，可見文章原是一貫的，蓋由著者想像當時情景，覺得很有情趣，因隨筆敘述，本非事實，如照事理推測，則牛車前後走著，絕不能看見前面的事情如是清晰的。

覺得有趣。好像是在用白銀造成的屋頂上，裝著水晶的瀑布似的，或長或短的特地那麼掛著，真是說不出的漂亮。

〔在自己的車前〕走著一輛車子，也並不掛著車帷，車簾也很高的捲上了，月光一直照到車廂裡，〔車子裡的女人〕穿著淡色和紅梅的，白色的衣服，重疊七八件，加上濃紅的上衣，顏色極其鮮明的互映著，顯得非常的好看，〔旁邊的男子〕是穿著淺紫色的凹紋的縛腳褲，白色的單衫，棣棠和紅色的出衣[1131]露著，雪白的直衣連紐也解開了，從肩頭脫了下來，很美麗的露出在外面。一邊的縛腳褲伸在車轅的外面，路上的人遇著看見了，一定覺得很有意思吧。

因為月光很是明亮，〔女人〕有點害羞，將身子往裡面靠攏，卻被〔男子〕拉住了，外面全都看見，很是為難的樣子，看了很有意思。〔男子〕朗詠著「凜凜冰鋪」[1132]這一句詩，反覆的吟誦，也是很有趣的事。很想一夜裡都跟著走路，但是要去的地方已經到了，很感覺遺憾。

第二六六段　女主人

在宮裡奉職的人們，退出回私宅來，聚在一處，各自講她的主君的事，加以稱讚，並傳說宮禁內外的事情，互相閒話，這家裡的女主人在一旁聽著，實在是很有意思的事[1133]。

[1131] 出衣係襯在直衣底下的衣服，因其露出在直衣的裾下，故名。

[1132] 《和漢朗詠集》卷上，「八月十五夜」項下，有公乘億的對句云：「秦甸之一千餘里，凜凜冰鋪，漢家之三十六宮，澄澄粉飾。」本係詠月，今用以形容背後的雪景，也正恰好。公乘億係唐詩人，據《全唐詩話》卷五云：咸通中以詞賦著稱，唯在後世不很有人知道，在日本因其收入《朗詠集》，故頗見重於世。

[1133] 本段與下文第二六七段，各本均合為一段，《春曙抄》本獨分而為二，且列在兩卷的中間，今姑仍其舊，不加以訂正。

卷十二

第二六七段　女主人之二

　　屋宇寬暢，很是整潔，親戚的人不必說了，只要可與談話的，在宮中供職的人，在房子的一角落裡，給她們寄住，也是很好的。在什麼適當的機會，聚集在一處，說些閒話，把人家所做的歌拿來加以評論，有書信送到來的時候，便大家一起觀看，或是寫回信，又或者遇著有人親切的來訪問，將房屋收拾得乾乾淨淨，招待進來。倘然下雨不能回去的時節，很有意思的接待著，各自要進宮去時，便幫忙照料，像心合意的送她出門，很想這樣的做[1134]。

　　那些高貴的人的日常生活，是怎麼樣的呢？很是想知道[1135]，這豈不是莫名其妙的空想嗎？

第二六八段　看了便要學樣的事

　　善於看人學樣的事是，打呵欠[1136]。幼兒們。有點討厭的半通不通的人[1137]。

[1134] 此一節本來應當與上段相連，敘說願有餘屋數間，為女官做居停主人，予以種種照料，《春曙抄》本亦說明此意，但別作一段，今仍之。

[1135] 這裡著者假定與禁中生活別無關係的人，空想這樣的一個女主人，加以敘述，或謂當是在入宮供職以前之作，但此種假定別無依據，當不可信。

[1136] 俗說呵欠易於傳染，見有人打呵欠者，便會感染了也打呵欠，可見此說在十世紀時已有之。

[1137] 一知半解的人看見有人比他優越，便想模仿他。

第二六九段　不能疏忽大意的事

不能疏忽大意的事是，被說為壞人的人，但是看起來，他卻比那世間說為好人的，還似乎更是沒有城府[1138]〔因此是不可疏忽大意〕。

第二七〇段　海路

海路[1139]。太陽很明朗的照著，海面非常的平靜，像似攤開著一件淺綠的砧打得很光澤的衣服，一點沒有什麼可怕。〔在自己坐著的船上〕年輕的女人穿著汗衫，和從者的少壯的人，一起的搖著櫓，巧妙的唱著船歌，實在是很有意思的，很想教高貴的人們看一看也好。正在這樣想著一面船在行走著，可是大風忽然的颳起來，海面也時刻增加險惡，幾乎昏了過去，好容易把船搖到預定停泊的地方，那時節看波浪拍打船身的樣子，真不像是從前那樣平穩的海了。

細想起來，實在比那坐在船上走路的人，危險可怕的是再也沒有了。在不很深的地方，坐在看去很是薄弱的船上面，想搖到〔遠處〕去，那是可能的嗎？況且那簡直不知有底，有千尋[1140]左右的深淺吧，裝著非常多的東西，離開水面不過一尺上下，那些用人一點都不覺害怕，在船上行走著，只要少為亂動看樣子就要沉下去，他們卻是在把大的松樹，有三尺長短，圓的五株六株，砰砰的扔到裡面去，真是了不起的事情。

〔有身分的人〕乘坐在有篷頂的船[1141]上面。走到裡面去的時候，人就更覺得是安穩了。但是那站在船邊勞動著的人們，就是旁邊看著也覺

[1138] 原文意云「沒有裡面」，大意即是心裡坦白，沒有城府的意思。此節本與下節合為一段，但《春曙抄》分為二段，故今仍之。

[1139] 各本這兩個字屬於上節，即是「不能疏忽大意的東西」之一，以下才來引申，今據《春曙抄》本寫在本段裡。

[1140] 八尺曰一尋，即一個人伸直兩手一托的長短。

[1141] 原本云「屋形船」，即是有篷的，但其篷係方形平頂，中國古時稱為樓船。

得幾乎要昏暈了。那一種叫做櫓索[1142]的東西，是扣住那櫓什麼的索子，這又是多麼的細弱呵。若是這一旦斷了，那就將怎麼樣呢？豈不是落到水裡去嗎？可是如今連這個櫓索也不曾弄得粗大一點。

自己所乘坐的船造的很是整齊，掛著帶有額飾的簾子，裝著門窗，掛上格子，但是因為也不同別的船隻那樣沉重[1143]，只是同住在一所小房子裡一般。看那些別的船，這實在覺得擔心。在遠處地方的船隻，差不多像是用竹葉子所做的，散布在那裡，這樣子非常的相似。船碇泊著，每隻船都點著燈火，看了也覺得很有意思。

有一種叫做舢板的，是很小的船，人家坐著划了出去，到了明朝〔蹤跡全無〕，這很有風情。古歌裡說「去後的白浪」[1144]，的確是什麼都消滅不見了。平常有身分的人，我想還是不要坐船走路為是吧。陸路〔若是遠路〕也有點可怕，但那到底是在大地的上面，所以很是安心。

◆ 其二　海女的泅水

想起海來既是那麼的可怕，況且海女[1145]泅水下去，尤其是辛苦的工作了。腰間繫著的那根繩索，若是忽然的斷了，那將怎麼辦呢？假如叫男子去做這事，那還有可說，如今是女子，那一定不是尋常的這種勞苦吧。

男子坐在船上，高興的唱著船歌，將這楮繩[1146]浮在海面上，划了過去。他並不覺得這是很危險的，而感覺著急嗎？海女想要上來的時候，

[1142] 俗名「櫓絆索」，係用一根稻草繩索，上端扣著櫓柄，下端扣於船邊鐵環上，舟子手執以搖櫓，其製作有各種樣子。

[1143] 此處或疑有缺文，或說是意謂「船造作不厚重」，故仍覺得不安，今從田中本，謂不是裝貨的船那樣沉重，似頗簡要。

[1144] 《拾遺和歌集》卷二十，有沙彌滿誓的一首歌云：「世事可以比做什麼呢，這有如早朝划去的船，後邊的白浪。」原本係屬於「哀傷」的一類，蓋是佛教思想的表現。

[1145] 海女是指海邊的女人，以泅水捕魚貝，或採石花為事，本來是漁人的通稱，近來專說女性，文字也由「海士」改寫為「海女」了。據說泅水專用女人，是因為她們泅水的時間要比男子為長久的緣故。

[1146] 楮繩即上文所說，縛在海女腰間的繩索，乃是用楮樹皮的纖維所做成的，故有是名。

便拉這繩子〔作為訊號〕。男子拿了起來，慌忙的往裡拉，那樣著忙其實是應該的。〔女人上來〕扶著船沿，先吐一口大氣，這種情形就是不相干的旁人看了，也要覺得可憐為她下淚，可是那個自己將女人放下海去，卻在海上划著船周遊的男人，真是叫人連看也不要看的那樣的可憎了。這樣危險的事情，全然不是人間所想出來，所能做的工作。

第二七一段　道命阿闍梨的歌

有一個右衛門尉[1147]，因為有個不像樣子的父親，人家見了很是丟臉，自己看了也是難受，所以在從伊豫上京來的途中，把他推落到海裡去了。世人聽見了這事都覺得是意外，很是驚愕。到了七月十五日，這人〔為他的父親〕忙著設盂蘭盆[1148]的供養。道命阿闍梨[1149]知道這事，乃作歌道：

將父親推入海裡的

這位施主的盆的供養[1150]，

看了也實在很是悲哀呀！

這是很有點可笑的事情。

[1147] 衛門府職司看守宮城的外門，有左右二府，各設長官一人，名為督，其次為佐一人，次為大尉及少尉各二人，這裡的尉乃是三等官。

[1148] 「盂蘭盆」係梵語的音譯，意云「救倒懸」，佛的弟子目連的母親因宿業落了地獄，受著倒懸之苦，佛教目連救濟的方法，設盂蘭盆法會，為今世七月十五日供養之起源。日本通稱七月十五日為「盆」，供養祖先，餽贈親友，這種風俗一直流傳下來。

[1149] 道命是右大將藤原道綱的兒子，前任關白兼家的孫子，出家後以諷誦唱道著名。「阿闍梨」漢譯「軌範師」，是密宗的解行殊勝的法師的稱號，見卷六注 [105]。

[1150] 「盂蘭盆」本義是「救倒懸」，這裡利用這個意思，隱射推下海去時頭向著下，正是倒懸，且既然謀殺了又為營求冥福，是絕矛盾可笑的事。

第二七二段　道綱母親的歌

又小野公 [1151] 的母親，實在也是〔了不得的人〕。有一天聽說在普門寺的地方，曾經舉行了法華八講 [1152] 的法會，在第二天有許多人聚會在小野的邸宅裡，演奏音樂，或寫作詩文，那時她作歌道：

砍柴的工作昨天既然完了，

今天就在這裡遊樂，

讓斧柄都腐爛了吧 [1153]。

這是很漂亮的歌。這些歌話都是傳聞下來的。

第二七三段　業平母親的歌

又業平中將的母親伊登內親王〔寄給她兒子的〕歌裡 [1154] 說道：「卻更是想見你一面。」深覺得有情意，很有意思。業平開啟來看的時候，心裡怎麼的想，大約是可以推測而知的了。

[1151] 小野公即指藤原道綱，其母即兼家的妻，為藤原倫寧的女兒，著有《蜻蛉日記》三卷，為平安朝名著之一。大約因為道綱有別邸在小野地方，所以稱為小野公。

[1152] 「法華八講」係講讀《妙法蓮華經》，凡分八天講畢，見卷二注 [49]。

[1153] 「砍柴的工作」即指法華八講。因經中《提婆品》說釋迦志切求法，砍柴汲水，供奉阿私仙人，終乃取得是經，「斧柄腐爛」係用王質故事，在山中觀仙人弈棋，及局罷已歷若干年，斧柯都已爛掉了。這裡「斧」字的讀法，與「小野」讀音相同，故意取雙關。

[1154] 在原業平係平城天皇皇子阿寶親王的第五子，曾任右衛中將，故世稱「在五中將」，是平安朝的一個有名歌人，傳說上說是風流才子，軼事流傳甚多，有《伊勢物語》二卷，凡一百二十五節，據說都是他的故事。他的母親是桓武天皇的皇女伊登內親王，這首寄給業平的歌見於《伊勢物語》，也收到《古今和歌集》裡，有小引云：「業平朝臣的母親住在長岡的時候，對母親說是要去看她，可是終沒有去，到了年終內親王方面有急信送來，開啟看時，只見有一首歌。其詞云：『人到了老去的時候，雖然總是有永別，現在卻更是想見你一面呀。』業平見了這歌，只送去一首平凡的答歌道：『但願在這世間沒有永別也罷，為了兒子活到千歲。』」

第二七四段　冊子上所記的歌

覺得很有興趣的歌，把它寫在冊上了放著，卻被使女們拿去唸誦，這簡直叫人生氣。而且把那歌詞直讀[1155]，尤其討厭了。

第二七五段　使女所稱讚的男子

有些稍有身分的人，為使女們所稱讚，說道：「真是很可懷念的人。」這樣的說，就會立刻使得人對這個男子發生輕蔑的意思。其實這還不如給她們所批評，要好得多多呢。為使女們所稱讚，便是女人也不很好。又被她們所稱讚，說的不對，或者稱讚倒要變成批評哩。

第二七六段　聲驚明王之眠

大納言[1156]來到主上面前，關於學問的事有所奏上，這時候照例已是夜很深了，在御前伺候的女官們，一個二個的不見了，到屏風和几帳後面去睡覺，自己獨自一人忍著渴睡侍候，聽見外面說道：「丑時四刻！」是奏報時刻[1157]的樣子。我獨自說道：「天快亮了。」大納言說道：「現在這個時候，請不必再去睡覺了吧。」彷彿覺得不睡覺是當然的樣子。

糟了，我為什麼說那樣的話的呢？如果還有別人在那裡，那也還可以混得過去〔溜進去睡了〕。主上靠著柱子，也少為睡著了的模樣。〔大納言〕說道：「請你看這邊吧。天已經亮了，卻那麼的安息著哩。」中宮看了也笑著說道：「真是的。」

[1155] 和歌本來乃是詠歌，應當有聲調的高吟才好，如只照詞句念去，那就失掉了歌的好處了。
[1156] 大納言指中宮的長兄藤原伊周，見卷一注[44]。
[1157] 「奏報時刻」見上文第二五五段，及卷十一注[75]。

主上似乎都不知這些，在這時候，有宮女所使用的女童〔黃昏時分〕拿了一隻雞來，說道：「等到明天，要拿到老家裡去的。」就把那雞藏在什麼地方，可是不知怎的給狗找到了，便來追趕，雞逃到廊下，大聲的叫嚷，大家都被牠吵醒了，主上也驚起問道：「是什麼事呀？」大納言這時候高吟道：「聲驚明王之眠。」[1158] 這實在很是漂亮也有意思的事，連我自己渴睡的眼睛，也忽然的張大了。主上和中宮也覺得很有興趣，說道：「這實在是，恰好的適合時機的事。」無論怎樣，這總是很漂亮的。

第二天的夜裡，中宮進到寢宮裡了。在半夜的時候，我出到廊下來叫用人，大納言說道：「退出到女官房去嗎？我送你去吧。」我就把唐衣和下裳掛在屏風上，退了出來，月光很是明亮，大納言的直衣顯得雪白，縛腳褲的下端很長的踏著，抓住了我的袖子，說道：「請不要跌倒呀。」這樣一同走著的中間，大納言就吟起詩來道：「遊子猶行於殘月。」[1159] 這又是非常漂亮的事。大納言笑說道：「這樣的事，也值得你那麼的亂稱讚嗎？」雖是這麼說，可是實在有意思的事〔也不能不佩服呵〕。

第二七七段　臥房的火

與隆圓僧都[1160]的乳母一起，在御匣殿[1161]的房間的時候，有一個男子來到板廊的旁邊，近前說道：「我遇到了十分晦氣的事情。現在上來，可以對誰來訴苦呢？」說這話的時候，臉上彷彿就要哭出來的樣子。我

[1158] 《和漢朗詠集》卷下，有都良香（西元八三四至八七九年）的〈刻漏刻〉句云：「雞人曉唱，聲驚明王之眠，梟鐘夜鳴，響徹暗天之聽。」都良香是日本九世紀初的文人，為文章博士，著有《都氏文集》，此文亦見《本朝文粹》中。

[1159] 《和漢朗詠集》卷下，有賈島的〈曉賦〉句云：「佳人盡飾於晨妝，魏宮鍾動，遊子猶行於殘月，函谷雞鳴。」賈島的〈曉賦〉不可考，朗詠集收有謝觀所作〈曉賦〉，或是同時的作品，唯謝觀的生平亦不詳。考訂者或謂賈島乃賈嵩之誤，賈嵩的傳記亦待考。

[1160] 隆圓係中宮的兄弟，出家位為僧都，見卷五注 [54]。

[1161] 御匣殿係中宮的妹子，任御匣殿別當，見卷四注 [38]。

問道：「這是什麼事呢？」他回答道：「真是剛出去了一會兒，齷齪的房子[1162] 就給火燒了，現在暫時在這裡，像寄居蟹似的，把尾巴安插在別人的家裡[1163]。從堆著御馬寮[1164] 的馬草的家裡，發生了火災，因為只隔著一重板壁，在臥房裡睡著的妻子也差一點兒就被燒死了，什麼東西都一點沒有拿得出來。」御匣殿也聽見了，〔覺得他的手勢和口調都很可笑〕就大笑起來。我自己寫了一首歌道：

> 燒著馬草[1165] 的這一點
>
> 春天的火，為什麼把臥房
>
> 燒得什麼也不剩了呢？

寫好了便丟給他道：「把這個給了他吧。」女官們譁然笑說道：「就是這一位，因為你的家被火燒了，很可憐你，所以把這個給了你的。」叫他來拿了，那人問道：「這是什麼票據[1166] 呢？有多少東西可以領取呀？」女官說道：「你先念一遍好了。」那人道：「這怎麼成呢？我是睜眼瞎[1167] 的呀。」女官又說道：「那麼叫人家去代看吧。剛才上頭有召喚，我們就要上去了。你既然得到這樣極好的東西，為什麼還要發愁呢？」大家都笑著鬧著，來到中宮那裡。乳母說道：「不知道他回去給誰看了沒有。聽到了這〔遊戲的歌詞〕，不曉得要怎樣的生氣哩。」便把這事告知中宮，中宮笑著說道：「你們也真是，真虧做得這樣瘋瘋癲癲的事來呢。」

[1162] 「齷齪的房子」係謙詞，說自己的住房，猶中國的稱「敝舍」。

[1163] 寄居蟹上半身似大蝦，下半身無甲殼，覓取螺殼之空者借居，將尾部伸入殼內，故此人借為比喻。

[1164] 御馬寮有左右兩處，設在宮城裡，唯堆置馬草的地方則在城外。

[1165] 這是純粹的一首遊戲歌，取雙關的字句連成，所以也可以解作下列的意思：「使新草萌長的這一點春天的太陽，為什麼把澱野燒得什麼也不剩了呢？」

[1166] 原文「票據」云「短籍」，後世寫作「短冊」，係指長尺許，寬約二寸的厚紙，多用作題寫和歌俳句，但當初只是一種紙片，官廳用作憑單，寫發給米鹽的數目，所以這人看見寫和歌的紙，誤認為可以領取物事的票據。

[1167] 「睜眼瞎」原文云「一邊的眼睛也睜不開」，意即云文盲。

第二七八段　沒有母親的男子 [1168]

　　一個男子沒有了母親，只有父親一人，那父親雖是很愛憐他，但是自從有了很麻煩的後母以來，不再能夠〔隨意的〕進到父親的房裡去了，一切服裝等事，只得由乳母和先妻的使用人等加以照顧了。

　　在東西的對殿裡，布置了客室，整理得很是像樣，什麼屏風和紙隔扇上的繪畫也都很可觀，就住在這裡面。

　　殿上人中間的交際關係處理得很好，人家都沒有什麼批評。主上也很是中意，時常召喚，去做音樂或其他遊戲的對手，但是他似乎總是鬱鬱不樂 [1169]，覺得世事不如意，可是好色 [1170] 之心卻似乎不是尋常的樣子。

　　一位公卿有一個妹子，一向非常的珍重，只有她對他情意纏綿，很是說得來，這是他唯一的安慰了。

第二七九段　又是定澄僧都

　　「定澄僧都沒有裌衣，宿世君沒有汗衫。」[1171] 有人這麼的說，這是很有意思。

[1168] 這一節或者是記述一個特定的貴公子，並非一般的空想描寫，但這人是誰，當然是不能知道了。

[1169] 鬱鬱不樂的緣故，即是因為有那後母，與家庭不合的關係。

[1170] 這裡用這「好色」，並不含有後世譴責的意思，只是有如中國古書裡說，「如好好色」，或「則慕少艾」罷了。

[1171] 定澄僧都見卷一注 [41]。定澄身體高大，已見上文第一〇段，這又是說他的事的，並且來得很是突然，別本連寫在第十段的末尾，或者本來應當是如此。本篇的意思是說，裌衣本來很長，但定澄穿了便不見得，汗衫即衵衣，本是很短的，可是在宿世君卻顯得又是長了，蓋說他的個子是很短的。宿世的生平不詳，原文只是用假名注音，亦不知漢字為何，今姑譯作「宿世」，似亦係僧侶的名字。

第二八〇段　下野的歌

有人問我道：「這是真的嗎？聽說你要到下野[1172]去呢！」〔作歌回答道：〕

想都沒有想到的事，
是誰告訴了你，去到
艾草叢生的伊吹山的鄉里[1173]？

第二八一段　為棄婦作歌

有女官和一個遠江[1174]守的兒子要好，可是那男子又和在同一地方供職的女官要好了。聽見了這事，女人很有怨言，那男子說道：「我叫父親做證人給你立誓。這實在是一種謠言。我連夢裡都沒有見過那女人。」女官對我說了，又說道：「那我怎麼說好呢？」〔我就代她做了這首歌去回答他：〕

你立誓吧，憑了遠江的神，
可是我難道沒有看見嗎？
那濱名橋的一端[1175]。

[1172] 下野在今東京北面，當時距離京都頗遠，算是偏僻的地方。

[1173] 這首也是雙關取意的歌，艾草是下野伊吹山的出產，作為下野的替代，本意只是說這是誰告訴你的罷了。

[1174] 遠江在今東京與京都之間，屬於今之靜岡縣。

[1175] 「遠江的神」雙關「遠江守」，因為「神」字訓讀與「守」字相同。濱名湖乃遠江名所，這裡「濱名橋」的「橋」字又雙關「一端」，言所見不只一端，即全體都已知道了的意思。

第二八二段　迸流的井泉

在不很方便[1176]的地方，與男子說話。男人隨後說道：「那時心慌得很。你為什麼那麼做的呢？」作歌答道：

逢坂相會總是心慌，
遇見了迸流的井泉[1177]，
會得有看見的人呵。

第二八三段　唐衣[1178]

唐衣是，赤衣，淡紫，嫩綠，櫻花，一切淡的顏色。[1179]

第二八四段　下裳

下裳是大海[1180]，褶裳[1181]。

[1176]「不很方便」即是說耳目眾多，不適宜於祕密會見的地方。

[1177] 這首歌亦以雙關取意，逢坂乃關名，意云會見，「迸流的井泉」原云「走井」，雙關胸中慌張，「水」與「看見」意相近似。

[1178] 唐衣係女官所著的服裝，穿在禮服的上面，狀如短袿，蓋係仿照中國古時式樣，故有是稱。見上文第一一九段「衣服的名稱」中，曾有說及。

[1179]《春曙抄》在本段後有附註云：「一本作：女人的上衣是，淡的顏色。淡紫，嫩綠，櫻花，紅梅，一切淡的顏色。唐衣是，紅色，藤花，夏天是二藍，秋色是枯野。」枯野者表黃裡淺綠，或表黃裡淡青，像枯槁的田野。通行本或分「女人的上衣」與「唐衣」為二段，今姑從《春曙抄》本。

[1180]「大海」亦稱「海部」，或作「海賦」，是指織物模樣，是海松，貝類，波浪及海邊景色。

[1181] 褶裳是古代著於裳上的一種帶子，亦稱「平帶」，當與中國古時的「紳」相似，但列在此處不甚適宜，故通行本均從刪削。

第二八五段　汗衫[1182]

汗衫是，春天是躑躅，櫻花，夏天是青朽葉，朽葉。[1183]

第二八六段　織物[1184]

織物是，紫。白。嫩綠的地織出柏[1185]葉的也好。紅梅[1186]雖然是好，可是最容易看厭。

第二八七段　花紋

花紋是，葵，酢漿。[1187]

第二八八段　一邊袖長的衣服

夏天的紗羅衣服[1188]，有人穿著一邊的袖子很長的[1189]，真很是討厭。好幾件套著穿，便被向著一邊牽扯，很是穿不好。棉花絮的厚的衣服，胸口也容易敞開，非常的難看。

[1182] 汗衫即袒衣，見卷一注 [29]。

[1183] 青朽葉見卷一注 [12]。「朽葉」係指表茶色，裡黃。

[1184] 織物乃指織出花樣的布帛，如綾錦之類。見卷十一注 [10]。

[1185] 日本所謂柏，在中國實係槲樹，非松柏之柏。

[1186] 紅梅見卷二注 [2]。

[1187] 葵見卷三注 [43]。酢漿見上文第五五段「草」中，也說綾織的花樣，以酢漿為最有趣味。《春曙抄》注云：「一本此下尚有，霰地一項。」霰地者言黑白小方格，互動排列，如雨霰滿地，中古時代此種模樣甚為流行。

[1188] 這一句係依《春曙抄》本所加，諸通行本皆是沒有。

[1189] 《春曙抄》注云：「此節文意頗為費解。是否中古時代，家用的衣服有一邊袖子特別長的事嗎。《論語》有云，褻裘長，短右袂。那是皮裘，所以有一邊袖長的例。」

這與普通的衣服也不能混雜著穿。也還是照從前的那樣做了，等樣的穿著為佳。那邊袖子還是應當一樣的長。但是，女官的衣服有時也太占地方〔未免覺得局促吧〕。男子的如件數穿得太多，也是要一邊偏重。整齊的裝束的織物和羅紗等薄物，現今似乎都是一邊袖子長的樣子。每見時式的，又模樣長得很好的人，穿著這樣的衣服，覺得樣子很是不雅觀的。

第二八九段　彈正臺

容貌風采很好的貴公子，任彈正臺[1190]的官，很是不像樣的[1191]。即如中將殿下[1192]的例，便是很可惜的事。

第二九〇段　病

病是，心口痛[1193]。邪祟[1194]。腳氣。只是莫名其妙的胃口不開。〔這些都是常見的病。〕

十八九歲的人，頭髮生得非常美麗，有等身的長，末端還是蓬蓬鬆鬆的，身體也很肥大，顏色白淨，很是嬌媚，顯得是個美人[1195]，卻牙齒

[1190] 彈正臺等於中國的御史臺，設有首長一人，名彈正尹，大弼、少弼各一人，掌巡察內外，糾彈非違。因為係為糾察違法的職官，不為人所喜愛，故非容姿美好的人所宜。
[1191] 此一段別本列在「不相配的東西」一段之後，意義似相連貫。
[1192] 中將殿下係指親王的兒子任為近衛中將者之稱，此處指源賴定，本係為平親王的兒子，正歷三年（西元九九二年）任為彈正大弼，六年之後轉近衛權中將，此節為其任中將時追記之詞。
[1193] 原文云「胸病」，照現代的說法乃是肺病，但如下文所說情形，似只是胃病罷了。胃病中國亦稱「心口痛」，今姑譯作此語。
[1194] 原文寫作「物怪」，「物」為妖魔鬼魅的總稱，能為人害者，亦並稱死靈即亡魂，以及生靈，謂生人如有怨恨，亦能作祟，而本人並無所知。
[1195] 一本解作「顯得是個健康人」，即言看不見有什麼毛病，但看來似以本文的說法為長，故從之。

很痛，啼哭得額髮都被眼淚濡溼了，頭髮散亂了也並不管，只按著那紅腫的臉頰，那是很可同情的 [1196]。

在八月的時節，白色的單衣很柔軟的穿著，也很像樣的繫著下裳，上面披著紫苑色 [1197] 的上衣，鮮豔奪目，〔年輕的女人〕很厲害的患著心口痛病。同僚的女官們輪流的來看望她。女官房的外面，也來了些年輕的貴公子們，都問訊道：「真是可憐。這是平常也是這樣的苦惱的嗎？」有的便只是照例的問候罷了。平常對於她深致想念的人，才真心的覺得可憐，感到憂愁，若是祕密的戀慕著的男人，更是迴避人家的耳目，想走到病人身邊去，也不敢走近，只是焦急的悲嘆著，〔就是旁人看著〕也覺得很可同情 [1198]。非常美麗的長頭髮，束了起來，說是想嘔吐，坐了起來的樣子，真是可憐，叫人心痛的。

上頭 [1199] 也聽見了這病狀，便派遣了祈禱讀經的法師，聲音特別好的人到來〔給她治病〕，在病床近旁設了几帳，安置坐位。並沒有多大的房間裡，訪問的人來了許多，又有來聽聞讀經的〔女客〕，外面就完全看得見，法師便有時候看著女人，一面念著經，這個樣子我想是要受到冥罰的吧。

第二九一段　不中意的東西

不中意的東西是，到什麼地方去，或者上什麼寺院去參拜的時候，遇著下雨。偶然聽到使用人說：「〔主人〕不愛惜我，現今這是某人，是當今最得時的人哩。」有比別人少為討厭的人，卻儘自胡猜，沒有理由的

[1196] 原文如直譯，當云「很有風趣的」，但嫌總欠適合，故改譯如此。
[1197] 紫苑色係指表淡紫，裡青色的衣服。
[1198] 同 [63]。
[1199] 此云「上頭」，本係泛指，可解作「天皇那邊」，但這裡是說女官，或者是指中宮吧。

不平，獨自逞著聰明〔這也是不中意的〕。

有心地很壞的乳母所養育的小孩〔也是不中意的〕。雖然是這樣說，可不是那小孩有什麼不好，只是叫這樣的人養育，能夠成得什麼呢？所以旁人就不客氣的說[1200]：「在許多小孩中間，主人不很看重這位小孩兒吧，所以也被別人所討厭了。」

小兒方面什麼也不知道，〔所以就是這樣的乳母，看不見的時候〕會哭泣尋找，這也是不中意的事情。這樣的乳母，在那小孩大了之後，很是珍重，著實忙著照料，可是因而發生弊害，也是有的。

又有看了很是討厭的人，就是很冷酷的對待她，還是纏著表示要好。若說是「有點兒不舒服」的話，就比平常更是靠近了來睡，勸吃什麼東西，這邊是並不算是一回事，可是那邊總是糾纏不放的順從著，加意照料〔更是不中意的事〕。

◆ 其二　在女官房裡吃食的人

到在宮中供職的女官房裡來訪問的男子，在那裡吃什麼東西，實在是很不行的。這給吃食的女人也很是不對。互相愛慕的女人說「請吃這個吧」，親切的勸食，所以不好裝出似乎很是厭憎的樣子，緊閉了嘴，轉過臉去，因此就吃了的吧。

〔但是若是我呢〕無論男人喝的很醉的來了，或是夜很深了，住了下來，也絕不該給他一碗湯泡飯[1201]吃的。假如男人心裡想：這是多麼不親切呀，就不再來了，那麼便隨他不來好了。若是在家裡的時候，廚房裡做了什麼拿了出來，那麼這是沒有法子。可是就是這樣，也絕不是可以感心的事情。

[1200] 一本以此一節為乳母的說話，但看情形是作為別人所說，或比較適宜。
[1201] 湯泡飯係指用乾飯在開水裡泡了，古時用米煮飯晒乾，稱為「糒」，作為乾糧之用。

第二九二段　拜佛的民眾

到初瀨去參拜觀音[1202]，在女官房裡的時候，卑微的民眾都亂七八遭的將後面對著人[1203]，坐滿一屋的那樣子，真是太沒禮貌了。好容易起了殊勝的信心去參拜，經過河流的可怕的聲音[1204]，困難的登上了扶梯，本想早點瞻拜佛尊的容顏的，趕緊的走進房裡；可是穿著白衣的法師和那些像簑衣蟲模樣[1205]的人們，都聚集在那裡，或坐或立的在禮拜著，一點都無所顧慮，真是看了生氣，想一齊推倒了才好。

在非常高貴的人們的房前，那裡家人雖然迴避，若是平常身分的人[1206]，就無法制止了。把專管參拜事務的法師叫了來，叫他傳話道：「請大家這邊少為讓開一點吧。」說話的時間雖然漸時退去了，但等那法師一旦走開，卻立即與先前一樣了[1207]。

第二九三段　不好說的事情

不好說的事情是，〔到對方去傳述〕主人的口信，以及貴人的傳言，說的很多，要從頭至尾的〔仔細的說〕，很不容易說。〔對於這些的回信〕也是不好說的。遇著覺得慚愧[1208]的人，送給什麼物事，要給回信〔也是很難的〕。一個已經成人的兒子，有什麼意外的事情[1209]，忽然聽到了，在本人面前也是不好說得的。

[1202] 初瀨在奈良市初瀨町，有長谷寺，奉十一面觀世音，當時深為朝野所信仰。

[1203] 女官房在佛像的對面，民眾面對觀音禮拜著，所以是後面對著女官房了。

[1204] 「河流的聲音」即指初瀨川的湍聲。

[1205] 簑衣蟲已見上文，係指穿著簑衣的形狀，但這裡只是指一般民眾，因衣服藍縷，有似簑衣蟲的雜集樹枝草葉，用以為衣。

[1206] 「平常身分的人」指一般異於貴族，有如著者的人。

[1207] 這一段一本連寫在上段之後，亦作為「不中意的東西」的一例。

[1208] 意思是指身分高貴的人，如遇著他有點「自慚形穢」的。

[1209] 「意外的事」殆指關於戀愛事情，與當時風俗習慣不合者。

第二九四段　束帶 [1210]

　　束帶是，四位五位的人〔宜於〕冬天，六位的人〔宜於〕夏天，宿直裝束 [1211]，也是如此。

第二九五段　品格

　　無論男女，均不可不保有他的品格。就是一家的主婦，不見得有人會來評論善否，但是懂得事理的使用人要出入遇見，便免不得有所批評了。況且〔在宮中供職〕與眾人有著交際，自然更容易招人家的注意了。〔所以不應當沒有品格〕像是貓下到地上來的那樣 [1212]。

第二九六段　木工的吃食

　　木工 [1213] 的吃食的樣子，實在是很古怪的。營造寢殿，要建築像東邊對殿一樣的房子，那時有許多木工聚在那裡吃食。我走出向東的房屋來看，只見首先搬來的是湯 [1214]，這一拿到手便立即喝了，把空碗 [1215] 直塞

[1210]　這裡的題目「束帶」二字，係是校訂者加添的，因為本段是說官員正式裝束的。四位的人束帶時著用黑袍，五位的著用赤袍，上加角帶，與冬季相應，六位則著用綠袍，在夏天覺得涼爽。

[1211]　宿直裝束謂不是束帶的便裝，只是穿著袍，下用縛腳褲，省去下襲並曳裾的煩文，比束帶甚為簡略。

[1212]　此句顯得很是鶻突，校訂者疑這裡有文句脫落，但勉強加以解說，則或如譯文的那樣子。因為當時貓是稀有的物事，是一種玩弄物，平常只許在室內席上行走，見上文第七段所說的「御貓」，如放在地上，便失了牠的品格了，但此說終嫌有牽強之處，只好存疑罷了。

[1213]　原文曰「工」，本是包括百工，但這裡乃是說的木工，日本稱木匠為「大工」，蓋因日本屋皆木造，故以木工為工匠之長。

[1214]　日本食物，主要的是湯，稱為「汁」，進食時首先進奉。

[1215]　原文作「土器」，蓋指陶土所制，未加釉彩者，古時民眾多用之，瓷器普及僅是近二三百年的事。

出去。其次拿來的是菜，也都吃光了，看去好像是飯也不要了的樣子，可是這也一忽兒都完了。有兩三個人在那裡，都是這個樣子，可見這是木工的習慣如此吧。這是很沒有意思的。

第二九七段　說閒話

或是說閒話，或是說過去的故事，有人好像很聰明似的，在中間應答，卻又是自己去和別人聊天，把話打斷了，這樣的人實在是很可憎惡的。

第二九八段　九秋殘月

在某處地方，住著叫做什麼君[1216]的一位女人，九月裡的一天，有一個人雖然不能算是什麼名門的子弟，但是大家說是了解風情，也是很有才情的人，前來訪問她。

〔在黎明正要回去的時候〕，「下弦的月亮很美的照著，覺得很有意思，心想把這回歸後的風情，讓女人老是記著，所以說了些慰藉的言語，走了出去了。女人以為現在已經走遠了吧，出來遠送著的時候，說不盡有一種優婉的滋味。既然離去以後，也走了回來，站在格子屏風開著的背後，要設法叫她知道自己還是逗留著不肯離去的樣子。那時聽那女子微吟道：『九秋殘月如常在。』[1217]向著外面窺探，頭髮的上部沒有照見，只在這以下五寸的光景[1218]月光照著，好像是火光一般，吃了一驚，心想莫不是天明了嗎？就走了回來了。」隨後那人還和別人講說過去的事。

[1216] 這裡「君」是女子的尊稱，「什麼君」就是說叫做什麼的貴女。一本作「中之君」，便是說中間的那一位。
[1217] 此歌見於《拾遺和歌集》卷三，云是柿本人麻呂作，實乃已見《萬葉集》卷十一，是無名氏的和歌，其詞曰：「君如是常來，有如九秋殘月的那樣，那麼我的情懷也得安慰。」
[1218] 這裡原文稍有錯亂，讀法不一樣，今採用田中氏解說。「九秋」原文云「長月」，為陰曆九月的別名，殘月即下弦的月亮，至次日天明猶在天際，稱曰「有明」，與殘月的意境似有不同。

第二九九段　借牛車

女官在進宮去或退出的時候，向人家借車的事情是常有的。有時候車主人很爽快的借給了，但是飼牛的人辱罵那牛，比平常使用的那頭牛[1219]更是下等，用力打牠叫牠快走，這是很覺得討厭的。而且那跟車的也裝出一副不高興的樣子，說道：「要〔快點走〕在夜不很深的時候，趕這牛回去才好。」〔這實在是很無禮的〕而且也可以推想到主人的意思，〔實是不很願意借給的〕以後即使有了急用，也不想再借了。

只有業遠朝臣[1220]的車子，是無論夜半，或是黎明，人要借它乘坐，絲毫都沒有這種不愉快的事，他是那樣的教訓那些用人的。路上如遇見女車，車輪陷落在道路的窪下的地方，拉不上來，飼牛的正在發怒的時候，業遠朝臣便叫他自己的家人，替他拿鞭子打牛，幫助他們。因此若在平常的時候，他對於用人們，可見是訓練有素的了。

第三〇〇段　好色的男子

有好色[1221]而獨居的男子，昨夜不知道在哪裡睡了吧，清早回來，還是渴睡的樣子，將硯臺拉過來，用心的磨墨，並不是隨便的拿起筆來亂寫，卻是很丁寧的寫那〔後朝的信〕來，那種從容的態度是看了很有意思的。白的下襲上面，穿著棣棠色和紅色的許多衣服。白色的單衣〔為朝露所溼〕很失了糊氣，有點皺縮了[1222]，一面注視著，已經將信寫好，也

[1219] 原文如此，頗有費解處，或是指桑罵槐的意思吧。田中本解作不像那從前熟識的飼牛的人，他亂罵那牛，似較可通。

[1220] 業遠朝臣姓高階氏，為美濃及丹波的國守，為春宮亮，正四位。

[1221] 好色，見本卷注 [37]。這裡說獨身的男子，家裡沒有正式的妻子，但在外面認識些女人，時時外宿，當時是很普通的，並不算是違反禮法。著者也只是描寫這樣的情景，並不含有譴責的意味。

[1222] 古時衣服欲令有光澤，輒用砧打，或欲令堅挺，就用漿糊漿之，至此尚用其法。衣服被露溼了，失了糊氣，便皺縮了起來。

不交給在面前的侍女，卻特地站了起來，把一個似乎懂事的書僮，叫到身邊來，在耳朵邊說話，將信交付了他。

書僮走去了之後，暫時沉思著，把經文裡適當的章句，隨處的低聲吟誦著。後面聽到預備漱口和吃粥的聲響，來催促說「請過去吧」，他走到裡面，靠著書几，又看起書來了。看到有興趣的地方，便隨時吟誦了起來，這是很有意思的事。漱過了口，只穿了直衣，便闇誦著《法華經》第六卷[1223]。這實在是很可尊重的。剛才這樣想著，那送信的地方大約是很近的吧，先前差遣去的那書僮回來了，使用眼色告訴了主人知道，便立刻停止了誦讀，把心轉移到女人的回信上去了。心想他這樣的做，不怕得罪佛法嗎？這也是頗有意思的。

第三〇一段　主人與從僕

瀟灑的年輕的男子，穿著的直衣，袍子以及狩衣，都是很漂亮的，底下衣服也穿的很多，袖口看出是很厚的。這樣的一個人，騎了馬走在途中，隨從著的男子，拿著一件立封[1224]，仰望著上面，〔馬上的主人〕正在接那封信，這樣子是很有意思的。

第三〇二段　邪祟的病人

松樹長得很高，院子也是很寬闊的一所人家，東南兩面的格子都開啟了，所以顯得很是涼爽。上房主屋裡立著四尺的几帳，前面放著一個蒲團，有一個三十幾歲的，不是很難看的和尚，身穿淡灰色的法衣和

[1223] 這裡的「第六卷」，且補充說是《法華經》，係依照今通行諸本所說。《法華經》凡七卷，卷六為「壽量品」。《春曙抄》本只作「六」，解說借作「錄」字，謂是「語錄」。但禪宗語錄是時未必流通日本，且不能若是普及，故所說恐不足據。

[1224] 立封係一種封信的樣式，見卷二注 [8]。

淺紫的袈裟，很整潔的裝束著，手裡捏著香染的扇子，念著《千手陀羅尼》[1225]。

那几帳裡面的，是被那邪祟所苦惱著的病人吧。為的要找一個可以給那邪祟作「憑依」[1226]的人，便去找了一個年紀少為大一點的童女，頭髮生長的非常漂亮，穿了生絹的單衣，鮮紅的褲子很長的穿著，膝行著來到側向擺著的三尺几帳前坐了。法師便扭過頭去，拿出一個很是細長美麗的金剛杵來，叫她拿著，發出「哦」的一聲喊，便閉了眼睛[1227]，又自念他的陀羅尼，這實在是覺得很可尊貴的。〔在簾子外面〕聚集著許多女官，毫不隱蔽的看守著這景象。

沒有多久的時間，那童女就開始顫抖，隨即不知人事了。隨著法師的祈禱進行，護法神也愈是顯出靈驗來，這的確是可尊貴的事。童女的長兄穿著袿衣，以及別的年輕的人們，都坐在後面，用團扇給她扇著。大家都感激著神佛的威德。可是假如這童女像平常一樣的清醒的話，那樣她將怎樣的感覺羞恥，無地可以自容吧。此刻誰也明白，她未必知道什麼，但是這樣的苦惱，哭泣著的模樣很是可憐，所以那病人的朋友看了無不覺得憐憫，坐在几帳的近旁，給她整理弄亂了的衣裳。

這樣做著的時候，病人說略微覺得好了，便叫拿藥湯來給她喝，從廚房裡去取來送了上去，其時年輕的女官們很是著急，一面將盛藥湯[1228]的碗撤下，趕緊往祈禱的地方去窺看。她[1229]卻是整齊的穿著單衣，淺色

[1225]《千手陀羅尼》即《千手千眼觀世音菩薩廣大圓滿無礙大悲心陀羅尼經》，亦簡稱為《大悲咒》。經中云：「若家中遇大惡病，百怪競起，鬼神邪魔，耗亂其家，在千眼大悲像前，設壇至心念觀世音菩薩，誦此陀羅尼，誦滿千遍，惡事悉皆消滅。」

[1226] 佛法密宗舉行祈禱，法師憑佛之大悲威力，使神物憑依一人，顯示因果，或即是邪祟本身，以法力迫其退散。此蓋是第二種，即在童女身上令邪祟附入，加以對治，故於病人本身初無妨害。

[1227]《春曙抄》本解作「決眥」，云張大眼睛，通行諸本則作「閉了眼睛」，似更近情理。

[1228]《春曙抄》本無「藥」字，通行諸本有之，但亦解釋作「煎藥，或是米湯之類」。

[1229]《春曙抄》說明係指病人，當是正解，一本作「她們」，乃指年輕的女官們，疑非是，此處蓋說明病人衣服如常，似無所苦，若女官們的服裝如何，則於此處固絕無關係也。

的裳也一點都不凌亂，很是整潔的。

到了申刻的時候，邪祟謝罪放走了，那作為憑依的童女也就得了放免。〔她回覆了意識，說道：〕「我道是在几帳的裡面，怎麼變成這個樣子，卻到了外面來了。還不知道做了些什麼樣的事哩！」覺得很是害羞，將頭髮搖得散亂了，遮住了臉孔，偷偷的躲進几帳後面去了。

法師暫時留了下來，仍作祈禱，隨後說道：「怎麼樣？少為爽快一點了嗎？」笑嘻嘻的說，樣子很是漂亮。又說道：「本來還該暫時留在這裡，但是做功課的時刻已經到了。」便要告辭出去，家裡的人留他說道：「且請等一會兒吧。讓我們送上布施的禮物。」可是非常的著急要走，這家的似乎最高的女官便膝行到了簾子的跟前，說道：「真是多謝了，因為承蒙下降的關係，剛才的那種情形，看了也是難受的，卻立即好了起來，所以鄭重的跟你道謝。明天如有工夫，還請過來吧。」這樣的傳達主人的意思。法師回答說道：「好執拗的邪祟，所以請不要疏忽，還是小心一點好吧。現今好起來了，這是要給你道喜的。」很簡單的應酬了，便走了出去，樣子很是尊貴，似乎覺得好像佛尊自己的出現了。

第三〇三段　法師家的童子

端麗的男孩，頭髮長得很長的，還有年紀少為大一點的孩子，雖然已經長出髭鬚來，頭髮卻是意外的美麗；又或是身體頑強，但是容貌醜陋的，當作使用人有許多人，很是忙碌似的，這裡那裡的出入奔走〔於大家貴族〕，在社會上很有聲望，這就是在法師，也是非常願意的事吧。那時候〔法師的〕父母，推想起來，也不曉得是怎樣喜歡的呢 [1230]。

[1230] 這一節據別本係與上一段相連，因為是說法師家的事情的。

第三〇四段　難看的事情

　　難看的事情是，衣服背縫歪在一邊穿著的人。又把衣領退後[1231]，伸向後方的人。公卿所用的下簾[1232]很是齷齪的舊車。平常少見的客人[1233]的前面，帶了小孩子出來。穿了褲的少年腳上躡著木屐，這個樣子現在卻正在時行。壺裝束[1234]的婦人，快步的行走。法師戴了陰陽師的紙帽子[1235]，在舉行祓除的法事。又黑瘦而且容貌醜惡的女人裝著假髮〔是很難看的〕。

　　滿生著鬍鬚，身體精瘦的男子，在那裡白天睡覺[1236]。這有什麼好看的地方，所以這樣睡著的呢？若是夜裡，什麼模樣也看不見，普通一般又都是睡了，也不必因為我是醜陋，便那麼起來不睡。只要早上趕緊起來，那就好了。在夏天時候，午睡了起來〔也是難看的〕。只有非常美麗的人，那才少為有點兒風趣，若是容貌平常的人，睡起的臉多是流著油汗，彷彿腫了的樣子，而且弄得不好，似乎兩頰也是歪斜了。〔午睡醒過來的人們〕互相對看著的時候，應該非常覺得掃興，覺得沒有人生的樂趣吧。

　　顏色暗黑的人，穿著生絹的單衣，也是很難看的。若是漿過或是砧打的衣服，那雖然一樣的透亮，但是也還沒有什麼。〔若是生絹的話〕那便連肚臍也可以看得見了[1237]。

[1231] 原文云「退領」，謂將衣領退後，使後頸露出。日本後世因婦女梳髻，後方特別突出，為防與衣領接觸，故多如是穿著，在古時蓋無此習俗。

[1232] 下簾見卷九注[94]。

[1233] 《春曙抄》本解作「生病的人」，謂出去訪問病人，卻帶了小孩同行，未免吵鬧，似亦可備一說。

[1234] 壺裝束係古時婦女外出時服裝，見卷二注[50]。

[1235] 陰陽師舉行祓除，係神道教的行事，如佛教的法師代行，則為違法。紙冠以白紙折成三角形，著於額上，在後方繫住，如中國南方服喪的人所戴的樣子，陰陽師於執事時特戴此冠。《宇治拾遺物語》卷六，記有寂心上人在播磨國，道滿法師著陰陽師之紙冠而行祓除，問何為著紙冠，答言因拔除之神嫌忌法師，故於祓時暫著此也。上人取紙冠而破之曰：「既為佛弟子，而奉侍祓除之神，犯如來之嫌忌，當墮無間地獄，無有出時。」

[1236] 《春曙抄》本解作「與男子晝寢」，今從通行諸本，但亦可備一說，因為細味文中語氣，也有此種意味。

[1237] 此種單衣因為顏色是紅的，所以穿在身上，可以不十分顯露出黑色的皮膚來，若是普通的生絹，便不免要露肚臍了。

第三〇五段　題跋

天色已經暗下來了[1238]，不能夠再寫文字，筆也寫的禿了，我想勉強的把這一節寫完了就罷了。這本隨筆[1239]本來只是把自己眼裡看到，心裡想到的事情，也沒有打算給什麼人去看，只是在家裡住著，很是無聊的時候，記錄下來的，不幸的是，這裡面隨處有些文章，在別人看來，有點不很妥當的失言的地方，所以本來是想竭力隱藏著的，但是沒有想到，卻漏出到世上去了。

有一年，內大臣[1240]對於中宮進獻了這些冊子，中宮說道：「這些拿來做什麼用呢？主上曾經說過，要抄寫《史記》……」我就說道：「〔若是給我〕去當了枕頭也罷。」[1241]中宮聽了便道：「那麼，你就拿了去吧。」便賞給我了。我就寫了那許多廢話，故事和什麼，把那許多紙張幾乎都將寫完了，想起來這些不得要領的話也實在太多了。

本來我如果記那世間的有趣的事情，或是人家都覺得漂亮的，都選擇了來記錄，而且也有在歌什麼裡頭，苦心吟詠草木蟲鳥的，歷舉出來，那麼人家看了，就會說道：「沒有如期待的那麼樣。根底是看得見的。」那麼這樣的批評，也是該受的吧。

但是我這只是憑了自己的趣味，將自然想到的感興，隨意的記錄下來的東西，想混在那些作品的中間，來傾聽人們的評語，那似乎是不可

[1238] 這一句，田中澄江譯本作「已經沒有多少餘白了」。別本即三卷本無此一節，只從「這本隨筆」起，列為第三〇二段。

[1239] 「隨筆」原文作「草子」，即係「冊子」的音變，這裡說它的內容，所以改譯作「隨筆」了。

[1240] 內大臣即中宮之兄藤原伊周，以前任大納言，至正曆五年（西元九九四年）九月改任為內大臣。

[1241] 此句語意曖昧不明，各家也解說不一，通說云枕即枕邊，蓋為身邊座右常備的冊子，隨時記錄事物的。三卷的譯者池田龜鑑則謂，此是著者有感於白居易的詩而說的，在《白氏文集》二十五，有〈祕省後廳〉一詩，其詩云：「槐花雨潤新秋地，桐葉風翻欲夜天。盡日後廳無一事，白頭老監枕書眠。」著者蓋有感於日後伊周兄弟流放，中宮失意閒居小二條宮，故為此言，以老監自況，所說也頗有意思。但伊周進冊子為其任內大臣時事，尚在流放之前，清少納言無由預知，引用香山詩意，且深得中宮的嘉許也。

能的吧。然而也聽見有讀者說道：「這真是了不起的事。」[1242] 這固然是覺得是很可安心的事，可是仔細想來也不是全無道理的。世人往往憎惡他人偏說他好，稱讚的反要說是不行，因此真意也就可以推想而知吧。但總之，這給人家所看見了，乃是最是遺憾的事情。

◆ 其二　又跋

這是左中將[1243] 還叫做伊勢守的那時候，他到我家裡來訪問[1244]，想在屋角裡拿坐墊給他，這本冊子卻在上面，便一起的拿了出去了。急忙的想要收回，〔可是已經來不及〕就被他拿了回去，經過了好久的時期，這才回到我的手裡來。自此以來，這本冊子就從這裡到那裡的，在外面流行了[1245]。

[1242]「了不起的事」原意云「害羞」，蓋稱讚人家的殊勝，為自己所萬不能及，故感覺慚愧，猶云相形之下，自慚形穢。

[1243] 左中將即源經房，見卷四注 [28]。

[1244] 第一二八段「牡丹一叢」中，有左少將往訪著者於私宅，別本三卷本謂即是經房，且考訂其時為長德二年 (西元九九六年) 的六月下旬，謂這裡所說的即是那時候的事情。

[1245]《春曙抄》本文中不見此節，但載在小注裡，稱一本在本段的末尾，有此一節，別本三卷本剛與上文相連，通行本又別作一段，今改定為本段的第二節

編後記

　　本書《枕草子》的編輯過程中，由於作者和譯者生活所處年代，在標點、句式的用法上難免與現在的規範有所不同，為保持原著風貌，本版均未作改動。另外，各書中一些常用詞彙亦與現在的寫法不同，如「少為」即為「稍為」，「絲棉」即為「絲綿」，「煩雜」即為「繁雜」，「欄干」即為「欄桿」，「優閒」即為「悠閒」，「噗哧」即為「撲哧」，「寒傖」即為「寒磣」，「發見」即為「發現」，「迷胡」即為「迷糊」，「倒楣」即為「倒楣」，「計畫」即為「計劃」，「倚子」即為「椅子」，「索興」即為「索性」，「銷沉」即為「消沉」，「熟習」即為「熟悉」（今也有「熟習」一詞，但在本書的語言環境中，當是「熟悉」），「伏侍」即為「服侍」，「坐位」即為「座位」，「亦或」即為「抑或」，「啞吧」即為「啞巴」，等等。並且，在當時的語言環境中，「的」、「地」、「得」不分與「做」、「作」混用現象也是平常的。請讀者在閱讀過程中，根據文意加以辨別區分。

　　各書中的一些譯名也與現在一般通用的有所不同，如「《大般若波羅密多經》」今譯為「《大般若波羅蜜多經》」等，此種現象在本書中出現不多，但本次出版也未作改動。

　　作者所引用日本古歌，因年代久遠，無從考證，本次出版未作任何改動；譯者引用的詩詞與古文，由於譯者所處年代以及所引用版本不同，部分與現今通行版本略有出入，為尊重譯者，本次出版亦未作改動。

　　編書如掃落葉，難免有錯訛疏漏，盼指正。

枕草子：

隨意記錄自然想到的感興，清少納言隨筆集

作　　　者：清少納言
翻　　　譯：周作人
發　行　人：黃振庭
出　版　者：崧燁文化事業有限公司
發　行　者：崧燁文化事業有限公司
E - m a i l：sonbookservice@gmail.
　　　　　　com
粉　絲　頁：https://www.facebook.
　　　　　　com/sonbookss/
網　　　址：https://sonbook.net/
地　　　址：台北市中正區重慶南路一段
　　　　　　61 號 8 樓
8F., No.61, Sec. 1, Chongqing S. Rd.,
Zhongzheng Dist., Taipei City 100, Taiwan

電　　　話：(02)2370-3310
傳　　　真：(02)2388-1990
印　　　刷：京峯數位服務有限公司
律 師 顧 問：廣華律師事務所 張珮琦律師

定　　　價：420 元
發 行 日 期：2024 年 06 月第一版
◎本書以 POD 印製
Design Assets from Freepik.com

國家圖書館出版品預行編目資料

枕草子:隨意記錄自然想到的感興，
清少納言隨筆集 / 清少納言 著，周
作人 譯 . -- 第一版 . -- 臺北市：崧燁
文化事業有限公司 , 2024.06
面；　公分
POD 版
ISBN 978-626-394-348-3(平裝)
861.6　113007234

電子書購買

爽讀 APP

臉書